魅丽文化 花火工作室

甜西瓜给你

/巫念顾/著/

江苏凤凰文艺出版社
JIANGSU PHOENIX LITERATURE AND ART PUBLISHING, LTD

图书在版编目（CIP）数据

甜西瓜给你 / 巫念顾著 . -- 南京：江苏凤凰文艺出版社，2020.1
ISBN 978-7-5594-4331-1

Ⅰ．①甜… Ⅱ．①巫… Ⅲ．①长篇小说－中国－当代
Ⅳ．①I247.5

中国版本图书馆 CIP 数据核字 (2019) 第 294252 号

甜西瓜给你

巫念顾 著

出 版 人　张在健
责任编辑　张　倩　王　青
选题策划　喻　戎
特约编辑　喻　戎　苏　婷
装帧设计　A BOOK STUDIO Echo Design QQ|163087572
官方微博　@图书出版秒秒米
出版发行　江苏凤凰文艺出版社
　　　　　南京市中央路 165 号，邮编：210009
网　　址　http://www.jswenyi.com
印　　刷　湖南凌宇纸品有限公司
开　　本　880mm × 1230mm　1/32
印　　张　9
字　　数　190 千字
版　　次　2020 年 1 月第 1 版，2020 年 1 月第 1 次印刷
书　　号　ISBN 978-7-5594-4331-1
定　　价　39.80 元

目录

CONTENTS

目录

CONTENTS

第一章：梁越，原来你这么会怼人

1.

颠簸的敞篷吉普车上，宋珍有些尴尬地放下了手中的自动步枪，开始用望远镜观察，她希望下一秒就能看到远方的猎场里忽然窜出一群跳羚来。

这里是被称为“彩虹之国”“狩猎者天堂”的南非。

宋珍效力的也是南非最大的私人狩猎场。

坐在吉普车后排的一位男客人就像是看出了她的窘迫，他凑近宋珍，笑容满面地拍了下她的肩：“导猎小姐姐，你这都带我们瞎逛大半个小时了，别说猎物了，连只苍蝇都没有看见。不如这样，从现在开始，每过一分钟我还没见到猎物，我就问你一个私人问题好不好？”

不好。

别这样。

特别是她身后还坐着一个从上车时便开始一言不发的男人——梁越。

宋珍不自在地抿了下唇，她的事，那个人了如指掌，他不会再想了解一遍。也是因为他的存在，她连转动脖颈都十分僵硬。

宋珍苍白的笑了下，来南非三年，原来她还是这么在意他的目光。

吉普车后排只有三位中国客人，是宋珍这一周需要带队的狩猎团，刚才和宋珍搭话的男生叫郑书原。

而坐在梁越和郑书原两人中间的姜媛，很看不惯郑书原一见到美女就爱开搭讪的模样，不禁呵呵笑了："刚才在营地靶场训练，也不知道是谁？用最方便的枪，脱最多的靶，最后好像还打到我的靶上来了？就这样的人，即使见到猎物也能把它白白放走。"

闻言，郑书原一下就不高兴了："你居然瞧不起捷克 CZ550？"

姜媛化着精致的妆容，所以那轻蔑的白眼看起来也更加犀利跋扈："我是瞧不起你。"

郑书原啧了一下嘴："瞧不起我正好，那赶紧换我坐中间，你和越哥保护我。越哥是十枪十环的神枪手啊，霸气的吉普车在末路黄昏中腾空跃起，疯狂驰骋，最后我们就在烟尘滚滚的荒野里'砰砰砰'杀出一条……"

一直在看风景的梁越却忽然笑了一下。

男人穿着一身利落的战地迷彩服，是刚刚在营地换上的。再扣上一顶迷彩帽，他的黑色额发被压下来了一点儿，微微遮住狭长的眼眸，整个人由内而外散发出一股冷冽气场，看起来十分挺拔俊朗，就像拥有能与一群莽原雄狮搏斗的强大胆识。

"什么都没有，打鸟吗？"

这话吓得郑书原立马闭嘴，他下意识地去遮自己的下身，完了又觉得自己蠢得可以，他怎么这么爱对号入座……

感觉梁越好像在帮自己怼郑书原，姜媛的心情突然好了很多。毕竟两小时前，他们三人刚到狩猎营地看到的那些情况，但凡对梁越有点心思的，当下都会警铃大作。

梁越，这个传闻中不近女色的天之骄子可能和这个女导猎认识。

他们初次狩猎，按照游戏规则，客人在进入猎场前需要练靶，一直练到导猎认同你的技术之后，才会带大家驱车离开营地，前往狩猎场。

郑书原枪法差的可以，女导猎宋珍越是耐心地靠近他，手把手地教他，一旁沉寂不已的梁越扫射速度就越快。

德国HK417威力大，后坐力强，梁越“突突”的暴躁枪声环绕着靶场，姜媛觉得莫名恐惧。紧接着，她听见梁越面无表情地放下枪，淡淡地朝郑书原招手：“滚过来，我教。”

训练完毕，临着离开营地的时候，几个空闲的司机都热情纷纷地表示想要为宋珍开车，最后还是猎场主钦点了一个印度人给她带路，其余几人才作罢。

上车前，年迈的猎场主很熟练地为宋珍扣上鸭舌帽，再慈爱地拍拍她的背：“我要去西北部几天，回来给你带你最喜欢的花。记得别追踪太晚了，不要逞强，要听管家的话别挑食。”

“好，我知道啦。”

宋珍笑得很温柔，像初雪融化。她肤色莹润，整个人白得发光，黑色长发在细长的脖颈处简单地挽了个丸子头，有几缕碎发滑在耳前，看起来有几分慵懒随性。不得不承认，她美得毫无攻击性。

而且营地里所有的工作人员都对这个中国女孩儿很友好，感觉宋珍在这里备受宠爱。

奇怪的是，看见这么温馨一幕的梁越竟然默默走到一旁，准备抽烟。

他拿出打火机，打了打火，满腹心事的样子。微弱的火星子在风中晃动着，忽然，他“啪”的一声合上了翻盖打火机，然后把打火机以及剩下的半包烟一起扔进了垃圾桶。

这趟旅程，梁越似乎心情不佳，但是路线明明是他自己定的啊……

姜媛合上相机镜头盖，若有所思地看向前排的女导猎。女导猎十分年轻，看起来很好套话。

“在别的行业，年轻是资本，但是在狩猎，应该是短板吧。宋小姐肤白貌美，看上去不像土生土长在南非的呀，来这儿几年了？住得习惯吗？有想过回国吗？”

姜媛话音刚落，郑书原也灵机一动，紧跟着凑上前，问：“有男朋友了吗？打算什么时候分？长辈在这儿吗？你看我长得像不像你下一任男朋友，方便带我去见一下家长吗？先回答我的，这提问模式是我先想出来的，姜媛插队，你别管她……”

这下，姜媛完全愣住了，有些始料不及：“书原你没搞错吧？你来真的？你不怕元元知道了扒掉你一层皮吗？”

“她知道更好。”郑书原冷笑一声，“哦，你最好拍下来，现在就发给她看，她当她是谁啊，我还非得把她捧在手心里是不是？”

一提到元元，郑书原就很生气。

此时，在前排阴郁了很久的宋珍终于和他们搭了下话：“那个……打扰一下，待会应该只能回答你们一个问题了，等我上来。”

她回头看向郑书原时，眸光清亮眼含秋水，像最冰最美的雪山刀客。

说完，宋珍向驾驶位的印度司机打了个手势，飞驰的吉普车迅速停了下来。

然后郑书原便见她利落地跳下车，走近一旁荒芜的草地里埋头胡乱扒拉了一圈，而后兴奋不已地回头向他们招手："准备一下！会有大发现。"

"如果不满意呢？"他的声线清清冷冷。

宋珍的笑意一下就僵住了，她没想到接话的会是梁越。

男人坐在高大的吉普车上，居高临下地看着她。偏偏太阳还在他的脑后，时不时晃出金灿灿的光芒，刺着她的双目，光线却将他冷硬的轮廓勾勒得更加锋利。

宋珍抬手遮了下，觉得喉咙口有些酸涩，还有别的客人在呢，这太阳神是千里迢迢跑来找碴的吗？

"那梁先生得学会大度点，别给自己找不快。"

不知道为何，一见到梁越，她大小姐脾气就有点收不住。

宋珍下意识地呛回去，又快速地对司机说了句："掉头往回开，走小径。"

随后便跳上了车。

"走这条小路不出几分钟，我们就能看到角马族群……"

上了车，宋珍期待不已地向后排的郑书原和姜媛解释，可看他们呆愣的目光，宋珍有些着急："你们相信我，是真的呀。"

见状，郑书原立马回过神来："啊，相信，相信……"

相信这位女导猎刚刚是怼了越哥吧？再偷瞥了一眼边上的梁越，他……他竟然低头失笑了？什么毛病？

没一会儿吉普车就开始刻意减速，宋珍以为这么快就看到了角马族群，可她回头一看，路前方正在向吉普车缓缓走来的竟然是非洲大象。

“是大象，大象！这大象好大啊，得有三米高了吧……”姜媛看见大象时，眼睛都亮了，拿着相机一连拍了好几张，越拍越高兴，“南非的动物真是不怕人啊，还一直朝我们走过来呢。”

这只大象目标很明确，真的是冲吉普车来的。

而且人离得越近，越能真实感受到它的庞大与强壮，就像一堵厚实的墙，比这辆敞篷吉普车还要高，宋珍忽然伸手挡住了姜媛的相机：“先别拍。”

郑书原的呼吸一滞，身板挺直：“说好的小马马，怎么变成了大象象！我好像看到过非洲大象伤人的新闻，一甩鼻子，人就被打蒙了……”

大象肥大的耳朵扑闪着，粗壮的脚步声越来越近，它的长鼻子也很快就要触及车身。

等它靠近了，宋珍才敛声屏气地看清它的性别：“这是只老年雄性大象，只要不主动招惹，它是不伤……”

宋珍嘴里的“不伤人”都还没捋顺，她便被一只温暖的大手从后面护住了脑袋，她身后的男人直接把她捞进怀里紧紧护着……

宋珍的耳郭沾上男人温暖紧实的胸膛，他的左手大大的，一把抱着她的头，安全感满分。她抬头望去，他的目光更是灼人。

宋珍心跳不已，脸也一下就烧了起来：“梁……梁先生，它不伤人的。”

大象已经在吉普车前停下了，它缓慢地发出“嗤嗤”的声响，用鼻子触了几下驾驶室的车窗玻璃。

“是吗？不伤人那你可以把手放下来了。”

宋珍想从他怀里挣扎出来，梁越偏偏不让，他直接将她挡在姜媛前面的手扯了下来，一同圈入怀里护着。没办法，逃不开，宋珍只能偏头看向因为害怕而抱成一团的郑书原和姜媛两人：“别怕，别乱动，等它自己走开就好了。”

“是吗？”郑书原仰着头，瑟瑟发抖地看着这个庞然大物，气都不敢喘，“你有人保护着，这话听起来很不靠谱啊……”

话音刚落，他发现这只大象真的凑近了，却只用它的长鼻子好奇地触了几下车前盖，便兴致乏乏地离开了。

看它拖着庞大的身躯往离开的小路上摇摇晃晃地走着，大家终于放松下来。

宋珍在梁越的怀里转过头，眸光闪烁地看向姜媛两人：“之前你们看到伤人的大象可能是母象正带着小象，防范心很强。而且我们坐在车里，大象看到的其实是一个有着好多个头、好多条臂膀以及好多双眼睛的钢铁怪兽。只要别下车，它们就会把我们视为汽车的一部分，不会轻易发起攻击。”

虽然宋珍的讲解很新奇，但郑书原显然更在意的是此时紧紧抱着宋珍的梁越。认识这么久，从前不论男女，他从没见梁越这样主动靠近过一个人，他有点蒙：“越哥，没想到原来你这么会撩……怎么不这么去撩你漂亮的未婚妻啊？”

2.

未婚妻？

梁越又有未婚妻了？

宋珍惊讶的同时，又像在顷刻间淋了一盆雨，一颗为他乱跳的心顿时被他踩在了脚下。

梁越仍然没推开她，但是宋珍能明显察觉到他整个身子都僵了一下，她苦涩地揉了下眼睛，想想也很正常，她都离开这么久了。

宋珍推开他，支撑着坐起来，她没有答谢，也不顾他欲言又止的表情，转身轻拍了下驾驶室玻璃，示意司机继续朝小径开。

宋珍这才开始回答郑书原他们之前提的问题："我没有男朋友，长辈不在了，但是国内还有个弟弟，我想把他带来这里，我们两个人一起生活。"

"这样啊……"

郑书原怔了一下，一时没料到小姑娘的身世居然这么灰暗："那你国内都没亲人了，弟弟又跟谁一起生活呢？多大了？会受到别人的欺负吗……"

"啧，你有完没完？怎么还问人私人问题呢？"姜媛不满地扯了下郑书原的袖子。

"不好意思，不好意思，当我没问，哈哈哈！"

郑书原很尴尬地笑了下，但他不知道他刚问的这一连串的问题，让宋珍和梁越变得更加沉默了。

她离开家太久了。弟弟宋予的照片，都是好友发来的。

梁越见她微蹙了下清秀的眉头，瘦小的骨架拢在了阴影里，他整颗心都跟她一起揪住了。他想告诉她小予过得很好，可是宋珍已经落寞地拿着望远镜，看向另一边了。

宋珍声线温软："他寄宿在一个很好的哥哥家里，谢谢郑先生的关心。"

她仍然拿着望远镜，想了想说：“郑先生，想试试狩猎角马吗？别忘了我之前在营地说的，母的，尤其是怀孕期间，绝对不能狩猎。而且尽量寻找好的射击位置，让它没什么痛苦。快来我这儿站着，二百米的位置，打那只角马的前肢后部下方。”

“好的，来了，来了！”

郑书原听到召唤，立马跑到宋珍身边，再往不远处的灌木丛一瞧，还真有一群角马啊！

郑书原慌乱架着枪，手一直在抖，他用瞄准镜瞄准“打哪儿？打腿？”

“它跑到前面去了正好，打它后面肺部！”宋珍帮他端稳枪。

姜媛也兴奋地凑过来，现在宋珍在哪儿，她就想在哪儿。

忽然间，“啪”的一声清脆声响发出，她意识到声音不对，转头一看，结果是郑书原一紧张忘了开保险。宋珍又连忙帮他打开保险，这一次“砰”的猛烈一声响起，声音是对了，但是远方的那只角马受惊了，开始脱离族群往反方向一路疯跑。

宋珍一惊，赶紧转身跳下车，她看了眼手表：“六点了，我去把它追回来，你们可以先回营地等我。”

下一秒，梁越也跟着她跳下车，和她一样叮嘱仍在车上的两人：“你们先回去。”

梁越说完回头，发觉宋珍下意识地后退了一步，小声说道：“你也可以先回去。”

见状，梁越疑惑地微皱了下眉，又毫无攻击性地朝她靠近一步，看她还在躲，他的声线也跟着冷了下去：“你在拒绝客人？”

两人目光暗涌，彼此对视着，梁越眸光深沉，宋珍好想直接回一句“你没看出来我不想和你待在一块吗？”

晚风徐徐，将人身上的细汗更加黏腻地贴在肌肤上。

印度司机在此时眼疾手快地跳下车跑过来，他听不懂他们的交流，只能一边警惕地伸手挡在宋珍的前面，一边回头用祖鲁语问她：“嘿，珍，又是缠着你的痴情汉？”

梁越原本仅仅是不悦，可这印度司机不合时宜地挡在两人中间，他的脸色才真的阴沉下来了。

宋珍怕梁越之后真给差评，她连忙拉开司机，扯出一抹笑意：“没有，没有，他想和我们一起找角马。”

郑书原和姜媛两人也从车上跳了下来。

此时此刻，宋珍如果再因为私心而不想和梁越同行，便是她的不对了。

宋珍让姜媛小心点山路，便和司机带队在前追踪了。

他们靠蹄印和血迹辨认，如果看见前面的角马在跑，直接跟着追就行，但是猎场山路崎岖，还有小山坡，即使看见了，可没路过去还得绕道，灌木丛再一挡，遮住了视线，往往追过去的时候，角马已经又不见了。

一行五人就这样拖拖拉拉地跟了两小时，天色已经完全黑下来了，角马的血迹也消失在了某个丘陵前面。

好不容易等宋珍和司机停下来分析路迹，郑书原已经累成了“哈皮狗”。

他大喘着气，大汗淋漓地走到梁越身边，手抖得连支烟都夹不住：“哥，借个火。”

“扔了。”梁越看着那司机靠近宋珍，给她打电筒十分默契的样子，他心不在焉地拧断了手中的枯枝，有点不是滋味。

“啥？哥？这荒郊野外的，连火种都敢扔？你不怕烧了这儿吗？”

“到营地就扔了，她闻不惯味。”

“谁？”郑书原彻底蒙了，这大烟鬼是在为这里的动物戒烟吗？

“行吧，那我找导猎小姐姐借火去。”

见梁越没打算回他，郑书原又丧丧地夹着烟准备朝宋珍与司机两人走去，却又被梁越叫住了：“回来。”

郑书原乖巧转身：“干吗？”

“借支烟。”梁越不客气地直接去摸他的衣包。

闻言，郑书原顿时警铃大作，他猛地从衣包外死死按住了梁越的手：“干吗啊！哥！你不是为了大自然戒烟了吗？我就还剩这最后一支烟了！从这儿跑外面买烟得二百多公里呢！”

梁越理都不理他，郑书原那点拧瓶盖都费力的手劲也挡不住他。

梁越淡漠地抽出最后一支烟就往宋珍那走去，郑书原大为崩溃，最后只能又闹又嚷地跑到他前面：“梁越你不能这样欺负我，你好歹让我排在你前面借火！”

说完，郑书原笑得人畜无害地去拍宋珍的肩：“导猎小姐姐，借个火呀。”

“噢，好啊。”宋珍摸了摸衣兜，掏出一个翻盖打火机来。

捯饬老半天，终于抽上一口烟的郑书原舒畅不已，他自动退到一边，麻溜儿地给他身后的梁越做了个请的手势：“来来来，排队光荣，客官请上座！”

宋珍愣了一下，她有些意外，梁越竟然也开始抽烟了。

她仍然一手拿着打火机，一手拢住遮风。

梁越埋下头，却只是用手夹烟，晚风吹了过来，远方传来细微的、沙沙的草叶声，好像也将独属于他的冷冽气息吹了过来，然后沉沉地包裹住了她。

“让我抽吗？”梁越声音很低，目光也毫不遮掩地看着她。

“随便你。”这跟她有关系吗？宋珍闪躲地别开了视线，她不太明白，他是怎么做到三年不见，一见面就表现得若无其事，如此熟络的？她跟他不一样，她现在一见到他，就心口剜着痛。

“晚上来我房间，十二点。”

闻言，宋珍诧异地抬头看了他一眼，发觉他是认真的，心口更是一阵荒凉。像经历过千百年风化后的弱小岩石，破败不堪，她有些恼羞成怒地小声回了句：“没空。”

他当她还是以前那个围着他团团转的小姑娘吗？

“行，那我就理解为你不想见小予了。”

男人手上的烟也已经点燃，他云淡风轻地留下这么一句转身就要走，宋珍连忙拽住他的衣袖，她乖得不得了，声线更是软糯轻细，十分柔顺：“我来，梁越我来。”

“嗯。”梁越见她终于愿意对自己轻声细语地说话了，心情也好了许多，他点点头。

宋珍见他答应了，飞快地松开了他的衣袖，但这一幕刚好被坐在一边默默休息的姜媛看到了。

梁越手上还拿着烟，他也没跟宋珍多纠缠，他走过去把烟还给郑书原：“抽吧，有多远走多远抽。”

“啊？你不抽吗？感情越哥你刚才不是去借火，你是去玩火了，是吗？”郑书原赶紧心疼地接住最后一支烟，虽然失而复得有些惊喜，但现在的他，抽一口左手的烟，又换右手的烟继续抽，这是浪费啊！懂不懂！

夜晚的猎场能见度太低了，隐隐还伴随着低伏的动物呜咽声，它们肯定也饥肠辘辘了，宋珍只能标记了大概位置，先带大家返回，打算明早再来寻找。

五人窸窸窣窣地又往大路走，郑书原心里有愧："唉，这都找多久了，又留那么多血，它肯定已经……不如明早就算了吧？"

"没事，明早我来就好了，等我把它带回来，你们应该刚起床。"

宋珍背着枪，回头对他笑了下："不能让动物在痛苦中死去，这是世代猎人必须遵守的规定。"

闻言，姜媛淡淡地轻笑了一声："既然这么在乎动物的生命，就不应该开狩猎场啊！"

走了一下午蜿蜒的荒路比她踩十厘米的恨天高还累，最主要的是她几乎可以确定宋珍和梁越的关系不一般，所以国内的那个未婚妻只是摆设吧？

"是啊，我一开始也这么想。"

宋珍抿了下唇："你知道猎场主最初是做什么的吗？他是克鲁格国家公园的护林员，他们保护大象、保护犀牛……十几年前吧，拿着不够养活自己的薪水，每天还在用命和非法狩猎者搏斗。直到有一回偷猎者的箭从他的脸颊射进，但他也只能做最简单的医护治疗。"

"这里的经济不发达，非法偷猎和合法狩猎是完全两个概念。南非狩猎是在一个合法完善的制度之下进行，我们会把狩猎到的动物用来当做晚餐，也会把部分通过狩猎得到的肉类分给当地穷人，而且动物的毛皮也可以御寒。怎么说呢？自然养育了它们，这些也是它们给自然的回馈。”

3.

凌晨，宋珍卡着点偷偷去敲梁越的房门。

梁越穿着睡袍去开门，只见白日里一身迷彩战地服的女生已经换上了一条白色连衣裙裙。是西洋裙的样式，修身的裁剪紧贴着她的上半身，裙摆的长度刚刚好，刚好露出她细白光洁的脚踝。

他以前见她穿过这条裙子，那时候宋珍还是黑色微卷的长发，穿着这一身纯白长裙在草地上抱起小予开心地转圈圈。

她的五官清秀淡雅，在金色的黄昏下笑得美极了，就像活在童话里无忧无虑的公主，闪闪发光，十分耀眼。

男人修长的身影懒懒地倚靠在房门边，他低头直直地看着她：“好像长大了点。”

“什么？”

宋珍迷茫地抬头，又注意到他那直白的视线，她瞬间脸红地推开他，他在看她哪里啊？他以前可是坐怀不乱，禁欲到不行啊。

梁越失笑地关上门，说:“也不止那里，还有晚上在猎场的那番说辞。”

宋珍没有说话。

此时，正好放在床上的笔记本响起了请求“视频通话”的声音，宋珍手忙脚乱地坐过去，看到电脑屏幕上显示的“小予”二字，她就更加紧张了。

宋珍心跳得很快，还手足无措地别开了耳前的碎发，为了今天的视频会面，她特意找出了这条曾在小予面前穿过的裙子。

宋珍已经很久没穿过裙子了。

她迟疑地点了“接受”。

“梁越哥哥你忙完了吗？我最近很乖哦，也没有挑食，你回来看看我嘛……”

清晰的屏幕里立马显现出了一个稚气的小男孩，他说话的声音有些含糊，小嘴紧闭，好像在快速咀嚼着什么，粉色的果汁溢出了点嘴角，被他察觉了，又赶紧用手背擦掉。看起来傻乎乎的，十分可爱。

再然后，他便睁大了眼睛很疑惑地看向镜头：“你是谁啊？梁越哥哥呢？”

我是你亲姐啊，你不认识了吗？

宋珍觉得心里堵得慌，见她迟迟不回答，小男孩的表情也由迷茫变得疏离了起来。

他遗传了宋家的好皮肤，白白嫩嫩，眼睛也大大的。

应该是刚起床，中国比南非快六个小时，这时候正是国内早晨六点，他穿着印着哆啦A梦的睡衣，挺直了小身板，认认真真地说道：“我已经截屏了，你……是不是偷了我梁越哥哥的电脑？”

宋珍在心里失落地想，小予真不记得她了啊？

这小子从小就缺根筋，又呆又认真。

宋珍抱起电脑，让镜头偏向卫生间，对屏幕里的小予说道：“看到了吗？你梁越哥哥在吹头发，你大清早就在吃西瓜啊？”

闻言，小男孩立马警惕了起来：“你怎么知道？”

她当然知道了，因为小时候的小予没吃够呗。

之前在国内，她拥有一片玫瑰园，她喜欢抱着小予到玫瑰园的酥心亭玩耍。

那时候，都是她吃西瓜瓤，然后吃得差不多了，就把西瓜瓤给坐在自己身边眼巴巴望着的小予，他要啃西瓜皮。

那时小予才三岁，胖嘟嘟的，啃得有滋有味。

而在一旁看书的梁越，有时候心情好呢，就会蹲下来给他擦擦嘴。

回过神来，宋珍向屏幕那头的小予摆摆手："吃吧，吃吧，你现在还喜欢什么呢？不止是好吃的呀，还有好玩好看的，想要什么？让梁越哥哥给你带回来。"

这下，对面的小男孩愣了下，有些惊讶，因为他发觉这个姐姐和别的姐姐很不一样。别的姐姐开口闭口都是问他上学怎么样呀，听说你最近在学钢琴，姐姐也会啊，和姐姐一起给大家演奏一曲好不好呀？

"我想梁越哥哥带我去商场玩，还有买玩具。"

"啊？"

一直扭着腰坐在床上说话很难受，宋珍干脆侧躺在床上，单手托着脸颊看他："带你出去玩，那他很容易把你弄丢的呀。"

她记得有一回他们带小予去商场买巴斯光年的玩具，小予选好了，于是他们又带他去别的门店挑拼图玩具。回家路上，她在手机上玩的射击游戏正好进行到一半，她就让牵着小予的梁越也拉着她的手腕嘛，让她别撞到人。

梁越一边拽着她，一边奚落她笨死了，应该看哪儿打哪儿。

结果她埋头走着走着，只听身后不远处猛然传来响亮的"嘭"的一声，接着便是一个中年妇女的惊呼声："哎哟！这谁家的孩子，摔倒了也没人管！”

梁越立马反应过来，赶紧跑回去，从好心的中年妇女手中接过正在哭的小予。

应该是摔疼了，小予哭得伤心，梁越哄了好久也没哄好。

中年妇女有些看不过去，喃喃地埋怨了一句：“小伙子，别只顾着媳妇儿，连娃都忘了！”

直到看到这位英俊的男人有些不好意思地连说了几个“是是是”之后，中年妇女这才摇摇头，离开了……

想到这里，宋珍忽然有些过意不去，他们那时候都是想逗小予就逗一会儿，心烦了就抱给保姆。如果说小予真会受谁欺负的话，顶多是来自他这个亲姐姐。

视频那头的小予立马摇头：“没有，没有，他早改掉这个坏毛病啦，现在带我出去，都是我排第一，别的姐姐排第二呢！”

别的姐姐，难道还有很多姐姐吗？

宋珍的心拔凉，她有些承受不了这个打击，郁闷地说：“那你喜欢她们吗？”

闻言，原本放下警惕，和这个自来熟的姐姐聊得正开心的小予又正襟危坐了起来，他觉得很奇怪，怎么这些姐姐老爱问他这个问题啊，而且她们看起来彼此都还是朋友呢。

他回答得很客气：“嗯，都还行。”

小予的神色开始变得正经了起来：“姐姐你又是谁呢？为什么会在梁越哥哥的房间里？他不喜欢别人进他的房间……”

小予话还没说完，便传来了敲门的声音：“小少爷，换好衣服了吗？

老爷已经在楼下等你吃饭了哦。”

小予无奈地回过头来：“我今天得去爬山，下回再聊……”

小予话还没说完，便震惊地看着屏幕里，一向对别的姐姐都不太热情的梁越哥哥从卫生间走出来后，很自然地掀起了床上叠好的被子，轻轻盖在了这个姐姐的身上。

然后帅帅酷酷的梁越哥哥就这样长站在床边，俯下身看向镜头对他说：“今晚和我视频通话，看到这个姐姐的事，不要告诉任何人，知道了吗？”

“知道了。”

小予愣愣地滑下椅子，表情有些疑惑。

家里时常会来很多客人，那些姐姐很喜欢和他玩，可他不太想和她们玩，他还有很多作业没搞明白呢。

他看梁越哥哥对她们都冷冷淡淡的，他问梁越哥哥，我也可以这样对她们吗？

梁越哥哥蹲下身，和他平视，问：“为什么？我记得教过你待人待物要有礼貌。”

“那哥哥又是为什么对她们不礼貌？”

他记得梁越哥哥当时皱了下眉，说：“我不是对她们不礼貌，学校老师应该也告诉过你，男女有别，要和女同学保持一定距离对不对？等一个男孩子长大了，特别是到了哥哥这个年纪，就只能对一个女生好，为了不让她伤心，所以要和别的女生保持距离。但是那些姐姐比你大很多很多，她们对你好，是你的长辈，对长辈要讲礼貌，就像你对珍珍姐姐那样。”

“也像你对珍珍姐姐那样吗？”

“什么？”

好难得啊，梁越哥哥竟然也有不理解他说的是什么意思的时候。

小予又无比自豪地解释了一遍：“我说，等我长大了，到了梁越哥哥这个年纪，只能对一个女生好的时候，我对她，就得像梁越哥哥对珍珍姐姐那样好是吗？”

他看见梁越哥哥意外地怔了下，而后情不自禁地点头笑了：“是的，没错。”

收回思绪，原本小予已经跳下椅子了，他又折回来无比欣喜地看着这个一脸落寞的姐姐，问：“你是珍珍姐姐吗？”

宋珍的心情本来就降到了冰点，忽然听到他叫了她的名字，一下没忍住，流眼泪了，她揉着眼睛说：“小予我真要被你气死了，你怎么才想起我啊。”

这一哭可吓坏了对面的小予，他下意识胡乱地去摸屏幕：“别哭了，别哭了……珍珍姐姐我每天都很想你，你去了哪里啊？你什么时候才回来啊？”

小予那边又传来了敲门的声音：“小少爷？你在和谁说话？老爷已经等你好一会儿了哦。”

“知道了！我马上就来！”

小予朝门外吼了一声，又可怜巴巴地回头看着自己的姐姐：“宋珍——你明天这时候还给我开视频记得了吗？别哭了啊，别忘记了，梁越哥哥你快哄哄她，我先拜拜了……”

“视频通话”被那边匆忙挂掉了。

宋珍还在这边尴尬地抹眼泪，她双手遮面，肩膀微微抖动着，觉得很委屈，她当时想从梁越的母亲手中带走小予，可是他母亲根本就不放人。

梁越将抽纸扔到她的身边，又把笔记本合上放到一边。

他的语气听起来毫无波澜，实则内心惊涛拍岸：“做我的女伴吗？”

他这一程，就是为她而来。

4.

起初，宋珍还没从悲伤的情绪里走出来，她以为自己听错了。

然而梁越将面对办公桌的椅子一拎，放到了正对大床的位子，一脸沉寂地坐下。

男人手肘搭在双腿上，他微微弓着身，一双墨黑的眼直直地看着她：“跟我回国，我没有承认现在的未婚妻，在还没有和她解除婚约之前，你先做我的女伴。作为交换，我会想办法让你多和小予见面，等时机成熟，也会把小予带回你身边，不让你们分开。”

一阵沉默过后，宋珍忽然清冷地笑了下，她的巴掌脸在暖光下竟然微微透着一丝苍白：“怎么和她解除婚约？像我当年一样，父亲公司出事，然后和她解除婚约吗？”

见他错愕地怔了下，宋珍还连忙笑着对他摆了摆手：“没有责怪讽刺的意思，我只是好奇，如果不是双方实力悬殊太大，强强联手的联姻应该不好解除吧？”

不好解除的话，那她得当他多久的女伴啊？

当然她也没想过真的要答应他，她只是针对这段话实事求是一下而已。

好歹之前，她也是他正正经经的未婚妻啊！

当年梁家的峰珠集团是国内第一大奢侈品公司，商业领域涉及珠宝、手表以及时装，而她的父亲则手握清卡航运公司。

两人的父亲是多年好友，宋父虽为一家公司的老总，但一直都是他亲自去给梁父跑南非矿产。中国到南非，每一次的航线时长半月到一月不等。

南非拥有世界第一的黄金产量，也是世界第二大矿产出口国，彼此利益纠葛，自然而然地就定下了双方小孩的婚约。

那时候宋珍才十六岁，梁越十九岁。

听说当时年轻气盛的梁越也反抗过他俩的婚约，觉得备受束缚。他还和家里大闹了一场，那一学期都没再回过家。

知道了这事的宋珍，多少有些伤心。之前逢年过节两家走动打照面的时候，她觉得冷酷不已的梁越好帅啊，她们高中的那些愣头青简直太傻了，压根没法和他比。

在宋珍十七岁时，妈妈在生小予时难产离世了。之后由梁母细心照顾小予，让他从来没有缺少过母爱，她也跟着小予一起住进了梁家。

梁越虽然没反对宋家姐弟住进来，但是一回到家就摆着一张不好惹的高冷扑克脸。

那时候的她，真心想凭爱意将他融化。

她记得，有一次，她抱着小予欢天喜地跑到庄园门口去迎接一月一回的梁越。

那是她住进梁家后，梁越第一次回来，

偏偏小予也不知道怎么回事，宋珍那么喜欢小予，但她总是抱他一会儿后，小予就开始哭哭啼啼。

她本来想和小予一样表现得乖一点，结果小予一直哭到梁越出现。梁越自然而然，对这么吵闹的姐弟俩感到厌烦，当时脸色很是难看。

可当时的梁越不知道的是，其实大多时候，宋珍还蛮惹人喜爱的吧。

在班上收到了许多情书，她都没看。

但是为了让梁越知道她还是很有魅力的，她把情书捆成漂漂亮亮的一扎五彩花，然后含羞待放地让八个月大的小予传信。

明明一个就坐在餐桌旁，一个坐在沙发上，但是为了浪漫嘛，小予变成邮差，只是这位邮差，在爬过去的中途，还把香香的情书放进嘴里咬着。

当这些情书，通过小予这位可爱邮差送到梁越的手上后，她羞涩不已地说了句："也不知道他们喜欢我哪里，但是看看吗？梁越你……借鉴一下？"

坐在沙发上的大少爷直接冷冰冰回了一句："你有这么多人喜欢就够了，不过我帮你挑挑下家。"

少女时期的宋珍啊，为了梁越能正正经经瞅她一眼，还做过很多努力，或者说不可思议的祈祷？

比如啊，她希望高考结束后梁越能抱着小予来校门口接她，她对着梁越笑嘻嘻地说："这样说不定你就能拥有一个考得很好的未婚妻哦！"

虽然宋珍的分数能过三本线都已经是上天恩赐。

但显然梁越也是很了解她，他下意识就接了句，表情淡漠："哦，那还不如换一个来得快。"

他是指随随便便换一个未婚妻都能比她强的意思吧？

哼！梁越真的太过分了！

但挡不住她喜欢他啊，梁越好像二十岁就开什么金融公司了，总是白衬衣灰西裤，再带一个棕色鳄鱼皮高定腕表，黑发黑瞳，五官清冽，身形挺拔，外形俊朗，总之禁欲气息十足。

之后，梁越好不容易愿意带她去他的私人聚会玩，宋珍真是开心极了，想着一定要在聚会上好好表现。

他们玩台球，好啊，那她就一直赢。玩飞镖，玩射箭，那就更棒啦，因为她天生射击感极强，还在聚会上拿到了十把十环的好成绩，引得梁越的好友们一阵亢奋。

她算是很好的活跃现场气氛了吧，但是为什么梁越的脸色越来越差？

她当时想，她还不够卖力地为他争面子吗？

最后大家嚷嚷着去顶楼游泳，宋珍虽然不会游泳，但仍然笑眯了眼，第一个表示支持，然后被黑着一张俊脸的梁越直接拽回了家……

之后的二次聚会上，梁越也不再带上她了。

她为什么会知道有第二次呢？

因为当时在聚会上认识的好友们接连给她发微信，问“你身体好点了吗？”“要不要聚会结束来医院看你？”“哎哟，没有你聚会都少了一半乐趣呢。”

宋珍当时看到留言只觉得委屈极了，伤心得都快长水草了，梁越好狠心啊，竟然谎称她生病，还不带她出去玩。

她到底哪里没做好啦？她改还不行吗？

还有一回，两位长辈都不在家，就他们仨在家吃饭。爸爸原本答应会回来看他们姐弟俩的，结果临时有事又不回来了，也不知道什么时候才能见到，她都三个多月没见到爸爸了啊。

再隔久点，小予都快忘记爸爸长什么样子了。

她就在这么悲痛的情绪里起身盛饭。

结果糊里糊涂地带倒了红木椅，她的手腕还不小心碰到了雕金陶瓷盘，摔落在了地上。一瞬间，刺耳又猛烈的声响几乎快惊碎人心。

一旁的小予一下子就被吓哭了，梁越虽然惊诧但也赶紧抱起小予走到一旁柔声哄着，然后轻掀了下眼皮，沉声问她："脾气这么大，不想和我过了？"

宋珍心里更加苦涩不已，她干脆红着眼走到梁越身边，踮着脚想要抢回小予，却被梁越一把搂入了怀里。

他可能看出来她心情不太好吧，竟然极少见地柔声对她说："好了，我想和你过行不行？不哭，不哭。"

她真的就破涕而笑了。

极少数的时候，梁越也会忽然头脑短路对她温柔一下。

她在梁家，总体还是过得很开心的。

自家两个孩子能得到梁家如此关照，爸爸也从妈妈离世后的悲痛中振作起来，更是拼了命地帮峰珠跑船。

过年过节的时候，大家一起聚在梁家吃饭，真的就像幸福的一家人。

如果那艘从南非回中国的散货船没有出事的话。

那时候宋珍已经二十岁了，忽然从新闻上得知一艘名为"hayoo"的散货船才刚刚离开南非理查德湾，便遇上海上强对流天气搁浅，最后完全断成了两截。

“hayoo”，那可是爸爸一直在跑的那艘散货船啊。

当时她近乎崩溃地忙着去南非找爸爸，梁母飞快帮她办好签证让她以最快速度赶去。南非海事局和打捞公司的人都前往搜救了，但找不到尸身，船上也无任何生还迹象。

没过两天，梁母也赶过来陪她了，还为梁父和梁越没法赶来感到抱歉，宋珍真的很感激她。

梁母陪伴她的同时也顺便告诉她，因为她从没管过清卡集团，宋父也走得突然。清卡高层内部乱作一团，股市一度跌停，峰珠集团在这时候低价收购了清卡，希望她能理解。

再然后，梁母的态度便开始大转变了。

她有些尴尬地表示，她知道他们两个小孩对婚事并不满意，那就干脆当没这个事好了，还说可以资助她出国念书。

其实宋父出事之前，宋珍刚好从好友那里学来如何去勾引梁越，但惨遭梁越拒绝，她哪里还有脸面回国见他啊？

她知道他对她毫无兴趣，宋珍对解除婚约之事也就没什么好挣扎的。

但是当她一提到要带上小予一起出国时，没想到梁母瞬间就撕破了脸皮：“我从小予出生就开始照顾他，现在你让他离开我你觉得有可能吗？”

“说实话，如果不是我年轻的时候疏于管教梁越，导致他和我不亲近；如果不是我想和小予重新培养感情，我才不会让你进家门，你们宋家配得上我们梁家吗？你知道你爸沉的那批矿产害我们损失多少吗？我们还得给你爸擦屁股，收拾清卡的那一堆烂摊子……说什么找不到尸首，我严重怀疑你爸是不是藏到了哪里，然后私吞了我们那一批货！”

在风吹花海的狂野海岸边，宋珍还没从千疮百孔的悲痛中走出来，又在梁母的有色眼神中被骂蒙了。

所以……

之前梁母友好地接他们进家门，宋珍还见过十指不沾阳春水的梁母竟然耐心地给小予手洗衣服、不厌其烦地追着小予喂饭，这些都只是想满足自己扮演一个做母亲的角色吗？

而她这个姐姐之所以能被接受，完全是作为小予的附属品而已……

宋珍先是茫然不知所措，紧接着血液完完全全地凉了下来，心口好像被极其尖锐的刀锋撕裂开了一道鸿沟，她跌入这冰冷的无边黑暗中。

她当时以为她的人生也就这样了。

5.

“我会解除婚约。”

梁越坚定的声音将宋珍拉回现实，但见她迟迟没说话，他开始尝试妥协。

他找了她很久，只要她愿意跟他回去：“关于小予，你想要把他带来南非生活，我也会尽我所能。”

但是这一补充说明，在宋珍听来，却像极了“用之即来，挥之即去”。解除婚约之后，用不上她了，她在哪里，都和他没什么关系了吧。

“那位未婚妻，她哪点让你不如意了呀？”

那她宋珍呢？之前又是哪点让他不如意呢？

宋珍滑到床边，想要和他面对面地坐着来谈这件事。

她换了这个坐姿之后，才发觉他的长腿正好将她的腿夹在中间，男人眼色沉沉地看着她，侵略性极强。

彼此靠得太近了，宋珍有些紧张又忍不住垂下眸来，她抿了下唇："梁越，我不太明白……即使你想解除婚约，也不用找女伴来气谁吧？我一开始以为你是不是想要帮我要回小予，所以才编的说辞……"

梁越忽然轻笑了一下，一双狭长的眉眼清俊又凉薄："居然把我想的这么好？"

他伸手微微抬了下她的下巴："男人找女人还能为了什么？食色性也，我也会想要牵手，拥抱，亲吻，还有……"

宋珍"啪"的一声打开他的手，她的脸红透了，站起身想要走，却被梁越的双腿禁锢住了。

男人笑意盎然地仰靠在椅背上，整个人在暖黄的灯光下，看起来冷酷又张扬，目光却极为轻佻："好好考虑一下？我会尽量减少需求的次数。"

房间走廊外隐隐传来急促走动的脚步声，宋珍真是羞到不行："梁越你也太欺负人了……你腿拿开。"

怎么双方说开之后，他就开始毫无顾忌地表达……欲望了呢？

"叩叩叩。"

没想到这时候了，竟然还有人来敲梁越的房门，宋珍心虚地回头盯着紧闭的房门，门外窸窸窣窣地传来郑书原的声音："越哥？越哥哥？别偷偷摸摸看视频了，快给我开门！"

被这个臭小子破坏了暧昧气氛，梁越有些不爽地啧了下嘴，但他仍靠在椅背上，眼眸冷淡，一动不动："知道我在看好看的，还来打扰我做什么？"

宋珍默默地翻了个白眼。

“快开门越哥！我都要被气死了，一起看个视频让我救一下命！”

“别想了，不开。”

“啊啊啊啊！你也不管我，我真的要被气死了！”

宋珍终于受不了了，她推了下梁越：“他好吵啊，你去开门吧，我躲在卫生间。”

梁越深沉地叹了口气，一双极黑极亮的眼眸里跳动着男人的隐忍，像暗夜湖泊里的一尾红鱼。他起身，牵起她的手往卫生间走去：“行吧，这小子真会坏事。”

宋珍疑惑不已地甩开他的手：“我没有答应你啊！”

没了她手指的温度，梁越也没说什么，他表情淡淡地替她打开暖灯，但是她的神情看起来仍然对他清冷不已。

男人身影颀长，他漫不经心地倚靠在门边轻呵了一声：“现在分手都有分手礼了，你还不能给个拒绝礼吗？”

说完，他合上门，目光也逐渐变得阴沉了起来。这倒让宋珍的心颤了一下，梁越他到底什么意思啊？

之前，他们还是未婚夫妻的时候，她看到好友林顽那样出色地勾搭自己的男朋友，一勾一个准啊。

男朋友被林顽迷得神魂颠倒，七荤八素的。

由于对林顽敬佩不已，喝了点酒的宋珍也在当晚有样学样，她满脸绯红地扯开衣领贴近梁越，说：“知道你忍到二十……哦不，你是二十三，诶，你忍得更久啊！我重新来啊……知道你忍到二十三岁超级不容易，今晚我们放飞一下自我好不好啦？”

然后二十三岁的梁越一把将她扔回了她自己的卧室，一副避而不及，十分嫌弃的样子。

所以梁越的发育是这么迟缓的吗？他现在二十六岁了，终于知道自己真的忍得好辛苦，想要开荤了？

梁越终于给郑书原开了门，郑书原一进门就不客气地躺在了梁越的床上，声音听起来气得都要冒烟了："那个林顽真是无法无天了，我好歹是和你们来玩的吧？那么漂亮的导猎小姐姐我都忍着没要微信，可是我刚才刷朋友圈，看到她竟然跟一个长得那么磕碜的男人出去玩？她不能饥不择食啊！"

林顽？

之前姜媛他们聊天的时候，称呼郑书原的女朋友是元元吧……所以是"顽"字的那个元？

她真没想到郑书原居然是林顽的男朋友啊，不过林顽确实喜欢比她年纪小的男孩。

"哦，那你觉得她跟你在一起是？"梁越的语气听起来冷淡又刻薄。

"当然是真爱啊！她敢真不理我试试？我……我回去就去求她理我……"郑书原真是又气又委屈。

"嗯，干得好，那你可以回去了。"

在浴缸里无聊等待的宋珍都听出了梁越的敷衍，然而郑书原就像是得到了夸赞，还激动地在床上打了个滚："是吧？！我这做法是明智的，对吧？越哥要是你老婆惹你生气了，你肯定也会像我这样不和她计较，还回去哄她的，对吧？瞧瞧，果然好男人都扎堆玩！"

宋珍则躲在里面默默划着瓷砖，一想到以后梁越会温柔地哄别的女人，心就好痛啊。

“嗯，对，你可以滚回去了。”

“别想了，越哥，我今晚就赖你这儿了。我行李箱里居然全是元元给我买的衣服！一回屋就满脑子都是她，你看看我多有脾气！我都没穿她买的！我穿了条自己买的裤子就来找你了！哎哟，我好困啊……”

“滚滚滚！”梁越终于忍无可忍直接去拽他。

“不要嘛。”郑书原像赖皮狗一样赖着不走，还像只大狼狗在呜咽，“越哥你去哪里？”

“我去卫生间睡。”

梁越真是有些烦他，他干脆钻进卫生间里，却错愕地发现宋珍竟然躺在浴缸里睡着了。

他立马心疼地走上前，脱下睡袍给她盖上。女生呼吸轻缓，眉目清淡，眼睫毛偶尔会不安地跳动一下，小脸满满的胶原蛋白。

梁越蹲在浴缸旁正要伸手撩开她的碎发，睡梦中的宋珍竟然还下意识地皱了下眉，别过头去。

梁越愣了下，沉着一张俊脸收回手。

宋珍的戒备心太强了，失去联系的这几年里，她到底都经历了些什么？

第二章：真香定理

1.

宋珍全身酸痛的从浴缸里撑坐起来，看到睡在浴缸外的梁越，她吓了一跳。

梁越就坐在地板上，一只长腿屈起，懒散地靠在浴缸旁，另一只腿伸直放着，整个人仰靠着墙睡着了。

男人五官冷硬，轮廓锋利，他仰起头时，好看的喉结凸显，额前的黑发扫着他的眉，挺直的鼻梁在暖光下更显棱角。

真是好帅的男人啊！

宋珍竭力压抑住对他的心思，冷淡地将睡袍扔向一边，对他不闻不问，而后小心翼翼地跨过他的腿便偷偷溜出了卫生间。

她和印度司机还约好了早晨五点继续去找角马。

她一开门，看到乱成一团的床上，郑书原光着上半身，四仰八叉地打着鼾。

宋珍赶紧别开脸，跑出房间，房门还没关上呢，宋珍就在长廊外被人抓住了手腕。

她惊魂未定地转过头，只见身后是来接她的印度司机，他的愤怒几乎一点即燃，特别是他匆忙扫了一眼屋内，看到屋内床上滑下一大半、皱皱巴巴的床单，以及床上男人光着的那条腿，印度司机脸都绿了："珍？你怎么从那个中国男人的房间里走出来？他是不是对你做了什么！别怕，有我们在！"

"没有，没有，是误会，我就刚进去确认了一下，他们要不要和我们一起去找角马。"

印度司机生气又茫然："他们？"

怕吵醒别的客人，宋珍想要先拉他离开："就是那两个中国男人，我们别打扰他们……"

虚掩的房门再度被打开，这回是呵欠连天的郑书原。

郑书原一脸迷迷糊糊地爬起来，他想看看是谁在他们房间外说话，一定睛，看到是宋珍和印度司机两人，他连忙红了脸，尴尬地一把扯过旁边的床单遮住了自己的下半身："是来叫我起床的吗？你等等啊，我穿上衣服就和你们出发。"

随后他迅速关上房门。

宋珍脸红红地拉上还没反应过来的印度司机往楼下走："让他们休息吧，不要打扰他们……"

印度司机这才明白过来，急忙"哦哦哦"地点头："是这样啊……"

就当是这样吧。

到了楼下餐厅，南非管家已经准备好了早餐，他们一行三人吃到一半，姜媛也下来了，她看了一圈没看到梁越，但还是说和他们一块儿出发。

营地是整片狩猎场的住所，他们来之前以为这里会简陋不堪，实则是五星酒店的配置，不仅装潢气派，风景宜人，食物也可口丰盛。

天还蒙蒙亮，宋珍就带着他们出发了，再次来到昨晚作了标记的地方，他们几人便开始四处分散寻找角马。

郑书原跟着印度司机，姜媛则跟着宋珍。姜媛就看宋珍一会儿捻一下褐色的土，一会儿蹲下来认真辨别地上模糊的蹄印，一缕黑发轻柔滑过她白皙的脸庞，让人的思绪也变得细腻起来。

宋珍真的很美，是那种穿着麻皮口袋往人群中一站，也能被一眼相中的美。但是再美又如何？梁越今天怎么也没来？是没有兴致陪她了吗？

宋珍忽然回头看向姜媛：“前方可能有点危险，害怕吗？”

姜媛瞪大了眼睛：“不……不怕啊。”

为什么这么瞧不起她？

“好，”然后宋珍站起身向反方向的两人用力招手，“在这边！”

说完宋珍带着他们往前方一路寻找，果然在前方一百多米处找到了角马，但它已经倒在了地上。

郑书原跟着跑过来，十分震惊地蹲在地上看着这只壮硕的角马：“终于找到你了啊！兄弟！好大啊你，我们四人肯定抬不动吧？”

“对，”宋珍拿出对讲机来，对他说，“我得尽快找分理工人过来抬，不然我们马上就会被鬣狗包围了。”

“什么？”

这可把郑书原吓坏了，他四处张望，说话开始打起来结巴：“什么狗？它们要要要……吃人吗？”

宋珍呼叫完营地的分理工人，又蹲下身来给郑书原指了指角马旁边留下的一圈凌乱细碎的小脚印：“你看，凌晨的时候鬣狗就来过，不过它一只狗搞不定。可现在这时候，我估计它已经叫上它的兄弟们一起过来了。”

闻言，郑书原吓得就要单枪匹马地拖着角马离开了：“啊啊啊！那我们快走！别等分理工人了！我可以的！我能行！”

见他那胆小的模样，宋珍忍不住坐在地上笑开了花：“骗你的，小原，你怎么这么可爱啊。”

所以，行事雷厉风行的好姐妹林顽是喜欢这个男孩的可爱吗？

“宋小姐过分了啊？我生气了啊！”此时，郑书原虽然如释重负地放下了角马，但面子上却过意不去了。

宋珍笑嘻嘻地靠近他：“别生气了小原？我教你怎么哄回你女朋友好不好？”

知道他是好友的男朋友后，宋珍不自觉地想要替好友逗逗他，觉得很是有趣。

可这一逗一哄的做法在一旁的姜媛看来，却觉得这女人真是心机颇深啊！钓不到“美男子”梁越，她又来勾搭“小可爱”郑书原了吗？

不行，姜媛重新打开了相机，她得把这一幕拍下来……

“笑得这么开心？”

还没得到郑书原的回答，宋珍拿在手里的对讲机却传来了梁越的声音。她愣了下，笑意一下就敛住了：“你醒了？”

对讲机那头的声音听起来并不怎么友好：“我一片好心陪睡，结果还被人扔下了，怎么睡得着？”

宋珍的心忽然一紧，还有点心虚，他怎么现在什么话都说得出口了？

“哼，什么陪睡啊？”郑书原还以为梁越在和他说话呢，他抢过对讲机，“请问你是在陪浴缸睡觉吗？我一觉醒来，发觉你为了躲我，竟然睡在浴缸外面的地板上？不是啊越哥，你就算睡在浴缸里我的心都会好受一点，好吗？”

梁越忍不住轻笑了下：“我倒是想睡里面。”

“那你倒是睡啊！”

“算了，我怕我控制不住。”

“干吗啊，哈哈哈，你怕你控制不住跳起来暴打我一顿，然后再把我扔进浴缸里吗？哈哈哈……”

“你想得美。”对讲机那头的声音立马又冷了下来。

宋珍羞得真听不下去了。

郑书原也听不下去了，心想：越哥真的好冷血哦，一个浴缸都不让他睡。

姜媛也一言难尽地走过来：“你们俩？你和梁越，昨晚睡一个屋？”

郑书原茫茫然地看过去：“对啊，不行吗？”

看着姜媛那很是不满的表情，郑书原忽然警惕起来，她这什么意思？她难道是在不满昨晚他敲的不是她的房门吗？

郑书原忽然很是忧愁，在他回去见到元元之前，他一定要捍卫住自己的清白啊！

2.

把角马送回营地，再接上梁越，加上和梁越不太对付的印度司机，一行五人又坐上了导猎车。郑书原这回兴奋地想打个白面羚羊，一路上叨叨个不停，大致意思是，他这回有着盲目的自信可以一枪定胜负。

宋珍把帽子借给姜媛了，她现在整个人被太阳晒得软绵绵的，七月虽然是南非的冬季，但下午的阳光仍然滚烫。

没人理会郑书原，但他是她的客人，宋珍不能不理他，只得偶尔配合地给他当个捧哏。

其实宋珍已经困得不行，腰还酸痛，她得时不时给自己默默地捶几下。她有气无力地趴在吉普车的搭架上，庆幸他们这会儿遇见的都是不能打的保护动物，毕竟她这会儿精神不佳："看到树丛后面的长颈鹿了吗？很高吧？它岁数很大了，之前为了和一个年轻的长颈鹿争女孩儿，伤得可严重了。它们打架都甩脖子的，埋着头用脑袋撞对方的后腿，靠经验取胜，撞倒了对方也就赢得了姑娘。"

郑书原啧啧嘴："唉，红颜祸水啊。"

"话说越哥？"郑书原去戳了下同样懒洋洋、看似腰很疼的梁越，"当初我们本来要去纽约开会，想着干脆先去加拿大玩一圈就好了！可是你力排众议直接把我们拉到了南非。"

从国内金融会议转战纽约会议多出来了的一周空闲，梁越二话不说便带着他俩飞到南非约翰内斯堡。

姜媛是他的基金合伙人，郑书原则是跟着他来玩的。

"从中国到南非，再从南非到纽约，这几个地都不顺路你知道吗？都绕世界一个钝角三角形了啊，你赶紧的，不狩猎可惜了啊？"

梁越看着远处绵延起伏的丘陵，他轻掀了下眼皮，目光看回前排的宋珍，低声说："在狩猎啊。"

郑书原没懂："猎物呢？"

梁越无精打采地倾过身，他将自己的鸭舌帽取下随意地扣在了宋珍的脑袋上，给她遮光，顺便提醒她一声："他叫你呢。"

宋珍一下就没了睡意，她紧张不已地撑坐起来，干巴巴地笑着，说："呵呵……梁先生可真会开玩笑。"

说完，宋珍飞快转过头不敢再看他们两人的目光……还好没过一会儿，一群白面羚羊出现了。

郑书原这回自觉地钻到前排来，他撅起屁股把枪豪迈地一架，然后轻车熟路地开始瞄准："狩猎嘛，谁还不会嘛！"

然后瞄啊，瞄啊，只听身后传来"砰"的一声，十分猛烈，吓得郑书原差点屁滚尿流："我的枪走火了吗？走火了吗？我还没扣下呢！"

郑书原话还没说完，宋珍已经跳下车寻找倒地的猎物。

再然后，郑书原发觉有人踢了下他的腿。

郑书原诧异地回头，只见身后的梁越十分利索地收好枪，逆光站立着。

梁越宽肩长腿，穿着战地迷彩服更是不怒自威，他淡淡地对他说了声："我去看我的猎物，你挡路了。"

郑书原很有情绪地往旁边挪了挪，小声说了一句："给谁耍帅呢？我有女朋友了我！"

宋珍穿过荒草地，走了三十多米便看到倒在地上的白面羚羊。听见身后传来了脚步声，宋珍回过头去，很兴奋地跑到梁越身边："你很棒啊，这一发打得很稳，让它没有什么痛苦。"

闻言，男人愉悦地扬了下嘴角，弯下腰平视她，目光灼人："这么棒，有奖励吗？"

宋珍笑眯眯地："当然有啊，猎场规矩，遇到小型动物，谁猎的谁背回去。"

梁越愣了一下。

看见郑书原和姜媛也跟着来了，宋珍与梁越拉开了点距离，和姜媛打招呼："姜小姐，待会有个小仪式，有兴趣帮梁先生拍下来吗？"

姜媛在崎岖的荒路上走得歪歪扭扭："啊，好啊，好啊。"

宋珍蹲到羚羊身边，抹了点羚羊的血，然后走到梁越身前，他太高了，宋珍命令他："你低下头。"

男人挑了下眉，很听话地低下头来。

宋珍伸手将羚羊的血抹在了他的额头上："这样做，是在为成功狩猎的猎手祈福，证明你的勇敢和果断！"

"是吗？"梁越笑了下。他看向眼前的女生，她微微仰着头，帽檐下露出一张瓷白的小脸和水灵灵的眉眼，很是惹人喜爱。

"当然啦，还有一个原因，动物希望你可以替它延续生命和好运……"

宋珍正在真诚的祝福着，面前的男人却忽然轻揽住了她的腰，宋珍一个踉跄只能贴得更近，然后她便听到他沉沉的声音响起："作为回礼，我给辛劳的导猎小姐姐揉个腰？"

正在录像的姜媛完全呆愣了，一开始完全不敢相信，之后便不可遏制地涌出一股深入骨髓的嫉妒，这样甜蜜的话语和动作她从没想过会出现在梁越的身上……

郑书原也傻眼了，惊诧的声量陡然高出好几倍："梁越你做什么！男……男女授受不亲！"

"看她腰疼而已。"

怀里的宋珍红着脸反抗，梁越也适时地松开手，往后退开了。

郑书原有些不满地冷哼了一声："我看你是睡了一晚上的地板导致腰疼才对吧！"

越哥最近怎么回事？一向不近女色，连那个漂亮未婚妻也不正眼看一眼的越哥怎么就忽然切换成疯狂撩妹模式了？

梁越漫不经心地点点头："对啊，我也腰疼。"

郑书原倒吸一口气："不是啊！都腰疼，难道你们昨晚在隔空打架？"

"梁先生，请你过来，"宋珍有些恼羞成怒地重返羚羊身边，"我教你怎么把羚羊背回去。"

见他来了，宋珍立马压低声音，清秀的眉皱在一起，很是委屈："你在做什么啊梁越？你还有未婚妻，你让你的朋友们怎么想你啊……"

"你才是我的未婚妻。"梁越单膝蹲下，不客气地打断了她的话。

闻言，宋珍难以置信地呆愣了下，好像有一艘失控的船头在疯狂地冲撞她的河堤，心口有些酸软的发胀："可是我们现在已经什么关系都没有了……婚约也早没了，你在说什么呢？"

羚羊正好倒在苍翠的树下，周边是疯长的杂草，不远处的姜媛两人根本听不见他们在说什么。

梁越垂了下眸，嗤笑一声，有几分生人勿近的阴戾。他狭长的眼尾微微上扬，一看便是矜贵公子的模样。

他的笑意透着森森寒意："很不错啊，我的婚事，你们想定就定，想毁就毁，是吗？"

当初和宋珍的联姻，梁越心里百般不愿。他用行动抗拒家族束缚，不仅搬出梁宅，还对集团之事充耳不闻，最终被父母断绝了经济来源。

当时宋珍搬来梁宅一个多月，看在多了个新出生的弟弟份上，他终于良心发现愿意回去看一眼，恰巧遇上宋珍抱着一个哭个不停的小娃娃。他有些躁郁地抱过小奶娃，忍不住嘲讽一句：“你的姿势没抱对，他怎么可能会不哭？”

梁越小心翼翼地让弟弟的脑袋枕在他的手腕上，然后弟弟真的就眨着湿漉漉的大眼睛看着他，慢慢安静下来了。

宋珍当时不仅没有因为他的嘲讽而感到羞赧，甚至还万分敬佩地夸了他一句：“你好厉害啊。”

梁越继续冷漠地抱着小予往大厅走，理都没理她。他实在搞不懂这样的婚姻有何意义，他的父母就是联姻，父亲梁其诚作为上门女婿掌管整个峰珠集团，母亲文慧作为富家千金，整日沉迷香槟聚会。因为和梁其诚没感情，生下他后也从来不管他，等他长大后，她却擅自为他的人生做选择。

想要他步入他们不幸婚姻的后尘吗？

“别再生气了好吗？”

“你有喜欢的人了吗？”

当时的他正在心里冷笑质问，这样的未婚妻和文慧有什么区别？身后却传来了女生异常认真的问话，听起来好像还在哄他？

梁越更加不爽了，难道所有的富家千金都甘愿做牵线木偶，对这样毫无感情基础的婚约一点都不反抗吗？

但谁能料到的是，他最后还是没能逃过翻云覆雨的命运之手，当他沉溺于其中的时候，突然传来解除婚约的消息，然后婚约就这么草率地解除了？

她们是感情骗子吧！

什么叫作“我们想定就定，想毁就毁啊？”

宋珍疑惑地看着他，正想和他说这明明就是长辈做的决定，她也毫无选择权，身后便传来了印度司机叫她的声音：“嘿，珍！来这里一下。”

“好的，马上就来！”

“这羚羊你双手握着它的前后腿，直接拿起扛在肩上，并不重的，你明白了吗？”宋珍应了声，又回头向梁越匆忙地解释了一下，便向印度司机走去。

正好姜媛两人也走了过来，他们打算帮梁越抬羚羊。

“把刚才的录像删掉。”

宋珍还没有走多远，便隐隐听见梁越毫无感情地让姜媛删掉录像，又听姜媛很是茫然地问了句：“什么？”

姜媛以为自己听错了，宋珍也希望自己听错了，然后她听梁越沉默了一下，低声问：“还拍照了吗？相机给我，我自己来。”

原来他不放心，还想要亲自删啊！

宋珍失落地咬了下唇，感觉自己的心情就和这黄土一样，荒凉不已。

“多可惜啊，这么好看的照片和值得珍藏的录像。”

姜媛虽然语气惋惜地说着，但递相机的动作却十分麻利。她看了眼不远处的宋珍，想起刚才她让自己录像时那自作多情的模样就觉得可笑。

不过姜媛还是决定委婉地提醒一下：“梁越……别再这样逗人家女孩子啦，她当真了可不好。”

“对啊，对啊。”郑书原也有些看不过去了，“越哥，人家导猎小姐姐天天和动物接触，涉世未深，很单纯的。要是你搅乱一波春水，然后拍拍屁股就走人了，之后她还不知道该去哪里找你，这对她打击得多大啊！”

郑书原决定和他商量：“越哥，你看这样行不行？我知道你不满意婚约，回国我带你去玩！我不玩我真的不玩，到时候你要帮我跟元元解释啊，我这是为了带你上道！”

想想就这么两天的时间，他最敬佩不已的梁越竟然也学会对人家女孩动手动脚了，主要是这姑娘又单纯又凄惨，他觉得即将作为有妇之夫的梁越真配不上她。

梁越还没有未婚妻时，他们一伙人求他去花天酒地放纵一下，结果人家理都不理，直接回家陪小予玩积木。一个清心寡欲的公子哥到了狂野的大自然，未必他压抑已久的“兽性”得到释放啦？

“帮我想办法哄她回国。”

“什么？！”

说这话时梁越表情淡淡的，一副心平气和的模样。

男人异常平静地拿出手机将相机里有关他和宋珍的录像和照片一同导入手机后，才逐一删掉。删得差不多了，他将相机还给呆滞的姜媛：“有关宋珍的我都删了，其他想发朋友圈的随你。”

像是突然想起什么，梁越又很随意地扫了姜媛一眼，但是这次他的眸光明显锐利几分：“对了，包括早上那一张。”

闻言，姜媛猛地一惊，睫毛微颤了一下，不禁有些忐忑。早上那一张，不就是她偷拍的宋珍和郑书原亲密无间坐在一起的照片吗？她本来想暗地里发给元元……但是梁越为什么要这么做？

梁越见两人神色迥异的样子，他蹲下身利落地将羚羊扛在肩上，他本来也不是非常有耐心的人："帮不了忙就闭嘴，别管这事。"

"哼，梁越虽渣，但知其理，"郑书原跟在他身后走着，意见相当大，"哦，不对，是应该知其理！"

谁知话音刚落，郑书原便见走在他前面的高个儿猛地一顿，随后停下了脚步。

见状，不知为什么，郑书原竟然下意识惊惧地咽了口口水，开始缓缓后退，他总觉得下一秒梁越就会将他卷入一场可怕的龙卷风中。

梁越微微眯了眯眼，回头看他，黑色的睫毛微微垂着，他轻呵一声，嘲讽意味颇重地回了句："渣吗？我喜欢她的时候，你还在玩泥巴呢！"

身后两人表情剧变。

3.

梁越扛着羚羊从小径走回大路时，便见宋珍蹲在吉普车后面向一个水桶里轻快地扔什么东西。

她身后的巨大红日正在缓慢下坠，烫红了她小巧的身影，滚滚热浪漫过远方绵延不断的墨色丘陵向她袭来，好似马上就要点燃她那被风吹起的一缕慵懒碎发。

她浑然不知，依然笑意盎然，任凭金灿灿的光线勾勒着她的线条，温婉细腻。

她和这落日昏黄在一起，美得像一幅艺术画。

梁越在此刻的某一秒中，竟然恍惚地觉得，她天生就属于这里。属于这里的山，这里的水，这里的原野与夕阳。

但是不对，她本该是属于他的。

宋珍抬头见他们走来，早已恢复了之前的平静，温柔地向他们招手：“终于来啦，差不多可以回营地了，这水桶里是猫薄荷和海盐，给羚羊当零食的。”

郑书原惊喜地凑上前：“这待遇可以啊，是羚羊最后一顿饭的意思吗？”

宋珍一脸笑意地拍了下他的肩：“别这么悲情好不好？”

“哦，对了，还有件事。”

宋珍拘谨地站起身，很是歉意地看向郑书原两人，完全忽略了正在将羚羊放回车里的梁越：“非常抱歉，之后几天可能得换另外一个导猎带你们。因为刚才对讲机里的人说营地里来了两位新客人，是女孩儿，希望女导猎带队，所以……”

看着郑书原一脸惊讶无法接受的模样，宋珍笑嘻嘻地赶紧打包票：“我保证新导猎比我专业多了，而且英语也很熟练，大家交流不会有任何问题……”

突然，身后传来响亮的“砰”的一声，是突兀的关门声。

宋珍不敢回头，只觉头皮微微发麻，身后的梁越一言不发地绕过他们直接先跳上了车。

“别啊，姐姐……我们知道的，营地里别的导猎都很好，她们不一定非要女导猎吧。”

郑书原着急地抬头看了眼车上的人，果然，先上了车的梁越以肉眼可见的速度黑了脸。他的轮廓棱角分明本就锋利，这下好了，下颌线线条硬得都能当利刃了吧……

也是，人家梁少爷使尽浑身解数撩拨宋小姐，结果另一方屏蔽了信号不说，还干脆抽身逃跑了，他怎么可能不生气？

“但是……这是纳冯叔叔打电话过来提议的。”宋珍显得有些为难。

纳冯？

郑书原回忆了一下，才想起来：纳冯，是猎场主的名字。

“那纳冯叔叔一开始还答应了你带我们呢？这样言而无信，小心我们在网上给差评哦！”郑书原还在试图挽留，毕竟他才知道梁越的心酸暗恋史，他得帮自己的好兄弟啊！

“啊？”

坐上车的梁越不耐烦地敲了下车板：“走了，上车。”

一路无言，只有吉普车越过山石路时，颠簸落回地面时发出的沉闷声响。

回到营地，郑书原和姜媛两人先下车，宋珍特意磨蹭了一下，在梁越准备下车的时候，伸手悄悄拽住了他的衣袖。

梁越半撑着栏杆把手，冷淡地扫了她一眼：“做什么？”

宋珍愣了下，被他这一眼看得有些怯怯的，她小声说：“能……能给我小予的微信号吗？或者你告诉他，今晚和他开不了视频，我之后再找机会。”

她也就只会为了小予的事主动找他了。

怪不得被印度司机叫走之后，她表现得如此轻松欢快，从此不用和他见面了，她当然心情不错了。

阳光灼热，风热呼呼地在两人之间滚动。

梁越在胸腔里一点一点地累积着躁郁，沉默了许久，他忽地垂眸笑了下，眉目越发深沉，他没说话，准备跳下车。

宋珍仍然不松手，拽他的力气又大了几分，她蹙着眉，眼眶微红，像是有些快急哭了，她哽咽着问："梁越你真不给我吗？"

梁越的喉结滚动了一下，他索性看向她，眼里满含戏谑："这么温顺？那你明天再来求求我，我说不定就给了呢。"

闻言，宋珍呆愣了下，有些难堪，最后她苦涩地松开他的手，还气得把帽子取下，扔到他怀里："还给你！赶紧走，最不想见到的就是你了！"

帽子闷声砸到他的胸口，又落回车里。

梁越看她飞快地从另一边跳下车，戏谑的笑意逐渐收敛，眸光也再次灰暗。

骗不回，哄不回，现在她更是重新带队，干脆躲他于千里之外了。

她对他毫无留念，他却还想把这样的宋珍留在身边。梁越沉默地捡起鸭舌帽，整个人冷冷淡淡地靠在了车身，嘴角无声地扯出了一抹自嘲。

两人不欢而散倒也还好，反正宋珍也不用为他们带队。但之后难免在楼下餐厅撞见，不过彼此心怀芥蒂，所以看也不看对方一眼就擦肩而过了。

视频通话那边的小予发现接连两天都只有梁越哥哥，他呵欠连天地继续睡："梁越哥哥，如果我明天还看不到珍珍姐姐，你也不用给我打视频电话了啊，我还不如在梦里见她呢！"

梁越心不在焉的"啧"了声："今天是你主动找我的。"

小予缩在被子里，懒洋洋地转了个身："我以为你今天就能哄好珍珍姐姐了嘛！"

小予见对面的梁越哥哥靠在椅背上沉着脸不说话，他一张白嫩的圆脸慢慢凑近，占满了整个屏幕，他循循善诱：“你说过不会让珍珍伤心的哦！”

“是她，”梁越躁郁地皱了下眉，不爽地放下手中的高脚杯，“是她，让我伤心了。”

“小气鬼。”

深沉的夜里，每一个细微的声响都会被无限放大。窗外刮着无边的风，远方营地还隐隐传来了小孩欢笑的声音，但是宋珍说过了，那其实是鬣狗在低吠。

如何才能心安理得地带她离开，离开她这么喜欢这么熟悉的南非呢？

梁越有些闷闷地朝小予说道，带着半分委屈半分诉苦：“你姐姐心里只有你，没有我。”

“这不很正常吗？！”对面的小予开心极了。

“但是你最近也不好使了，不然她怎么就顾着和我生气，都不来看你了？”

小予一秒变成可怜巴巴的模样。

梁越意志消沉起来那真不是人，连小孩都欺负，坑小予简直得心应手：“说明她还是不够爱你，不会为你回来的，我也跟她留在这儿了。”

小予的眼眶里蓄满了泪，好似下一秒就能“哇”的一声哭出来。

梁越却终于笑了，小予傻乎乎的，真可爱。

他调整好情绪后轻拍了下屏幕，就像往日里哄小予睡觉那样摸他脑袋：“好了，睡吧，哥哥就算和她重新做朋友，也要把她带回你身边。”

他不贪心了，脾气也被磨光了，他的骄傲和冷漠在宋珍面前全都缴械投降。只要她愿意回去，从朋友做起他也甘之如饴。

“呜呜呜呜，好……”小予正感激涕零地说着，就被对方无情地切断了视频，他寂寞地抹了抹鼻涕，心想：哥哥真是没感情的怪物呢！

梁越合上笔记本没一会儿便传来了敲门声：“您好，免费野味希望您笑纳。”

“多谢，不用了。”

男人揉了下太阳穴去开门，正准备友好地拒绝，但是南非管家仍然热情地推着餐车走进房间。等餐车停稳后，南非管家直起身对他笑了下，露出一口洁白的牙，随后毫无预料地拿出棒槌敲晕了梁越。

宋珍在屋里没呆多久，还是忍不住换上了好看的裙子窸窸窣窣地往梁越的房间跑去。

半夜的营地走廊静悄悄的，壁灯打下昏黄的光，她轻轻地敲了下梁越的房门，但是房内无人回应。

她又压低了声音，葱白的手指轻轻划着房门：“梁越，是我。”

“我们别生气了，好不好啦？”

宋珍是真诚来交朋友的，小予那么喜欢他俩，她和梁越要是闹矛盾了，小予会伤心的。

虽然她还是没搞明白梁越为什么要找她做女伴？她不答应的话，那他回国之后是不是就会找别的女人？

到时候他可能还是没法解除婚约，然后他就会和那个未婚妻凑合着过一辈子吗？他的未婚妻会真心对小予好吗？其实吧，就算这次梁越他们没有出现，她也已经准备回国了，她想回国把小予带来这里生活。

只是她仍然有些不甘心，如果父亲当时没有发生意外，她再熬一熬，说不定他也就愿意和她凑合过一辈子了呢？

宋珍越想越沮丧，她在他门口站了快十分钟了，梁越怎么还不理她啊……这个小气鬼！

宋珍忽然就泄气了，她失落地准备转身离去，却发现走廊尽头的客房门打开着，姜媛双手抱怀倚靠在门边紧紧地看着她。

宋珍受到惊吓的同时，也一下就慌了。

但是一想，她又不是来做什么见不得人的交易的，宋珍平复了下心情，假装镇定地走上前。

走廊里铺着灰色地毯，走路声细小轻微。

她正要说话，姜媛却露出一副心知肚明的表情，笑着对她摆摆手："宋小姐你别灰心，之前不论我们在国内还是国外，半夜来敲梁越房门的女人数不清，但都没得到她们想要的结果。"

"他这么矜持？"

宋珍挺意外的，他这次撩得她乱了分寸，她还以为他是情场高手呢！

姜媛瞳孔有些失焦："是啊。"

难道这次的重点不是该反省反省你自己吗？

哪知对面的女生竟然还温柔地笑了，肤色洁白细腻，好似一块上好的羊脂白玉："那他还挺让人放心的。"

"进来喝一杯？"

姜媛慵懒地偏了下头，邀请她进屋聊聊。

此时的她，已经换下白日里的迷彩战地服，穿上了自带的丝绸睡袍，她身形姣好，看起来光彩明媚。因为从事金融工作，所以留着利落干爽的短发，御姐范十足。

宋珍心想：或许回国后能成为朋友呢。

她摇摇头，对她友好地笑了下："谢谢，但是太晚了，下次吧。"

姜媛点点头，彼此道了声"晚安"，然后轻轻地合上门。

可是关上门后，妩媚女人的神色一下就冷漠了下来。

方木桌上是早已醒好的两杯红酒，姜媛撇了下嘴，兴致索然地将其中一杯放有安眠药的红酒慢悠悠地倒进了马桶。

真扫兴，本来还想迷晕她的。

4.

翌日清晨，宋珍像前两日一样继续为两位女客人带队。

等夕阳西下，宋珍带着收获满满的客人回到营地，她走在前面推开玻璃大门，一眼看见客厅的木桌前竟然放满了用报纸包裹住的鲜花束。

"是纳冯叔叔回来了吗？"宋珍欣喜地上前抱起一大捧花束，馥郁的花香就像是落在了她身上。

导猎笑着回她："是啊，但是他和人谈事去了，篝火晚会的时候，你应该能看到他。"

宋珍清亮的眸子笑得快眯成了一条线，她满足得不得了："好啊，那我插花去啦？"

"去吧，去吧，你就待在客厅好好玩。"

在国内的时候，宋珍算是新锐插花师，园林修剪也很是拿手。纳冯叔叔每次去西北部的纳马夸沙漠都会给她带花。

他们虽然都看不懂插花艺术，但仍然会绞尽脑汁夸她一番，有时候实在夸不来，就慨叹一句："啊，这一看就不是塑料花！"

气得纳冯叔叔直接踹了那人一脚："要你放屁！"

宋珍像只勤劳的小蜜蜂，在所有有桌子的地方都放了个玻璃杯，然后随心所欲地插上花束。

这时候她的手机忽然振动了一下。

她拿出一看，竟然是林梦时，他是林顽的亲哥哥。他也是时不时去梁家找梁越的时候，会拍几张小予的照片发给她看的人。

之前在国内的好友们，也就林梦时知道她在南非。

梦时：梁越来找你了？

珍：是啊。

梦时：那他还算厚道，我说小予都这么大了，再不把你接回来，小予估计都快忘了自己姓宋，梁伯母最近正打算给小予改姓呢！

见状，宋珍的心一下就沉下去了，梁母是打算直接抹掉有关宋家的记忆吗？

珍：是你告诉他我在这儿的？

梦时：我告诉他很久了。

梦时：你打算跟他回国吗？如果是的话，等我从纽约回来，我们见个面。

原来已经告诉他很久了啊……

宋珍手指冰凉，她缓慢地输入一个"好"，刚点击了"发送"身后便传来慌乱的下楼声。

哪位客人在找什么？有点无措的脚步声响遍楼层，宋珍疑惑地望过去，对方和她大眼瞪小眼，原来是急得六神无主的郑书原。他像见到救星似的扑向了她：“宋珍不好了！梁越可能出事了！”

“什么？”

郑书原满头大汗：“我已经一整天没见到他人了！早上我和姜媛先下楼用餐，然后南非管家带来梁越的话，说梁先生今天不狩猎了，想休息。可我刚才去敲他的房门，没有回应，打电话也无人接听，我想找人破门看看……”

这时候，南非管家正好端上一盘奶香味浓郁的鲜奶挞放在茶几上，看见宋珍一副失魂落魄的样子，他很是疑惑：“珍，你怎么啦？”

见到南非管家，宋珍像是见到了救命稻草似的。

她来这个狩猎场好几年了，此前从未发生过客人失踪的事件，此时她心慌不已：“你有见到梁越吗？就那个高高瘦瘦的中国男人……”

“2703 的客人？”

“对对对！”他应该知道梁越在哪里，宋珍失焦的瞳孔里终于有了一点点色彩。

“噢，他啊，他下午自己骑了个越野摩托车就出去了，梅根想陪他一起也被拒绝了。大概下午三点出去的，七点应该也快回来了。”

“他自己一个人？那他可能迷路了……”宋珍抓起郑书原就往外跑，“你在外面等我，我去车库开辆吉普车出来。”

梁越其实已经醒来很久了，但他被蒙住眼睛，手脚死死地捆在木椅上。

他不知道这是哪里，周围什么声响也没有，静谧得能听见自己的心跳声。也不知道过了多久，只觉全身疲倦又饿又渴，他干脆放下了警惕，瘫软地靠在了椅背上。

过了一段时间后，他终于听见铁门被打开的声音，有白茫茫的光亮涌入，还有杂乱的脚步声。脚步声听起来感觉不止一人，然后他被人粗暴地解开了眼前的布条。

男人不适应地埋了下头，烦躁地甩了下头发。他的头发被汗濡湿了，白色衬衣也早已脏得不成样子。

“您昨晚打来电话，我们立马就把他绑了过来，十几个小时没进食了，现在肯定什么都愿意招了。”

这是印度司机在对谁说话？窸窸窣窣地说着他听不懂的祖鲁语，所以是印度司机和南非管家联手？意义何在呢？

梁越终于仰起头，冷淡地抬了下眼皮。可下一秒，这位向来处事不惊的男人也不免惊诧了一下。

岂止是两个人？

这是狩猎营地的机械室，他的眼前，站了一圈身强力壮的男性。营地工作人员几乎来了一大半，他们都愤怒地看着梁越，坐在最中间的领头人竟然还是营地猎场主——纳冯。

纳冯身边的导猎又埋头向他说了什么，纳冯摆摆手，导猎这才又忍耐地站直了身，看向梁越的目光越发充满了警惕。

纳冯应该是刚赶回来，衣服也还没换。

他摘下帽子给自己扇风，目光犀利得仿佛能直穿人心：“你都对珍做了什么？”

“什么？”梁越疑惑地皱了下眉，不太明白纳冯的话。

纳冯身边的导猎却忽然上前直接给了梁越一拳，梁越猝不及防地连人带椅地栽到了地上。

“喂？你还不承认吗？我看到珍从你房间里走出来，你还在狩猎期间非礼她，你都对她做了什么？她竟然没把你打得满地找牙！”

梁越这才确定了他们绑他过来的用意，他之前虽然有所怀疑，但实在难以想象他们会对宋珍这个中国女孩儿付出真心。

梁越硬生生地承受了这一拳，他难受地蜷缩在地上，语气却仍然不卑不亢：“先扶我起来。”

“什么？”导猎一愣，他没再加上一脚已经很够意思了。

“扶他起来。”

这时纳冯却发话了，没办法，导猎虽然有怨，但还是一把拎起了梁越，低声咒骂着回到了纳冯的身边。

梁越舔了下开裂的嘴唇，整个人散架似的倚靠在椅背上：“我是珍的未婚夫。”

这话一出，纳冯老练地笑了下，他身边的导猎看起来又要上前揍梁越一顿。

梁越赶紧翘起椅子往后躲，顺便扯出一抹妥协的笑意：“嘿，朋友别激动，把我裤兜的钱包拿出来，看看里面的照片。”

见导猎有所顾忌，梁越还挑眉笑了，一点也没有做人质的觉悟：“怕什么？担心藏了刀？藏了刀我还会在这儿等着你们来吗？”

闻言，导猎终于骂骂咧咧地蹲下身，去摸他的裤兜，还真摸出了一个钱包，他将钱包交给纳冯。

纳冯翻开一看，眉头皱得更深了。

很少有人能看出纳冯已年过六十，他随便扯出一件黑白灰的衣服套上，整个人都看起来壮硕又精神，很难将他和“老”这个字挂钩。

他摩挲着钱包，沉默许久后表情凝重地抬起头来：“这是你们的孩子？”

钱夹里放着一张照片，是珍站在草地上开心地抱起一个婴儿的模样。

“是珍的弟弟，宋予。”

纳冯又拿出四四方方的照片仔细地瞅了几眼：“那你来营地的目的是什么？想带她走？她愿意吗？”

年轻男人没有立刻回答，纳冯瞥了他一眼，为他们两人的未来感到堪忧：“不论她是否愿意跟你走，我想，你都很难再得到她的信任。”

无论多危险都毫无畏惧的男人，却在这时露出了些许不安，他瞳孔微缩，那股子不甘的劲好像要冲破捆绑住他的麻绳，他昂起头，决心打破沙锅问到底：“为什么？”

为什么。

纳冯还记得三年前见到宋珍的情景。

那时候他正好赶去开普敦，约了朋友喝酒。

入夜了，整个城市流光溢彩繁花似锦，他却在热闹的街道上烦躁地越走越快，因为有个看起来像是流浪汉的女孩儿，一直焦急地在他背后叫他“纳温叔叔”，而且跟了他快三条街。

他想他怎么可能认识这么瘦弱不堪的女孩儿，最主要还是中国人，他没有理会她。

但是夜晚的开普敦乱得不成样子，他刚过了马路，便听见她被一群混混拦住了。听声音的像是劫财，可对方一旦把她拉到黑灯瞎火的巷子里，那后果可就难以想象了。

这时，他身后再次传来了小姑娘声嘶力竭地叫他“纳温叔叔”的声音，纳冯的心突然软了，他重新返回，救她于水火之中。

纳冯把她从小混混的包围中解解出来，他很是疑惑地问她："小姑娘，我们认识吗？你确定是叫我吗？我是纳冯，不是纳温。"

小姑娘紧紧拽着他不放，还一下子哭了出来，他们两人身形差距实在是太大了，就像芭比和棕熊，不知道的还以为他欺负了她。

中国女孩儿哭得上气不接下气："你看……你右脸颊有个疤，你就是纳冯叔叔……我就是在叫你……"

知道这个疤的人太少了，他当时就震惊了。

那是他年轻时，还在做护林员时受的伤。当时他脸上中箭被送去治疗，后来还是一位来南非旅游的夫妇帮助了他。

女人是无国界医生，男人说他是跑船的，还带着一个白嫩的小女孩。

纳冯痛得坐在凳子上一动不动，眼也不敢眨一下。女人忙碌地帮助他治疗，一旁的小女孩看到他的伤，吓得"哇"的一声哭出来，而后埋头躲进她父亲的怀里，久久也停歇不下来。

纳冯当时想，他一定把这个女娃吓惨了。

后来取出了箭，他靠在墙边安静地修养，那小女孩泪眼婆娑地跑到他身边。她可能才五六岁吧，竟然不怕生，就站他身边，和他大眼瞪小眼。后来她竟然想伸手去摸他刚被包扎好的伤，最后她被她爸爸满是歉意地抱走了。

她爸爸将她抱在腿上坐着，耐心地教她："来，叫纳冯叔叔。"

"纳、冯、叔叔。"肉嘟嘟还扎着两个小辫子的小女孩看向他，大大的眼睛里裹满了盈盈泪水，声音软糯。

纳冯觉得不可思议，又无比心疼，眼前这个亭亭玉立的小姑娘竟然就是当年的“爱哭鬼”，当然现在也依然爱哭。

他将她带回狩猎营地，如实地告诉她这是她爸爸投资的资产，现在也算是她的，他也逐渐得知她父母相继去世的消息。

开普敦的混混还算收敛，若是在夜晚的约翰内斯堡，当晚的情景可能会更加黑暗。

一想到如此可怕的后果，他就开始教她防身术，营地里所有的工作人员也将她像自家孩子一样爱护。

记得有个深夜，她竟然在营地顶楼泳池边的躺椅上睡着了。

营地很安全，但他怕她冷，抱出毯子想给她搭上，结果她忽然惊醒，直接三两下将他按倒在地，纳冯痛苦地喊了好几声：“是我，是我！”

即使看清是谁了，她也迟疑了许久才放开他。

他们一起在营地相处了两年，她仍然对这个地方满怀警惕，或者说，对他潜意识中还带有一颗防范之心。

纳冯觉得太难以想象了，她在如此温馨的家庭中长大，小时候一点也不怕生，特别亲人。怎么如今变得一点安全感也没有了？

收回思绪，纳冯沉沉地笑了下，他忍不住嘲讽这个小年轻：“未婚夫？我看为珍慕名而来的中国男孩不少，你不就是有一张她的旧照片吗？没什么好稀奇的。”

纳冯换了个舒服的姿势继续靠着：“我不知道你能不能取得她的信任，但是首先，就凭你这样的身手，想要抱得美人归也很难啊！”

5.

暮色四合，猎场再次进入深沉的暗夜模式。

宋珍开着越野吉普车在大路上飞驰着，轮胎碾过褐色尘土，飞溅起细碎的石子，再加上车前两盏凶神恶煞的闪亮车灯，整个车充满一股“别惹我”的黑豹气势。

宋珍的心有些戚戚然。

半小时前，纳冯叔叔通过对讲机问她怎么还不回来？这次大家已经打好优美的草稿，就等为她美丽的插花艺术献诗一首了。

当时她正六神无主，恨不得将狩猎营地掘地三尺：“不行啊，有位中国客人失踪了，我们得尽快找到他！”

“哦，”纳冯很不以为然，“他不是正在篝火晚会和大家一起玩吗？”

什么？

梁越悠然自得地逛了一圈猎场，完了回营地还无缝链接参与了第二波热闹？然而他们三人还在心急如焚地为他的安危着想，他可真能耐啊！

离营地很近了，亢奋的欢呼声越发清晰。

宋珍减慢了车速，这一次的篝火晚会正好设在营地大门口。中间架着巨大篝火，旺盛的火星直往暗夜的天空燃烧，暖红明亮的篝火将四周围拢的人群映成了细长缥缈的黑色剪影。

“怒目而视”的车灯越往充盈着火光和人声的营地里开，越显得单薄无力，车内的宋珍看起来更加弱小。

吉普车彻底停在了离人群还有十米的地方，宋珍茫然地往车窗前凑近了看，她想要看清被人群围拢的那个男人到底是谁。

现场十分热闹。

那个看起来有些狼狈不堪的男人无意间撞到长木桌，即将摔倒之际，他竟然偏过身子，在他落地之前拼命接住了从桌上倾斜而下的花瓶。不过，瓶内的水也洒在了他的身上，打湿了他的头发。

梁越手肘摩擦在地，熨帖的衬衣早已又破又脏，黑色西裤更是直接被黄土浸染。但他甩掉了发梢上的水，很快裂出一抹越挫越勇的笑意，单手撑地再次站了起来。

对面强壮的导猎挑衅地向他招招手：“还来吗兄弟？你这一身的肌肉不能和奶油一个样啊。”

梁越埋头喘着粗气，他将玻璃瓶再次放回桌上，这长桌在傍晚时分抬出来，桌上备满了丰盛的晚餐。

周围围满了兴奋不已的客人和工作人员，梁越倒也不觉得丢人，甚至激起了更浓厚的胜负欲。

他抹了把脸上的汗，轻笑一声，但是导猎已经不再给他休息时间，顷刻间再次飞快地出拳，十分强硬，梁越只能连忙后退，侧身惊险躲过。他步伐不稳，在旁观战的女客人们总担心下一秒这个不服输的亚裔男子便会再次摔倒在地。

很快就要退出红线圈了，梁越忽然敏锐地侧出大半个身子，想要用手肘顶他背部，而且这也是反败为胜的最佳时期！

在一旁敛声屏气，心脏都提到嗓子眼的观众们看到男人像是瞥见了什么，最后竟然主动放弃了突击，又因为已经失去了平衡而狼狈跌倒。

为什么呀？！

观众们双手握紧成拳抵在胸口懊恼地替他喊不值，就连导猎也觉得丈二和尚摸不着头脑。所以，梁越是自己把自己绊倒了吗？

宋珍钻进人群看到的场景是梁越疲累地撑坐在地上，浑身是汗的样子。

“啧，越哥最近怎么回事啊？这一个月内都和人打过两次架了！”跟在宋珍后面的郑书原见状，震惊不已。

“怎么会这样？”梁越什么时候变得如此争强好胜了？

梁越坐在地上难受地埋着头，他伸出手背似乎想要揉一下眼睛。

宋珍心想：他眼里可能进沙子了。

在一旁看得心都发紧了，她连忙跑上前抓住他的手。凑得近了，她才看到他好看的手背关节上满是刺目的紫红擦伤，女生的声音都在颤抖，还有几分着急：“哪只眼睛？”

男人微仰起脸，声音嘶哑：“左眼。”

梁越睁不开眼，但他知道是谁，他之前远远就看到宋珍他们匆忙地往人群里窜。之前他和导猎对打，如果他用手肘顶他背部，导猎会一个踉跄往前扑，周边的客人则会惊吓地往旁边一侧，那么导猎很有可能会直接和毫不知情迎上来的宋珍猛然撞上。

所以他才硬生生停下。

梁越喉结微微滚动：“插花很好看。”

宋珍却免不了一怔，瞳孔微颤，他居然知道那是她插的花。

宋珍又凑近了些，捧着他一张挂彩的俊脸，小心翼翼地掀开他的左眼皮轻缓地吹了几下：“好点了吗……你们在做什么？你在找打吗？”

“可以了。”

梁越推开她的手，一点也不磨蹭地站起身。

他冲对面的导猎招了下手，对着身边的宋珍说：“我赢了他，你就跟我回去。”

宋珍飞快地将他拉回身边：“梁越，我跟你回去。”

宋珍仰头拽着他，原本是想拉他回来。谁知被她拉回来的男人直接地把头埋在她肩上，下一秒他就已经把整个身体的重量都压在了她的身上。

宋珍还没反应过来，直接被他扑倒在地。

“少儿不宜，少儿不宜！”

原本还在一旁惊讶看戏的郑书原立马反应过来，他飞速冲过来想要拉开这个等不及的大魔王！

宋珍被他压倒在地，十分羞耻地想要将他推开可怎么也推不开。导猎和郑书原手忙脚乱地来帮忙，最后把人一抬，梁越好像完全昏迷了。

导猎“哦哦哦”了几声，然后下结论：“可能是困的。”

困的？

宋珍疑惑不已。

印度司机也凑上前，紧张说道：“不对！我看就是被你打晕的！”

“不不不，”导猎看见宋珍马上就要不高兴的样子，立马甩锅，“他可是被纳冯饿了一整天，也有可能是饿晕的！”

饿晕的？罪魁祸首还是纳冯叔叔？

最后，宋珍幽怨地将眼神定格在不远处的纳冯叔叔身上，吓得这位本来还想抽根烟、压压惊再来解释的纳冯老爷子立马老实地过来哄小公主。

第三章：恋爱合约

1.

看见梁越醒来，宋珍第一时间拘谨坐好，开始真诚道歉："我为我朋友们对你做的那些事向你道歉。他们也是一片好心，很担心我会受到什么欺负，你应该……不会给营地差评的哦？"

梁越正躺在 2207 的房间内输葡萄糖液，宋珍认为他应该没什么力气回复她，她又继续说道："然后关于你之前提过的那件事，我们先商量一下定个什么期限？毕竟这种玩一玩的恋爱游戏，对另一方来说会不公平吧？需要签个什么协议吗？我什么时候离开比较好？"

原本还算平静的梁越，听到宋珍此番话之后，脸色速度阴沉了下来，宋珍心想这样还不满意吗？哦，那可能富豪阔少换女伴都很勤，怎么可能愿意签"死合约"？

她又和颜悦色、善解人意地迅速降低标准："或者不论你我哪一方先遇见真爱，我都立马离开？”

这样够效率了吧？而且还很会看眼色吧？

梁越漠然地靠在床头，额前冷硬的黑发扫下几许细碎阴影，英俊的男人此时一身戾气，他感觉输不输这葡萄糖都无所谓了。

“玩一玩的恋爱游戏，彼此也不是真爱”——呵，她说话这么会气人，他再包容都会被她击溃。

梁越面无表情地起身下床，输液的吊架也随着他的动作晃了晃，细长的针头从他的手背脱落。

一旁的宋珍惊讶得来不及阻止，梁越像是感受不到丝毫痛苦似的，两三步坐到办公桌前，一边打开了笔记本，一边拿起手机拨打姜媛的电话：“来 2207 帮我理合约，顺便把郑书原叫来。”

挂断电话，漫不经心靠在椅背上的男人扯出一抹笑意回头，一双墨黑的眼目光沉沉，声音清冷：“一年？一年你可以随意差遣我和我的钱，行的话现在回去收拾行李。我怕你再看我久一点，就觉得我是你真爱了。”

宋珍原本还在注意着他手背上渗出的细小血珠，现在懊恼地别过头：“我没那么肤浅。”

梁越冷笑一声：“那你年少的时候真够肤浅的。”

“你明白就行。”

宋珍闷闷地说完，起身就往门外走，正好碰见姜媛和郑书原两人走过来。

一想到之后会以“梁越的女伴”身份和他们一起同行，宋珍还有点没适应。她有点尴尬，而后很快便释然了。梁越这位公子爷，谁和他走得近都会被外界这样评价，她无非是第一个“获此殊荣”的女性。

宋珍心想：名声不好就不好吧，只要能夺回小予。

她淡然地对他们笑了笑，便借过离开了。

郑书原有些愣怔地看着宋珍，她笑得如此坦荡，他都有些于心不忍：“看来你已经把她哄回去啦？越哥，你有没有想过，珍珍这样和你回去，可能要和你一起背负骂名了？”

梁越却冷不丁睨他一眼：“如果不是你话多，我会让她无忧无虑地回去，还把婚约解除了。如果可以的话，有过这桩婚约的事我都不会让她知道。”

“越哥……不、不好意思啊。”郑书原很是愧疚。

身形硬朗的男人往椅背一靠，笑了一声，继续忙正事：“骂名我背，回国之后我会把她保护好，我还想给她名分，只要她愿意交出户口本。”

他给宋珍订了一张同去纽约的机票，顺便将笔记本推向姜媛：“看一下还能给她什么保障？或者你们女生每个月想要几个包也可以标注进去。对了，回国先帮我约书……书玫……”

“是书若玫！”

郑书原看着梁越皱着眉头半天吐不出未婚妻的名字，他都替他着急。

这未婚妻也是造孽哦，此前彼此还是朋友的时候，好歹大家还会在宴会上见个面聊聊天。后来婚约一出，不论是私人还是公众场合，书若枚再也没办法见到梁越。

“对，帮我约书若玫小姐就解除婚约一事见个面，当时我们的婚约是被直接刊登在财经杂志上宣布的？解除婚约的方式可以随她选择，她也是受害者。”

梁其诚深刻体会过梁越第一次抵触婚约的经历，所以这一次简单明了，干脆连私下沟通都没有，直接找人登报公布婚约喜讯。

梁越干脆也直接表明了态度，此后任何一场和峰珠集团有关联的宴会，他都一一缺席，他没有单方面跟媒体宣布和家族断绝关系，已算态度友好了。

“见面理由就说解除婚约吗？”姜媛很是震惊，一激动尾音都飘了。

一醒来说了太多的话，他嗓子有些干哑，梁越起身去倒了杯热水，浑身酸痛的滋味就像刚组装成型的机器，“告诉她，条件好谈。”

“如果书二小姐要的就是你呢？”

梁越心不在焉地抿了口水：“那直接告诉她我已经是别人的了，不是更好？”

见状，郑书原不禁肃然起敬，男人绝情起来真的好冷漠！

除了在他的珍珍面前一副“亲爱的，理我这个狗东西吗？”的讨好脸，其他时候都是“别爱我，没结果”的冰块脸。

“最后一个问题，”姜媛只觉胸口闷闷地疼，她深吸一口气，也不知道自己在挣扎什么，“当时在纽约定的酒店房间是三间，我看了还有商务豪华房源，需要加订一间吗？”

梁越靠在料理台边喝水，他眼角上挑，毫无表情时其实更显深沉：“不用，谁和女朋友分开住？”

“我……”郑书原弱弱地举起了手，像只刚淋了一场大雨的小狼狗，“元元把我赶出来了……”

闻言，梁越毫无同情心地笑了，窗外的阳光斜洒进来，照在男人笔挺的肩线上，自动为他加了一层温煦的柔光：“你们都快分手了，不能和正准备热恋的我们比。”

2.

纳冯亲自开车送梁越四人到奥利弗坦博国际机场，他一路上都不怎么说话，到了后就默默地帮宋珍拿行李。到安检口，他才裂出一口白牙鼓舞似的轻拍了下她的肩："祝你好运，珍，有空带小予回来看我们。"

宋珍同样舍不得纳冯，她笑容甜美："嗯，纳冯叔叔一定要注意身体，很快我就会带小予回营地生活的。"

"到时候我也回来。"

哪知女生话音刚落，身边的梁越面带笑意地飞快接了一句。

正是梁越刚刚补充的这一句，让正要疑惑发问的纳冯稍微收敛了下警惕的目光。如果他们生活愉快的话，珍应该不会这么快就想回来，他也希望珍能幸福美满。

直到友好地和纳冯分别之后，梁越才面带微笑地轻咬了下后槽牙，弯下身。

男人穿着剪裁合身的深蓝色衬衣，搭配黑色素色领带，简单大方的灰西裤，整个散发一股斯文败类的禁欲气息。

他伸手轻捧着身旁女生的脸，狭长的眼眸带着勾人的笑，他声音低沉："给我点面子？"

"什么？"

宋珍原本很不好意思地想低头躲开他的手，但后来一想，他现在有资格对她做这样甜腻腻的事啊。

她抬起头直视他，和梁越对视很煎熬，就像在触电。左脸颊被他手指抚摸过的地方还不争气地微微发烫了起来，可恶的是，梁越的手掌还一路向下，轻轻捏住了她的侧颈。

郑书原和姜媛两人都还在身后排队看着呢，梁越却恍若无人地和她亲近，而且这次他真的很温柔："我答应纳冯会好好照顾你，你提的所有要求，我也都会答应，所以以后别在他面前提你想回娘家了好不好？"

回娘家？

这可是对已婚女子用到的词汇好不好？他可真会占她便宜啊！

宋珍忍了又忍，她没有抵抗他的碰触，只是安分地把目光瞥向了一边："好吧，我以后会注意。"

闻言，梁越不禁顿了下，微眯了下眼，他看着眼前这个温顺乖巧的女生，今天竟然不带刺，让他很想狠狠地宠她许多次。

"噗——"身后的郑书原终于忍不住笑喷了，"对啊，珍珍你娘家人个个粗壮豪迈的，会觉得我们越哥不行的，哈哈哈哈！"

"哦，昨天好像是你帮我换的睡袍？谢谢啊！"梁越轻掀了下眼皮，站直了身子，他淡淡地看向郑书原，"那你应该能看出来，我的硬件条件比你好很多？"

这趟安检过得真是磨人。

南非飞纽约十五个小时，夜班航空，乘客上机后一觉睡到早晨六点便可以到达纽约。

上了飞机，梁越把昨天理好的合同拿给宋珍看。

看合同的第一页竟然是硕大的"恋爱合约"四个字。

这名字真悦耳。

她昨天只是随口一提，没想到他还真弄了个像模像样的合同出来。宋珍没什么兴致地翻了几页，越看越觉得离奇——

甲方每月定向向乙方提供 J 家、Z 家、C 家新款服装各三套；甲方每月定向向乙方提供 X 家、Y 家新鞋六双；甲方每月定向向乙方提供 H 家、M 家、K 家新包三个……最后一页更简单明了，在此期间内，乙方可随意差遣甲方本人及甲方资产。

宋珍惊讶极了，她好笑地看向梁越：“你不怕我携款逃跑吗？”

梁越正在看报纸，淡定得眼皮也不抬一下：“带上我吧，我也很值钱。”

“请问那还叫逃跑吗？”宋珍无语地回头，然后认真地在合同上签下自己的名字。

“也是，”正在翻阅报纸的男人忽然轻笑了下，硬朗的侧面轮廓也不由自主地柔和下来，“那就叫度蜜月了。”

度蜜月啊，宋珍怔了下，不由地失神笑了笑，这样幸福的词汇好像离她越来越遥远了。

清晨到达纽约时，这边正在下大雨，大雨像把灰白色的扫帚扫遍整个城市，整个天地之间白茫茫的。

机场内滞留了众多还未打到出租车的乘客，气氛十分沉闷。

还好他们提前约了司机在廊外等候，一行四人直接上了一辆黑色商务车，先到了麦迪逊大道上的一家五星酒店。

侍应生上前为他们提行李，宋珍也一路小跑着跟上到前台取房卡的梁越。

她眼巴巴地看着男人很自然地接过三张房卡，分别递给郑书原和姜媛各一张，最后一张他自己握着。

她想抓住机会提醒他一下，宋珍提着一口气悬在心口，开口道：“梁越，我的……”

房卡呢……

此时梁越已经迈着大长腿行色匆忙地走向电梯："放了行李后，我和姜媛直接去华尔街开会。今天雨很大，不好打车，想出去玩的话，我明天陪你，可以晚一天回国。"

"哦，"电梯门缓缓打开，四人先后走入，宋珍看了眼大家都在27楼，她又敛声屏气地开口，"那我睡……"

梁越再次不动声色地打断她："嗯，可以在房间多睡会儿，我们住的房间门牌号是2709，景观不错，正对纽约中央公园。开完会得晚上了，结束后我会联系你和书原。"

说完，这位英俊的男人终于舍得理会她的感受了，他温和无比地垂眸看她："你刚才想说什么？"

"没什么。"她本来想说，那她可以睡姜媛那里吗？可现在还有说的必要吗？

宋珍沮丧地埋着头，声音软软的，听起来很没力气："祝你开会顺利。"

"乖。"梁越满意地扬了下嘴角。

躲在角落里的郑书原一脸羡慕，恨不得给梁越双击"三个六"。这小子太会套路了，珍珍被梁越拿捏得死死的啊，他自己怎么就不能把元元治得服服帖帖的呢？

郑书原原以为梁少爷只是在工作上厉害了点，没想到谈起恋爱也不是个善茬啊！谁被他喜欢上谁就完蛋！

2709号的房间主打白灰色调，文艺气息十足。

厚重的浅棕色垂帘挽在两边，白色欧式雕花窗栏，白色联排电视柜，灰色绒布沙发，白色双人大床……宋珍一看到这个柔软的双人大床，立马拘谨地缩在沙发边上坐着，半点脾气都不敢有。

身后的梁越正打开行李箱，拿出需要换上的衣服，宋珍听见他解开皮带、衣裤扔在沙发上的声响，于她而言更像雷声阵阵掠过心间。

宋珍心微微发颤，赶紧起身远离他，她装作若无其事地走到窗边看雨景。她从窗户往外看，只见滂沱大雨一遍遍冲刷着玻璃，窗外景色看不太清楚，但能看到对面中央公园里的一大片青翠绿植。

“走了，珍珍。”

“好的！”这一下，宋珍回得快速又悦耳。

行程很紧，梁越简单地给她打了声招呼就离开了房间。

男人一走，宋珍这才放松下来，她将梁越换下的衣裤整齐叠好放在沙发上便钻进被窝里睡觉了。她白天一定得睡饱啊，晚上她可要跟梁越斗智斗勇。晚上先和梁越说她不困，她要在网上投简历。

此次回国，她真的还有很多事要做，当年离开的时候，她才二十岁，正在读大二，成绩平平还没拿到文凭。而且在南非工作这些年，她最后也只攒下十二万，想让小予和她生活，她怎么也得给他提供还不错的物质条件吧，那就得多兼职，比如说酒店插花、保镖、兽医助理或者射击俱乐部教练……

只要能要她，她就都得去试试。

睡梦中的宋珍是被连续振动的微信留言吵醒的。

她迷糊地摸过手机一看，才刚到中午啊，再一看发消息的人，居然是林梦时。

梦时：什么时候回国？

珍：应该明后天吧，现在在纽约。

梦时：麦迪逊大道上的酒店？

珍：对啊。

梦时：那来楼下餐厅听音乐。

珍：啊？

宋珍有些迷茫，她都不知道他说的是哪家餐厅，林梦时又很快回过来：就二楼餐厅，来纽约我们基本都住在这家酒店，快下来。

原来就是她们住的这家酒店。

正好宋珍也饿了，她飞快起床，随意换了件白色宽松衬衣和浅色紧身牛仔裤就出了门。

这家酒店精致华贵，餐厅肯定也不差，但她行李箱里确实没什么像样的裙子能配得上这家酒店，她干脆也不挣扎了，没想到正好在电梯口碰见了一身紫红色西装的郑书原。

偏偏他还懒散地斜撑着一把酒店的黑色雨伞，怎么看都像“憨豆先生”。

郑书原见到她，向她吹了声口哨：“去哪儿啊，珍珍？”

“二楼餐厅。”

“哦，”一想到她是一个人，他又无比关怀地问她：“需要我陪你用餐吗？”

宋珍：“不用啦，有人陪。快想办法给你女朋友带点好玩意儿回去吧，比如老式黑胶唱片呀，初版书什么的。”这些是林顽最喜欢收藏的，她已经很努力地在点化他了。

哪知郑书原也跟着点头：“对对对，我就准备去给她买……话说梁越回来了吗？那不可能呀，很多会议在等他，他应该赶不回来和你吃饭吧？”

“是林梦时。”

宋珍想都没想就接话了，林梦时是林顽的亲哥哥，郑书原肯定知道，这样他也能放心去给林顽淘礼物了。

郑书原在听见“林梦时”这三个字后，整个人像一只炸毛的猫，一下子身板就站直了，表情凝重不已。

他之前无意间和宋珍提过，这个月内梁越打过两次架，第一次便是和林梦时。

要知道此前他们的关系好到能穿一条裤子，沉稳睿智的林梦时还是带梁越入投行的前辈。

早年，年仅二十岁的林梦时在创立红石资本之后，投资的第一个项目则是即时通讯应用 WAC，而红石资本也是当时 WAC 的唯一风险投资方。当时只有红石一家愿意砸钱投资啊，可想而知这项目在投行圈有多么冷门了。

然而两年过后，社交网络服务大站“每貌”竟然以 190 亿高价收购了 WAC。

这单成交价高得离谱的收购案震惊了整个金融圈，也让新锐公司红石资本名声大噪，拥有了令人向往不已的光辉战名——“点石成金”。

红石资本前后三轮融资仅投入 6000 万美元，短短两年过后，便转变成了现如今水涨船高价值 30 亿的“每貌”股票。

之后他更是建议同为耶鲁大学出身，但无法从家族集团拿出过多资金的学弟梁越先不要急着创办自己的公司，而是选择和美国创投巨擘良跃资本共同合作，创办分部公司，即良跃资本中国基金。

在中国，良跃资本中国团队，管理着约 20 亿美元的海外基金和近 50 亿人民币的国内基金，用于投资国内的高新企业。

良跃资本的中国团队也在梁越的带领之下，在一五年的帽子戏法中一战成名，不仅争夺了荣耀，也让良跃分部赚得了盆满钵满。

当时有媒体刻薄评价，说良跃分部无非是沾了蒸蒸日上电商圈的时代之光，整个行业前景太好，即使闭眼投也能起飞。不过，当近两年智能浪潮汹涌袭来的时候，这些媒体才惊讶地发现原来良跃分部早已布局人工智能时代，领投的各个项目早已全方面占领了市场。

从最初的胜利到走向行业的最前端，林梦时和梁越一起携手坐上国内金融巨鳄的位置。

有趣的是，故事的最后，队友最后变对手。

林梦时和梁越，最终还是翻脸了。

矛盾的激发是在一次国内的聚会上。

明明那天聚会的气氛十分友好活跃，但不知后来怎么的，郑书原跑出去抽烟了，回来后惊讶地发现一群朋友正在努力地把扭打在一起的梁越和林梦时拉扯开来，单看伤势的话，很像梁越单方面在揍林梦时。

他当时被这凝滞的氛围吓到了，整个人都窒息了。

好不容易劝开了两人，让他们各自在沙发两端远远坐着，郑书原胆战心惊地以为这场男人之间的战役应该算是结束了吧。

没想到冷着一张脸的梁越不知怎的，忽然蹭起身，快步走向林梦时，然后拎着他的衣领把他拽出了门。

梁越“砰”的一声甩上包间房门，大家的心都快震碎了。

没人敢出去劝，就连林顽都没动。

脾气那么火爆的林顽啊，按理说看到自家哥哥单方面被揍应该会出手帮忙，但此次竟然都没动，现在想起来可能是知道点什么，但他当时忘了问。

想到这里，郑书原神色认真地开口："正好我认识他，我陪你去。"

虽然他当时忘了问原因，但他总有种不好的预感，如果让梁越知道宋珍和林梦时单独见面，那林梦时估计又有百分之五十的几率挨揍了吧。

他得保护未来的大舅子！

3.

宋珍他们到来的时候，正是饭点，璀璨华贵的施华洛世奇水晶吊灯下，原木色的餐桌旁几乎全是欢笑交谈的白人。

二楼餐厅拥有一整块精致明亮的巨大落地窗，窗外绵延的细雨和厅内悠扬柔和的钢琴曲交相辉映。

宋珍诧异的是，竟然是林梦时在深情弹奏。

侍应生恭敬地将两人带到了预定的座位，宋珍颇有兴致地托腮听着，郑书原却已经大煞风景地开始点餐了。

他饥肠辘辘地点完餐，正好一曲终了，耳边响起热烈的掌声。郑书原也赶忙抬头准备拍手叫好，就见一身黑色西装的林梦时优雅地走下台，温柔的目光里只看得见宋珍一人。

而对梁越不冷不热的宋珍，此刻竟然还偏着头对林梦时甜美地笑着……

郑书原不禁绷直了脊背，这什么情况？

难道宋珍和林梦时才是真爱？梁越则是因为太过强烈的单相思，所以想方设法地将宋珍困在自己身边？

侍应生娴熟地为林梦时拉开座椅，男人利落地坐下，向郑书原扬了扬嘴角，然后温柔地转向宋珍："给你点了银花鲈鱼，这里的鲈鱼加了洋姜、花萼和钩块菌，你肯定会喜欢。"

宋珍也没和他客气，她羞赧地笑了下："我现在饿死啦，给我点什么都喜欢。"

闻言，林梦时淡然地往椅背一靠，笑意更深了："那我让服务生再把菜单拿来看看，有没有'林梦时'这道菜？"

宋珍不好意思地别过脸，偷笑着："我不要。"

太过分了，郑书原气得不停地喝水，心里的白眼都要翻到天上去了。

这两人居然在公开场合旁若无人的调情？当他这个身高一米八，顶天立地的壮汉是放在这儿当摆设的巨型布偶熊吗？

而且在他看来，宋珍更愿意和林梦时相处啊！那她又是因为什么，甘愿投向梁越这个大魔王的怀抱呢？

林梦时戴着金丝眼镜，身形俊朗，儒雅睿智，爱灰、棕、黑三色西装，举手投足之间都透着资本家的高贵利落。更何况身处二十九岁的黄金年龄，不少女人前仆后继地想栽在他身上。

虽然林梦时算是带梁越入行的老师，但年轻奋进的梁越在处事不惊的林梦时身边，更像一匹生猛霸道的"狼狗"。

如果郑书原是女孩的话，他其实也更愿意选梁越，他又没和林梦时一起洗过澡，但是梁越硬件条件真的还……还蛮不错……

"书原，看你带了伞，待会还要急着离开？"

正在默默吃烩小排的郑书原忽然被点名，而且对方彬彬有礼、微笑示意他赶紧走，别当电灯泡了。

郑书原手忙脚乱地放好餐具，他深吸一口气，好心好意地向林梦时提醒一下："是的，那就麻烦时哥照顾一下珍珍，晚上越哥开完会回来会好好谢谢你的。"

他的意思表达得够清楚了吧？

既暗示了梁越现在和宋珍关系匪浅，又提醒他们此刻见面一定得小心！

唉，最后郑书原颇为纠结地离开了餐厅，一边是真心相爱的两个人，一边是梁越的痴心单恋，他现在真不知道到底该帮哪一边。

自从郑书原提到"梁越"的名字后，宋珍的表情就不太自然，毕竟她现在的身份有点尴尬。

"梁越的新未婚妻很好相处。"

"说起来，他也很有福气，前后两位未婚妻的性格都很好。"

林梦时用手摩挲着一只精致的高脚杯，说到这里，他还抱歉地笑了下："只是让你别紧张，如果遇见了，至少不会出现水火不容的局面。"

见她张了张嘴想说话，最后又默默埋下头继续吃鲶鱼玉米卷的样子，他也大约猜到了梁越是真的打算金屋藏娇了。

且宋珍还默认了。

想到这里，林梦时隐隐有股不甘，梁越用过的又怎么样，他依然愿意接手。

他轻笑了下，继续不动声色地添油加醋："其实这也不能怪梁越，富家公子一般从不把家族联姻放在心上。家族联姻也只是为了商业利益而已，看当初的梁家和宋家，你也应该能明白。清卡集团能为峰珠集团运输最好的原产品，但是自从你父亲离世之后，南非矿场大大提高供价，峰珠没法从源头获利，只好从设计下手，正好书家设计别出心裁，声名远扬，想要相互借势也是很正常的手段。”

“倒是可惜了清卡，曾经航运界的翘楚，在峰珠的管理层那得不到重视，运营经费卡得严重，也就渐渐没落了下来，需要我帮你收购清卡吗？”

“多谢，但是不用麻烦啦！”

宋珍摇了摇头，在南非时，她就一直关注国内航运的情况，她知道清卡可以有一个更好的出路，她道谢道：“林大哥你已经很关照我了，倒是你，有需要用到我的地方请不要客气。”

或许是听他说了“富家公子一般从不把家族联姻放在心上”这句话，宋珍觉得有些扎心，情绪有些低落。

林梦时却在这时将自己的手机递给宋珍。

“这是我朋友的女儿开的花店，但她最近要出国留学，正在招人打理，你感兴趣吗？花店处于繁华地段，有稳定客源，生意应该会不错。”

他的声音悦耳动听，像珍藏多年的醇厚红酒，因为他知道他肯定比梁越要对她细心许多。

果然，宋珍眼睛一亮，她忙拿过手机查看图片，很是感激：“我正想找工作啊，谢谢林大哥！”

林梦时勾了下嘴角，有些意兴阑珊地看向模糊的窗外：“如果不下雨真想带你去中央公园走一走。”

宋珍也跟着看了过去：“或许晚上就不下了。”

“晚上的中央公园还是别去为好，”顿了顿，林梦时却不禁愉悦地笑出了声，“但是，原来晚上你还想和我在一起？”

宋珍很是尴尬：“没有，没有！”

和林梦时愉快分别后，宋珍好像安心了许多，她当即就做了一份个人简历投给富洋财团的官方邮箱。

确定了回国的工作岗位后，那就只有一件事需要她操心了，她得为清卡谋出路，这个还不能依靠林梦时或者梁越，她想借助其他外力重新从峰珠集团夺回清卡。

等她有了实力，才能更有信心和梁母争小予了。

富洋财团便是最好的外力，她在南非一直关注国内航运消息，富洋财团目前由二十家企业组成，其中富丽地产、欢洋邮轮公司、富洋银行是财团的三大支柱企业。

其中富丽地产旗下拥有A市唯一一家五星级豪华酒店——富丽酒店。

富丽酒店官博最近发出了一条想要和园艺师合作的微博，她想通过酒店搭上总部富洋财团，希望旗下的全资公司欢洋邮轮能考察清卡，最后收购清卡，能让清卡做到物尽其用。

只希望她的个人简历千万不要石沉大海。

发送完毕，宋珍窝在床上看了好久的美剧，正入迷的时候，门外忽然传来了急促的敲门声。

宋珍忙不迭跑下床，开门一看，是一脸着急的郑书原。

他看起来很是懊恼：“宋珍，我又得跑一趟Westsider Books了，估计是我回来穿过中央公园的时候，搞丢了一张给元元买的老式黑胶唱片。现在打车会很难，也不知道什么时候才能回来，如果梁越待会来接你，你跟他走就好了，不用管我了。”

宋珍却走出房间，关上了门：“那我和你一起吧，你让梁越结束后直接到书店来接我们。”

郑书原愣了下：“可外面还下着很大的雨。”

宋珍答非所问：“你给元元买了几张黑胶唱片？”

“五张！还有一些带插画的二手书……虽然是二手书，但是很罕见哦！都是她喜欢的！”

“那快别说了，走吧。”

宋珍随意地将长发挽起来，她很不喜欢这里潮湿阴冷的天气，但听了郑书原的话却笑得很开心：“你对元元真好。”

“嘿嘿。”郑书原禁不住老脸一红。

入夜的纽约已经下了连绵一天的大雨，两人除了听落在伞面上忽大忽小的雨声外，毫无新进展。

宋珍却像是想到什么，眼眸亮了起来：“你说你返回时是走回来的？书店离这儿不远？”

郑书原有些犹豫：“对，穿过中央公园很快就到了，但现在雨这么大，你要是淋雨感冒了越哥非揍我不可……”

“走吧，走吧，你记得路就行。”

再这样下去，不知道什么时候才能到书店，宋珍拉着他往前走，郑书原一边答应着“好好好”，一边掏出手机给梁越发微信。

书元：越哥，我和珍珍浪漫夜游纽约中央公园去啦！

书元：其实不是的！保“狗命”要紧，我们准备去西街的 Westsider

Books 买黑胶唱片，完了咱们顺便在那儿的米其林餐厅吃饭吧！那儿的鹿肉听说很补哦！

虽然最后加了搞笑的表情，但是郑书原不知怎的，越走近夜深人静、被大雨冲泡着的中央公园便越觉得莫名阴森冰冷。

真是奇怪啊！明明白天还觉得那是鸟语花香，心旷神怡的地方呢！

4.

“对，我记得白天走过大都会艺术博物馆，再穿过中央公园的这个 79 街横贯路，我们就可以直接到西 80……”

毫无预料的，黑夜中飘摇的风雨似乎猛烈灌进了郑书原的嘴里，导致他话还未说完便因横亘在喉咙口的一股冷空气开始直咳嗽。

但恶劣的天气并不是让他无端吞了一口冷空气的罪魁祸首，而是身旁快步走着的宋珍。

即使是在大雨如注的中央公园里，宋珍还是敏锐地察觉出了身后有人在迅速靠近。

等她将郑书原用力推向安全的前方时，她已经被来人从身后掐住了脖颈，生猛地撞掉了黑伞。

对方有着粗壮的手臂并且还是一招锁喉，他想要拖着宋珍飞快往后退。

宋珍感觉快要窒息了，发不出声来。

而前方的郑书原在雨帘里转过身来，看见这一幕惊呆了，魂都吓没了，直接腿软差点跌在地上。

“什么玩意儿……赶……赶紧放了她……”

吓得结巴了的郑书原还是跌跌撞撞想要上前帮宋珍。

“给我……”

身后那外国人终于开口了，宋珍趁他停下脚步时忽地转身埋头，伸手反扳他的手臂，脑袋这才终于从他禁锢着的臂弯里及缺氧的痛苦中钻了出来。

她顺势抓住他的手腕，之前另一只扳着他手臂的手则迅速滑向他的肩，将他上半身按着朝下，再用同样的一招锁喉将他翻倒在雨地上。

一系列反击结束，宋珍脖颈酸胀，大喘着气，她淋着大雨，心跳如雷。

迅猛的反转不过五秒钟，郑书原震惊得目瞪口呆。

然而宋珍的前方又传来了骂骂咧咧的英文，她惊恐地抬头，没想到这样的流氓竟然还有四五个！并且他们这次还拿出了利刃。宋珍完全慌了，整个人开始发抖。

眼看着为首的流氓手里拿着凶器就要向她袭来，宋珍头皮发麻，不断有雨滴落入眼里，她颤抖着一把扯住他的手腕，同时另一个手掌硬生生顶向他的下巴，然后快速伸脚将他绊倒。

“书……书原，快跑……”

不清楚这群流氓的来意，宋珍哆嗦着飞快捡起雨伞，又用雨伞刺开了另一个想要扑上来的流氓，她拉着被吓得连连后退的郑书原疯狂地往绿树林里钻。

她也不知道他们该往哪儿逃，此时，终于回过神来的郑书原，害怕又懊恼地带她转了个弯：“咱们走……走王八去剧院那条路……”

“啊呸！我这说的都是些什么玩意儿！”

郑书原一边拉着宋珍往前跑，一边埋怨自己的不争气，他语无伦次地解释道：“我、我才是王八，我这个乌龟王八蛋带你穿过我的老家‘乌龟池’再走德拉科特剧院那条路……”

“快别说了。”大雨滂沱，宋珍浑身湿透，看不清前方，她不想说话，因为一开口，雨就直往嘴里浸。

冷风夹着雨点往人脸上拍打着，树叶沙沙作响，郑书原立马闭嘴了。他带着宋珍穿过了公园，当宋珍再次看见这个光怪陆离城市里的绚烂灯光之后，松了一口气，笑了。

郑书原恢复了点男子气概，他飞快夺过宋珍手上的黑伞，为她撑开，又摸裤兜，掏出手机，淋湿了的手机竟然完好无损，就是多出了几十几个来自梁越的未接来电。

又看了眼时间，才刚过八点，按理说正是梁越他们刚刚开完会的时间啊，怎么越哥七点三十三分就偷偷摸摸开小差给他打电话了呢？

“珍珍我让越哥来接你，你回酒店赶紧换身衣服……”

他一边回拨着梁越的电话，一边领着宋珍沿西85街往80街走去，而此时停在马路边的一辆黑色斯宾特商务车车门却被人忽然拉开。

对方一身黑衣黑裤，还被肃穆的黑伞遮住了容貌，气势冲冲地向他俩走过来。

郑书原这回硬气了，想都没想便颤抖着将宋珍死死护在身后，等那人靠近了，才终于看清伞下那人是神色憔悴的姜媛，她直接上手将郑书原一把推倒栽进了一旁的灌木丛里。

姜媛怒火中烧，脸色却一片死灰：“郑书原你有毛病吗？连本地人都不敢大晚上带人往公园里跑，你居然还敢带宋珍一起？你知不知道这里面有一群不要命只要钱的流氓吗？”

闻言，宋珍这才警醒过来，原来白天林梦时随口一提的“晚上的中央公园还是别去为好”就已经是在暗示危险了，但她竟然以为他只是说说而已。

“我……我真不知道啊……”

郑书原艰难地从灌木丛里站起来：“姜媛你别气了，我们不是没事吗……”

姜媛对他相当失望：“司机在找他朋友赶过来帮忙了，如果梁越在公园里出了什么事，我和你没完！”

梁越居然进去了？！

宋珍瞳孔骤然微缩，只觉刚才被歹徒扼住喉咙的那种难以呼吸的感觉又灼热地涌了上来。

下一秒，宋珍收了伞，又一头扎进了公园里。

“她在做什么？”姜媛惊讶了一下，不知该取笑宋珍的不自量力，还是该苦恼自己当时因为害怕而没有跟上梁越，让他一个人进入中央公园。

她当时坐在后座上，出于私心想拦住他去扯他的衣袖，连安慰他的话都还没来得及说出一个字，梁越便烦躁地头也不回地移开她的手，伞也没拿，就冲下了车。

这次宋珍和郑书原老天眷顾毫发无伤，往好的一方面想，说不定最近的中央公园还算太平。

姜媛想了一会儿，冷哼了一声：“算你们好运，这次没碰上恶人。”

梁越也应该不会遇上什么危险了。

“不。”郑书原懊恼不已，“我是躲在珍珍后面一路逃出来的。”

5.

宋珍这次走的 79 街横贯路，也是她和郑书原遇见那群流氓的地方。

她心惊胆战，焦灼不已，但她没办法，梁越不知道他们俩绕了远路走的 86 街，他肯定还在这条路上找他们。

但她怎么都找不到他，还不能大声呼喊他的名字。

宋珍跑着跑着竟然快被气哭了，喉咙酸涩不已，所以梁越才是有毛病的那个吧？连本地人都不敢的去的夜晚公园，他怎么就敢窜进公园里找打了呢？还让人这么担心？他很开心吗？

越发猖狂的雨势让她根本无暇顾及身后的动静，她自己奔跑的脚步声倒是一声比一声惊心动魄，踩在水花上的飞溅声十分清晰。

她又惊又惧，唯恐因为自己的声响而惊到躲在暗夜树林里的流氓们。

下一秒，深沉的黑夜里，宋珍的手腕还真被人突然抓住了，那人还将她往无光的绿森林里拽。

宋珍吓得如落叶般颤抖着，整个人的神经都绷紧了。

她无声地做着挣扎，试图摆出格斗姿势，隐在暗处的男人这才飞快地开口，声音低哑："珍珍，是我。"

闻言，宋珍呆愣了一下，没等她反应过来，大道前方真的出现了一群流氓。

看不清模样，只知道他们黑压压的一片朝这边走来，肯定是看到在僻静处纠缠的他俩了，不然也不会大声调笑着说道："稀奇啊，今晚送上门的傻瓜还真是多啊！"

宋珍正准备全身心投入防御中，却被梁越拉扯着抵在了树上，让她完全背对着大道。

她疑惑地仰头看他，男人正好俯下身吻上了她的唇。

唇瓣和唇瓣相触的瞬间，彼此呼吸交融。宋珍只觉心脏骤停，要破碎了。

梁越偏头轻舔她的唇边，还不是蜻蜓点水般的轻柔亲吻，细碎黏腻的吻让宋珍的脸一下就通红了。

她羞耻地想要推开他，反而让梁越将她抵得更紧了一些，高大的身躯笼罩着她。

他握着她的腰，微微使了点力气，两具浑身湿透的身体严丝合缝地贴合在一起，梁越痴痴地亲吻着宋珍的下巴，脸颊，眉眼；他喉咙干痒地咽了下，轻喘着粗气："脱我的西服。"

可怀里的女生似乎还在生气，不甘心地抗拒着。

可身体和身体的碰撞令他煎熬难耐了，梁越忍得很辛苦，干脆惩罚似的轻咬下她的下唇，声音沙哑得厉害："听话。"

宋珍被这迷乱的举动震得整个人轻颤了一下。

居然还用咬的……

可能亲吻久了真的会上头吧，宋珍被他吻得面红耳赤，浑身发软发烫，本来一股子不甘心的委屈，但身体却很诚实，她想要梁越更多的爱意……

宋珍多少也明白了他的用意，她意乱情迷地伸手去扒拉他的西服外套，但整个身子都软绵绵了，脱他西服显得颇为费力。

梁越一只手撑着树，另一只手开始急迫地为自己解西服里面深蓝色竖条纹的马夹纽扣。

他看向眼前温香软玉的宋珍，她的皮肤莹润细嫩，看起来清甜诱人，他一靠近，就让他想起三年前宋珍喝醉后扑上他的那一晚。

那样酥软娇媚的人儿，竟然在他踩下刹车等红灯的间隙一脸凶猛地扑了上来。

还好当时是在新修的宽阔大道上，凌晨僻静的街道上没有什么过往的车辆。

迷迷糊糊的宋珍主动解开了自己的衣扣，衬衣裙内的风光一低头便能一览无余，所以他只能喉咙发紧地直视前方。

可她还继续在他耳边轻柔又害羞地小声说："梁越，我知道你忍得很辛苦……我们来开心一下好不好？"

梁越那时候是什么状态呢。

他只能无力又伤神地仰靠在驾驶座上，眼看着红灯转绿灯，绿灯转红灯，最后又转绿灯。他一动也不动地靠在驾驶座上，喉结滚动，任她柔软湿润的嘴唇覆上他的唇、脖颈和下颌。

当宋珍烧得他一身燥火往上涌，眼底的欲望越来越炙热的时候，她竟然就这样趴在他的胸膛上睡着了……

那个凌晨，梁越抱着怀里的宋珍在那个红绿灯路口待到了清晨。

他将手肘搭在车窗外，十分煎熬地抽完了半包烟。

之后他从纽约开完会回来，发觉怎么也找不到宋珍了，他发火也没用，失魂落魄也没用，还被告知他和宋珍的婚约解除了。

后来，那场春光乍泄的旖旎邂逅在他梦里上演了无数次。

他梦了许久，渴望了许久，这次终于沾染上了，惹得梁越就像上瘾了一般，根本不愿停下来。

嘈杂的脚步声临近，十分冒犯的调笑声夹杂着戏谑的口哨声先后钻入了耳里："哎哟！我就说这两人偷偷摸摸地在这儿猴急着办事呢，你还真不信？十美元赶紧的，拿来！"

"我说你还紧盯着人家看什么看？没看过别人亲嘴吗你？"

"不是，那女的背影我觉得好熟悉……"

"再熟悉现在也是别人的了……走了走了，赶紧走，我也想找人亲个嘴！"

宋珍的心怦怦跳着，等纷乱的脚步声彻底听不见了，才终于伸手推开了梁越。

她被梁越亲得七荤八素，全身酥软，手指指尖还软软地发颤，她捡起刚才因为慌乱而弄掉的黑伞，然后撑开，问道："走吗？姜媛还在等我们。"

看她恢复成平常的样子，梁越有些茫然，好似还在贪恋她香甜的味道，但她怎么就能如此迅速地从刚才的缠绵里抽身呢？还是说，他亲得不够好？

想到这里，梁越越发有些沉闷，他难耐地舔了下嘴唇，握住她撑伞的细手，柔声道："走吧，回酒店。"

宋珍的右手被他温柔地握住，她挣扎了一下，没挣脱开，语气有些不高兴："先往酒店走……不还是怕他们吗？"

然而梁越垂眸，十分直白地看向她："大家都是流氓，谁怕谁？"

闻言，宋珍不由地心头一紧，又红了脸，她有些懊恼，他还知道自己挺流氓的啊……

湿冷的衣服黏腻地贴合在身上，男人有些不悦地皱了下眉："我们先回去换衣服。”

回去换衣服！

一想到酒店那张双人白色大床，宋珍开始紧张得没脾气了。

第四章：欢迎回来，我的女孩

1.

回到酒店，宋珍好似在和梁越赛跑，她从行李箱里翻出了一套长袖真丝睡衣便快速地钻进了浴室。

梁越知道她在紧张什么，如果她不表现得这么战战兢兢，他还真没想在今晚做些什么。

他低头浅笑了一下，随意地翻出了一套灰色休闲服换上，便开始浏览助理发来的项目分析。

机智的郑书原在这个时候出现了，他不怕死地按响了梁越房间的门铃。

梁越打开门后，冷冷淡淡地倚靠在房门边，郑书原大大咧咧地推着丰盛的餐车走进房间："珍珍，用餐啦，有葡萄酒炖火鸡腿的晚餐哦，还有鹿肉配……"

郑书原走进房间，十分迅速地掀开餐盖，苦口婆心地向梁越讲述他宏伟的计划："珍珍现在在泡澡对吧？这个盛有两杯红酒和水果的托盘麻烦你端给浴室里的珍珍，美其名曰补充能量……为什么会是两杯，你能明白我的良苦用心嘛？万一珍珍想邀你一同那什么，你总得给她一个留下你的理由，对吧？"

"至于这个鹿肉是真的很补啊，你明白吗？"

"好了，就差最后的氛围渲染了。"

郑书原觉得自己真是优秀，他慢条斯理地从怀里掏出了一张黑胶唱片，还好心地替他们放进唱片机里，悠扬暧昧的音乐顿时温柔了这个颇为贵气的套房。

一条龙服务结束，郑书原发自真心地拍了拍梁越的肩："越哥，不用谢我，真的，我们之间谈谢这个词就太客气了。"

"书原。"

因为之前在用电脑，梁越戴上了金丝眼镜，使得他整个人更显得十分禁欲理智。

他双手环抱，靠在门边，壁灯昏黄的光线落在他笔挺的肩线上，男人安静地看完了郑书原的精彩表演后，不经意地开了口："除了带她一阵瞎跑之外，你还瞒了我什么？"

这无波无澜的声音让郑书原当即蒙了，脑中警铃突突直响，他今天瞒了越哥很多事啊，越哥到底指的是哪一件啊？

如果他提了宋珍和林梦时见面的事，可越哥只是想问珍珍脖子上那道勒痕是怎么回事，那他不就踩错雷了吗？

郑书原决定硬着头皮摇头："没有！"

男人凤眼狭长，唇线微抿。其实男人面无表情的时候才是一种危险的信号，他语气淡淡地开口：“白天开会的时候听总部的人说我需要和红石资本的林梦时共进晚餐，你今天见过他吗？”

原来是林梦时这个地雷。

郑书原心里发怵了：“碰……巧见过一面吧。”

梁越镜框下那双漆黑黑的眼眸沉了沉，郑书原迅速捕捉到了，他立马问道：“他们关系还不错？”

“哪个他们？”

郑书原大为一惊，但梁越一言不发地推了下镜框，他起身走近餐车，用银叉将果盘里的火龙果一一挑到另一个餐盘里，宋珍不喜欢吃火龙果。

这果盘是给珍珍的……好吧，郑书原知道自己快憋不住了，只好一五一十地全部吐露出来：“我们三人碰巧一起吃了个饭，就午餐的时间，大家相互走了下‘你还好吗？’‘I am fine，thanks，and you？（我很好，谢谢，你呢？）’的聊天过场，连彼此互夸的话题都没有进行……越哥你快端进去吧，珍珍快要饿到昏厥了，我先走了！”

郑书原鞋底抹油溜走了，梁越冷漠地嗤笑了一声，托着托盘去敲浴室的门。

听见敲门声，正在浴缸泡澡的宋珍吓了一跳，她紧张地把脖子缩到泡沫里，本来不想应声，但门外的梁越偏偏问了声：“饿晕了？”

真怕他下一秒便破门而入，宋珍连忙吱了声：“没有！有事吗？”

“给你补充能量，我进来放下水果就走。”

他都表现得这么正人君子了，况且她是真的好饿，宋珍便往泡沫里缩了一点：“好吧，那你快点。”

梁越托着托盘推门而入，客房内的情歌也四处蔓延，让人暧昧。

潮湿的水汽里，两人的目光暗流涌动，宋珍忽然心虚地扑腾了一下，他戴着金丝眼镜的样子，看起来太斯文败类了，弄得她紧张地往水里缩了缩，白色泡沫微微漾了起来，隐约露出女生白皙的膝盖来。

“起来。”

起来……是让她站起来吗？！

宋珍吓得干脆整个人都埋进水里，白色泡沫的表面开始冒出气泡，呜呜呜，梁越这个伪君子现在就等不及了吗？不仅放情歌，还端两杯红酒进来，这是从哪个电影里面学来的调情步骤，这么可怕！

“我让你露出脸来，看看你脖子上的红印需不需要擦药。”

梁越也意识到了他刚才那话有歧义，他忙不迭地将托盘放在一旁的酒架上，尴尬地半蹲在浴缸旁。他想捞她，又怕捞错了地方，只见泡沫池面晃啊晃，宋珍被水呛得浮出了水面：“咳咳……你是医生吗？管这么多？”

她瓷白恬静的脸蛋以及黑色睫毛上挂着晶莹剔透的细小水珠，还有她的嘴唇，此时显得十分湿润饱满……

梁越喉咙发紧，眼框忽地暗红了一下，他情不自禁地伸手去抚摸她的细颈，声音低哑道：“我是你男人，还疼吗？”

“保质期一年的男人吗？”

宋珍被他细长温热的手指摸得心里发痒，她忍不住轻颤了一下，意识到在他面前表现出了让人羞耻的羞怯，宋珍的脸也红了。又想起为期一年的恋爱合约，她不禁懊恼地嘀咕了一句：“是很疼呢，那能麻烦我男人现在跑一趟药店给我买药吗？”

“好。”

虽然知道她在换着法子地赶他走，但是“我男人”这三个字真的很受用，梁越忍耐地收回手，将眼底翻涌的欲望压了又压，声音像炎炎烈日下滚烫的沙：“你想要多久的保质期？”

“等你和你的新未婚妻谈好了再说，好吗？”

梁越好不容易因为今晚而燃起的一点希望，被她这飞快而不耐烦的回复浇得一丝火苗都不剩。

他心底挤压着一股烦闷的郁气，瞬间席卷四肢百骸，他年少的时候是瞎了眼吗？不早早地和这只金丝雀领证，将她好好藏在家里，而是冷漠地拒人于千里之外。导致温香软玉的美人虽然近在眼前，他想拥有却得不到。

宋珍细白的手肘悄悄地搭在浴缸边，露出了点香肩，她一边用小银叉叉着芒果，一边轻轻皱了下清秀的眉：“我真的很痛哦。”

潜台词是请你快走好吗？

梁越的眼眸垂了下来，而后一言不发地转身离开了。

他一走，宋珍瞬间放下心来，她舒舒服服地品了点小酒，吃了点水果，便擦干身子，穿好衣服离开浴室。关掉了让人蠢蠢欲动的缠绵音乐后，宋珍呆呆地坐在床边，这时房门传来了“滴”的一声，吓得她连忙关掉床头的灯，掀开被子侧躺下去，假装睡着了。

梁越回来得很快，宋珍能清晰听见他朝她走来的脚步声。

下一秒，男人已经半蹲在床边，低声道：“起来擦药。”

说实话不怎么痛，她也不知道那个流氓用手肘一勒怎么就留下了印子，她原本想说她困了，不用了。但他为她跑了一趟也算辛苦，宋珍不忍心，她稍微拉下了点薄被，露出了脖颈，示意他赶紧擦药。

没一会儿，宋珍便感觉有清凉的药膏轻柔地覆在她的脖颈处，还有他温热的呼吸灼得她的脸颊微微发烫。

宋珍下意识睁开眼，才见梁越坐在绒布地毯上，一条腿盘着，一条腿屈起。就算是坐着，他都比她躺着高。他微微垂下头，坚硬的下颌微收着，漆黑黑如曜石的目光直直地落在她脸上。

宋珍被他看得心重重一跳，她声音发软地催促道:“你赶紧洗澡去吧。”

一般催促恋爱对象赶紧去洗澡，就是暗示之后有事要干！虽然这句话有些暧昧，她可不希望梁越误会她。梁越听了她这句话后怔了下，瞳孔微缩了一下，便二话不说利落起身，去了浴室。

等梁越从浴室出来时，宋珍已经快睡着了。她模糊感受到梁越从另一边掀开薄被上床，还在她耳边十分温柔地问了她一句：“明天想让我陪你去哪儿玩？”

宋珍呵欠连天，低声道：“不玩了吧……明天就想回去。”

宋珍穿着质地顺滑的真丝睡衣，梁越侧躺着，这是他们第一次同床，他静静地看着她娇小的背影，只觉得此刻拥有前所未有的安心：“好，那我订明天回国的机票。”

“有没有想要的回国礼物？”

“想见小予啊！”

“那回去之后有什么打算吗？”

他怎么还问啊，不想睡觉吗？

她困得眼皮直打架:“想见小予，还要管一个花店，还有酒店插花……你记得把小予还给我，纳冯叔叔还想见小予呢，他说看了小予小时候的照片和我爸爸好像……”

“那我呢？”梁越微微皱了下眉头，他都不在她未来的规划里吗？

“你怎么啦？不困吗？我好困呐……”

“转过来一点，你都快要从床上掉下去了。”

好麻烦啊，宋珍皱了下眉，不耐烦地转了个身，直接钻进了他滚烫的怀里。

二米二宽的双人大床啊，她就意思意思地小小地翻了个身，额头便抵到了他的胸膛，她个子娇小，屈起的膝盖则顶到了男人的大腿，所以他之前到底是靠着她有多近？

梁越就着这贴合的睡姿，心满意足地伸手轻轻地环抱住了她，男人低哑的声音从她头顶沉沉传来：“这样睡得着吗？”

梁越灼人的热度扑面而来，宋珍慌张得心都快跳出来了，她忽然觉得有些委屈，就像在树林里他吻她时一样。他十分娴熟地信手拈来，仿佛在逢场作戏，而她却会把他的亲吻当真。

想了想，她决定膈应他一句，于是不咸不淡地说：“睡不着，我不习惯两个人睡。”

“嗯，那我以后都哄你睡。”

说着，梁越真的开始轻拍她的背，像在安抚她。

看吧，他在“逢场作戏”的道路上真是什么情话都愿意说。

2.

梁越原本想陪宋珍在纽约多玩几天，便让郑书原和姜媛两人先买票回国，但宋珍也急着回去，于是他干脆定了和他们同一航班回国。

早晨，宋珍还一脸睡意朦胧，便被梁越从床上拉起来赶飞机。他已经收拾好了两人的行李，但宋珍困得不行，从酒店一路到机场登机口都是焉焉的。

没想到他们在登机口还碰见了林梦时。林梦时十分淡定自如地和他们打了个招呼，宋珍也在排队队伍里探出了个小脑袋，笑着回应了一下。

头等舱本来就没几个客人，这样一来，客舱几乎都被熟人承包了，上了飞机，宋珍睡得更踏实了。

宋珍和梁越共用一面扶手，中途他喊她用餐，宋珍正梦见给小予开门，小予帮她去取快递了，她正期待地送来的到底是什么快递，就听见梁越在叫她的声音了。

她戴着眼罩，郁闷到不行：“我不吃，不想吃，都怪你，我昨晚都没睡好……”

闻言，梁越觉得有点无奈又有点搞笑：“我昨晚怎么你了？我什么都没做好不好？”

“越哥，你可不能说这么不负责任的话啊！”

一直在隔壁一排默默听墙角的郑书原兴奋不已，因为他感觉旁边两人在“开车”，但他没有证据！他想要套出点证据出来！

“你做过的事，不论进行到哪一步，它都已经开始了，就算是未完成品，那也是越哥你的作品了，你不能不满意你的作品……”

“你吵到她睡觉了。”梁越根本就不上当。

“明明是越哥先吵的！”郑书原相当不服。

想到郑书原什么话都能说出口，宋珍还是有点心惊胆战，她忽然扯下眼罩，轻轻拉了拉梁越的衣袖：“梁越，我们不和他吵。”

梁越被她这小鸟依人的举动勾到了，他眼底带笑地微微扬了下嘴角：“好。”

这回轮到郑书原郁闷了，这对欢喜冤家才温存了一个晚上，他们就开始在他面前上演妇唱夫随了，扎心。

终于回国了，头等舱的乘客先下飞机。

宋珍既期待又紧张，她即将在熟悉的故土开启一段全新的生活。

林梦时见她下飞机比上飞机前的精神容貌好了许多，当机立断地准备上前邀约，郑书原见状，他用眼神示意林梦时千万别冲动，梁越已经知道你们俩悄悄见面的事啦！

林梦时丝毫不理会郑书原让他别靠近的眼神，他悄悄靠近宋珍，语气温和：“珍珍，想去那家花店看看吗？”

“啊？”宋珍有点意外地仰头看他，“可以吗？你现在有时间吗？”

林梦时笑意渐浓：“当然，待会跟我走十一号出口吧，司机已经在外面等着了。”

一旁的梁越扫了眼腕表，客气地插了一句：“我送你们，完了还要带她去个地方。”

宋珍十分疑惑地侧头去看梁越，她发觉走在个子高的中间，真累：“你知道我们说的什么吗？”

英俊男人淡淡地轻瞥了她一眼：“你睡梦中提过一两句，忘了？还说不想在纽约玩想早点和我回家，也忘了？”

她不记得，也不敢反驳，微微低了下头没说话，有点尴尬。

林梦时眉心微拢，略有不满，梁越能给宋珍的，他也能毫不眨眼地悉数奉上，他这次非要她不可。

林梦时勾了下嘴角揶揄她："之前我去南非好几次也带不回来你，这次刚把你的消息告诉梁越，他就把你带回来了，还是梁越更有诚意是不是？"

闻言，宋珍有点着急："不是的，林大哥……你们来南非我都很高兴。"

梁越不是那种不允许宋珍和其他男人说一句话的偏执占有狂。前两天，他偶然得知林梦时主动邀约宋珍一块儿吃饭，他也只是略有不爽，很快就没有当作一回事。

可林梦时竟然说他主动把宋珍的消息告诉他？

他这才戾气颇重地轻嗤了一声，狭长冷锐的眼底黑压压一片。他在聚会上无意间发现林梦时用作手机壁纸的女人竟然是宋珍，虽然只是偷偷看了一眼，但他一眼便能确定那就是宋珍的背影。当时他可气红了眼，怒不可遏地暗自咒骂。

现在林梦时竟然说是他主动给的？

梁越透着森森寒意低笑了声，下颌显出更凌厉的线条，他看着熙熙攘攘的大厅缓慢地点了下头。

挺好的，领他入投行的前辈，终于要教他如何打败对方了。

喧闹的机场内，高颜值的两男一女组合很是惹眼。

他们身后不停有手挽手的小姐妹们想要加快步伐走上前去看看，到底是身穿高级定制酒红色西服的男人帅，还是那位上身着蓝灰色休闲衬衣，下搭黑色西裤的大长腿小哥哥更吸引眼球。

下一秒，她们便看到在廊口徘徊等待的一位女性含羞待放地走到了身着蓝灰色衬衣的男人身边，她眼底满含怯怯的情意："梁越哥哥这么巧啊。"

那女人本想落落大方地向梁越身旁的朋友打招呼，但她悄悄一瞥，发现和梁越同行的竟然是一位从未见过的大美女，她心里隐隐不安，尤其看到美女旁边还有一个林梦时，她很是希望这是林梦时的女伴啊！

尽管梁越没放慢脚步，也没理会她，她还是笑容甜美地说："我听书二小姐说，你一下飞机就约了她今晚见面，她可开心了呢！梁越哥哥对未婚妻真好啊！"

梁越的心情原本还在一点即燃的暴戾边缘，也完全不知道这位不速之客是哪位，但她这话一说，梁越下意识地挺直了身板，悬起一颗心，有些紧张。

他怕珍珍不高兴，立马想要解释，哪知林梦时已经彬彬有礼地飞快开口："既然梁越你还有事，我们就先走一步。"

原来梁越刚才频繁看时间，是约了未婚妻啊！

宋珍原本安静得像块背景板似的无所事事地低头玩纽扣，听林梦时这么一说，很是知趣地抬头对梁越笑笑："那我们先走啦！"

梁越见她笑得轻松又不在意，心里越发烦躁，他微眯了下眼，才看了一眼那个硬往枪口上撞的陌生女人："不好意思你哪位？你已经妨碍到我们了，知道吗？"

说完，他又冷漠地看向身后的姜媛："以后接机还是让何之行安排一下保镖。"

言外之意，别什么牛鬼蛇神都能在他眼皮底下出现。

闻言，那女人瞬间觉得难堪。

梁越拉着宋珍上了自家的迈巴赫，司机笑容得体地替宋珍打开车门，她坐进去之后，梁越自然而然地也跟着她坐在了后座。坐在副驾驶座的林梦时报了地名之后，全程一路无言。

最主要的是，宋珍还有点没回过神来，她印象中的梁越挺冷的，没想到几年不见，他拒绝人的时候越发毫不留情了。还好她当年追求他的时候，他的“冷面”神功还没练到满级，不然以她那颗玻璃心岂不是得碎得稀巴烂……

约莫行驶了半小时，迈巴赫停在了城南的商业圈街道旁。三人准备下车，但这时梁越的手机响了，他看了眼是助理何之行打来的，接通后，他顺手拉住了宋珍的手腕，宋珍诧异地回头看着他。

司机娴熟地打开车门，在外面恭敬地等待着。

电话那头的助理对这边的情况毫不知情，正在有条不紊地报备：“梁先生，欢迎回国，之后的随行保镖已经安排就位。关于八月十八日和三十五个国家的CEO以及和清华、每貌、腾牙AI部门的深入交流会……”

梁越听着，微微抬了一下眼眸。

他五官冷傲俊朗，气质出众，即使不开口，也能一眼看出这绝对又是哪家不敢惹的太子爷。而这位太子爷此时神色却略显寂寥，声音也是极为克制，他温和地对宋珍说：“别看太久了。”

闻言，电话那头的何之行却顿了下，他平时不都是看着行程表报备的吗？这边的宋珍也愣了下，然后忙点头准备走，哪知梁越就是不放手，还轻拽了她一下，深情地看着她：“我是去和书若玫谈解除婚约的事。”

“哦，我和林梦时也是去看我的工作环境怎么样啊！”

他这么一报备，宋珍也下意识地跟着解释，但话一说完，她就有点气，气她急着在澄清什么？

这个解释明显取悦到了梁越，他醋意十足的眼神柔和了一些，他大度地松开了她的手，对她笑了下："我给了你选择，不过，你最后还是会更喜欢我的。"

什么更喜欢他啊?

为什么梁越总给她一种"她很渣，他很深情"的感觉啊?

梁越到底在搞什么啊?

来不及思索，宋珍飞快地钻出后座和林梦时看花店去了。

3.

看完花店后，宋珍很满意，花店属于城南富人区，散客已经络绎不绝，想来生意也不会差到哪里去。想着梁越还在车上等他们，宋珍觉得和老板娘聊得差不多准备离开时，花店里又来了一位和林梦时相熟的女客人。

林梦时在看到女客人的那一刻，下意识地看向宋珍，宋珍不太理解他这是什么眼神。她和漂亮女客人茫然对视了一眼后，女客人已经在调笑他们俩的关系了："林先生，第一次见你带女伴出行啊，这么漂亮你一定悄悄藏了很久了哦？"

闻言，林梦时愉悦地扬了下嘴角："谢谢，那下次聚会见。"

说完，他坦荡地看向宋珍："走吧，珍珍。"

"啊，好。"

她早想离开了，宋珍淡淡地向那位女客人笑了下，林梦时走在前面很绅士地为她推开玻璃门。

宋珍走出花店，夏日灼人的热气扑面而来，她看向停在不远处的黑色迈巴赫，车窗紧闭，后座的梁越已经等他们快半小时了。

她想快点回去，路过 24 小时便利店时，林梦时单手推开便利店的玻璃门："我给你买个白桃冰激凌。"

宋珍想说不用了，但又觉得林梦时为了她一直在忙前忙后，她只好飞快地跟着他走进便利店："你想喝点什么？我请你。"

此刻，迈巴赫的主人缓缓地降下了后车窗，眼巴巴地望向便利店。

梁越面无表情地看着逛着便利店的两人，两人有说有笑，背影是如此亲近。

已经等了三十三分钟了，他让她别看太久，别和林梦时待太久，她果然还是不会听他的话。

司机眼观鼻鼻观心，立马懂事地问道："少爷，想喝点什么？"

梁越又按上车窗，淡漠地别过头："不用了，她会给我带。"

便利店里，宋珍拿了盒限定款的白桃味哈根达斯，看到林梦时很随意地拿了瓶咖啡，她也跟着拿了一瓶一模一样的咖啡。

"给梁越带的？"林梦时漫不经心地问道。

"嗯，这个可以吗？"

林梦时看着她握住咖啡瓶身的粉白色指甲盖，十分平静地开了口："他喜欢车里放着的那种矿泉水。"

"哦，那好吧。"

既然车里还有矿泉水，宋珍又将咖啡放回冷藏柜，然后付了款便快速往迈巴赫走去。

知道自己耽误了很久，宋珍很是乖巧地钻进车内，又冲梁越温顺地笑了下："不好意思，让你久等了，我们之后去哪儿啊？"

她的甜美笑容正好对上梁越冷漠的俊脸。

宋珍顿时觉得车内气压太低，她有点心虚，梁越一定是因为等太久了，心情不太好。

梁越轻掀了下眼皮扫了下她手中的白桃限定，又将目光看向车窗外：“去云际。林梦时你没事也一起吧，正好林顽也在那儿逛街。”

“好。”林梦时一口答应。

云际是A市市中心，去云际这话是对司机说的，然而现在司机根本不敢开，少爷在这耐心地等了这么久，却连宋小姐的一瓶水也换不来。

司机心疼自家少爷：“少爷，不好意思，我给您准备的是合作方的矿泉水，您不喜欢我去给您买别的。”

梁越扫了一眼平板上的行程表：“不用，走吧，之后还有安排。”

司机这才缓缓行驶，宋珍更加心虚了，她小心翼翼地将白桃限定递到他身前，还好她没开封。

她声音软软的，带着点讨好意味：“很好吃的，给你。”

闻言，梁越抬头淡淡地看了她一眼，如雕塑般的侧颜轮廓锋利却不凌厉，宋珍尴尬地收回了手：“好吧。”

说完，宋珍埋头很是窘迫地揭开纸盖吃了起来，她用勺子吃冰激凌这样幼稚的事，连七岁时的梁越都不屑于做，更何况是现在的梁越。默默吃了一会后，宋珍觉得太凉了，她让梁越帮她拿一下冰激凌，她拧开从车上拿的矿泉水慢慢地喝了几口，然后放回车厢内。

她不太想吃冰激凌了，觉得太甜，但是还剩那么多，她只能从梁越手里拿回冰激凌，心不在焉地继续吃着。

车内很安静，梁越突然起身拿起宋珍喝过的那瓶矿泉水喝了几口。

男人的喉结滚动着，看起来很是性感。

没一会儿，他就喝了一大半，宋珍羡慕地想着，果然还是矿泉水更好喝吧！

梁越一边拧回瓶盖，一边掀起眼皮看了她一眼，他当然了解她了，男人懒散地靠回车座，整个人优雅又随意："不想吃就扔了。"

"嘻嘻！"宋珍对他笑眯了眼。

她就是这么想的。

聪明的司机立马靠边停车，将宋小姐吃了老半天还剩了大半的冰激凌和少爷喝得一滴水都不剩的矿泉水瓶麻利地扔进了垃圾桶。

见状，坐在副驾驶座的林梦时略有不悦地皱了下眉。他有点心烦，总有种他们把他扔下去了的感觉。

司机再次开车，宋珍冰凉的手指被梁越紧紧握住了，他的掌心很温暖。

她想她还没那么矫情吧，还要他给她暖手，宋珍试着挣脱了一下，梁越却将她拉到他身边，彼此呼吸交融。

静谧狭窄的空间里，男人额前的短发微微遮住了他好看的眼，他的长睫毛微微垂下，一脸深情地看着她："欢迎回来，我的女孩。"

他目光灼灼，深情款款。

宋珍的心猛的一跳，连呼吸都紊乱了。

而此时，林梦时凭借着自身良好的修养，不论后座搞出怎样窸窸窣窣的名堂，整个车程他都拼命忍耐着。

好不容易到了目的地，车缓缓停了下来。林梦时想要畅快地喘一口气，于是看向车窗外，却在看到那栋近在眼前的玻璃建筑时，他突然愣住了，原本镇定自若的脸色开始阴晴不定。

梁越丝毫没理会林梦时此时生动的表情变化，他温柔地牵着宋珍走下车，走向那栋晶莹剔透的玻璃房子："最近才得知你在南非，所以这栋商铺买得仓促，请来了知名设计师为这个花园餐厅做设计。商铺共有两层，喜欢什么植物，想用什么材质的桌椅，你都可以和设计师商量着来。开业会有点慢，预计九月中下旬，这是我送你的回国礼物，你可以等等它吗？”

云际是A市最繁华的地段，寸土寸金，这个玻璃房又在云际的最中心，透过巨大明亮的玻璃窗，能清晰看到周围环绕着一众高奢品牌的专卖店。

宋珍被他领进通透空旷的玻璃房内时，她已经被惊得说不出话了。

没有得到宋珍的答复，梁越也不急，只是温柔地问她：“这个雕花描金的旋转楼梯，扶手是玫瑰花纹的，你喜欢吗？”

“喜欢。”她早就注意到那个别致心裁的花纹了，宋珍拉着他的手，一动不动，不知为何，心却怦怦直跳，有种难以言喻的小欢喜。

面对心上人的小欢喜，他突然有些犹豫：“开花园餐厅也是我擅作主张，不知道你喜不喜欢……”

“喜欢，很喜欢。”宋珍高兴得怎么也忍不住想要上扬的唇角。

玻璃房非常漂亮精致，一想到今后可以在种满鲜花的房子里工作，她就幸福不已。

梁越懒散地坐在就近的高脚凳上，一双修长的大长腿将她圈在身边，两人靠得很近，他看着她一脸娇俏欢喜的模样，轻轻地捏了下她的下巴，让她直视他。

宋珍没办法和他直视，她一对上他的视线，就会脸红心跳，也不知道是不是早几年前被他迷得七荤八素时留下的后遗症。但她还是抿着唇，飞快地向他道了声谢，然后想要逃开他的桎梏。

然而梁越不放她走。

男人温柔的眼神很是磨人，他微扬了下嘴角，一扫之前的阴郁：“我给了你选择，但你还是会更喜欢我的，我说的对吗？”

真是自恋又高傲！

等等，宋珍终于想起林梦时了，他应该还在车里等他们，这么一来，她又得拒绝他的好意了。

看她想要挣脱开他回头去找林梦时的身影，梁越的眼神冷了下来，他微微加重揽住她的力道：“你和他关系那么好，也不急这一时半会吧？他每年都去南非看你，应该比我更了解你想要什么才对。”

闻言，宋珍却有点诧异：“他什么都和你说啊？”

林梦时连每年都会来看她这么无关紧要的小事都和梁越说，那他们的关系看来真的不错吧。

可梁越听她这么一说，不禁冷笑了一声。

他原本只是不满地随口一提，没想到林梦时还真是每年都会去找宋珍。

每一年，林梦时都会独自前往南非，报最贵的单身狩猎团。想着他们两人有说有笑地出行，想着林梦时狩猎成功后，宋珍也会像对他那样为林梦时祈福，去点林梦时的额头，为林梦时高兴时……梁越光是想一想，积郁的胸腔就要炸开！

他忽然迫切地想要证明什么似的将她揽得更近一些，男人埋下头，很不满足地靠在了她的颈肩：“花园餐厅可以换我靠着你两分钟吗？”

这么绅士有礼貌啊！

人家大少爷一掷千金用花园餐厅逗她开心，也只是想靠着她两分钟而已，别的什么过分请求都没有。想到这里，宋珍站得更笔直了，虽然他的黑发有点硬，扎得她侧颈痒痒的，她偷瞥了他一眼，但也只能看见梁越微微下拉的唇角，她忍不住小声问：“我是不是有点矮呀？这样靠着难受吗？”

虽然她有一米六五，但他有一米八七啊！

“没事，”梁越伸手抱住了她，“再靠近点就好了。”

实在够近了，她整个人都贴上他了！宋珍被他健壮有力的身体瞬间烫红了脸。

好吧……什么简单的靠一靠啊，这明明就是骗取她的抱抱。

宋珍整个人都被他圈进怀里，她也没迎合这个拥抱，就直直地站着任他抱着，还下意识地张望了下玻璃墙上有没有镶嵌着挂钟。不然指针一到，她一定会矜持又高冷地推开他，潜台词是——不好意思，虽然哥哥还想抱抱，但是没余额了，花园餐厅的亲密额已经用掉了哦，也别再充值啦。

她就是想单纯地报复下她曾经“勾引”他，但又被他残忍拒绝的遗恨……

呜呜呜，光是这么一想，宋珍都觉得好爽啊！

梁越察觉到她对这个拥抱毫无配合感，但美人在怀，他抱着抱着就热了，他颈间浸出细细的汗，微微黏腻着她的黑发。她的肌肤是那么的白嫩香甜，他不想放开她。

忽然很想念她曾经用那么直白又热烈的眼神看着他，然后整个人倾慕他，时刻围着他转的日子，可他之前一时高冷，不懂珍惜，不过还好，现在她跟着他回来了。

男人修长的手指轻轻地抚过她的蝴蝶肩，他想他会重新拥有她的，哪怕步步为营。

总之他不会再放走宋珍。

梁越用余光扫了眼透亮的玻璃窗外，奢侈品牌店纷纷有了动静，琢磨着时间也差不多了，他抬起头来，不舍地看向她：“待会儿周叔送你回家，我会尽早回家。”

哦，这是抱完了在下逐客令吗？

她才不稀罕他早点回家呢！宋珍巴不得她一个人回家，一个人的时候自在愉快，可以不要应付应酬任何人，可以足够轻松地与自我相处。想到这里，她笑得格外香甜，向他挥了挥手：“那我先走啦，你慢慢忙，不急的。”

梁越最喜欢她这幅温柔可人的模样了，他不舍地挥挥手，看着宋珍离开。

4.

与此同时，宋珍刚转身离开，就被玻璃窗外的场面震撼了。

炎炎夏日，灼灼日光晒得路面泛着刺目的白光，但是云际的人流量并没被酷暑驱散，反而更多。

街上的行人光鲜亮丽，衣品不凡，奢侈品牌的导购人员穿着高级精致的套装，如此壮丽专业的队伍阵仗一亮相，立马吸引住了周边游客的目光，这难道是集体去参加哪个时装秀？

整整一长列都快排到巷尾的品牌导购员们正好迎上了推门而出的宋珍：“您好，宋小姐，新季成品已打包装好，现在是为您送回家，还是您想去店内再逛一下？”

“现在送吧，跟着我们的车一块走好了，这么热的天还逛什么呀！”

宋珍还没反应过来，她头上忽然被人扣上了一顶白色印花的大沿帽。来人还携着一股怡人的香风，边说边亲昵地挽上了宋珍的臂弯。

导购怎么可能会不认识这位千金，大名鼎鼎的林顽。她立马微笑示意：“好的，林小姐，那不打扰二位了。”

一直在街边目击全程的游客，本来还想看看那位被声称宋小姐的到底是何方神圣，结果就被另一个女人用帽子遮住了面容，但宋小姐是从正在装修的玻璃房里走出来的。

于是她们又好奇地望向玻璃房内，灯光折射看不太清，但依稀能辨别有个男人身影，他坐在高脚凳上，一双大长腿展露无遗，矜贵清冷的卓绝气质哪怕隔着玻璃也不容忽视。

“那人到底是谁啊，看身影就知道很帅啊……”

“对了，你们看到了吗？那个品牌方亲自送过去的包！之前，就某个走富婆人设的知名小花之前也晒过，结果没想到被人扒出是 A 货（仿货），那个限量包听说只有特定的名流贵妇才能拥有呢……”

“到底是那位宋小姐花钱如流水，还是哪个公子哥一掷千金为美人啊？”

“呜呜呜，不管是哪一种，我都可以现在酸哦，超级酸的那种哦……”

保护好宋珍后，林顽并没有机会关注在一旁看起来败下阵的林梦时，而是先忐忑地回头看向玻璃房里的梁越。

没想到她和宋珍刚走没多远，就有胆大的女人想要接近他，结果连玻璃门都还没碰到，就被一直隐形在附近暗中保护梁越的黑衣保镖架走了……

林顽当时得知林梦时与梁越、宋珍他们共同乘车从机场离开后，她立马开车来救自家弥足深陷的哥哥，哪知半路上竟然还收到了梁越的微信。

梁越：来云际，请你花钱买衣服。

吓得林顽拿着的手机“啪”的一声滑落，之后她哆哆嗦嗦捡起来时，新做的钻石美甲还被磕掉了一大截。

元元：我哥……我哥已经被你打断气了吗？

呜呜呜，知道她没有黑色礼服，所以是请她来花钱买黑衣服的吗？林顽都准备放下名媛包袱伤心地哭一场了，又一连跳出好几条微信消息来。

梁越：你哥和珍珍正在愉快地逛着花店。

梁越：哦，现在又在愉快地逛着便利店。

元元：我求求你说完后还是配个翻白眼的微笑表情好吗？这样我心里会好受一些，我怕我哥早晚把你气吐血。

元元：[巨尿.jpg][主动罚站.jpg]

梁越：去云际吧，看上什么记我账上，我准备了点礼物给珍珍，我到时候不方便出面，你帮我照顾一下她。

当林顽回过神来，她面带微笑地看着梁越所描述的所谓的这么点儿的礼物，结果发现——礼物车队排得都快比这条街还长了呢。

梁越的量词学得好好哦。

最主要是，这一系列的宠爱操作简直堪称教科书式的花式追妻了好吗！

他怕宋珍用他的钱觉得烫手，便折成了等价礼物，看到这些好看的衣服、包包和珠宝钻石，她林大小姐也会心花怒放地走不动路的好吗？

更何况是宋珍？

其实她哥哥也能送出这样充满爱意的礼物，但他没有名正言顺的男友身份，这样做只会吓跑宋珍。

两人一同坐上了迈巴赫，林顽终于忍不住兴奋地扑向了身边的“温香软玉”：“呜呜呜，我的珍珍小宝贝，快让‘妈妈’看看你吧！‘妈妈’多久都没看过你这盛世美颜了？啊，我窒息了，请问这是真实存在的珍宝吗？看来我又到该换手机屏面的时候了呢！”

宋珍被她逗得直笑，哪知林顽还在一本正经地吹捧：“天呐，女儿对我笑了！呜呜呜，女儿笑起来就像在我心里撒满跳跳糖……礼尚往来，我也要送女儿一把跳跳糖……”

说着，林顽还真的从链条包里抓出一把东西来，她兴奋地摊开手，手心上是一条精致闪亮的钻石手链：“珍珍，送你的回国礼物，喜欢吗？和我手上这条是一样的，虽然不能和你男人送的比，但是你必须天天戴着，嘻嘻嘻。”

“呜呜呜，谢谢‘妈妈’。”

见状，宋珍又感动又惊喜地扑进林顽的怀里，不知不觉有点红了眼眶。她觉得自己很幸运，在南非，纳冯叔叔和狩猎营地的人都将她像小孩一样保护着，而国内的朋友们也都在等着她回来。

她今天真的太幸福了。

而这一声“妈妈”可乐坏林顽了，她高冷又欣喜地清了清嗓子：“那你男人是不是就得叫我男人一声‘爸爸’啦？”

宋珍好笑地轻捏了一下林顽的小蛮腰："你就算让梁越叫郑书原一声'爸'，郑书原他敢答应吗？"

林顽哑口无言。

正是下班高峰期，车子一路走走停停，但是迈巴赫后面跟随的车队却有着极高的技巧，从不掉队。

霓虹灯渐次亮起，车队一路驶进高新区内的高档小区，停在一栋楼房前。放眼望去，大平台式的花园洋房，红砖白墙，棕色屋檐，温馨大气，清静宜人。

这个小区和郊外的梁宅算是两个方向了，应该是梁越方便工作而另置的房产，看样子林顽也还是第一次来，她一脸探究意味。

红木双开大门前有位年过五十的妇人笑容满面地迎接她们，她的目光对上宋珍，眼里止不住的欢喜："少夫人，欢迎回来。"

少夫人？

闻言，宋珍和林顽都免不了一怔，然而那位妇人对宋珍淡淡笑了下："少夫人，您旅途劳累需要休息一会吗？待会请为您量身定制的设计师们先去衣帽间等您吧。"

宋珍还有点茫然："不用了，就现在吧。"

"好的。"

说完，她便娴熟地领着她们身后的品牌方和设计师入门，一提溜的购物袋都先放在了一楼的休闲间，宋珍则晕头转向地被她带到了二楼的衣帽间量尺寸。

一旁的林顽则到处转了转，转了一圈后，她想起两个月前，小予见到她，可怜兮兮地问她的那些话。

小予当时问："梁越哥哥是不是在外面有新家了呀？是和那个书家二姐姐吗？他都很久没回来住过了，呜呜呜，我再也不是梁越哥哥心里最重要的那个人了。"

现在宋珍回来了，对梁越来说，一切当然得以宋珍为重了。

敞亮的衣帽间里，一众人围着宋珍团团转，在询问了宋珍的喜好后，设计师们便准备打道回府，却被她叫住了。

宋珍也是第一天住进来，她一个一个地推开衣帽间的衣柜门，发觉里面挂着的都是全新未取吊牌的女士服装。见设计师们在衣帽间门口礼貌地等着她，她有点尴尬地侧身从她们身边穿过，又去翻了翻主卧的衣柜，才抱出了一套男士三件套。

"麻烦你们也帮梁先生做几套吧？"说完，宋珍又顿了顿，"我喜欢他穿深蓝色竖条纹，黑色竖条纹也很好看，然后再来几套纯色的吧，可以吗？"

设计师们微笑地接过衣服："当然可以了，宋小姐。"

在一旁有幸偷拍到这一段的林顽高兴得都快合不拢嘴了，她急忙将这段短视频狗腿地发给梁越。

元元：[视频]

元元：珍珍在给你定制西服哦，你们有情人终成眷属，越哥哥您可以高抬贵手放过林梦时这个"单身狗"吗？他好惨哦！

梁越收到微信消息，他反复观看了好几遍。视频里暖黄的灯光下，宋珍正抱着他的衣服，眼眸亮晶晶地对别人说着她喜欢他穿什么，以及他穿什么好看，他忍不住微扬了下嘴角，她果然还是喜欢他的。

此时坐在梁越对面，被他如此忽视的书若玫看他终于高兴了点，不禁长长地呼了一口气。

毕竟她刚刚和他提半年契约的事，梁越看她的眼神敏锐又冷漠，好像一瞬间他便洞悉了她的心思。

她又想起别人的提醒，梁越应该是喜欢温温柔柔的女孩子，她趁他高兴，小心翼翼地问了句："梁越，我刚才说的条件你看行吗？"

闻言，梁越将手机反盖在餐桌上，一双墨黑的眼毫无波澜。

想起书若玫刚刚说解除婚约可以，但是得半年之后，在这半年里，任何有他们两人的宴会，梁越都不能对她避而不见，还得带她回梁宅一次。

餐厅灯光昏暗，浪漫又暧昧，梁越清冷地扯出了一抹笑："想赖着我你随意，半年很快就忍过去了，回家等合同吧。"

说完，梁越冷漠起身，毫不犹豫地便转身离开，好像他来谈的真的就只是他众多生意里再简单不过的一桩小生意，还公事公办地让她回家等合同呢！书若玫大小姐脾气收不住，直接打电话给姜媛噼里啪啦地一顿骂过去："是你让我装淑女的？还提出什么"半年契约"，他现在好像更讨厌我了！"

"但他还是同意了你提出的要求，对吧？"对面姜媛的声音冷冷。

"那不然呢？！我都这样装可怜了他还不同意，心也够冷了的吧。"

"那就知足吧，你是没见过他让保镖把女孩架走的样子，只有厚脸皮地赖在他身边才有机会。他之前喜欢的姑娘用的就这套。"

这下，书若玫震惊不已："梁越喜欢过谁？"她一定不会让那个女人再出现在梁越的身边！

"这你就别管了，争取努力早日成为良跃的老板娘吧。"

书若玫高傲地轻哼了一声：“那是当然，也就只有我配成为你们的老板娘了。”

姜媛挂了电话直翻白眼，看来她先除掉这个蠢女人是明智的。

书若玫蠢得她都没眼看。

“回家。”

华灯初上，梁越坐进宾利，心情才好了点。

类似这种想要挽留某个人的合约他才和宋珍签过，所以他当然知道书若玫是怎么想的。

只是原来这招用在自己身上，他会觉得这么厌烦，怪不得之前宋珍看起来对他很是温顺，其实根本没把他放心上吧。

她现在好不容易愿意搭理他了，他要赶紧回家好好表现。

助理何之行这时候冒死从副驾驶座上探出一个脑袋，他之前强行假装自己“隐身”，但是眼看时间最合适的一班航班的头等舱就快没了，他怎么舍得让自家总裁去挤经济舱！

继林梦时和书若玫之后，他即将亲自为梁越献上今日的“绝世三连杀”。

何之行注意到了梁越微微抬起的那双写满了“我已经用眼神警示过你别说话”的眸光后，他仍然战战兢兢地开口了：“越哥，虽然少夫人刚刚回国，但是小别胜新婚哦，广州的财富论坛是不能不去的啊，这次世界前一百强集团的首席执行官都会去，良跃总部创始人也空出了时间……”

车窗外灯光璀璨声色犬马，梁越微微有一丝烦躁，他声音淡淡地说：

“看来现在回家换个衣服也需要给何助理报备一声了。”

闻言，何之行顿时愧疚到不行，恨不得三拜九叩，他辜负了越哥对他的信任：“对不起！我就知道我们越哥最爱工作了！”

第五章：我要哄她

1.

林顽吃完晚饭就回家了，宋珍从林顽那儿得知小予去参加野外训练营了，得大半个月后才回A市。等小予回来的时候又临近开学了，一想到还要很久才能见他，宋珍有点恹恹的。

她待在楼下，周姨笑容得体地一口一个“少夫人”，如此殷勤又让宋珍有点不好意思。

临着跑上楼收拾一堆新衣服时，她还是问出了心中的疑虑：“周姨，你知道书家二小姐吗？”

“知道的，但我们没见过，少爷身边亲近的人都没承认这事。少爷这次出国前很是高兴地跟我们说他要去接未婚妻回来，让我们把家里好好收拾一下，我和司机周叔都很高兴，就觉得他这次接你回家，也把他的快乐也接回来了。”

原来她回来，他是这么高兴的吗？

宋珍只觉得从心脏到手指尖都在微微发颤，还有点不可遏制的心慌意乱。

“少爷平时满世界飞，就算回来也是深更半夜了，有时候想和他说会儿话吧，可看他那么累，就只想让他早点休息。我早上五点起来给他做早餐，结果他连开灯的时间都没有，有时候还在黑灯瞎火的情况下给我打招呼，让我快回去睡，当时吓得我差点晕过去了！”

周姨这会儿是带着笑说的，但宋珍也能想象出那个诡异的画面，梁越本身就是一个行走的低气压，说话也冷冰冰的，还在不开灯黑漆漆的屋子里冷不丁在你身后冒出一句话来，任谁都要吓得忍不住深情朗诵社会主义核心价值来：富强！民族！文明！和谐……

周姨看了眼壁钟：“快九点了，也不知道少爷还回不回……”

“他会回来的。”白天梁越跟她说过，所以宋珍下意识接了一句，没想到周姨还笑了：“那是，少夫人的话少爷怎么能不听呢？”

宋珍被她逗得有点害羞，脸红红地往楼上跑去。

宋珍舒舒服服洗了个澡，便跑到衣帽间叠衣服了，之前品牌方送来的服装被她抱上来，全堆在了木地板上。

听见楼下传来开门的声响时，宋珍正往衣柜里挂一条金色的高开衩裙。此时，她正对着衣柜里的穿衣镜，穿衣镜中的她正穿着一条玫瑰色的真丝吊带睡裙。

隐约听见周姨叫了声“少爷”，来人很快“嗯”了一下，便传来上楼的脚步声，这一声一声清晰清脆且逐渐靠近的脚步声就像在宋珍心里打鼓。

她看着自己这身睡裙，又紧张又慌乱，是不是太暴露了啊？他会不会以为她想要勾引他啊？好吧，看在他对她还不错的份上，如果今晚他想抱着她睡的话，她估计懒得推开他就是了……

需要转过身迎接吗？她是不是还得跟他说一句“你回来啦”对吧？

哦，对，她身前的这个穿衣镜可以直接看到衣帽间的房门……不行啊，这睡裙真的太显身材了，但是衣柜里衣服清一色都是这样的吊带，宋珍终于明白了，梁越这个“色鬼”！

当穿衣镜里出现了梁越那颀长的身影时，宋珍也没理会他，一个人自顾自地挂衣服，他如果在这时候碰她，他就完蛋了！

然后她便听见梁越退出衣帽间的脚步声。

宋珍瞬间蒙了。

他刚才迫不及待上楼，现在竟然又默默离开了？

宋珍愣了一下，也不好意思再回头看他去哪儿了，但是，她又开始闷闷不乐了，他当她是透明人吗？怎么回来了也不给她打一个招呼啊？哦，她知道了，一定是梁越觉得她霸占了他的主卧，他就没想过要和她同床，所以他回次卧了。

他觉得她太主动了！

宋珍眨巴眨巴眼，忽然觉得好羞愤啊……

就在她像一株失水海藻时，柔软的粉色浴巾忽然从身后包裹住了她，梁越在给她披浴巾时，顺便从身后轻轻环抱住了她。

宋珍这小身板顿时僵了一下，这样的姿势很亲昵、很温暖，不知为何她想到了“受宠若惊”这个词。

嗯，有点娇羞。

梁越抱着她，温柔地埋进她细嫩的颈窝里，在穿衣镜前静静地看着她的表情：“还习惯这里吗？冷风别开太大了，着凉了我没法照顾你，待会还要飞广州待一阵。”

两人在穿衣镜前对视，宋珍息怒后本来因为这个拥抱正在加载羞涩表情，结果听到他要走，瞳孔一瞬间便失焦了：“这么晚还走？什么时候的飞机呀？明早不行吗？”

看她下意识流露出不舍得他离开的表情，梁越只觉整颗心都软了下来。

刚刚回来的时候，周姨给他打了声招呼，随后压低了声音对他悄悄说“少爷，少夫人等你好久了。”

他全身充满抑制不住的愉悦，然后急不可耐地上楼，结果便看到身姿曼妙的宋珍浑身都散发着生人勿近异常冷漠的气场。他为她嫩白柔美的背影着迷的同时，又开始思考他到底哪点惹到她了？好吧，因为一点儿私心，周姨当时给他打电话说给少夫人准备的吊带睡衣行吗？

他含糊地回了个“都行，你安排就行”。

他的确很喜欢宋珍穿吊带，但他们还是得有个循序渐进的过程，幸好他及时避雷，不然今晚就别想抱她了。

“明早就是财富论坛。”

梁越没直接回答她航班信息，因为他还没让何之行买机票，他想尽可能地和她多待一会。

“那你还不如当时直接从纽约飞广州呢。”宋珍软软地说道。

见她没有推开他，梁越得寸进尺地用脸颊轻蹭了一下她的脸颊：“给你准备的回国礼物总不能让别人送给你吧。”

一想到他待会还要在路上折腾，宋珍有点心疼他，但现在他们这个肌肤相亲的动作可有点超纲了，被他轻贴的脸颊此刻微微发烫，宋珍忍不住轻颤了下，而后尴尬地将他推开，心跳得有点快："你……你快去收拾衣服……好吧，好吧，还是我来吧。"

她想尽快逃出这一点即燃的暧昧氛围。

她从衣柜里拉出一个20英寸的黑色行李箱摊开，然后认真地挑了几件西装、衬衣，几条长裤叠好塞进去。

她把衣服叠得平平整整，然后得意地望向梁越。

梁越坐在红木梳妆台前的软凳上，静静地看着她。

他从神态到动作都像在商场里围坐成一圈，等待女朋友挑选衣服的"忠犬"男友样子。

宋珍觉得他脑海里的弹幕肯定是这样实时滚动着：还没挑好吗？半小时过去了，亲爱的我们可以走了吗？什么你还有鞋子要看？哦，想在一家店就买齐所有的？不能生气，还得夸她真是个可爱的机灵鬼呢……

梁越一定是等得不耐烦了。

可她明明在给他整理行李，他还嫌她慢。哼，不开心。

宋珍本想走过去算账，但是看他反盖在桌面上的手机，她像是想起什么，一下就柔软了下来，还温顺地跑他腿上坐着，老老实实。

女生笑容很是好看，像夏花盛开像冬雪融化，她成功拿到了梁越的手机，像是抓到了一块宝，她抬头看他的眼神欣喜又娇俏："我就看一下小予的微信号哦。"

"嗯，慢慢看。"梁越喉结微动，目光炙热。

眼前的宋珍热得早把浴巾扔到一边了，现在就穿着单薄的睡裙坐在他腿上，纤细的锁骨美得动人，最受不了的是，她还对他一点防备都没有，他个子高，腿又长，她坐在他身上，她小脚还能轻快地晃啊晃。

宋珍身上沐浴露的香甜味道很会侵袭人的神志，梁越下意识地下咽了一下，他在极力克制自己，他的右手手肘静静地搭在梳妆台上，时不时护着她别往后仰。

总之就是，先忍一忍，尽量别吓跑他的小可爱。

“小予参加野外训练营去了，没带手机，但有人跟着，你别担心。”

“嗯！”

“花园餐厅的设计师下周会来接你，你有什么想法都可以跟设计师说，我都支持你。”

“谢谢啦。”宋珍冲他微微一笑，心里甜甜的。

“把你的微信号输进去。”

“好的。”乖巧不已的宋珍已上线。

“想我了就找我。”

他低哑诱惑的声音近在耳边，宋珍差点就要把“好”字脱口而出，但还是硬生生刹住了，可心还是忍不住重重地跳了一下。

没得到她的回复，梁越仍认真地看着她的绝美侧颜：“那我想你了就找你。”

宋珍呼吸停滞了，瞬间心慌意乱，她冲他一笑，巴掌大的小脸精致又清纯，宋珍绷着身子，强装矜持：“不早了，我送你出门吧。”

说着，她就从他的腿上跳下来，去给他合上行李箱。

“不用，你早点休息。”

宋珍甜甜地笑着：“听过请神容易送神难吗？我怕你走到一半又掉头回来。”

掉头回来扰她清梦了怎么办，以他现在是她契约男友的身份，万一他有什么生理需要，这种危险情况也不是没可能啊！

认真想了想，宋珍穿了件小外套亲昵地挽着梁越下楼。她要在周姨他们面前为梁越营造他事业有成，恋爱美满的感觉。梁大少爷的这点面子，她还是要给的。

但是她的清甜笑容在看见楼下客厅里还有个衣装革履正襟危坐的陌生男人后便开始僵住了，她仓皇地松开了梁越就想往楼上躲。

在外界，梁越的未婚妻还是声势烜赫的书家二小姐，可不是她这个毫无背景的普通女孩啊。

梁越眼疾手快，赶忙拉住了她，等在楼下的何之行见状，连忙头皮发麻地起身迎接：“少夫人，晚上好，我是越哥的总助何之行，以后还请多多关照！”

何之行努力让自己笑得牲畜无害，毕竟他完全不知道自己哪点踩雷了。他才第一次和少夫人见面呢，就让她的脸色瞬间由晴转阴，哦不是阴，是暴风雨。

宋珍在听见了那声友好真诚的“少夫人”之后，紧绷的神经才稍稍放松下来，但她之前已经转过身了，只能顺势蹲下，有点自卑又怯怯地看向前方的红木楼梯地板：“耳环掉了，我找找。”

梁越看她瘦小地蹲在地上，心口一阵无力的钝痛，他知道她刚才为何一反常态，只是因为她觉得她没有身份与他同行。

他忽然很懊恼，他就不该再给峰珠留面子。毕竟他强行和宋珍去领证，谁也奈何不了他。

很快，宋珍站起来笑意盈盈地转过身来，她微蹙了下清秀的眉，仰头看向梁越，清亮的眼眸星光点点灵动可人："怎么也找不到了，我不管，你重新给我买。"

语气轻柔，甚至还带了点软软的撒娇。

梁越心里不知柔软成了什么样子，眼眸也越发深情："好，都给你买。"

这下，宋珍笑得更开心了。

她挽着梁越出门，还温柔体贴地送他们上了车。

深夜清凉的晚风吹拂过来，吹乱了她柔顺黑亮的长发。

宋珍站在庭院里，她弯了下腰朝车内的梁越挥手，语气不舍："一切顺利，早点回来呀。"

宋珍还很有礼貌地看向副驾驶座的何之行："何助理，就麻烦你多多照顾梁越了。"

"啊，好的，少夫人您太客气了，您放心，这是我应该做的！"

何之行忽然和这么完美的天仙面容对答，还有点紧张。等宾利车缓缓开出庭院好一会后，他才慢慢悟出了其中的美妙。这颜值，这身材，还有这性格，最主要是她与生俱来的良好修养还特给男人争面子，放这样的美人儿在家里等着，外面要不是有成千上万的单子在排队等着，越哥表示不想出门他完全能理解啊！

何之行不禁感慨道："越哥，挣钱给少夫人花，一定特快乐吧。"

"嗯，"梁越想起宋珍拜托何之行照顾他的模样，眼睛眯了眯，笑着说，"是你想象不到的快乐。"

比何之行会挣钱，还比何之行觉悟高。

过分了，过分了。

2.

宋珍送走梁越后就开始忙着和设计师讨论花园餐厅的室内景观和室外岩石园需要用到的植物。她想在餐厅外用山石来堆砌出一条假山过道，尽量模仿出原汁原味的野生地貌。和设计师聊完山石又聊植物，聊了老半天，最后定下了色彩清新的玉簪、石蒜、景天一类的植物，它们好打点又好养活，不需要经常灌水。

偏偏这时候，富丽酒店也联系上她了，要她八月十一号上午十点到富丽酒店参加考察活动。

宋珍惊喜不已，她一定要借此机会争取联系到富洋财团！

当天早上，宋珍很早便让司机周叔送她出门了，但还是撞上了早高峰期。

富丽酒店位于市中心，一路上走走停停，眼看还有一刻钟就到点了，宋珍一看没多远了，干脆下车跑过去。

宋珍到的时候，富丽酒店的大堂内已经聚集了不少园艺师，有些三两成群，应该是彼此认识，也有像她一个人立在一边的。

十点的时候，大堂经理便领着她们穿过酒店，来到后面宽敞翠绿的花园。

原来之前富洋财团放出想和园艺设计师合作的消息，是想让设计师重新设计这个占地三千平方米的花园。官方给大家一周的时间出花园设计图，在这一周内每天早上的十点到十二点，花园都对参加的园艺师开放，大家可进行实地考察。如果园艺师需要整个酒店的地形图，酒店方也会提供。

这次选拔比赛，最终只有一名能成为富洋财团签约的园艺师。

最后，大堂经理客气地表示，今天到场的只是参与者的一部分，一直到八月十八日，酒店每天都安排了固定人数的园艺师到场。言外之意，最好趁今天将整个地形地质摸清楚，之后再来只会人挤人。他们是第一批参与者，在八月十八日中午前到酒店大堂提交设计图即可，最终结果会在九月五号公布。

大堂经理介绍完毕之后便可自由活动。

经理刚一离开，一直立在不远处手提黑箱的黑衣人便早有准备似的立马恭敬地走向宋珍旁边的姐妹团。

黑衣人在对姐妹团里最为高挑靓丽的女人说话：“书小姐，现在就为您开始花园的航拍吗？”

被称为书小姐的女人看起来没什么兴趣：“嗯，早点拍吧，拍完就走，回去还要弄 AI 交流会的设计。”

在旁边一直替她打蕾丝花边遮阳伞的女人也赶紧附和道：“对啊，反正最后签约的都是我们家轻轻，这么热还来这儿走一遭已经很不错了……”

另一个女人连忙打断她：“你别把轻轻说得像是内定一样好不好，人家经理只是说如果十八号在这里举办的 AI 交流会反响不错，轻轻会更有机会而已，请重点突出轻轻的优秀好吗？不然被有心人听见了，指不定怎么诋毁我们轻轻的形象呢。”

说完，那女人还警惕地看了一眼一直站她们身边的宋珍，宋珍原本站这等工作人员送酒店地形图的。虽然她也的确担心这场比赛会有黑幕，但被她们如此防备着，宋珍还是转头就走了。

“请等一下。”

宋珍没料到被书大小姐叫住了：“我朋友说话没分寸，不介意的话，待会我让助手发你一份航拍视频吧？”

宋珍淡淡地对她笑了下：“谢谢，不用了。”

临走时，又听见书大小姐旁边的“土鹅”在愤愤不平地抱怨：“这小丫头谁啊？还不领你的情呢，我们轻轻就是太善良了！我不管，要是轻轻这次没签约的话一定是这个女人在乱说话……”

“不是，我感觉你很针对她呢？你们之前认识吗？”

“你看到她手上的那串钻石手链了吗？我上个月去D家买手镯，遇上林顽在那儿取定制，她手上这条手链和林顽那条一模一样。这女人和林顽肯定是一伙的，我当然讨厌她啦……”

闻言，宋珍心惊胆战，原来是因为手链，林顽性格那么好，怎么就跟她们结仇了呢？但是不论怎么样，她都会坚定不移地站在自家姐妹这边。

在酷暑下围着酒店花园转了一圈做好笔记后，宋珍便满身大汗地赶回家开始画设计图了。

富丽酒店的花园占地面积很大，宋珍的设计构思是，一进入花园便是连绵不断又极致浪漫的英式花境，随后用草本花卉修剪成巨型孔雀、大象模样的造型花坛来欢迎客人的到来。之后再在花园的最中心，也就是喷泉旁边设计一个世纪花钟形象的巨型花坛。最后再分散地装点一些古典式花台，这样整个花园的风格会十分童话梦幻又不失优雅。

总之就是，完美！

心满意足地设计完了之后，宋珍突然有点郁郁，如果选拔真的有内定，那她就别想靠这次设计和富洋财团搭上什么关系了。

再看看去广州快半个月了的梁越，每天却只会问她“在干吗”。

每次宋珍都像发小作文似的，把一天的设计心得告诉他，他要么一副高冷已阅的态度回她一句：“知道了，加油”，要么就是敷衍草率地回她一句：“我们家珍珍真棒”。

一点令人脸红心跳的对话都没有！

不是说会想她吗？怎么连一句简单的“我想你”都没有？

他平时面对她的时候，不是挺会撩的吗？怎么微信上就不会聊天啦？

最气人的是，刚刚梁越的操作更过分，宋珍明明都看见对话框上面跳动着“对方正在输入”，没过一会儿便没显示了。

宋珍只觉头顶一直跟着一朵乌云，可恶的梁越出差之前还说什么想她就会找她的情话呢，果然只是他心情不错时随便哄她的“鬼话”吧。

呵呵，男人的嘴，骗人的鬼。

十八号当天，宋珍去交图纸时，又看见了一唱一和的姐妹二人团。

当天负责对接园艺师的是普通工作人员，宋珍这次没看到之前的大堂经理，她小心翼翼地向工作人员询问了下可否见一下大堂经理。

工作人员明显愣了下，心想，她又不是入住酒店的顾客，但看在长相实在动人的份上，他还是犹豫地开口了：“今天酒店在开展 AI 交流会，挺盛大的，经理这会还在会场里忙着呢。我去帮你问一下，你在大厅等一会儿吧，或者你有 AI 交流会的邀请函吗？直接进场找经理也行。”

“我在这里等吧。”她去哪里弄邀请函啊！

“好的，请稍等。”

姐妹二人团应该也早就交了图纸，但也没走。她们也和宋珍一样在皮质沙发上坐着闲聊，像是等着谁，估计是等那位叫作轻轻的女人吧，不然她们蠢蠢欲动的马屁想拍都拍不出来。

“什么交流会啊？还要邀请函，你有吗？”

“我没有啊，我对AI又不感兴趣……对了，AI交流会好像是良跃资本中国部承办的？对哎，好像就是因为是良跃分部，所以他们才会选择轻轻布置会场，大家都是亲戚嘛，也能更放心呢。”

良跃分部？

梁越所在的投资公司，也就是说他已经回来了？还马不停蹄地在这里开交流会？

还不等宋珍思考更多，下一秒，轻轻便从缓缓开合的酒店电梯门闪亮登场，她穿着酒红色丝绒长裙，显得很是高贵。

姐妹二人团自然是扑过去一阵猛夸，然后话锋一转：“轻轻我想起来了！今天交流会的承办人是良跃的梁少爷吧？哇，他和你妹妹有婚约，现在又将会场布置交给你，你们真是相亲相爱的一家人啊！”

“轻轻你今天这么漂亮……说不定梁少爷还会后悔和玫玫订婚哦！”

书大小姐气定神闲地听完一番讨好后，又微笑地嗔怪她们：“别开玩笑了，帮我交一下图纸，我找梁越说点事。”

闻言，姐妹二人团调笑完便手牵手鞍前马后地为书大小姐服务去了。

可不远处的宋珍整个人却沉默了，心情变得低沉，书家两姐妹难道都喜欢梁越吗？为什么听她们的谈话，梁越和这个姐姐关系应该还不错？

宋珍静静地摸出手机给等在外面的司机周叔打电话，声音干涩：“周叔，车上还有AI交流会的邀请函吗？”

明显能听出少夫人心情不太好，周叔也不敢耽搁，连忙翻出了好几张邀请函：“有的，少夫人需要几张？我给您送过去。”

“一张就可以了。”

周叔很快便恭恭敬敬地把邀请函送了过来。

见有人亲自给宋珍送来邀请函，姐妹二人团愣怔不已，甚至在心里盘算着家里有没有这类神通广大的人物，也可以立马送张邀请函来，这样她们好显摆一下。

3.

会场气氛活跃又热烈，一众精英人士聚集在这里，他们正高谈阔论着世界前沿的新科技。

他们大多长相不凡，但俊朗挺拔英姿勃发的梁越尤为突出，他在会场可谓是鹤立鸡群，是全场最惹眼最耀眼的那一个。

男人一身黑色西装，身材笔挺，气质卓绝，举手投足间都是与生俱来的贵公子气派，他的头发往后梳着，衬得五官棱角分明，整个人显得更加利落英俊。

而他身旁那位明媚动人的丽人同样引人注目。

宋珍远远地看到书大小姐画着精致的妆容，一副我见犹怜的温婉神情正对梁越说着什么。

进来之前，宋珍多少抱了点忐忑又期待的心情，她知道梁越对外人有多么冷漠，这份冷漠，他早在机场廊口就见识过。

宋珍的心怦怦直跳，一向优美的身姿也在此时僵了一下，她的心脏像是由远处的两人紧紧攥着，随着时间的推移，她紧张不安得连指尖都变得冰凉起来。

她看到梁越一边静静地听着，微皱下眉，似乎想安慰对方，还体贴地从身旁走过的侍应生的托盘里拿了一杯香槟递给了书大小姐。这时，对方裹着盈盈粉泪的脸这才终于对他露出了淡淡矜持的笑意。

书大小姐稍微平复了一下情绪，又眉眼忧愁地开始说话，模样十分惹人怜爱。可能因为会场喧闹，加上梁越个高，书大小姐踩着十厘米的高跟鞋想要和他说个悄悄话也还得微微踮起脚尖，姿态看起来十分暧昧。梁越非但没有反感地将她推开，反而耐心十足地认真倾听着。

真是难得一见的温柔绅士形象。

可宋珍的心态却在这一瞬崩溃了，铺天盖地的酸意蹭蹭蹭地往上窜，她觉得委屈又气愤，梁越这个坏男人现在正做着对不起她的事！

宋珍整个嗓子眼都酸涩得说不出话来，不过，她很快意识到她根本没有资格表露出这些情绪。

他们的关系本来就由利益衍生，简单又苍白。她却还在期待他能真心对她。

可不可笑？

“珍珍？”

居然是郑书原最先注意到她，他高兴地快步走到她身边：“珍珍，你还喜欢AI啊？早上想拉元元来，结果她怎么都起不来，还对我发了一顿起床气。你来了正好，下午翡翠厅还会展示最新的机器人，到时候带你去看看。”

宋珍虽然很难过，但还是强撑起精神和他打招呼：“不是，我来找大堂经理，顺便来学习一下会场花艺布置。”

但她一看到这个简洁的会场布置，心里就更加添堵：“我看餐桌上的插花色彩艳丽倒是挺符合西方美学的，只是用花又少。而且，我还以为线条会遵循东方美的不对称构图，看来是我领会错了，这花艺主题是园艺师根据会场主办方的要求布置的吗？原来主办方喜欢这种洋不洋土不土的风格啊！”

这时一堆男人的行业交流会，很少有人会注意这些花花草草的布置，郑书原听她这么一评论，靠近她压低了声：“说得这么有理有据的，不过你知不知道你这是在骂你男人没审美吗？”

她就是在暗讽他！

她之前怎么会喜欢上这么一个没品味的坏男人！

正因为郑书原这一声“珍珍”，使得梁越身影一顿，下意识地回过头看她。

相比之下，他的助理何之行行动更为便捷，虽然诧异少夫人的突然到场，但也早已三两步快速上前准备随时听候指示。

何之行刚走到她身后便听少夫人说想找大堂经理，他连忙通知侍应生去召唤大堂经理。这下又听少夫人在内涵越哥，何之行有点慌张，少夫人的心情似乎不太好？

那他更得谨慎做人了。

呆萌的郑书原都听出宋珍的深层意思了，更别提敏锐的书若轻了。

她原本还想继续装一装“白莲花”，继续问梁越那个女人是不是不太喜欢她的设计啊，结果梁越敷衍地回了句：“事情我知道了，我自己会处理。”

便毫不犹豫地转身离开了。

书若轻愣在原地，还没从被人揭穿了她的尴尬里走出来，又听那女人继续针对梁越。

“主办方喜欢插花里的飞燕草吗？”

“不喜欢。”回答女人问题的是立在她身后的何之行，何之行连那花长什么样都不知道，但他知道自己这时候只能回答什么。

“那他喜欢那个白头翁吗？”

“不喜欢，没兴趣。”何之行答得毫不犹豫。

“那他喜欢什么花材？”

闻言，这下何之行有点慌了，他沉默了一下，而后战战兢兢的试探性地问了出来：“您觉得应该是哪些呢？”

“我吗？”看何之行这么毫无原则地配合她，宋珍好像也没之前那么憋屈了，她清淡的眼眸里逐渐有了一丝光彩，“我觉得主办方应该喜欢金鱼草、非洲菊或者小苍兰一类的吧。”

“是的，没错，全说中了！啊，像您这样冰雪聪明，蕙质兰心的人已经不多了，真想给您颁发一个智慧小仙女奖！”

看何之行面不改色地一阵吹捧，书若轻更是不明就里，心想：这个女孩难道是何之行正在追求的爱慕对象？

梁越是勉强看在何之行的面子上，才没和那个内涵他喜欢洋不洋土不土的女人计较？

没想到梁越虽然看起来为人冷淡，但还挺绅士的。

不过这个女孩也顺带嘲讽了她，书若轻觉得面子上挂不住，干脆踩着高跟鞋佯装事不关己似的优雅地离开了。

何之行一番夸赞深入人心，宋珍终于露出了甜甜的笑意。她今天一身简单的黑色收腰大摆裙，在黑裙的映衬下她的肌肤雪白，仿若凝脂，在水晶灯的照耀下好像在发光，这样陶瓷娃娃似的女人一站在这，周边少不了欣赏她的男人。

梁越原本在一旁默默听她损他，见她终于释放出了友好神情后，周边立马有男人按捺不住兴奋，想要上前搭讪。

梁越忘了那人是哪家的CEO，他直接走上前用香槟挡住了。

男人眼角上挑，狭长的目光里警告十足：“完成C轮融资了吗？”

他心想：商业模式运作成熟了吗？还想觊觎宋珍，公司是不想上市了吧。

闻言，那人顿时后背一寒，还好大堂经理在此时出现了。

大堂经理：“宋小姐，您找我？”

“嗯，对，想……想和富洋谈一桩收购案。”原本还被何之行逗得心情舒展的宋珍，在谈清卡这件事上，立马又没了底气。

“这样的话，那直接联系财团的人会更方便，能冒昧问一下，是哪家公司吗？和财团沟通到什么地步了？”

“清卡航运。”

宋珍说话的声音越来越低，心情也越来越消沉，她感觉自己很渺小，但她真的担心因为选拔有黑幕而错过和富洋有关联的机会：“我是清卡前总裁的女儿。”

这时大堂经理听明白了，不谙世事的落魄千金大约就凭着自己的一腔热血，单纯地想要扭转什么局面。虽然有些可笑，但也勇气可嘉。

想到这里，大堂经理不禁笑了：“宋小姐，您知道以个人名义来谈这么严谨的一个事，听起来有多么不靠谱吗？富洋每一场收购都十分谨慎，收购前会做多次的审慎调查。但是您运气真的很好，好好把握这次签约园艺师的机会，有能力就不会被埋没，争取到了这个名额可能真的会有转机。”

和大堂经理沟通一番后，宋珍有些心累。

她没什么兴致再待在这个会场了，心里乱糟糟的，十分想走。何之行之前早已接收到了上级指示，笑容满面的忙不迭地迎上来：“少夫人，下午还有最新的机器人展示，中午越哥也预约了顶楼餐厅的二人法餐，或者您喜欢德餐、意餐，小何也马上为您安排。”

隐约能察觉到不远处的梁越一直在看着她，她斜斜地轻抬了下眼眸往远处看了看，还真看到了这位英俊的男人收敛了他高冷的气场，向她投来示好的温柔目光。

宋珍迷茫又心痛地和他对视上了。

约她吃饭做什么？

现在就算他帮她收购了清卡，她也没有任何心情带着笑脸陪他这个“塑料男友”吃饭。

像是想到了什么，宋珍往四周看了一圈，完了，发觉之前柔弱貌美的书大小姐真不在了，她更是毫不在乎地看了一眼梁越，便冷漠地转身离开了。

梁越真的太过分了，他的心上人走了就约她吃饭？！

什么三心两意的坏男人。

不知为什么，梁越明明觉得他今天什么都没做错，但他从宋珍的眼神里解读出了“姓梁的你完了我哄不好了，你就等着被分手吧！”的意思，她眼神里还有一系列委屈、控诉和难过，让他心里直发慌。

一路开车送宋珍回家的路上，周叔觉悟性很高地连大气都不敢喘一下，估计在家也是妻管严，很清楚少夫人此刻正处于不好惹的炸毛状态。

周叔把车停到车库后，便见少夫人脸上毫无血色一言不发地回了屋。周叔决定提前让少爷有个心理准备，他给少爷发短信：少爷，今天少夫人高高兴兴地出门交图纸，但不知中途被哪个不长眼的惹到了，现在脾性有点大。您回来最好忍一忍，哄一哄，我们大老爷们不要和女人计较，好吗？

梁越收到这条“温馨提示”后，整个人更不好了，因为他或许就是那个不长眼的人。

4.

傍晚，梁越拖着行李箱回家，行李箱上还放着一个公文包，回来的时候正是饭点，宋珍一边用手机和林颃聊天，一边吃饭，听到他回来的动静也没有半点反应。

周姨能在天未黑透便看到梁越是真的开心，她一边笑着迎接，一边帮他拿行李：“一路累坏了吧，吃饭了吗？今天有你爱吃的竹荪山药排骨。”

梁越看了餐桌前的宋珍一眼：“嗯，还没吃。”

餐桌上一直都备着梁越的碗筷，他径直拉开金丝檀木的桌椅坐下，体贴道：“周姨做得还合胃口吗？这几天我在家办公，给你做银花鲈鱼和武定鸡滋补锅，记得你以前很喜欢。”

“谢谢，真是辛苦你了。”宋珍回的很快，她声音软糯，瓷白的小脸还对他淡淡地笑了下，而后继续埋头喝汤，十分平静。

这异乎寻常的平静反倒让准备好好哄她的梁越措手不及，说实话他还有点害怕。

“和富丽的大堂经理聊得怎么样？有需要我帮忙的地方吗？”

“没有。”

“关于会场花艺布置，”梁越顿了顿，他身板下意识绷紧，在思考如何措辞才能清楚表达他真的不在意那些与会议内容无关的繁杂事宜，“这其实只是流程里可有可无的一部分，完全不重要，有人推荐了设计师就直接让人安排去做了。你不喜欢那种风格，今后都不会再有类似的合作。”

这下，宋珍喝排骨汤的动作稍顿了下，会场花艺布置只是她找借口撒气的地方，他早有心上人了还来利用她，她生一下气怎么了？

宋珍忽然觉得很不甘，胸腔里鼓胀着难以纾解的酸软，都快把她憋死了。

她眼睛无神地盯着餐桌上的精美菜肴冷冰冰地说道：“我听周姨说，你上次出国是去接未婚妻回来，这称呼是不是不太合适呢？有考虑过我的感受吗？”

闻言，刚夹了一口凉拌紫甘蓝的梁越身子一僵，眼眸里的光彩一下就暗了下来。她现在火力全开，他知道今晚这顿饭是吃不好了，但还是耐心十足地把菜夹入了她的碗里。

“那说你是我妹妹？”他笑了下，笑意却未达眼底：“我对妹妹一向不太友好，你在机场没意识到吗？”

是啊，对妹妹不太友好，但是对妹妹的姐姐，那个叫什么轻轻的美人，不是挺友好的吗？

宋珍轻蹙了下眉，小巧的五官写满了难以接受：“那就这样吧，但也别让他们一直叫我少夫人，我不太习惯。”

梁越干脆放下筷子，往椅背一靠，认真地注视着她：“你如果觉得他们过早这样称呼你太吃亏了，我们可以明天就去领证，反正是早晚的事。”

宋珍想也没想便开始反驳：“不了，之后离婚太麻烦，那就先这样吧。”

脱口而出的这句话算是彻底结束这个话题，而且还是速战速决。

两个人的脸色都挺难看，其实梁越进门后都还一脸和颜悦色，之后就变得阴沉沉的。但宋珍也不想再和他待一块了，他这个三心两意见异思迁到处撩妹的坏男人还想骗婚呢。

她虽然傻，但可不上当。

宋珍瞬间觉得索然无味：“你慢慢吃，我上楼了。”

说完，她离开座位，也不顾碗里还剩下的大半碗排骨汤，一脸漠然地上楼了。

梁越一直黑着脸，他一个人沉默地靠在椅背上缓了好久，思索她口中所说的“离婚”。他今晚说领证是发自内心的，平时怕她介意拒绝，根本没机会说。今天好不容易鼓起勇气说出口，换来的却是冷冰冰的“离婚”二字。让他心碎的是，她说“离婚”的时候看起来十分认真，能这么娴熟地说出来，她是真不在乎他。

梁越沉闷地咬合着牙，倾身端过她的汤碗喝掉她剩下的浓汤，因为太过用力，好看的手指指骨凸了起来，连关节都微微泛青。结果汤还很烫，弄得他喉咙不适，完了他又很快意识到，汤还这么烫，她应该才坐下没吃一会儿，他就气得她饭也吃不下了。

也不知道她晚上会不会饿。

男人如刀刻般的下颌微微收紧，他心想：他到底哪点不如她意了？

梁越之后才发觉事态的严重性，他怕她晚上饿，给她切了一盘水果送上楼。结果宋珍穿着成套的深蓝色锦缎睡衣，抱着平板，趿着拖鞋从主卧走出，看方向是要去次卧。男人扫了眼次卧正开着的门，暖黄的灯光下床上蚕丝被掀开一半，在他回来之前，她之前就一直待在次卧了。

梁越忽然有些不悦地抓住她的手腕："我怎么你了？"

"没怎么啊，"宋珍看他的眼神淡淡的，声音也淡，"最近一直往返富丽和云际太累了，我一个人休息睡眠质量会好一些，明天一早还要去云际那边的花材市场送货，你也早点休息吧。"

男人直直地看着她："那你准备在小予的房间住多久？"

宋珍有点不乐意，想要挣脱开他："我也不知道，怎么啦？难道没有我你睡不着吗？"

"对。"

梁越答得毫不犹豫，眼神也不闪烁，可宋珍听了却愣了一下，而后更是心口一堵，梁越这个坏透了的渣男！脚踏两只船，还这么光明正大毫无愧意！宋珍干脆看也不看他一眼，手一甩开便气冲冲地回次卧，然后"嘭"的一声关上了门。

拿了平板回屋，宋珍也没心情追剧了，她给林顽发了一条"明天来云际找我，一定要不醉不归”的微信之后，钻进被窝里便睡觉了。

宋珍觉得心脏有点疼，她不想和梁越待在一个屋檐下。

而梁越在她的门外，身影清冷地站了好一会儿，才太阳穴突突直跳地黑着脸回了主卧。

他靠在床头，没什么耐心地给郑书原发微信。

梁越：怎么快速哄女朋友高兴。

书元：哈哈哈哈，你这算是问对人了！我从一千零一次的失败里终于悟出了一个真谛，你不能和女人讲道理，她们正在气头上，根本听不进去。

书元：而且，你只要语气快一点，声音又高点，她们就会震惊又委屈地质问你，你居然敢凶她？！

见状，梁越更焦灼了，他刚才一时没忍住，语气绝对不算友好。

书元：所以，一般情况来说，简单点，真诚点，可爱的网友们一致赞同跪着用键盘敲出“我爱你”这方法就很靠谱！用过都说好！对了，你琢磨出珍珍为什么生你气了吗？如果知道原因，还是对症下药吧。

梁越：我觉得我没做错任何事。

书元：你没做错任何事，她就不可以骂你了吗？

梁越：[微笑 . jpg]

只要她高兴，她就算万般骄纵在他眼里都是可爱的。

热衷于上网的郑书原，以为梁越这个翻白眼的微笑表情是在表示他本就趋近于零的耐心和温柔已正式结束，他又乐此不疲地开始推荐新套餐。

书元：唉，你又不知道原因，也找不到好的解决方法，不如我再给你推荐一款网上新出的治疗法吧！你知道“独立气”吗？就女生吧，总会因为一些细枝末节的事情，暗自生气然后随着时间的推移默默消气，整个过程自产自销，十分独立。我看行。

梁越：滚吧，我要哄她。

翌日清晨七点，宋珍起床后收拾完了下楼，没想到梁越已经在餐桌旁一边吃早饭一边开着笔记本处理公事了。周姨正笑着准备给她倒热牛奶，宋珍忙摇了下头：“不用了周姨，我约了人，急着走，晚上见。”

彼此好像都在刻意忽略对方，宋珍转身就走，下一秒，以梁越为中心的周边气温像是瞬间骤降至冰点。

她和设计师张老师设计出来的餐厅图纸已经快一周了。

餐厅内设计了一面植物墙，施工工人已经搭建好了凹槽，上午花材市场的负责人会先送一批室内垂直绿化的一年生植物过来。垂直绿化现在很流行，植物犹如墙面垂帘，不仅立体美观，最主要能节约空间，防尘防噪。

差不多要监工一整天的施工，因为开店时间定在九月中下旬，时间相对较为仓促，不能用耗时较长的模块式栽培，只能选择在墙面直接铺贴植物生长基质或者模块，无须另做钢架，虽然易施工，但后期养护管理费用稍大了些。

下午日光灼烈，室内施工人员正忙碌着，宋珍和张老师只好扣上了宽边遮阳帽站在室外阴凉处和花材市场的负责人谈之后的植物订购问题。

“张老师？”熟悉又轻细的女声便在这时冷不丁从他们身后传来。

宋珍听见她声音后，整个身子不自在地僵了一下。

她昨晚没睡好，神经很是脆弱。

“噢，是轻轻啊，来云际逛街吗？”张老师待人一向和善令人如沐春风，看到是自己的学生自然更加愉快轻松。

书若轻身后照例跟着两个小跟班，她看了一眼正在装修的玻璃商铺，随后她的眼眸又落在张老师旁边正闷着声，面色不自在的宋珍身上，她笑容得体地打招呼：“你好，我是书若轻。”

这个招呼看似礼貌，实则根本没等宋珍回应她，书若轻又温柔似水地看向张老师：“张老师，她也是您的学生吗？好像不太面熟？”

“不是，这位是宋小姐，宋珍，这个花园餐厅是她名下的，我为她做设计而已。”

“感谢您百忙之中能答应我们的请求，设计这个花园餐厅实在是太浪费您的才能了。”

宋珍也不是个呆木头，不能一直不说话，但是，宋珍好似呼吸都不太顺畅了，心里皱巴巴的难受，想着是否可以立马请她们离开。不管这个玻璃房子是不是梁越真心送她的，但这都已经属于她了，她不想在自己的势力范围内有她讨厌的人出现。

显然听到是宋珍请来张老师设计，书若轻精致的面容上还是闪过了一丝不自然。张老师是国际上鼎鼎大名的设计名家，书家出面请她都还没有十足的把握，这个小丫头不过是被梁越的助理何之行看上的女人，哪来这么大的本事？

书若轻问：“张老师，能再次看到您的设计真是很荣幸，不知道我之后还能不能时常过来学习呢？”

闻言，张老设计师笑了下：“这得问主人家的意见了。”

时常过来学习？那也就是想来她的玻璃房子上蹿下跳了？

宋珍微抬了一下头，声音有一丝颤抖："不好意思，不太方便。"

"不好意思，这位宋小姐，请问你是不是有点针对我们轻轻呢？轻轻永远客客气气对你，但你已经好几次这样小家子气了……"

还不待书若轻身边的"土鹅"跟班小姐妹说完，书若轻已经温柔地打断了她："你在说什么呢？不要让张老师看笑话，大家都是朋友呀！"

说完，书若轻和她的跟班上前一步依依不舍地看了下玻璃房。

宋珍的脸色却愈发苍白憔悴了。

想起昨日书若轻和梁越的种种亲密互动，她只觉自己从没有这么脆弱不堪过。看着书若轻她们走进她计划设计的最喜欢的岩石园内，就像正在侵犯她藏在心里无法宣之于口的秘密花园。

宋珍心想：她不管了，不要了。她不要这个花园餐厅了，书若轻喜欢就送给她好了。

"宋小姐，真是对不起啊，是我太唐突了，因为觉得这个机会真是太难得了，希望之后花园餐厅开业，我能再来学习，到时候必定送上花篮，预祝宋小姐的餐厅生意兴隆。"

书若轻声音轻轻细细，还想和宋珍握手告别，但是宋珍下意识地后退了几步。

"诶，这不是书家大小姐吗？太阳底下杵着热不热呀？妆都花了一大半了，肯定还渴了吧？我司机正好在那等着，要不顺便送你们去西边的避暑胜地好好玩几天吧？没玩够千万别回这么热的地方呀，不用谢谢我了，大家都是朋友呀。"

还好林顽的及时出现化解了宋珍不大方的表现，但她说的那些话，一听便知道是在故意膈应书若轻。

书若轻心里十分有气，但面上还是维持得大家小姐的体面，她微点了下头和张老师打了声招呼，便领着人黯然离开了。

宋珍也相当抱歉地向张老师鞠了一躬，便飞快拉着林顽离开了。

年轻人小打小闹的心思张老师怎么会看不出来，还莫名奇妙地被当了回枪使，但他上了岁数懒得管这些闲事。

宋珍离开时的无助眼神，莫名让人心疼，她难过的样子看起来好像要放弃什么心爱之物。

昨晚林顽看到宋珍发来的微信消息，就知道宋珍应该是和梁越闹了什么矛盾。但她完全没料到宋珍快步拉她还没走多远，就孤寂地低下了头。

宋珍整个粉嫩小巧的脸蛋隐在她白色宽边的帽檐下，她默默地伸手擦眼泪，这可吓坏林顽了："不哭不哭，我们的仙女不哭啊，你一哭我的心都快碎了，元元马上就去帮你弄哭书家两姐妹好不好？"

宋珍忍不住，眼泪"啪嗒啪嗒"地掉，喉咙滚烫得难以下咽，心里皱皱巴巴地难受。也是这两天，她才终于想明白梁越为什么这么急切地想和书二小姐解除婚约了，原来他的心上人是书家大小姐。她完全用良好的心态祝福梁越和书若轻幸福美满，但他们也不能太欺负人，先是想靠黑幕打压她难以接近富洋财团，之后又在她面前大肆秀恩爱，现在还要来干扰她这个想要拥有一个花园餐厅的小小心愿。

她什么都不要了好吗？等下回去就和梁越解除契约，小予她自己再想办法争取好了，实在不行的话，她再多多麻烦林梦时和林顽，反正他们不会放弃她的。

看着宋珍双肩默默抖动着，一直闷着不说话，看起来是真的很伤心，林顽气得都想打人了。她好言好语地先将宋珍哄回车里坐着，然后愤怒地掏出手机就开始噼里啪啦地向梁越骂过去。

元元：书若轻都来花园餐厅闹了，还把珍珍气哭了，你还管不管了？还有你到底喜不喜欢珍珍啊，不喜欢的话，我祝你和书家姐妹百年好合，早生贵子，赶紧发财，搬去月球幸福美满地生活吧！

第六章：都听珍珍的

1.

梁越收到林顽发来的消息时，正在开例行的视频会议。

视频那头的姜媛一脸震惊地看到男人轻掀了下眼皮，淡淡地扫了下手机屏幕后，瞬间一慌，直接匆忙地向对面一众人说了声“会议结束”，都没有关闭视频镜头，便已经大步走出了书房。

梁越懊恼不已，心里一阵钝痛，他一直以为宋珍不高兴的点是糟糕的会场花艺，想来应该是她看到书若轻和他谈话，产生了误会。其实当时书若轻是让他留意曾被他随手举报的那个程序员出狱了，小心对方伺机报复。

梁越这一极其反常的举止惹得一众参会人员十分诧异。之后，他们又开始慌张地猜测会不会是良跃总部那边出了什么大事，竟然让一向沉稳的梁总方寸大乱。

另一边，行驶的车内，林顽怼完梁越之后，又继续开导宋珍：“书家两姐妹一个婊，一个蠢，我一时之间都不知道先骂哪个好，但是她们根本就不配让我们珍珍生气好吗？”

“至于梁越，靓仔千千万，不行咱就换，好不好呀？我告诉你，你姐妹我手里可是很有货的哦，我都把他们的微信推给你好不好，这些可全都是我的私藏……”

林顽正说着，便收到梁越的回复了。

梁越：找个地方把她灌醉，她现在这个情绪，我根本近不了她的身。

林顽一头雾水地看着梁越的回复，竟然觉得他说的好有道理，但是等一等，林顽又噼里啪啦打了一长串发过去。

元元：梁越你要是敢趁珍珍喝醉的时候对她有什么企图的话，你就完蛋了我跟你讲！那我就会让我哥哥即使倾家荡产也要把珍珍夺过来！

虽然等了一会都没收到梁越的回复，但林顽还是笑眯了眼，她看向宋珍，没想到宋珍红肿着眼先说话了，她的声音软而无力：“元元，我请你喝酒好吗？”

“好呀好呀，元元酒量很好的，还可以和人拼酒！到时候给你表演一个喝到让对面的猛男落泪好不好呀？”

然而宋珍并没有等到这么伟大的高光时刻到来，因为她酒量并不好，基本一杯就醉。

宋珍醉了之后，更软萌了。她平时看起来就我见犹怜，喝醉后对人微微一笑，那一刻，天上星星都有人愿意为她去摘。

她笑容甜美，就像嫩粉的脸蛋上开了朵明媚的花，眼眸更是亮晶晶的，里面仿佛缀着一条银河。

梁越收到酒吧地址赶到时，便看到宋珍微微红着脸，凑近林顽对她说话：“元元，因为彼此喜欢走在一起的正常的男女朋友，是不是偶尔闹闹小脾气吵个架都是甜蜜的啊？”

“书原来南非那一阵，你们不是正在闹矛盾吗？但他还是冒雨为你跑了好几趟书店，我从小就喜欢梁越，从年少到现在，所以也没有和别人交往的经验，现在看起来好不容易和梁越在一起了，但是我都不知道怎么和他相处……我不想表现出我还喜欢他，但又想我们之后分开时，他会念起我的好……”

宋珍说着说着，迷蒙的视线逐渐往上移，因为她看到一双很是惹眼的大长腿正站在她身边。一抬头，炫亮的旋转灯光明明灭灭地落在男人好看的肩线上，原来是梁越，看起来还真像斯文败类。

她忽然往棕色沙发上一靠，小巧的五官难过地皱在一起，很是委屈地别过头：“哼，你走开。”

接手人终于到了，林顽长呼一口气：“好小子，很机智啊，你早就知道珍珍一喝醉就会切换成‘吐真模式’吗？我跟你说，你今晚听到一句她发自肺腑的表白，你之前受的珍珍那些莫名的气简直不要太划算好吗？”

“嗯。”

梁越神情温柔又心疼，眼里满是止不住的怜爱。珍珍的表白千金不换，此时此刻，就算要他的命，他都双手奉上。

他以前就发现了，只要她一喝醉就会更加依赖他。

年少时的他很是倨傲不羁，但会趁她醉酒时，乐此不疲地反复追问她——

“你到底喜欢我什么？”

“因为你帅啊！”

“就只是因为帅吗？”

“你以为呢？不然你这臭脾气谁能忍受呀？还不是看脸哦。”

“那你会喜欢上比我更帅的人吗？”

“不会的！没有人比你更好看了，我可以继续亲你了吗？”

“随便你。”

“喜欢吗？喜欢我这么亲你吗？那……这样呢？”

“都……都还行。”

当时珍珍亲得他心跳严重超速，整个胸腔都剧烈晃动着。其实说不上，那时候到底是谁在套谁的话。

梁越上前，半蹲在宋珍身边，只觉身心从没有这样满满当当过。男人薄唇微微张了张，干脆沉默着将她抱起来，抱回了迈巴赫。

他将宋珍的高跟鞋脱下，又将她细小的脚放在了自己的腿上，方便她靠着休息。

然而宋珍还很气，噘着嘴：“梁越，我不高兴……还很生气！我们的秘密花园被人践踏了，我不要它了，我也不要喜欢你了。”

闻言，身旁的男人身体一顿，眼眸一抬，心脏骤然收紧，好像空气都在这一瞬间变得稀薄了，他刚刚才平静的心情又被她这话给堵闷了。

“不行。”梁越沉着脸，他的眼角眉梢微微上挑，更显霸气。

看她愣愣地看着自己，梁越意识到他是不是语气又凶了点，沉默了一下，他再次开口，语气缓慢又克制：“秘密花园的事我会解决，你也再好好考虑一下，它只有在你手上才能绽放光彩。”

司机周叔一个惊颤，没想到在外杀伐果断的少爷，回到家也是说低头就低头，求生欲很强烈啊！

周叔赶紧给自己戴上魔声耳机，放上了一首轻缓的纯音乐给自己压压惊。

真的搞不懂年轻人谈恋爱，劝分了吧，可能半小时就和好了，劝不分吧，又觉得你是不是对方的奸细！

宋珍仍然泪眼汪汪，她现在什么都听不进去，只想把之前憋着的东西统统往外倒："我不管，我回家就打印解约书，周叔，周叔！快开回家，我赶着净身出户。"

要在这个家顽强生存下去，周叔已经开始在努力练就"我听不见我什么都听不见"的特殊技能。

"珍珍。"梁越喉咙干涩地下咽了一下，鸦羽般的黑睫毛淡淡垂下。

他尽量慢慢地凑近她，英俊逼人的面容扑面而来，他哑着声问："看在这张脸的份上，还能再忍一忍吗？"

梁越凑得太近了，温热的呼吸薄薄地喷在她的脸上，好像再靠近一分彼此便能亲吻上。特别是梁越新换的大背头发型还十分完美展现他高贵的五官，已经英俊到严重影响凡人思维的地步了。

偏偏冷酷的男人还垂着眸，迷恋地看着她红润的嘴唇，然后视线上移，心疼地落在她裹满盈盈泪水的眼睛上。

两人的目光对上，即使此时微醺的宋珍也不禁呼吸一滞，心跳得更快了，好半会儿才紧张地找回了自己的声音："我……我说不清楚。"

林顽给她点了一杯度数极低的果酒，所以她此刻说话都带着点花果香甜的味道。

梁越情不自禁埋下头想亲吻她的眼角，宋珍却羞涩地别过脸躲开了，泪珠也甩了出来，此刻她小鹿乱撞，一颗心都跳到了嗓子眼儿。

梁越的呼吸也有些乱，眼底情绪翻涌，这次他想亲她如玫瑰花瓣的唇。他之前从财富论坛回来，一想到能抱着她入眠，半个月连轴转的疲倦感瞬间消逝了，他的心都在她那儿了，结果回来了，好事却被人干扰，还有人惹她不开心。

宋珍按下悸动将他推开："你不能亲我，我……我好像还在生你的气。"

闻言，梁越收敛了神色忍耐地靠回去，他缓慢地解开衬衣扣想纾解心里的燥火。

在这瞬间，宋珍突然睡着了，而且睡得很沉，好像有人温柔地抱起她，过了一会儿，她便睡在了柔软的席梦思床上。看者她呆呆的模样，梁越轻叹一口气，他神经紧绷，知道等她醒来后他还有漫漫追妻路要走。

梁越拧了温热的毛巾给她擦脸，他坐在床边，静静地看着她白皙秀丽的脸庞。她微微张着嘴，呼吸很浅，梁越心里微动，手指轻抚了抚她的嘴唇，柔软诱人。

他眼神迷乱地俯下身，想亲吻她的唇，却顿了下，缓缓往上移，轻轻吻了一下她的额头。

宋珍醒来时已经是翌日早晨了，她的酒醒了，没有宿醉的反胃感，她逐渐回过神来，发现她竟然睡在主卧的床上。

宋珍再次紧张地看了眼身旁，才松了一口气。在她印象里，她仿佛记得最后是梁越把她从酒吧抱走的，梁越还算有点人性，至少没有趁人之危。

洗漱完，已经上午十点了，宋珍也没下楼吃早饭，她不知道梁越是在家还是已经回公司了，她直接去书房打开电脑准备弄一份契约解约书出来。

这时，她才发现家里的无线信号怎么没有了？

她又打开手机流量网络，在网上下载了一份模板，认真仔细地研究了好半天才磕磕绊绊地改成了《恋爱解约书》，然后点击打印，她又崩溃地发现之前一直都放在书房的打印机怎么也没有了？

宋珍小碎步地跑到二楼楼梯处向下张望——

“周姨，书房的打印机去哪里啦？”

“坏掉了，少夫人您醒了，先下来吃饭吧。”

“好吧，我马上要出门一趟，你让周叔准备一下待会送我去梁越的公司。”

“噢，少爷最近都在家办公，他现在就在楼下，您有事找他下来说就可以了。”

原来他在啊，宋珍有点尴尬，她抿了下嘴唇，在空旷的楼梯口，她的声音显得更加空灵：“哦，那还是让周叔在院子里等我一下吧。”

从别墅区走出去还有好长一段路呢，宋珍随便找了条裙子换上便跑下楼。她看到梁越还真穿着一身灰色家居服，戴着金丝线边眼镜十分认真地在客厅办公。彼此都没打招呼，大家各做各的事，好像都已经习以为常了。她疑惑地多瞥了他一眼，他在用电脑办公，难道他在生她的气，所以故意断了她的网？

想到这里，宋珍心口一闷，原本还想吃点小米糕的，她干脆转身就往大门走去。

没想到刚推开门，提着一大堆食材的何之行便笑容满面地出现在了门外：“您好呀，少夫人，您这是打算去哪里呢？”

“去附近的打印店，你，你来送菜吗？”

“哈哈哈，是的，越哥说处理完例行会议想给您做点好吃的，所以我就送货上门啦，要不少夫人等一下吧，我汇报完工作顺路送您，耽误不了多久的。”

说着，何之行不客气地钻进来还死死地关上了门，他的表情有些狰狞，毕竟右胳膊夹着公文包，两手都还提着购物袋，宋珍想帮他，何之行笑嘻嘻地说了声“不用”，便飞快跑向厨房。

见状，宋珍愣在玄关处，不远处的梁越仍神情认真地看着电脑屏幕：“你先吃点儿早餐，四个菜我再快也要弄一个多小时。”

“哦，没事的，你、你别急。”

他的自然平静反倒让宋珍有点无所适从，梁越还想给她做饭啊……他还不知道她待会出门是去做什么吧？

这应该是他们的散伙饭了。

宋珍又默默回到餐厅，一个人静静地吃早点。

宋珍吃着吃着，渐渐有种破碎后的泄气感，全程无话的散伙饭好像也没什么值得期待的意义了。

何之行放好食材后，鬼鬼祟祟地往外面瞅了一眼。很好，他已经完成了伟大的第一步，毫无心机地挽留住了少夫人！其实他已经在门外可怜巴巴等了很久，手指都被笨重的食材购物袋勒出红色的痕迹了。

何之行一边在心里打着一千零一遍的腹稿，一边演技娴熟地走上前，他又要开始使用他炉火纯青的夸人大法了：“少夫人，我也是上次在交流会上听郑书原说起你们在纽约中央公园里的经历，没想到少夫人竟然是一个可以在夜晚穿越纽约中央公园的姑娘啊！您骁勇，待人还特温柔，小何实在是佩服，佩服！”

这番话听得宋珍差点被甜糯的小米糕噎住，这突如其来的吹捧竟然让她心里有点发虚，难道何之行有什么需要她帮忙的地方吗？

她看起来有这么靠谱吗？

何之行完成铺垫之后，才神色严肃地转向梁越：“越哥，关于昨日下午书若轻小姐有意干扰花园餐厅装修进度这件事，我已经按照您的吩咐在餐厅附近安排好了保镖，一旦有闲杂人等想要滋事，他们一定会将其扼杀于摇篮之中。”

“至于您说的要将花园餐厅正门前的灰色瓷砖全撬掉，重新安装地砖这事，已经和云际负责人联系好了，在我来之前施工人员已经开工了，这两天便能焕然一新。”

闻言，宋珍愣住了，清秀的脸庞上隐隐有一丝动容和惊讶，好像整个人正悬浮在虚无缥缈的半空中，而轻柔软绵的云朵在她身下温柔地保护着她。

梁越居然让人把门前的瓷砖全撬掉了？为什么？

虽然她当时的确觉得姐妹三人团一再侵入她的领地，她很绝望……

但梁越叫人把瓷砖全撬掉这也太夸张了？

还说书若轻是闲杂人等？她没听错吧？还有什么保镖已经就位了的话……宋珍有点手足无措，觉得这一切好不真实。

她只能悄悄瞥了一眼正坐在纯手工真皮沙发上的梁越，他侧颜清俊一脸平静，并无丝毫反驳之意。

“话说书若轻小姐之前在交流会上特意提醒过您的话，您有在意吗？那个程序员已经出狱了，他肯定不能再在本行业待了，我很担心对方会伺机报复……”

何之行话还没说完，宋珍便已经受惊了，他握住玻璃杯的纤细手指微微发颤，原来书若轻当时是好意提醒他，然而她当时却只顾着吃醋。

何之行神色忧愁：“越哥，最近还是给您安排一下贴身保镖吧？最好劳烦少夫……”

“不用，死不了。”助理担忧的话语还未说完，梁越极其冷静地打断了他。

似乎太过疲劳，梁越静静地靠在沙发上揉了一下眉骨。

“死得了的！”何之行却忽然悲怆地提高了分贝。

虽然表演过于浮夸，但是，不远处的宋珍仍然无动于衷。

他今天在楼下耐着性子等了一上午，为的就是等她下楼，然后好替梁越解释之前的误会。

梁越沉下眼眸：“生死有命。”

“可我们还指望越哥发工资呢！”

梁越的嘴角微微扯了下，这傻孩子戏是真多。

对啊，花园餐厅还需要他继续投资呢，况且之前她还挺任性，无端地发了一通脾气。想到这里，宋珍终于怯怯地看向他，语气不自觉地软了下来：“梁越，需……要我保护你吗？”

这一刻，一直阴沉着脸的梁越终于笑了：“都听珍珍的。”

2.

少夫人已经答应下来了，何之行便欢天喜地地回去为少夫人准备工作服了。这时宋珍发觉自己终于能连上家里的 WIFI（无线网络）了，她高兴的同时又觉得何之行原来是个“障碍物”吧，还能屏蔽WIFI信号呢。

梁越十一点准时起身去厨房做饭，宋珍随便点开了一个电视剧假装追剧，实则在偷看梁越修长的背影。他围着深蓝围裙，宽肩窄腰大长腿，手臂在洗菜切菜时微微屈起，线条流畅，很有成熟内敛的居家男人范，看得宋珍一颗春心又蠢蠢欲动起来。

今天的梁越很温柔。

被她误会，他不仅不生气，还对她之前耍的小脾气统统包容，而且现在还在大发慈悲地为她做饭，他之前不是只会工作不会做饭的吗？

“你这是……在为我做饭？为什么？你明知道我们都要分手了？”

“为什么，”男人顿了一下，继续说，“还不是因为喜欢你，舍不得你。”

一直都是奔跑声效的电视剧终于冒出几句男女主的深情对话，可这对话也太应景了，吓得宋珍手忙脚乱地按小音量。

厨房里的梁越应该还是听到了吧，他刚刚明显一顿，宋珍尴尬到不行，一般电视剧都这么安排，可不是她要故意剖析他此刻的小心思啊。

偏偏此刻，梁越还深情无比地抽空回头看了她一眼又继续切菜，他低头答道：“明白，刚才外放的那一段是重点？想让我听？还是想让我说？那你先问。”

这么肉麻，如果他们自己再来一遍，宋珍想一想都要羞得钻地洞了：“这是九十秒广告，烦都烦死了，乐町视频你们有投吗？让它们稍微删减点电视剧前面的广告吧。”

“没投，算是竞争对手。乐町是视频网站大户，现在也来投资领域发力了。”

“哦，我还以为良跃很厉害呢。”打遍天下无敌手的那种，宋珍看了眼自己素净的粉白指甲盖，忽然有点想做指甲。她还是名媛时，很喜欢那些华丽丽的耀人打扮。

闻言，梁越有种让自己的女人对自己失望了的感觉，他微皱了下眉，下意识便脱口而出："我给你买会员包年，就没有广告了。"

不过刚说完，男人的眉心拢得更深了，因为这话弱爆了，一点证明自我能力的价值都没有。

"哦，好的，你可真棒呢！"宋珍也下意识语气轻快地为他捧场，但是，怎么听起来好像还是不怎么厉害的样子？

中午十二点刚过，三菜一汤便摆在了餐桌上，银花鲈鱼，蟹黄豆腐，炒青菜，武定鸡滋补汤，都是她喜欢的菜！

宋珍眼里喜滋滋的，但不敢过多表露出来，她开始大快朵颐不亦乐乎地吃起来。之前在梁宅也有他们两人单独吃饭的时候，那时梁越基本不说话，她也跟着食不言，已经习惯了。

现在梁越不顾食不语的戒规了，给她夹菜后总会下意识问一句："好吃吗？"

虽然味道超棒，也让她幸福感爆棚，但她是个很矜持的人，勉勉强强地回了句："就还行吧。"没想到他低声笑了，整个人如沐春风，宋珍觉得特别奇怪，她又没夸他，他在得意个什么劲儿呢？

"话说梁大少爷以前不是不会做饭的吗？"宋珍小口小口地吃着，随口问了句。

梁越怔了下，神色稍暗，像是想起了某段不太值得回忆的日子："你离开之后学的。"

"哦。"宋珍淡淡地应了一声，原来是在她离开梁宅之后学的，那她离开之后他反倒还挺闲的嘛，还有时间常常回家做饭了，梁越之前果然很讨厌她呢。

午饭后宋珍在书房画草图，中途有隐隐听到何之行前来送她的职业套装。晚上收拾完了回次卧，她推开衣柜，发现衣服竟然不在这里，那估计是周姨把套装放回衣帽间了。

晚饭之后，她占了书房继续画图，梁越在主卧办公，她有些犹豫地走过去，发觉他已经靠在床头看书了。她的工作服正好平平整整地叠放在床头柜前，工作服上面还有一个丝绒锦盒。

见她走进来，梁越抬了下头，薄薄的镜片下是一双清冽的眼："忙完了？"

"嗯，明早几点？"宋珍问道。

从明天开始她准备给他当一段时间的贴身保镖。

梁越没回话，而是拿起丝绒锦盒打开后说："之前没机会给你，但是颜色好像不太适合现在的工作服，试试吗？不喜欢重新给你买。"

锦盒里面躺着的是一对红宝石耳环。

好像梁越之前在广州出差时有发微信说带了礼物给她。

她之前胡乱说了句耳环掉了要他给她买，没想到他还记在心上了，真的为她准备了耳环。

精致切割的红宝石配纯金丝叶镶边，金贵别致，复古又有韵味，反正漂亮到女生一看到它就会不由自主地被吸引住了目光，宋珍仔细地看了又看，有点爱不释手。

宋珍终于忍不住欣喜地坐到床边试戴，戴好了，她在梁越的身边微扬了下耳环，眼中亮闪闪："好看吗？好看吗？"

男人心情愉快地勾了下嘴角："好看。"

梁越靠在离她很近的床头，一条腿伸直，另一条腿屈起，他声音温柔低沉："我早上一般自然醒，到时候叫你，我们休息吧。"

说着，梁越将书扣在了床头柜前，然而宋珍丝毫没有领会他说的"我们休息吧"的深意。她很快点头，乖巧地抱起职业套装便起身离开，贴心地为他关上房门之前还对他娇甜地笑了下："谢谢，晚安啦。"

见状，梁越身影一顿。

他眼镜都取下来了，一切都准备好了，却只能不舍地看着她微笑着为他带上房门，然后离开。

梁越思绪一片怅然，顿时觉得生无可恋。

不对，他们还没和好吗？还要分房睡多久？

直到第二天早晨看见宋珍穿着职业装出现的那一刻，梁越不冷不热的情绪才有所好转。

女生一张小脸素净，她穿着紧致的深蓝套装，搭配白衬衣，勾勒出她丰盈的身材，整个人就像在幽蓝深海里浮出的一颗珍珠，明丽清纯却浑然不知。

梁越狭长冷锐的眼眸像是被瞬间点燃了一般，他心情大好，有她在，即使是工作，也让他快乐。

梁越走上前，略略倾身，然后拿走了她手里的电脑包便领她出门。

见状，宋珍还愣了愣，哪有上司为下属拎包的道理？以为他就绅士这么一会儿，没想到一直到公司楼下，梁越都脚步带风地帮她拎着电脑包，宋珍一路跟着他进了敞亮的电梯，她自己都不好意思了："电脑包还是我来拿吧，这样不太合适吧？”

电梯没信号，梁越收回手机，抬头，透过电梯内镜欣赏她：“没事，之后都跟我走，你也不用刻意去听他们在说什么。”

“好。”

随着“叮”的一声，电梯来到了顶楼 36 层。

宋珍站在梁越身后，眼看电梯门缓缓开合，心怦怦地跳，她是第一次来梁越的公司。

电视剧里的总裁漫不经心地走出电梯，外面几乎都是簇拥着的高层随行，然而事实好像和她想象得完全不一样。

出了电梯，梁越一边回复手机邮件，一边单手拿包，大步走进公司。

他的大长腿只需三两步便能和她拉开好长一段距离，估计平时不是在开会，就是在开会的路上，所以下意识养成了健步如飞的习惯，宋珍只能一路小跑才能跟上他。

顶层只有良跃分部一家公司，她一走近就看到一间间明亮的大小不一的会议室。办公区宽阔明亮，大家看起来都很忙，不时拿着文件侧头讨论一下。

梁越沉稳地走过工作间，直接推开大会议室的玻璃门，玻璃门内的大理石会议桌只有主位和侧位还留了两个位子，其余都坐满了，男人薄唇微启：“开始吧。”

主位的笔记本已经打开了，梁越一坐下，很是自然地将手里的电脑包放到了一旁的侧位。

小可爱宋珍坐下后也没怯场，她无比自然地跟着一起坐下，然后拉开拉链，拿出笔记本，乖巧地等开机。然后又趁这个间隙从侧包里拿出一个白色保温杯，他把这里当自己家一样，还拧开凉一凉，吹一吹呢。

见状，正在做项目介绍的基金经理人明显脑袋被浆糊糊了一刷子，梁总刚才是给这位小可爱提包？梁总的脑子也被浆糊糊了吗？

宋珍之所以能如此淡定，最主要的是连何之行都默默认定她是来玩的。他为她准备的笔记本屏幕上只有清一色的小游戏，适合上班族觉得无聊时玩一玩的那种，宋珍觉得她此行不玩物丧志，都对不起何之行的良苦用心。

在他们换下一个项目的空隙，游戏玩累了的宋珍想要和大家同步地喝上一口水，哪知女生纤细的小手手刚要试探地伸向保温杯时，却被梁越冷不丁地握住了杯身。

保温杯里往上飘着白茫茫的水汽，认真浏览着项目介绍的梁越一言不发地将自己的茶水推给了她。

可她哪敢当着这么多人的面喝他的水啊，能可怜巴巴地放弃。她这个不上班的人都知道办公室恋情很可怕，特别是对象还是倍受全公司女性追捧的总裁。但宋珍没料到这个会议竟然这样漫长，以至于她悄悄地换了多个坐姿之后，胸前的纽扣竟然“啪”的一声绷开掉落。

可怜的小纽扣，最后还在键盘上响亮地转了一圈后才英勇躺下。

嗯？

宋珍低头一看，工作装外套微微敞开，这个纽扣不绷坏的话，她还没意识到自己的身材原来这么好？

宋珍认清现状后尴尬地不敢再抬头，之前还在热烈讨论的众人都安静了下来，目光齐刷刷地落在宋珍身上。

宋珍提着一口气，羞得脸都红了。

梁越注意到讨论的声音停了下来，他抬了下头，那平静冷淡的目光就像在说“一天一个亿的目标果然是太小了吗？我看在座的各位没一个感兴趣。”

梁越薄唇微启：“怎么不继续了？”

这样简短一句话令众人立马心虚地回神了。

何之行更是胆战心惊，也只有他悄悄注意到了梁越边说边取下左边的钻石袖扣，然后不动声色地递给了宋珍。

这么利落的救场能力，何之行身为越哥手下的自豪感蹭蹭蹭爆表了！

宋珍不敢抬头，她感恩戴德地接过并弄好之后，整个人老实多了，转而在微信上问何之行她之前就很疑惑的事。

珍：何助理，按理说梁越应该和程序员结不了仇呀？

小何有何不可：这还真是个意外，之前有个小公司在争取我们的基金，在投资前我们会做很多审慎的调查工作，包括拜访其竞争对手公司。那天越哥和负责人聊完往外走时，路过办公区，就很巧地扫了一眼某个程序员的电脑屏幕，随后神情严肃地转头和负责人说，让他们注意那个程序员，您猜怎么着？

珍：快说啦。

小何有何不可：当天都没下班，五个警察就走了进来，把那个程序员带走了。因为他偷偷建了个网站，专门倒卖各个公司的黑料，试图勒索交易。但还没到付款成功的阶段，所以也就被关几个月。虽然现在出狱了，但他肯定不可能再在 IT 行业混了，最怕这种没钱还没前途的人伺机报复，那是很可怕的。

小何有何不可：但是我们越哥全能又正直，连代码都看得懂，我们越哥最优秀不接受反驳！

见状，宋珍觉得惊讶的同时心里也软软的发胀，她忍不住偷偷去看身旁的梁越。

男人眉眼如月，五官冷硬，轮廓锋利，整个会议桌的人都在敛声屏气地等他最后开口做决策。

他认真工作的精英模样简直击中了她的少女心。

正如何之行所说，他不仅正直，还富有社会责任心，就冲这个正义感，宋珍对他的喜欢就要多添一分。

她决定了，她要代表组织再多喜欢他几天。

就，就几天，以资鼓励，嘻嘻。

3.

好不容易到了中午休息时间，姜媛友好地说带她吃饭，宋珍一脸欣喜地望过去，结果直接被梁越无情推掉了："不用，她还有事要忙。"

一众人原本还认为梁总对这个小可爱关照有加，现在都无比叹息地用着"惨，还是新同事更惨"的目光看了她一眼后便离开了。

宋珍绷了一上午早累了，她趴在会议桌上，侧着脑袋枕着手臂休息，整个人软绵绵地望向他："我还要忙什么呀？"

梁越一边看项目一边伸手安抚似的揉了下她的头发："陪我吃饭。"

男人温热宽厚的手掌覆在她的脑袋上，还把她耳根弄红了。这么亲密的举动，宋珍连呼吸都变浅了，她默默承受着顺毛摸，心里止不住雀跃，但面上还是故作平静，可是语气里的小傲娇藏也藏不住："你是小孩儿吗？昨天才让我陪你上班，今天就要我陪你吃饭。"

闻言，梁越轻笑了下，往椅背一靠："我在教你怎么和我相处。"

"嗯？" 宋珍不明白他在说什么，但是，谁允许他收回手啦？她有点不满，他的抚摸她还没感受够呢……

男人双手抱环，一双墨黑的眼直直地看着她，目光炽热："我在教你，怎么和你喜欢的人相处。"

梁越到底在说什么？！

宋珍被他含笑的目光引得心怦怦地跳，第一时间想着完了完了，暴露了暴露了，少女怀春的心思暴露了。但她比之前聪明多了，不会再轻易告白，然后被他拿捏得死死的了。这次，宋珍绝不会承认她喜欢他。

"哦，好的，梁总，需要我帮您把刚刚开会的女同事再召回来吗？您开个课吧，教教她们怎么和您相处，我看她们求知若渴的目光很是急迫。"

梁越被噎得怔了一下，他沉默地摸了下自己的鼻子，觉得自己还是太宠着她了，等他开完会看他怎么收拾他。

午餐是何之行提着红木饭盒送来的，楼下星级饭店定的三菜一汤，匆匆吃过之后，下午的决策会议继续进行。

梁越平时好像不是全世界到处飞，就是回公司开这样一整天的会。全是项目分析、数据分析，她听不懂，还因为上午的教训不敢乱动。

宋珍几乎是度秒如年，眼看着指针才缓慢地拨动到下午四点，她难熬得都快产生了一种"试图用结束自己生命的办法，来结束今天一天的工作"的耍赖想法了。

还好没有加班，六点结束会议！

一想到回家可以躺平了玩手机，只需要等着周姨或者梁越做好饭叫她，宋珍跟在帮她提包的梁越后面，整个人都散发着一股愉快的小白兔气场。

呜呜呜，下班回家的美妙真是好想和林顽分享一下啊！

然而走在身前的男人却猛的一顿，他远远看到正在大厦一楼休息区等待着的书若玫正欣喜地向自己奔来。

梁越神色一敛，只觉得太阳穴突突直跳，烦躁不已，他直接冷漠转身拉着宋珍往另一个出口走去。

见状，书若玫尴尬地愣了下，但还是硬着头皮跟了过去，姜媛非得让她今天来，说有好戏看。

她不敢拽梁越，就只好轻拉了下他身边的助理，还好这个漂亮女助理她们之前就见过："你好啊，我是书若玫，还记得吗？我们在城南的花店见过哦。"

宋珍一开始还不明白为什么梁越不想她们见面，原来对方是他的未婚妻啊。

书若玫活泼可爱，大眼睛正对自己眨啊眨，性格似乎比她的姐姐书若轻更讨喜，看着书若玫满满活力的样子，宋珍下意识地觉得自己有点自卑。

"忘记了吗？那时候你和林梦时在一起啊，因为你太漂亮了，我一眼就记住了，林梦时还说下次带你出席宴会，我们再正式认识，你想起了吗？"

两位新旧未婚妻面对面对战，宋珍原本准备调整好情绪吃一吃这个正牌未婚妻的醋呢。哪知书若玫直接转移话题，将暧昧引向她和林梦时的关系，宋珍连忙心虚地看向梁越，他用探究的目光回视着她，弄得宋珍心里一顿忐忑。

他薄唇微启，淡漠的语气像是在对书若玫说话："哦，他有说什么宴会？"

梁越理她了诶！

书若玫眼睛一亮："我饿了梁越，我们待会儿边吃边聊吧！"

宋珍觉得还是有必要解释一句："书小姐你好，我是宋珍，我和林梦时不是那种关系。"

书若玫忍不住眯着眼笑了一下："哦，那他还在追求你的阶段吗？也是，像你这么好看的女孩子，怎么也得让他追个大半年你才能允许他牵你的小手手，知道吗？"

听到这里，梁越不禁扯出一抹冷笑，越发不悦："两位还吃饭吗？"

"吃吃吃！"

梁越终于愿意带她吃饭了，书若玫立马闭嘴，等三人上了宾利后，喜欢热闹的书若玫又关不住了："珍珍你现在是梁越的助理吗？林梦时和梁越都是风险投资公司，你怎么没去林梦时那里呢？哦哦哦，我知道了！距离产生美！对啦，你和林梦时是怎么认识的呀？我真的太好奇了，第一次看他带女伴出行诶！"顿了顿，她还很自来熟地凑近宋珍的耳边，悄悄地对她说，"也不知道他那方面还行不行啊，毕竟他都是二十九岁的老男人了诶。"

宋珍觉得很好笑又很不好意思，她悄悄地对书若玫说："二十九岁不算老吧，不要再谈他啦，我们真的没可能。"

"哦，是吗？那他得不到你真的好可惜哦，算了没关系，玫玫这里有的是好宝贝，嘻嘻嘻，我也推荐你玩哦。"

看书若玫眉飞色舞地摇晃着自己的手机，宋珍再仔细一看，竟然是和纸牌人恋爱的游戏，宋珍忽然觉得她好可爱，于是在后座直捂着脸笑。

两人笑着抱作一团聊天的场景，这让坐在副驾驶座的梁越看来，一时之间不知该生气还是该放心。她们说笑声时大时小，他有些听不太清，但梁越很清楚让宋珍聊得这么开心的话题是关于另外一个男人——林梦时。

想到梁越之前不太好看的脸色，宋珍悄悄给梁越发微信。

宋珍打了一长串，说："当时我和林梦时去看花店时，碰巧遇见了书若玫，之后就再也没和林梦时见过面啦。"

刚要点击"发送"，宋珍又犹豫了，最后一句的解释也太刻意了吧，不知道的还以为她和梁越真是一对恩爱的男女朋友呢。

最后，宋珍友好且中立地回了条：你未婚妻性格蛮可爱的。

发送之后，她还特意透过车内镜观察正在低头编辑信息的梁越，很快，宋珍的手机便振动了一下。

她低头一看。

梁越：你在夸你自己?

宋珍愣了下，都这时候了，梁越还把她当作未婚妻呢。她心里好像有丝丝悸动，下意识抬头向梁越看去，他正好别开视线缓缓看向窗外。

珍：我说书若玫挺可爱的。

梁越：她可爱和我有什么关系。

珍：好吧，我就是看你不太高兴的样子，来和你聊聊天。

梁越：嗯，你还知道我不高兴。

书若玫忽然兴奋地凑过来："珍珍，你已经开始玩'纸牌人游戏'

了吗？”

宋珍忽然心虚地摁灭了屏幕，含糊地应了一声，有些心绪恍惚。

梁越看起来挺不高兴，真的是因为她和林梦时？

宋珍的心不争气地怦怦直跳，她想：梁越是在吃醋吗？

三人在异域风情极浓厚的意大利餐厅用餐，气氛看起来十分愉悦，宋珍一想到梁越极有可能在吃醋，心里便美滋滋的。而书若玫又有点话痨，总有说不完的有趣话题。只是宋珍吃着吃着看向梁越的目光越来越眼巴巴，为什么感觉他点的菜更好吃啊？

你看他吃得多津津有味啊……

注意到了她的目光，梁越抬了下头，立马从她渴望的眼神中解读了“是不是很好吃呀？好想尝一口哦，请做好准备我要立马和你换餐盘了。哼！都怪你，点餐的时候怎么也不给我做一下推荐”的意思，她眼神里还有一系列委屈、控诉和难过。他慢条斯理地擦了下嘴，伸手召来了侍应生。

见状，宋珍高兴得立马挺直了小背梁，嘴角抑制不住地往上扬，梁越要为她重新点餐了，他果然还是很宠她。

梁越温和地开口，问：“附近有电影院吗？”

“有的，先生，六楼影院最近正在上映网上大热的科幻片和爱情片。”

闻言，宋珍瞬间泄气，好扫兴啊！居然是问电影院，她还没吃好，才不想和他一块儿看电影呢。

哪知梁越十分绅士地看向书若玫，看她已经吃好了，并且一副心满意足的样子，男人淡淡地点点头，竟然就在这档口准备快速结账走人了。

嗯？

不关心关心一下她吗？

难道他没看懂她之前眼巴巴又没吃好的神情吗？

所以最后只有她吃得满肚子气？

此时此刻，宋珍胸腔里逐渐挤压着一股沉沉的闷气，她要吃醋了，不过书若玫为人蛮可爱的，那她只能迁怒于梁越了。刚刚还在微信上说书若玫和他没关系，结果这不是关系挺好的吗？

偏偏三人坐电梯一路行至六楼影院购票时，梁越竟然只询问了书若玫的意见："想看什么？"

书若玫也觉得受宠若惊，她心想，原来梁越还有这么温柔的一面，她害羞又期待不已地说："就，就科幻片吧。"

三个人看爱情片也太"修罗场"了，还是留着以后他俩悄悄看好了！

见状，宋珍都快酸成一颗柠檬树了，她不甘心地默默移动了脚步，装作看电影海报的样子，不经意地靠近了梁越几分。

她想要疯狂示意他，他身边还有个大活人呢，不管怎么样，他总该象征性地问问她吧，不然她真生气了，还是怎么哄也哄不好的那种哦！

快点问她啦。

夜晚的影院很是热闹，众多情侣成双入对，他们手挽手地走在一起，脸上都是幸福的笑容。

"好，那就科幻片。"梁越答得毫不犹豫。

宋珍弱小的心灵瞬间可以拧出一把泪水来。

梁越仍然平和地和书若玫交谈："书小姐，我给你买最近的场次，希望你观影愉快，我和宋珍还有事……"

意外的是，身旁的宋珍却忽然将书若玫推进了他的怀里。

影院喧闹繁杂，路过的行人大多匆匆忙忙。眼看着一位戴着鸭舌帽的陌生男人步履匆匆地迎面而来，宋珍忽然高度警惕地推开书若玫，飞快迈步挡在他俩身前，正好和双手塞在衣兜、戴着帽子的男人硬生生撞上。

因为有帽子的遮挡，看不清那男人的面貌。

陌生男人明显被这敏锐的防备惊到了，整个身子一僵，立马撞开宋珍飞快跑走了。

宋珍被推得肋骨生疼，但此刻脊背的发凉显然更令她恐惧，她几乎未做思考直接追了上去，因为她有碰到那男人衣兜下冰凉的尖物。

4.

由何之行安排的一直远远隐藏在三人前后的随行保镖看到竟然是瘦弱的少夫人在拼命追赶那位冒犯者，而且梁总也推开怀里的女人跟着少夫人的身影追了过去。几个随行保镖随机懊恼地意识到自己的重大失责，深知饭碗即将不保更是拼了命地追上去。

在前方围堵的随行保镖像人肉墙似的将人挡在楼梯过道，宋珍紧跟着直接将人按倒在地，一气呵成的擒拿术让一众壮硕勇猛的随行保镖看得目瞪口呆！他们是长期跟随梁总的忠实护卫，梁总在家出入时，偶尔也能瞧见少夫人穿梭在大厅内的曼妙身姿，结果没想到少夫人看着虽然很瘦弱，竟然还很会抢饭碗哦？

听到身后传来重重的奔跑声，宋珍回头，她正好看见廊口的随行保镖战战兢兢地为梁越让出一条道来，好像害怕梁总怼他们一句——除了鼓掌你们还有什么用？

宋珍雪白的一张脸对他笑眯了眼，小心翼翼又期待不已地等待夸赞：

“梁越我抓到他啦，你快看他是不是那个程序……”

女生清脆的声音忽然停了下来，她看到梁越微喘着气，沉着一张俊脸一言不发地向她走来，身后似潜伏着一只隐隐发怒的困兽，她莫名觉得有点害怕，这次梁越又在生什么气？宋珍又想起他之前在餐厅和电影院对她的种种忽视，那种酸酸涩涩的委屈情绪又上来了，压得她四肢百骸无力又难受。

她那么拼命地为他的安危着想，想尽早帮他抓住程序员，结果他还对她摆着一张黑脸。

宋珍这时候才觉得浑身酸痛，她看也不看正在向她靠近的梁越，只觉心都快皱成苦瓜了：“累都累死了，交给你们了。”

她一转身，随行保镖条件反射地为她让行，然而宋珍气冲冲地刚往走没几步，忽然被人从身后抱了起来，还是女生最喜欢的公主抱。她有点慌张，梁越暴躁地咬了下牙，语气又生气又心疼：“知道累了？还有哪里痛吗？”

他当时为了体面的甩掉书若玫这个跟屁虫，想之后单独再带她回餐厅好好用餐，正好言好语地和书若玫说话，要不是看在宋珍有点喜欢她，他根本不可能对书若玫那么客气。

结果她还把书若玫推到他怀里，直接和那人对干了，真是胆大包天。梁越看她踩着五厘米的高跟鞋一路狂追，他跟在她后面追，害怕得心都要跳出来了。

恍惚中，他甚至看到了在纽约的那晚，宋珍为了保护郑书原一定也是这么拼命。

她可以为了身边任何好友不顾自身安危，想到这里，他就一阵心疼。

为宋珍狠狠地疼。

以前的宋珍不是这样的，她娇气柔美，从头发丝到脚趾头都透露着一股子养尊处优的金贵。说白了，就是一个摆哪儿哪儿好看的花瓶千金。但因为他当时的拒绝，让她在南非不得不学会保护自己，他哪里舍得真让她做他的贴身保镖，无非就是想白天黑夜都和她黏在一起而已。

“这里，这里，还有这里都痛。”

宋珍在他怀里对着自己的五脏六腑一通乱指，她眼神幽怨地看向他，这种可怜巴巴的样子，仿佛在一寸一寸地剜他的心，想要让他心疼她：“都是因为你痛的，你必须对我好一点！不准凶我、不准不管我、什么都得先想着我，都得先问我，把我放在第一位，你听到没有……”

宋珍说了一长串也没得到回复，她已经失落得像一株毫无生气的失水海藻。

梁越一直垂着眸静静地等她说完，他一脸宠溺地看向宋珍，终于开了口，沉沉的声音像风雪般飘入她耳中，他说：“我喜欢你，宋珍。”

宋珍心脏骤然缩紧，一副不敢相信的样子抬起头，问：“你说什么？”

梁越对怀里不知所措的女生宠溺地笑了下，他对她的心意已经完全忍不住了，再这样憋下去，他会发疯的：“我喜欢你，宋珍。我从纽约开完会回来发觉你离开梁宅了，怎么也找不到你，突然觉得好失落。你离开后，我觉得我的工作生活都丧失了快乐的意义，你是我生命中的第一位，我不能没有你。”

宋珍听他认真又缓慢地讲述着很久的从前，她连呼吸都变得轻浅了，生怕有一丁点漏听了梁越这多年以后来之不易的告白。

特别是他最后那句坚定的“我不能没有你”，让她整个人如沐春风飘飘欲仙。那种甜蜜的满足感，让她的从心脏到手指尖都热乎乎软绵绵的。

她一直后知后觉，原来梁越是喜欢她的啊！

梁越看她埋头一直不说话，有点羞涩的样子，他将她抱得更近一点，他的额头轻抵着她的额头，一双墨黑的眼带着沉沉的引诱，声音也低沉柔和："那你对我呢？"

宋珍抬头，心再次怦怦快跳。

他在利用男色撩拨人，面对这张毫无缺陷的俊脸她觉得呼吸都快不顺畅了，宋珍嗓子眼里酥酥麻麻地一阵发紧，但她还在硬撑："我……我对你也还行吧？难道我对你不好吗？"

"喜欢我吗？"他低低地问。

"怎么可能……"宋珍还在嘴硬。

可梁越还在对她笑，那温柔缱绻的笑意里有笃定也有骄傲，他一脸宠溺："小骗子。"

不行了，这宠溺笑容她顶不住了，她想和他谈甜甜的恋爱！

梁越将她抱回宾利，两人都没说话，宋珍心里高兴得仿佛正在开绚烂无比的烟花大会，但矜持的她是不会有任何表示的，还故意离他远远地坐着。梁越则嘴角微扬地看着窗外夜景，他不急于这一时，他还有一整晚的时间和她独处，今晚得不到她的回答，他们还有很多个以后。

就在宋珍对着车窗止不住眉眼弯弯地偷笑时，微信进来了一连串新消息。

——你已添加了"小予今天学习了吗"，现在可以开始聊天了。

小予今天学习了吗：哈哈哈哈哈哈哈 . jpg

小予今天学习了吗：你的小可爱忽然出现 . jpg

小予今天学习了吗：在干吗呢？珍珍姐姐。

看到小予发来的微信，宋珍第一反应就是，啊啊啊，这是活的小予啊！可把她激动坏了，她连忙点开视频通话，没想到小予隔了好一会儿才接通，看样子他正在家里疯狂地赶暑期作业，他身边还坐着一个扎着小辫子的小女孩。

小予将手机立在一边放着，方便他一边赶作业一边聊天："珍珍姐姐，我还要给丽丽讲题呢，我们刚参加完夏令营很忙的，九月你来接我放学吧，我们再聊。"

小予说得一本正经，还一副"我给人补课这事真不值一提"的小大人模样，让宋珍忍不住生出一股欣慰，眼里闪动的星光就像在看低调的学神，毕竟她读书时成绩很烂："哇，我们小予真棒哦，那你们忙吧，姐姐乖乖的不说话，就看你们一会儿。"

"你最好别看。"梁越扫了一眼屏幕，淡淡地开口。

啊？

宋珍怕他俩说话影响到两个小朋友做作业，她特的凑近了他，伸手搭在他肩上，将他按低了点准备和他说悄悄话。

其实宋珍不这样做，他也会弯下腰或是低下头。现在两人靠这么近，男人垂下眸，看她素洁白嫩的脸庞就像上好的白玉羊脂，宋珍带着点八卦意味的眼神看着他，问："嗯？为什么呀？难道他们……"

梁越无情地掐掉了她激动的小火苗："倒数第四给倒数第三讲题，你看得下去吗？"

大概这就是一个敢讲一个敢听的故事吧，简直令人感动。

果然是宋家正统血脉啊，但宋珍还是很维护小予的，她愤愤地瞪了他一眼："怎么啦？就不允许倒数第四有一颗想要帮助同学的心吗？倒数第四就很差吗？"

是的，很差，常年稳坐年级第一的梁越在心里点了点头。

"唉，"宋珍叹了口气，又用着"看来你也不行"的眼神看了眼梁越，"小予跟在你身边这么多年，我本来还以为能掰正一点点我们家的学渣本质呢。"

梁越一直主张德智体美劳全面发展，小予对于学习确实没什么天赋，但他和他这个姐姐一样拥有出色的运动天赋。

可这些都不是目前最急需澄清的，宋珍眼中"你不行"这三个字显然是刺激到了他。

男人眸光转沉，意味深长地看着她："小予很优秀，你不用担心，至于我的智商，拯救我们孩子的学业还是绰绰有余。"

宋珍从他眼中看到了一丝情意迷乱，她脸上忽然一红："谁……要跟你生孩子啊。"

梁越看她害羞了，让他越发有一点点坏坏的兴趣想要逗逗她，他轻掀了下眼皮，看了眼她的手机屏幕，对着小予说："珍珍暂时接不了你放学，等十月我带她来参加你们的运动会吧。"

"运动会？"被梁越转移了话题，宋珍的心跳也稍稍恢复了点平静，"家长也可以参加吗？"

"嗯，是啊，"小予边做作业边机灵地对她眨了下眼，明明才六岁的小屁孩，脸上的婴儿肥还没褪去呢，却充满一副看透一切的淡然，"为了提高夫妻间的亲密度嘛，正好适合珍珍姐姐和梁越哥哥这样的年轻情侣秀恩爱哦！”

闻言，梁越轻挑了下眉，忍不住微仰起嘴角：“我说小予很优秀没错吧。”

宋珍有点无语。

第七章：谈恋爱选她，她超甜的！

1.

回到家，又到了磨人的晚间。

宋珍在浴室泡澡，浴室的水雾将她的脸蛋蒸得微微发红，她想起之前她吃醋时问的那句“难道没有她，他就睡不着了吗？”

她清楚记得梁越很坚定地回答了——“对”。

再想起在纽约时，他特别心机地订的一个双人大床房，她不禁越发悸动，梁越好像很想和她一起睡觉诶，宋珍有点害羞又有点难为情，这个登徒子！

而且她有种预感，梁越今晚肯定也会死死地黏着她，表现出一副舍不得她，不想让她回次卧去睡的可怜神情。

为了证实她的猜测，宋珍用了一款超级香甜诱人的沐浴露，还十分闲情逸致地抹了身体乳，让肌肤更丝滑细嫩，然后如出水芙蓉般地出了浴室。结果梁越似乎也在洗澡，宋珍为了他更方便地开启挽留她的话，她自投罗网似的跑到主卧衣帽间选了一件温柔似水的裙子。

梁越从主卧浴室出来，边擦头发边往次卧走去，见次卧的薄被平平整整地铺好，他才瞳孔微颤的反应过来原来宋珍在他那边。

有点心痒痒，男人大长腿两三步便回到了主卧的衣帽间。

他将擦头的毛巾扔到一边的换衣篓里，然后随意地靠在门边。宋珍今晚换上了一条柔软棉质的豆沙色吊带睡裙，看起来温柔十足。

梁越的喉结微微动了一下："明天不陪我了？"

"嗯，当然啦，都帮你抓到程序员了，我还去你公司做什么呀？而且又很无聊。"宋珍微皱了下清秀的眉，这股子为明天到底穿什么而发愁的模样装得倒是像模像样。

"无聊吗？但至少可以让我不用睹物思人。"他仍慵懒地靠在那儿，有点像在用男色迷惑着她，不愿她离开。

宋珍低着头没说话，但其实心里早就乐开了花，梁越啊，会说话你就多说点。

灯光昏暗，看不到她瓷白的脸庞，梁越干脆走近，弯下腰，一只手撑在她身后的梳妆台，另一只手轻轻滑过她腿上柔软细腻的裙子。

他将坐在软凳上香甜可人的宋珍都圈在了他的势力范围内，他低头呢喃道："明天我要去参加一个新能源汽车公司的发布会，你来看我吗？"

两人距离太近，彼此之间呼吸交融，宋珍被独属于他的男性气息沉沉包裹住，还有一种被他灼热的温度烫红了脸的不争气，她的心微微发软却还在逞强："明天看我忙不忙吧。"

"我想要你来。"男人这才将目光直直地落在她的脸上。

她今晚的气味很香很甜，她可真会勾人。

“那，那好吧。”

呜呜呜，梁越好直接啊，受不了了，她的城墙已经塌陷得稀巴烂，再待下去她怕她会欢天喜地地躺平在他的床上。

她的黑色睫毛微颤：“那你早点休息。”

宋珍想站起来，并且她能确定梁越已经察觉到了她伸手撑着梳妆台的动作，但他依然不放她走，霸气十足，一点都不绅士。他微偏了下头，靠在她耳边，目光流连在她纤细的天鹅颈上，缓瞒的语气里充满渴望：“不一起休息吗？”

闻言，宋珍的嗓子一阵无力酥麻，梁越真情实感连哄带骗地表达他的欲望。这种方式太过诱惑，和想象中的不让她走比起来，杀伤力简直不要太强，她血槽都要空了。

宋珍在情感和理智的双重折磨下，十分坚强地开口了：“你，你要搞清楚，是你向我表白，又……不是我喜欢你，我会这么主动地等你吗？做什么白日梦呢？”

她不仅艰难地克服了诱惑，还学会转移话题：“哦，对了，之后……书若玫联系你了吗？我们好像招呼也没和她打一声就走了。”

“我没有她的联系方式。”梁越此刻十分难受，他舔了下嘴唇，“她答应年后解除婚约，我们现在可以重新回到之前的话题——谈恋爱吗？”

“谈什么呀，我对你又没有感觉。”

宋珍这次飞快地推开他，然后光速地跑开了，其实她是逃走的，她可不能让梁越看到她一脸高兴得合不拢嘴的样子。之前在心里悄然盛开的那场烟花现在已经绽放到银河系去了，耶！她可以和梁越谈恋爱了耶！

谈恋爱选她，她超甜的！

宋珍从没睡得这么踏实过，好像一整晚嘴角都在不自觉地往上扬了又扬。

早晨醒来梁越早走了，她洗漱完了就在衣帽间哼着小歌，收拾打扮。窗外洒进一束阳光，热烈的风吹过来，实木雕花梳妆台上的碎金在阳光下漫不经心地晃了又晃，浪漫又复古。

她打算上午去花园餐厅查看一番，看看装修进展，然后下午去发布会，如果能和梁越一同回来那当然最好。

庭院外似乎来了客人，有停放轿车的声响，应该是未收到邀请的不速之客，毕竟这个别墅她住了一个月，平时来的最多也就送送文件的何之行。

她听见周姨慌忙上了几层阶梯，估计是来找她的。但周姨却又在衣帽间的红木大门被推开之际又默默退了下去。

奇怪，到底是谁啊？

宋珍一边偏头给自己戴上红宝石耳环，一边小碎步地走到挑空敞亮的楼梯处偷偷往下看，正好看见周姨在礼貌地迎接梁母和梁母身后的两位年轻女孩。

华丽的贵妇文慧正扫视着她大厅里的所有家具，那目光就好像在审视它们配不配得上梁越。再次看见文慧这种高高在上睥睨一切的神色时，那一刻，宋珍被她骂过的绝望再一次猛然袭来，仿佛要将她拽回暗无天日的灰暗记忆中。

宋珍开始害怕，退缩，身体颤抖着。但在看清她身后的年轻女孩时，她不害怕了，反而生出了一股从未有过的报复感。

那两个人是书若玫和书若轻。

书若玫看起来犹犹豫豫，不太情愿地走在最后面，反倒是和梁越什么关系都没有的书若轻和文慧一副同仇敌忾的既视感。

周姨趁她们还在巡视楼下的空隙，一脸心疼又紧张地看向楼上，宋珍却对她笑了下，便悄然转身回了主卧。

她将梁越铺得整齐的薄被揉得皱皱巴巴，还在他的枕头上轻轻吻了一下，留下一个粉色的口红印。她还抱着不知是什么样的心情飞快翻了一下床头柜，还真翻出了几盒崭新的计生用品。

真让人脸红心跳。宋珍在心里骂他臭流氓，她还没答应他，他就敢准备这些？她撕开一盒计生用品胡乱地倒在柜子里，再特意留了一条小缝。现场一切准备完毕，她推开落地窗，身手利落地直接从二楼阳台上翻身跳到别墅后面的草坪上，热烈的风吹来，扬起细碎的草屑。

有了梁越的喜爱，她不再对任何外人感到自卑，但她们欺人太甚了，不让她们看到某些她们期望看到的场面，都觉得太对不起远道而来的文慧和书若轻了。

只是宋珍还是有愧疚的，这对书若玫来说一定也是一个不小的打击吧。有趣的是，书若玫现在反倒是她最不想伤害的人。

走出别墅等的士的悠闲空档中，宋珍还给周姨打了个电话。

哪知她还未开口，周姨便先她一步主动开口，声音浑厚有力格外响亮，似乎想要特意说给身边三人听的："您好，少夫人，有什么吩咐吗？"

听到周姨那声极其响亮又毫不犹豫地"少夫人"，宋珍愣了一下，随即吩咐道："今天她们三个人过来的事不要告诉梁越，我会好好解决的。"

今天的事宋珍不会主动去提，文慧未经允许带人擅闯这里，她不占理，就算她再有气也不敢明着找梁越闹。

“好的少夫人，还是您最体贴少爷。”

这话听得宋珍有点惭愧，她好像每天就只知道向梁越发脾气，她对他一点也不好：“周姨，我还是好担心你，这样你不会被文慧辞了吗？”

“您放心，给我发工资的是少爷，只有您和少爷能辞得了我。”

好吧，那就麻烦周阿姨继续替她顶着了。

宋珍孤孤单单地在小区路口等了好半会儿也没见的士开进来，她只好给周叔打电话。

葱翠的庭院内停着一辆迈巴赫和一辆卡宴，两位司机都靠在车边安安静静地抽烟。

周叔看到来电显示，立马掐了烟，飞快理了理衣襟，再钻入车内。

接通电话获知了少夫人的位置之后，他用眼神示意卡宴挡路了，卡宴再怎么让位，周叔都一副“你还是挡我接少夫人了”的不耐烦样子，最后他直接发声了：“请你开出去等吧，我接的这位以后才是给我们俩发工资的。”

干啥要招惹少爷的心肝宝贝呢，有点眼力见好吗？大家一起发家致富不行吗？

在周叔的 怒视下，卡宴司机只好灰溜溜地开到庭院外等着了。

文慧气急败坏，毫无面子地领着书家两姐妹出来时，看到卡宴竟然还退居到庭院外停着，更是气不打一处来。

此刻，书若玫身体微微颤抖着，文慧眼眸犀利，她不知道那个女人是谁，怎么逼问周姨也没用，她将书若玫的手郑重握过来，柔声道：“玫玫，我会给你一个交代的。”

书若玫反倒退缩了：“不用，其实我……”

书若轻也上前安慰：“玫玫，你别伤心，姐姐也会帮你找回场子的。”

闻言，书若玫无声地睨了她一眼。

多年姐妹还不知道书若轻是怎么想的吗？此刻一定在嘲笑自己，好不容易争来的未婚妻的名分，结果还不是得不到梁越吗？

她的确马上就要和梁越没什么关系了，而且她大概也知道了那个女人是谁。如果那女人是舍身救她的宋珍，她想她会让得心甘情愿，最好今天就能祝他们恋爱快乐。

宋珍温柔漂亮心地善良，在明知她们是情敌的情况下，还是义无反顾地将她推到梁越的怀里。

虽然梁越的胸膛真的很温暖，人也帅气……但能和他扯上关系，起因也不是她有么喜欢他。

她当时只是不想看到书若轻喜欢梁越并且即将得逞的骄傲模样，所以她才一哭二闹争夺婚约的……

嗯，就这么简单。

2.

文慧带着书家姐妹这么一折腾，宋珍也没什么兴致逛花园餐厅了，反倒更想早点见到梁越。

宋珍觉得周姨说得很对，文慧这么不明事理，那她更得对梁越温柔一些，要学会体贴他，让他离不开她。

她在餐厅附近的咖啡馆悠闲地喝着咖啡，给梁越发微信。

珍：又在开会吗？中午想找你一起吃饭饭 [可爱 . jpg]

梁越几乎是秒回：想我了？

珍：是呀是呀，你不想我吗？

梁越：想。

看着对面的梁越“正在输入”，宋珍干脆飞快回了过去。

珍：算啦算啦。

珍：我还是下午四点去会场吧，不能扰乱你的工作安排。

梁越：没关系，我想见你。

珍：请认真开会。

梁越：这么懂事？

珍：嗯，珍珍很乖巧的。

梁越：怎么办，更想见你了。

宋珍一脸羞涩地趴在桌上了，再这样谈恋爱的话，她的小心脏整天小鹿乱撞，早晚会心力衰竭，最后甜蜜又幸福地死掉！

宋珍迟迟没回复，手机屏幕上反而又进来一条消息。

梁越：晚上回家给你做饭吃，你不在梁宅时，我跟着阿姨学了很多你喜欢吃的菜。

宋珍一会儿捧着手机傻笑，一会儿捧着脸痴笑，被自己喜欢的人喜欢着，感觉真美妙啊。

下午三点，宋珍让周叔开车载她到会场大门等着，其实会场三点十五分才正式邀请宾客入场。但是三点十二分时宋珍便迫不及待地下车来门口等着了，一点也不矜持，不仅毫无名媛包袱，还颇有种急不可耐排队抢早市的大爷大妈们的气势。

三点十五分，明媚的阳光懒洋洋地洒下一片金黄，接待人员慢悠悠地开门接待，便看到一个惊世美人正笑盈盈地站在门口等他检票。

他被她美呆了的同时又瞬间掐了一下自己的脸，扛着长枪短炮的记者这时候都还没来呢，这让他严重怀疑这大美人是对家请来迷惑众人的间谍！

他紧紧握着她的票，迟迟不让她进场，还有了一种临危受命的庄严感，就让他一个人来默默承受这绝世美人的美人计吧！

然而现在才三点十七分啊，大美人的身后又走来了一位西装笔挺俊朗高贵的男人和他的助理，这位气场强大的男人还用十分警惕的目光注视着他。

这位是这次最大的投资人啊！他怎么这么早就到了呢？

接待人员惊呆了，连忙松开了“美人间谍”的邀请函，恭敬无比地邀请他进场。

接待员的一鞠躬一伸手，宋珍才意识到她身后有人。那她得赶紧进场别挡着后面的人，然而她的手腕却被人紧紧握住了，她诧异地回头，梁越正沉沉地看着她。

宋珍心里咯噔一下，哎呀，又欢喜又羞涩，她急忙挣脱开他的手，微微低着头不好意思和他直视：“这……这么巧。”

呜呜呜，她要幸福得落泪了，按理说大佬都是卡着点最后到的，但他居然为了她早到了四十多分钟！

男人笑了下：“这么早。”

下午温煦的日光落在他笔挺的肩线上，原来他锋利的轮廓也能这样柔和，那一刻，宋珍觉得她吸入他的温柔过多，整个人晕乎乎的，有点上头了。

宋珍抿了下唇，还在害羞：“你，你先坐吧。”

“好。”梁越忍了又忍，最后还是没忍住，想着现在也没什么人，伸手牵着她一同入场。

一直默默跟在他们身后的何之行，看他们这样如胶似漆眉眼传情欲说还休的害羞样子，简直没法看。都二十好几的成年人了，还搞得这么纯爱，牵个手都费老劲了，那晚上拉上窗帘后可咋整。

梁越还以为她会和他坐在一排，结果宋珍送他到第一排之后就悄悄抽离他的手往后排坐了，陆续有嘉宾进场了，她不想过度地抛头露面。她刚找了个角落坐下，便收到了梁越的微信。

梁越：你很会勾人喜欢。

梁越：勾我。

珍：哼，是吗？那请问二十岁的梁越是眼瞎了吗？

梁越：没瞎。

宋珍盯着这两个字回味了好半天，没瞎？也就是……那时候也勾到他了吗？！哼，他说谎！他那时候连家都不爱回，即使回到家也摆着一张冰山脸，和他说话就跟挤牙膏似的，问一句话吐一个字，从来不会主动挑起话题，也就对小予好点儿。

她哄不好小予睡午觉时，通常都是他来哄的，然后她也沾点儿小予的光，一起被梁越哄睡着了。

梁越之后就再没回她了，不过才五分钟，他身边已经陆续有人入座与他开始攀谈了。

新能源汽车的董事听接待人员说梁总三点十七分就到了！吓得人一路从会场休息间赶过来，整个人诚惶诚恐。生怕这边有半点怠慢又把人给气走了，听说之前开视频大会时，就有梁总中途黑脸离场的情况。

梁总可以说把良跃分部的资源都好好利用了起来，因为良跃的基金优势就是全球科技的投资资源，本部也在纽约经营多年，所以对美国科技领域非常熟悉。如果新能源汽车在国外需要什么帮助，也可以为他们考虑战略联盟等等，总之梁总就是表示在关键时刻愿意站在创业者这一边。

新能源汽车董事听完后一阵感慨。

毕竟在新能源汽车零部件这个赛道上，多数投资人都会在体量更大、盈利水平也更高的电池公司里做筛选。他当时见过十几家风投，只有良跃和他们一拍即合，认为只有好好积累电机电控领域的经验，行业壁垒才会越来越高。

总之，良跃就是他们的再造之光！

梁越的确是来撑场子的，他人一来，整个发布会就像被按了快放键。所有人都坐得整整齐齐规规整整，连大气也不敢喘一下，一副乖巧受教的模样，可见梁越个人震慑力非常强。

“良跃资本 & 未来汽车”的投资签约仪式暨新闻发布会于三点四十开始了。

音乐响起，梁越被请上台，偏偏在他起身之前，宋珍还收到了他的微信。

梁越：那时年少不善表达，认为你永远都会是我的，就忙着挣钱养你而已。

天呐，梁越是什么神仙？

在谈完工作之后，他竟然还记得为自己的“没瞎”加一个完美解释。

看清内容后，宋珍血槽已空，整个人酥酥麻麻，她现在就是世界上最幸福的仙女！

她终于忍不住了，直接一个截图然后心花怒放地发给林颃，这么会撩的梁越她真的好想炫耀啊……

林顽也是真爱宋珍了，直接秒回：天呐！

元元：真是活久了什么都能见到！请问这是真实存在的梁越吗？就是那个高岭之花冷静理智的耶鲁大神梁越吗？

珍：呜呜呜，元元别拦着我，我要给他“生猴子”！

珍：呜呜呜，他在上面讲得好好，我要先去对他放电了，我们晚点再聊！

元元：……

看到这段省略号，宋珍就知道林顽对她这副没出息的样子已经无语了。

但她真是少女怀春克制不住嘛，抬头看着台上这位高冷十足的英俊男人，她还特别“恋爱脑”的在台下给他悄悄比心。

梁越的目光一直落在她的身上，发觉她在悄悄逗他，他喉结微动，暗地里很是享受。

然而台下的女生就像在刻意挠他的心窝，一直可爱的比心心还不够，她还策划了嘛嘴求亲亲要抱抱比画爱心送飞吻等一系示爱行为。梁越漆黑的瞳孔明显颤了下，眸色越来越深，心痒难耐，他真想对她温柔地笑一下了，知道他为她着迷。

梁越克制地咬了下牙，艰难地忍着，最后也只能用无奈又宠溺的目光示意她：好了，先别闹。

他拿她真没办法，她还真是一言不合便开始不分场合地撩他。

有些过分，是甜得过分。

宋珍接到了他让她停止的眼神后立马安分地收回手，坐得乖乖巧巧。

而她身边的男人也才长呼了一口气，他坐在她的旁边，也知道她在向台上光芒万丈的梁总放电，他好奇道：“小……小姐，您是终于注意到前面有摄像头在拍你了吗？”

怎么回事？

闻言，宋珍一脸惊恐地看向台前，果然有三个摄像机不约而同地对着她，她顿时尴尬得都想钻地洞了！天呐，她都干了什么啊，她都躲在最后一排的角落里了，怎么还能被人注意到？！

不好意思继续等梁越一起回去了，宋珍脸红心跳，羞得脖子都红了，低着头像鸵鸟一般钻出了会场。

她一路脸颊发烫地上了迈巴赫，让周叔赶紧开回家，准备难为情地发微信让梁越想办法弄回她那段尴尬到地心的花痴视频时，才看到林顽继省略号之后的新留言，十分苦口婆心。

元元：姐妹你矜持点啊！

元元：不回我？

元元：你已经放电去了？

元元：唉，梁越的好日子就要来了。

宋珍更是羞红得脸蛋都快挤出水来了，像一个熟透了的水蜜桃。

她给梁越微信留言后便觉得手机是一个天大的烫手山芋，忙不迭地把它扔得老远，任凭手机怎么响个不停，她整个人都还笼罩在没脸见人的阴影之中。

没想到到家还不过十分钟，她刚收拾完白天在主卧的“作案现场”，便听见有人急促上楼的声响。

她下意识反锁了主卧的房门，还真听见了梁越轻微喘气的声音，他喉咙干涩：“撩完就跑了？”

他居然跟着她这么快就回来了？

宋珍又气又羞："视频……视频怎么样了？"

"拿到手了，"男人在门外低声大笑，"我会好好保存的。"

她的黑历史啊，宋珍急得不得了："快删掉它！"

"我舍得吗？"

宋珍的脸又红了起来，但最后这份羞涩还是败给了冲破天灵盖的那股尴尬，她双手环抱重重地哼了声便不打算再理他了。

梁越在外面等了一会儿，然后伸手拧门把，果不其然反锁了，他决定循循善诱："刚才回来得太急了，忘买食材了，我去趟超市，一起吗？"

宋珍保持沉默，但她的少女心开始蠢蠢欲动。和喜欢的人一起逛超市，是可以坐在购物篮里他推着她买买买的那种逛超市吗？

宋珍悄悄地将门锁打开，飞快地坐回床边，还坐得特别端庄，细细柔柔的声音特别矜持："没听清，你进来说吧。"

她听见门把转动的声音，衣冠楚楚的梁越走了进来，他弯下腰，将她黑亮柔顺的碎发轻轻别在她耳后，露出了他送她的红宝石耳环。

梁越凑近她耳边，轻哄着说："想邀你逛超市，还要抱抱吗？"

虽然只是一句简单的询问，但男人的话音刚落，他已经温柔地将她抱起起。

一时之间，女生香甜娇软的气息洒在他身边，他迷恋地看着她："怎么办，都不想让你走路。"

呜呜呜，梁越也太酥太温柔了吧。她现在只想化身"尖叫鸡"，没出息就没出息吧，心力衰竭就衰竭吧，她只要现在快乐就好！

宋珍完全被梁越的甜言蜜语拿捏得死死的，她羞得直捂脸："可是，可是被周叔他们看到好尴尬哦……"

“周叔看到会为我放鞭炮的。”

宋珍目瞪口呆。

3.

和宋珍逛超市时，梁越才发现她对包装可爱的物品毫无抵抗力。一开始还会拿着一袋黄色包装和一袋粉色包装的即食谷物用清澈的眼眸征询他，他眼角带笑地揉了下她的脑袋，柔声说：“我们都买好不好。”

她高兴得立马开出小花花来，然后一路横扫超市，梁越推的购物车都快堆成了小高山。

也许看出她大白兔的本质了，保健品销售员手疾眼快地一把抓住她，开始滔滔不绝地为她推销各种养心养肺的保健品。在销售员的广告大法下，她还认认真真地算起了人头，准备给纳冯给周叔周姨还要再给他买一套。

梁越原本不想打击她的热情，毕竟这是宋珍第一次给他送礼物，虽然是保健品。

但看她还给他拿了盒养肾的，梁越微眯了下眼，按着她的手将保健品放回去，然后将人搂进怀里漫不经心地和她耳语：“宝贝，这个就不需要了。”

他低沉的声音就像琴弦，能拉出令人脸红发烫的乐曲，他一脸坏坏地说道：“或者我们试过之后，你会发现这个更加不需要。”

呜呜呜，她被调戏了！

闻言，宋珍瞬间害羞地拉着梁越便匆匆离开了。

梁越发觉她今日特别温顺可爱，可爱到严重犯规了，让他整个人都心甘情愿被她牵着走。

回家后两人腻腻歪歪用过晚饭，梁越说明天要出差半个月和姜媛连跑七座城市，宋珍还特别吃醋。一张雪白的小脸偏到一边，秀气的眉微微蹙起，琉璃珠似的眼睛幽怨又惹人心疼，一副“还不快好好哄我”的浓浓醋意。他哄了她好久，说姜媛会敲代码，做过广告销售人事管理，对他们要去考察的创业公司有一定帮助，她才可怜巴巴撒着娇说那她先帮他整理行李箱吧。

这时，梁越的电话却一连振动了好几下。

其实宋珍黏了他一整天，白天逛超市的时候，他也有看到梁越拿着手机走到一边通话。她盯着他笔挺的背影胆战心惊，生怕是文慧想好了什么理由来找他回去。

但这次梁越向她走来的脚步明显慢了下来，他微微皱了下眉，有些可怜巴巴地说道：“文慧好像请家庭医生了，小予在问我忙完没。”

闻言，宋珍眼眸一沉，文慧果然要开始和她争夺梁越了，还拿她的小予当借口。

梁越逐字逐句向她报备，很明显也是在示意她，他要回一下梁宅。

宋珍重新换回清甜的笑容主动伸手将梁越拉到身边，衣帽间里温暖橘黄的光线被他颀长的身影朦朦胧胧地遮住。坐在衣柜里的女生隐在了细碎的阴影中，她微微张着嘴，红唇湿柔，仰起的精致脸庞更是让梁越躁动不已，产生一股对方任君采撷的恍惚。

偏偏手机又在这时振动了几下，梁越下意识地垂眸看了看，宋珍却心跳越来越快。

她轻抿了一下唇，同时拉住梁越的领带，将他往下带，然后抬头咬上了他的唇。

女生湿润柔软的嘴唇覆上来，生涩又缠绵。

梁越整个身子一怔，瞳孔瞬间一颤，完全没反应过来她会主动吻他。但这种温软惑人的快感，一时之间所有的理智都被这唇齿间的愉悦撩拨得停工了。白天在会场，看到她在台下肆无忌惮撩他的可爱模样，当时他就心痒难耐地想要将她生吞活剥，揉进骨髓里。

梁越喉结微动，他长长的睫毛垂下，认真地看向她。

宋珍迎上他深邃的眼眸时，她正尝试着用自己滚烫的舌尖轻轻地描绘他的下唇，一遍又一遍。

她在用美色诱惑他。

无论如何，她今晚是不会让梁越离开的。

逼仄静谧的衣柜内，充满重重的心跳声以及令人脸红发烫的暧昧。

梁越的心躁动不安，眸色越来越深，眼底似泛着微红，他喉结滚动声音嘶哑，充满一股极度的渴望："你想好了吗？"

想好什么？

宋珍微红着脸，发丝凌乱。

未等她回复，梁越呼吸急促地将手机扔在她身边，托着她的后脑勺痴沉地回吻她，轻吮她。或许她当初就不该用"咬"这种动作，太让人神魂颠倒欲罢不能。导致梁越根本不给她任何过渡时间，而是直接热烈地撬入了她的柔软朱唇，与她的舌头紧紧缠绕在一起。

宋珍愣怔了一下，没想到他会完全不加收敛，如此恣意妄为地强势猛攻，她身体紧紧绷直，梁越的吻像暴风雨，密集又快速，她要被他吻得都快呼吸不过来了。

梁越手机的微信振动声又转变成了来电振动，宋珍被惊了一下，下意识想去看是谁打来的，梁越却恍若未闻，还似有不悦地咬了一下她的下唇：“闭眼。”

她直直地看着他，喉咙干痒：“不、不走了吗……”

宋珍一直被他亲咬着，柔柔细细的声音断断续续，她有点承受不了这种掠夺似的亲吻，身子酥软地往后靠，梁越好像完全被她“点燃”了。她心生欢喜又娇羞不已，她喜欢看他为她沉沦的神情。

梁越微偏了下头，从喉结模糊地滚出了一个单音节：“嗯。”

梁越见她不愿闭眼，干脆轻抬起她的下巴，热烈地对上她的目光，一遍一遍地轻舔着她的嘴唇，和她刚才撩拨他时一模一样。彼此呼吸时轻时重，直到宋珍率先受不了这样直接刺激的亲吻想要躲开时，梁越低低笑了声，特别性感地离开她的唇，偏头咬了下她的红宝石耳环，再沉沉地咬上了她的耳郭。

宋珍瞬间一颤，羞得整个人软绵绵的，有点招架不住，梁越真的好会撩啊！而且他这次一点都不克制了，细细密密的亲吻从耳郭一路向下到了她细嫩白皙的颈窝。

她明显感到梁越的呼吸越发紊乱了。

宋珍只觉喉咙干涩不已，虽然也心痒难耐，但她仍然矜持地往后躲，整个人都直接靠在衣柜上了，她被他亲得浑身发软发颤，脸蛋红彤彤的，但他真的不能再往下了。为了留下他，她今晚主动付出太多，再这样发展下去，她怕梁越真会一发不可收拾。

宋珍心怦怦直跳，难为情地推了他一下。

意识到了她的反抗，梁越一身燥火烧得正旺真还有点不好收。他双手握着她的盈盈细腰，仍沉溺在她的温香软玉之中。

过了好半晌，他轻喘着粗气，十分忍耐地回应道：“你别害怕，我会放你走的。”

最后梁越松开了手，他慢条斯理地用食指指腹轻擦了一下他的嘴唇，意犹未尽的神态很是明显。并且从他炽热难耐的目光中，宋珍似乎读懂了“再有下一次勾引他就不会再忍耐了”的警醒意味，吓得她心肝乱颤地飞快躲回了次卧，羞耻得捂着脸。

整个晚上，宋珍都在一直回味着冒着粉红泡泡的衣柜之吻。

一想到梁越看她的神情，她就觉得好勾人啊！宋珍忍不住拿起手机，滔滔不绝地向林顽表达她对梁越的喜爱之情。

珍：啊啊啊，元元，我跟你讲梁越真的太绅士太正直了！从不勉强我和他怎么样，也不动手动脚，都是点到为止，不会给我任何不舒服的感觉！呜呜呜，我快幸福到昏厥啦……

元元：点到为止？

元元：啊啊啊，你们都暗搓搓地多少次了啊！

元元：确定是幸福到昏厥过去，而不是运动过激造成的吗？

元元：这个点找人一看就不礼貌，而且还没夫妻生活。

元元：“撤回了一条消息。”

元元：珍珍小宝贝不要误会啊，刚才那条不是我发的

嗯？最后这话着急到干脆连标点符号也没时间打一个，所以元元是被身边正在兴头上的郑书原暴躁地抢走了手机？

宋珍瞬间一脸尴尬。

珍：打扰了，打扰了，告辞。

4.

清晨的时候，梁越似乎来找过她，在她耳畔低语说他要走了。

宋珍当时迷迷糊糊地伸手环抱住他的脖颈，小巧柔美的五官皱在一起，哼哼唧唧不让他走，然后他好像边哄边吻她，她就这样被他哄睡着了。

宋珍再次醒来已过上午十点，她呆呆地在床上坐了一会，然后懵懵地往梁越的主卧跑去。宋珍跑过去抱着他的枕头，怎么办，他一走她就想他了，忽然好怀念他在家办公的日子啊。

后悔，现在就是很后悔，当时怎么一点都不珍惜他呢？

宋珍又抱着他的枕头跑回次卧拿出手机，一句“我好想你啊”都在聊天框打了很久了，但最后她还是默默删掉了，不能打扰他工作，更不能在工作期间撩他，她还是自行忍受好了。

花园餐厅原本预计九月中下旬开业，最近一阵她都在云际当监工，闲下来就和林顽聊天。林顽最近在减肥，宋珍建议她主食可以用一拳头大小的紫薯代替，热量低，林顽回了句“好的，那是餐前还是餐后吃呢？”，宋珍被她的脑回路惊到，干脆激她每天唯一的腿部运动就是蹲一个链接，唯一的头部运动就是笑到头掉，气得林顽说她今天就要跑来云际找宋珍。

她们只有只有一千米的距离，林顽跑了半小时也没跑到。

主要是林顽在中途看到文慧和书家姐妹也在云际逛街，三人热络地边说边聊，大有向花园餐厅走去的倾向。梁越曾认真嘱咐过身边亲近的人，要将宋珍保护好，更不能让文慧知道她已经回国了。吓得林顽赶紧给宋珍打视频电话，哪知对面显示“正在忙”自动挂掉了。

林顽再一看时间，傍晚六点，正是宋珍每天固定和小予通话的时间点。

没办法，这时候联系不上宋珍，林顽只好拔腿就往花园餐厅跑去。

到了后发现只有一众送货人员正在忙碌地进进出出，却不见宋珍的身影。

她着急地问老板娘去哪儿了，送货人员说好像有事上了一个面包车就离开了。他又拽住林顽，让林顽帮忙验货，没问题的话就签字，他们马上搬完还要送下一家。

林顽吓得瞳孔失焦一遍又一遍追问："上了一辆面包车？你没看错吧？确定不是宾利、迈巴赫或者劳斯莱斯吗？"

这些才是梁越车库里应该有的车型啊！

被她拽住不放的送货人员感觉自己被看不起了，他没开过豪车难道还没在大马路上看过豪车吗？

他没好气地白了她一眼："就是银色面包车，老板娘温柔和善得很，说不定坐了哪个商家派来接送的商务面包车就去看餐厅用具了，你先给我们验货好吧，都等着呢。"

宋珍的确上了一辆不起眼的银色面包车，但并非自愿，而且还是噩梦的开始。

她一开始还在愉快地和小予通视频，小予把手背在身后藏着一个包装精美的礼物。

他神秘兮兮地对宋珍说这是为了庆祝丽丽这次考试及格送她的礼物，等她也能像他这么优秀考上 70 分之后，他还会给她准备超级大礼包。

宋珍都要被他笑死了，然而下一秒，小予身后出现了一个黑衣人直接用毛巾捂住了小予的口鼻，视频那头瞬间天旋地转，最后"啪"的一声手机刺耳地落在地上。根本来不及反应，宋珍在这边惊恐得也把手机落在地上。

手机突然摔落的声响将她的心脏也惊碎了，她浑身哆嗦地忙不迭捡起，想要求他放过小予，对面的手机也被黑衣人捡了起来。

头戴假面面具的男人抱着昏迷不醒的小予往外跑，还命令她上那辆正向她呼啸而来的银色面包车，不然她就永远别想再见到小予。

银色面包车在她旁边慢了下来，车门被拉开，她看到里面几乎坐满了不怀好意的高壮男人。

宋珍心里一沉，但仍然毫不犹豫地钻上了车。

门被人迅速拉上，面包车一路飞驰，很快便开出了云际。

那几乎是宋珍最绝望的一小时车程，她一上车就被人抢了手机，还有人对她动手动脚。视频那头的人也将小予塞进了一辆破烂轿车，然后一路向越发偏僻的荒郊飞驰。

小予在他们手上，宋珍根本没办法还手。

车上共有五个高壮的男人，开车一人，其余四人都围着她，想摸她的脸她只能躲，还不能太大力，怕被他们发觉她会点防身术，然后对她提高警惕。

宋珍无声的反抗反倒更加激起了他们的征服欲，嘴里不断冒出各种污秽话语。其间，视频那头的黑衣人还看急眼了，一边莽撞开车一边心痒难耐地骂他们，这么好看的美女不等他一起来，他就不干这活了！

这才让这边的几人稍加收敛了些，但不怀好意的眼神都毫不掩饰地落在她身上。

宋珍心惊肉跳地看到视频里那个黑衣人把车开到一个破旧的老教学楼后才停下。

这应该是千禧年左右建的学校建筑，玻璃窗的深色木框都快被雨水浸透腐烂，夜色暗了下来，街边生锈的路灯也窸窸窣窣地亮了起来。

那个黑衣人先扛着小予走进了长满茂密爬山虎的老教学楼。

宋珍急得不行，完全不知道他们之后会有什么打算，生怕他现在就对小予做什么危及生命的举动，她只能连求带撒娇地让他们也赶紧跟上他。

温软清甜的女人说起话来更是直撩人心，他们也催司机赶紧跟上，之后还想不想干好事了？趁视频那头的黑衣人忙着扛人上楼没空搭理他们，他们色心又起，火急火燎地带着一脸恶心的笑意再次扑向宋珍。

但这次宋珍已无任何顾虑，她已确定了目的地，没有再畏惧一分一毫。

她在飞驰的车内三下两下制服了后座的几人，还将开车的司机吓了一跳，他一个方向盘没握稳，整个面包车都倾斜了起来，轮胎和地面摩擦着发出刺耳的噪音。

宋珍又在颠簸行驶的车上直接拉开车门将后座几人扔了下去，而后立马跳到副驾驶座抢了司机的方向盘，她将司机踢下车，然后坐到主驾驶座，一踩油门冲向老教学楼。

之前争斗时被人划破了手腕，此刻衣服已经被血迹侵染开来，风呼呼地刮进来，后知后觉的她才意识到疼，一股钻心的疼。

宋珍边开车边擦眼泪，拼尽全力往前飞驰。赶来老教学楼后，她看到了直往夜空窜的滚滚黑烟，整个人崩溃大哭了起来。

小予啊！我可怜的小予！姐姐来晚了，姐姐对不起你。

宋珍在车上手足无措，嚎啕大哭。

视频那头的黑衣人察觉到了这边的动静，原本的计划是想一同烧了这两人，黔驴技穷的他最后吓得放完火便慌忙跑出大楼，还正好撞见一脸绝望的宋珍开着车向他冲来。

他后怕地连连后退，宋珍红着眼飙车到他身边，跳下车，然后拎着他的衣襟疯了一般地往冒火的楼道冲去，疯狂大吼道："他在几楼？我问你把他放在了几楼？！不然我们两个都别想离开这里！"

"第二层……第二层最里面那间！"

居然还在最里面那间？！

整个楼的明火旺盛，楼内烟味呛得人直咳嗽，黑衣面具男哆哆嗦嗦腿都软了，拽着他救小予只能是拖后腿，宋珍只好曲线救国，暂时松开他独自跑上楼去。

二楼烟雾弥漫，火光灼烈，里面的课桌木椅被烧得霹雳啪啦一顿响。

宋珍难以呼吸，她的心已经揉成了一团，快被高温烫熟，但她仍然弓着腰跌跌撞撞往最里面的教室跑去。

她以为她永远都跑不到尽头了，有个小小的，通体发白的"雕像"却在慢慢向她移动。

一个矮矮的白色雕像正在向她晃晃悠悠地跑来。

看到白色雕像下露出的两只虚弱的小脚时，宋珍没空顾及即将砸下来的房梁，直接哭着跑上前抱着对方一路飞快地跑下楼。

身后猖狂的烈火追着她们一路狂乱地燃烧着，将她们整个人都封闭在了浓烟的灰暗里。

最终，他们还是逃出来了。极其危险，又极其幸运。

宋珍一个踉跄，她抱着小予瘫软无力地倒在地，"啪"的一声摔烂了镂空的白色残身雕像，露出了藏在里面的小予苍白稚嫩的面容。

不知是被浓烟呛到，还是黑衣人下的迷药过重，小予陷入深深的昏迷之中。

宋珍灰头土脸地跌在地上，她浑身发抖紧张不已地翻看了下小予的全身，确定没有什么大的伤痕后，她赶紧抱着小予上了面包车。

她双手颤抖地开车到了最近的医院，人命关天，她请求医生马上救治小予。

短暂不过的两小时，宋珍却像已经死过了一次一样。

文慧接到熟悉医生的来电时，正冷眼看着林顽在和书家姐妹作战。

医生说看到一个浑身狼狈的女人抱着小予来了医院，她便心急如焚地坐车离开了。

赶来医院急诊室的时候，文慧便看到小予昏睡在床上，他身边坐着一个灰头土脸的女人，正憔悴失神地任凭护士给她的伤口消毒。

那女人好像丝毫感受不到任何痛苦似的，她一动不动，看起来呆呆笨笨的。

那个护士挡住她的视线了，文慧再惴惴不安地偏头看了一眼。当她清楚看到女人的面容时，整个血脉都禁止流动了，全身止不住颤抖和震惊。

就在这时候，她才终于明白为什么这半年梁越都无心归家——因为宋珍回来了。

梁越之前还看在小予的面上，时常接小予上下学，在家指导小予学习，一待就是小半个月。可今年六月开始他就不在家里住了，她旁敲侧击地听来，原来他在外面买了套别墅已经装修完好几年了，为了小予一直都没搬过去，但是不知为何，最近又毅然决然地过去住了。

梁越口风严，她也是半个月前才从姜媛那套来的地址。

那天，她气愤不已地在梁越的别墅看到的一屋子暧昧旖旎，那也就是说宋珍在勾引她的儿子了。

想到这里，她趾高气扬地来到宋珍身边。

宋珍看到一身靓丽华服的文慧出现在自己面前，她眼皮都没抬一下，只将所有目光都放在昏迷不醒的小予身上，她声音低沉："小予我要带走。"

闻言，文慧冷笑了一下。

文慧本来正要质问一句"发生什么事了"，但她现在双手环抱，高高在上地看着宋珍："你觉得有可能吗宋珍？小予你想带走，梁越你还要从我身边夺走，你信不信我现在就可以让你永远都接近不了我儿子？"

她抬起眼眸，清清淡淡的目光毫无半点奢望："我说，我只要小予。"

宋珍很清楚，回国终归还是会和文慧相见，但她完全没想过会是这么狼狈的时候。

她一个人被文慧抓住，她知道对文慧而言她如蝼蚁，文慧踩死她比大象踩死一只蚂蚁还容易，所以宋珍没什么祈求，她已经尝试过了差点就要失去小予的绝望。小予在文慧手上，在那个黑衣男手上，那种任人把控使唤的滋味她已不想再体会了，她不能再失去小予了。

文慧显然也愣了一下，很快便明白过来她的意思，她可以为了小予放弃梁越，宋珍潜台词是在问她愿不愿意用小予换梁越。

文慧正犹豫，偏偏宋珍手机里视频通话的声音还不合时宜地响了起来，宋珍掏出手机一看，竟然是梁越。

宋珍心慌意乱地当着文慧的面挂掉了，哪知梁越不死心地又打来了电话，好像此刻在不依不饶地提醒她，她想好了吗？真的要放弃他吗？

宋珍手忙脚乱地挂掉了他的电话，但他偏偏又打了过来。

文慧一言不发地看着她。

宋珍看着梁越乐此不疲打过来的电话整颗心都酸软了下来，她喉咙滚烫地开口：“我……我回个消息给他，我不能再挂他电话了，不然他今晚就会飞回来找我。”

文慧嫉妒地嘲讽了一声：“你们感情还挺好。”

珍：我在和林顽看电影。

梁越：看完了找我。

梁越：很想你。

宋珍抿着唇仓皇地关掉手机屏幕。

她手上没有任何砝码，她真的不知道该怎么和文慧谈判：“爸爸当时拉的那艘货船真的出事了，我在……我在南非待了三年也没他生还的消息……你知道刚才发生什么了吗？小予被人绑架了，还差点和……和一栋老房子一起烧没了，我很谢谢你帮我照顾小予到现在，我重新回南非也会给你定期发小予的视频，你给小予办个签证，在此期间，我不会让梁越知道我在哪里，好吗？”

文慧沉默很久后还是答应了她，宋珍松了一口气，但又不知道该高兴还是该难过。

她看着病床上眉头微皱的小予发呆，文慧为了梁越抛弃小予，小予得退学跟她回南非，他会伤心吗？

她突然陷入了深深的迷茫，眼前仿佛一片茫茫大雾，她独身一人，不知何去何从。

第八章：么么哒，给你小心心！

1.

小予醒来之后，特别男子汉地用酒精棉球给自己擦拭伤口，可爱的小脚丫都痛得搅在了一起，但他仍然安慰坐在一旁的珍珍和文慧千万别哭啊，他一点都不痛。

文慧决定先向小予隐瞒他即将退学的事，为了不让所有人知道宋家姐弟差点被绑架的事，小予的伤恢复得差不多之后，依然生龙活虎地回学校上课了。小予还把自己机智地用雕像藏身的英雄事迹告诉了丽丽，结果吓得丽丽叽叽哇哇就抱着他鼻涕眼泪一顿哭，还被老师误以为他把丽丽欺负哭了，好好训了他一顿……

宋珍那晚上没和梁越通视频，只在晚上回了句“她太累了，他又不在，她就在林顽那边住一晚，晚安”。之后很快便收到好几条梁越的语音回复，宋珍都没心思点开听，晚上文慧离开后，她仍呆呆地守在熟睡的小予身边，还没从劫后余生的阴影里走出来。

已过凌晨，人来人往的急诊室逐渐安静下来，宋珍依然没有睡意，开始思考等小予签证的这段时间里，她是不是只能找一个酒店住下。

她再次有了一种三年前独身前往南非的飘零感，但幸运的是这次她不是一个人，她有小予了。

惊心的电话铃声在这时候突然响起，宋珍慌张地拿出手机一看，是一个陌生号码。她猜应该是文慧，文慧临走前，宋珍将面包车和绑架小予的轿车车牌号都告诉了她，拜托她查一下到底是谁想要伤害小予，没想到文慧办事还挺有效率。

“不好意思这么晚打扰你，但我刚在意大利开完会，请问是宋珍小姐吗？”

宋珍接起电话，发现竟然是一个陌生的男人声音，不知道对方是谁，宋珍也只是简短地应了一声，便等他自报家门。

“好的，宋小姐，我是富洋财团董事江原野，你的花园设计图我和设计师琼都很满意，因为工程紧急，你填写的居住地址没错吧？明天下午两点，富洋这边会派车来接你到沪新船厂，请你做好在船厂常住一个月的准备，具体事宜明天来接你的工作人员会和你细谈。”

“我赶飞机，宋小姐，明天见。”说罢，对面利落地挂了电话。

宋珍有些惊讶，联系她的竟然是富洋财团总部的人啊！

可之前不是要大家为富洋财团旗下的富丽酒店设计花园吗？为什么又会接她去沪新船厂？难道和富洋旗下的另一个全资公司欢洋邮轮有关吗？

但是不管怎样，这通电话来得特别及时，好像有一丝浅浅的光渗进了她的生活，宋珍终于露出了一抹笑容。

她之前填写的地址是理光公馆，所以还得回一趟公馆。

白天回去拿证件时，宋珍浑身都透着一股不自在和小心翼翼。幸好周姨一无所察，还特别亲切地问她在林小姐家玩得开心吗？

宋珍含糊应付了几句便跑上了楼。当她拿好身份证、护照、户口本再次下楼打算悄然离开的时候，她又在庭院外碰见抽烟的周叔了。

周叔年轻时应该很帅，他穿着简单的黑色西装一手抽烟一手插兜的模样都有一股周润发的味道。烟雾弥漫，周叔看她的目光和蔼又无奈，就像在看一个天天爱玩不爱归家的小孩："少夫人，又出去玩吗？要我送您吗？少爷晚上六点到机场，您和我一起去接他的话，他一定会很高兴的。"

宋珍艰难地躲避周叔慈爱的目光："我知道了，林顽还在外面等我，我先走了。"

她看到周叔诧异地怔了一下，似乎有所疑惑，宋珍心里发虚，还有点慌张，也不等他再多问一句，她快步离开坐上等在外面的辉腾汽车，催促着司机快点开车。

辉腾一路顺畅地开出理光公馆后，宋珍这才长呼了一口气。

她给小予留言让他最近要乖乖的，她十月中旬会再联系他，她又从小予手上问到了文慧的手机号码后便飞快地关机了。

这样决绝的关机，她和梁越就不会再有联系。但再手机关上的一瞬间，她自己也跟着自闭了。

为了不让这种消极的情绪彻底击碎她，宋珍很快挤出了一抹笑意，十分积极地和来接她的船厂人员了解各种情况。

宋珍了解到，原来一开始富丽酒店召集园艺设计师，本意就是为富洋财团最近正在建造的国内首艘豪华邮轮的整体设计而服务的。

富洋财团旗下有三个全资公司，分别是富丽地产、欢洋邮轮、富洋银行，这三家子公司也是富洋集团的三大支柱企业。除此以外，富洋在房地产、化工、医疗、新材料开发、造船等行业拥有绝对优势。

富洋集团和意大利Gabriele船厂签署了邮轮建造协议，主设计师是来自意大利的琼。而宋珍的工作则是对邮轮室内植物的选择，以及关于室内植物的补给水系统，还有如何通风采光等园艺类专业问题进行答疑和设计指导。

豪华邮轮正在分段建造中，预计两年后正式完工。

到船厂后，迎面走来欢迎她到来的冷峻男人，竟然让宋珍瞬间惊呆了一下。男人英俊无比，一双大长腿走路带风，身后还跟着一众随行，高贵精英的气派甚至让宋珍一时之间难以分辨他和梁越到底谁更帅。

宋珍旁边的工作人员小声提醒她："这是富洋太子爷，江原野。"

宋珍惊了又惊，她以为半夜打来电话的管理人员顶多就是一般的董事，没想到对方竟是富洋太子爷。

她的思绪很不争气地胡乱飘了起来，不知道身为峰珠集团太子爷的梁越和富阳集团的江原野相比，谁的背景要更硬一分？

江原野走上前和她礼貌握手："宋小姐你好，我是江原野，这是来自意大利主设计师琼，我先带你了解一下船厂的基本情况。"

瞧瞧，同是太子爷，彼此第一次见面，江原野和总是高冷且一副不耐烦的梁越相比，态度简直不要好太多！

邮轮命名为"宝珠号"，这个名字在项目初期便定下了。由江原野初恋女友的名字衍生而来，这份来自霸道总裁的绝对深情简直令所有女生艳羡。

“宝珠号”邮轮共17层甲板，长337米、宽42米，设计共超过2600个客舱，配备超过5000个床位，有12间餐厅，5间快餐店和18间咖啡馆及酒吧。而位于顶层的“热带之巅”，则是宋珍这次主要负责的板块。

“热带之巅”是整个邮轮最大的亮点，在船厂的每一天，宋珍几乎都和江原野、琼还有另外几位设计师开会讨论室内植物的挑选和设计。

船厂白天黑夜都过得很快，宋珍则忙得焦头烂额，但总觉得有还什么事在等着她解决。

直到听船厂工作人员说，云际附近新开的一家花园餐厅味道不错，装修也很有品味，就连餐厅外的岩石园都成了游客打卡拍照的网红胜地，她才猛然反应过来这说的就是花园餐厅啊。

听她们夸赞花园餐厅，宋珍止不住的骄傲，走起路来都有些飘飘然。夸她的作品好看，比夸她好看还更令她高兴啊！

她们还在笑着谈论，开业当天有个帅得天怒人怨的男人一直在最里面的餐桌接电话，从早上开业一直待到晚上关店，任劳任怨勤勤恳恳。

是梁越。

宋珍只觉得心忽然被人攥紧了。

她最近靠着极度繁忙的工作好让自己忘记去想他，可偏偏又有人提起他，看来她忙完这里得尽快离开啊。

毕竟，天下没有不透风的墙，她在船厂工作的事情迟早会被梁越知道。

宋珍急忙给文慧打电话，不知道为什么明明一周就可以办下来的签证，现在都半个多月了，领事馆那边也没有任何消息。文慧让她别急，签证赶上国庆期间是要慢一点，她要宋珍等过了她五十大寿再走为好。

她还告诉宋珍警方有车牌号也暂时没法马上抓到人，因为那些车都是被丢弃在街边一两年的旧车，中间被多少人盗用过一时半会也查不清楚。

宋珍再次陷入了一筹莫展的境地。

她总觉得有人要害她和小予，按理说她回国时悄然无声，消息也是绝对保密的，但黑衣面具男竟然能清楚地了解她和小予两人的地理位置。

到底是谁在暗中监视她们？实在可怕。

2.

宋珍这几天在船厂一直忧心忡忡，江原野见了她也是欲言又止，原本事情还没确定，他不打算告诉她，但见宋珍不顺心的模样，男人轻敲了下桌面让她回神，他的声音虽然有些冷淡，但总能给人一股浓浓的安全感："清卡的事，富洋有在跟进，放宽心。"

"什么？"

闻言，宋珍眼神呆呆的，显然还没反应过来。

江原野懒散地靠在椅背，轻挑了眉，笑了下："你最近怎么回事？自己去求富丽大堂经理的事，忘得干干净净了？"

宋珍愣了下，眼神瞬间闪亮起来，反应过来的她欣喜不已地看向江原野："江先生！富洋要收购清卡吗？"

"还在调查中，清卡也是老牌了，但是强势的新公司如雨后春笋，你不提一嘴，清卡确实很容易被新的航运公司挤在后面难以让人想起来，合适的话，富洋会去和峰珠谈。"

"谢谢江先生！"

听江原野这么一说，宋珍激动得快合不拢嘴了。天呐，她总算争气地扳回一局了吗？

清卡的收购案稍微有了点进展，宋珍又开始了如沐春风地工作了，见到谁都笑呵呵的。但是看她们神神秘秘地凑到一起，聊起最近一两天也不知道为什么，船厂外从早到晚都停着一辆黑色迈巴赫的时候，宋珍忽然一惊，连忙问她们看到车牌号了吗？

对方一报车牌号，宋珍更是慌了。是周叔一直接送她的那辆迈巴赫。

宋珍最近都没离开过船厂，顶多在船厂的江边吹了吹十月清冷的江风。

宋珍紧张得心都快跳出来了，难道梁越已经找到她了？

不可能吧，如果真找到了，为什么迈巴赫一连停了好几天都没人进厂找她？

说不定只是良跃资本凑巧来船厂找江原野谈工作合作吧。

知道迈巴赫停在船厂的第四天，宋珍便穿着纯白工作服，头戴白色安全帽悄悄跑出去远远看了一眼，怎么办，车竟然还在。

船厂外呼啸而来的江风将宋珍的黑色长发吹得乱七八糟，宋珍将衣领拉高竖起，还是觉得太冷了，又哆哆嗦嗦钻回了船厂。

迈巴赫一直停在那里，宋珍总有种被人监视的感觉。

宋珍最近非常神经质，在听说良跃分部的梁总正在会议室和江总洽谈业务时，她紧张得全身上下血脉都变得冰凉了。像是瞬间被抽走了所有温度，宋珍僵硬地躲回设计屋，心怦怦乱跳，画不进去图纸也做不了任何事，大脑一片空白地等候梁越审判发落。

此前，她都没想过梁越能找到她。如果梁越真的见了她，一定会很生气吧，不知道他会怎么对她。可能会怒发冲冠地质问她为什么玩消失？

也可能脾气来了当面羞辱她一顿，然后把她甩了也不说不定。

可是，梁越不能怪她。

她一个女孩子什么都没有，狼狈成那个样子，拿什么和文慧争呢？

实话实说，她的确没有任何资格，和一个母亲争夺她亲爱的儿子。

半小时后，琼来设计屋找她，说江原野让她去一趟会议室。

宋珍硬着头皮起身了，他们三个人坐在一块能聊什么啊？难道江先生来找她，问她是不是认识梁总？

宋珍全身乏力走得很慢，手指尖也在发抖，慌得不知所措。她轻敲了下大门，等了一会儿门内没有声响，她抿着唇轻轻推开门，然后，便看到会议室里只有梁越一个人在静静地坐着。

宋珍顿时手足无措，她第一反应是江原野和梁越的关系很好吗？江原野居然这么给他们留了二人空间。

梁越穿着一身黑色竖条纹的西装，高冷地靠在椅背上，双腿交叠，好像刚从肃杀萧瑟的秋天里走出来，浑身透着一股清清冷冷的寒气。

梁越平静地轻抬了一下头，他眼角上挑，一双墨黑的眼直直地看着她："好久不见，宋珍。"

闻言，宋珍喉咙微微有些酸涩，滚烫得难以下咽，此情此景让她怎么也说不出话来。

梁越很少会这么认真地叫她全名，上一次叫她的名字还是他给她深情表白的时候。

再次近距离看到他的俊颜，宋珍才怔怔地意识到她是想他的。她之前因为孤立无援一直压抑着对梁越的思念，但这次见到他了，她好想此刻扑进梁越的怀里撒娇，让他好好的安慰她拥抱她亲吻她。

但此刻对方冷淡疏离的语气却让宋珍忽然之间别开了眼。

她穿着一身再简单不过的纯白工作服，心灰意冷地埋下头，也不说话，随便他怎么处置吧。

见她不说话，梁越得眼眸瞬间冷了下来，胸腔浓浓的怒火就快要烦躁地炸开。他们一个多月没见了，一个多月前，彼此还在火热地拥吻，她还在为他出差半个月而又哭又闹又撒娇。

现在他们倒挺平静。

梁越冷漠起身也没再说什么，只是拽着她离开了船厂。

梁越步子走得很快，没有因为怜香惜玉而等一等她。

宋珍一路小跑地跟在他身后，天边的乌云一团团地揉在一起，呼啸的江风好像在胡乱地呜咽，几乎快将她雪白的小脸吹皱。偏偏梁越还一点都不绅士地将她塞进了车里，然后跟她一起坐在了后座。

坐进迈巴赫，梁越将领带扯了下来，又单手解开西装外套的纽扣，他漫不经心地问："找到了吗？"

周叔从后视镜里恭敬地看了眼梁越："找到了。"

宋珍在后视镜里和周叔无意间对视了一眼，然后心虚地飞快躲闪开来。

她之前的做法，对他们而言，是很不负责任的不告而别吧，肯定也给周叔和周姨造成了很大的困扰。

一路上梁越不说话，她也不敢说话，只能她悄悄去看梁越，男人唇线微微下拉，不悦不爽的神情很是明显。

她好不容易鼓足勇气，正要开口问梁越他们去哪儿，迈巴赫的车速便逐渐减慢了下来。

梁越终于看向她，还伸手拉下了她白色工作服的外套拉链，发觉里面穿的还真是白色短袖。他正要脱掉她的外套，见宋珍软软糯糯的下意识反抗，男人狭长的眼眸淡淡地看了她一眼，她立马安分下来红着脸任他脱了外套。

或许对她有着天生的纵容，梁越开口道："下车会有点冷，拍完照就好了。"

拍照？

宋珍有点迷茫，等梁越拉她走出迈巴赫之后，她才看清他带她来的竟然是民政局？

而且周叔还递给了梁越两个户口本，一个是梁越的，另一个肯定是她的……

梁越想要和她……领证？他不管书若玫了吗？

宋珍惊呆了，下意识想挣脱开他的手，但梁越加大握着她的力道，还将她拽到了他身边。

也不知道今天是什么好日子，一脸幸福的情侣特别多，他们两人有些别扭，显得更加格格不入。

男方神情冷峻，仿佛一副来谈收购民政局的理智气场，女方则是一脸全程"我是谁我在哪我要干什么才能阻止他收购民政局"的懵懂。

工作人员再三向他们确认是来领证结婚的吗，在得到男方不厌其烦的肯定回答后，他还是大着胆子又问了女方："请……请问是自愿来的吗？"

宋珍此时能明显感受到梁越正垂眸看着她，但她不敢看他的眼神，如果她答复"被逼的"，梁越说不定会当场发飙吧。况且，她从小就喜欢梁越，她一直都想嫁给梁越。

她不假思索，对工作人员真诚地微笑了一下：“当然是自愿的啊。”她的潜台词是，你一定是要真诚想娶我哦，因为我是真的想嫁给你。

回答完后，宋珍小心翼翼地抬头看向梁越，他只是毫无波澜地别开了视线。

领完证，两人坐上了车，宋珍哆哆嗦嗦地穿上外套，回家的路上彼此仍然一路无言。为此，宋珍还悄悄上网搜了下，导致心情更加低沉了，今天是十月十六日，宜订盟嫁娶，明明是好日子啊，这样的好日子，十月内只有这么一天，可她却被他如此冷落。

好像领没领证并没有改变梁越对她的冷漠态度，宋珍越想越伤心，所以他拉着她来民政局结婚的意义到底是什么呢？

好不容易到家了，宋珍没有任何下车的意思，她的小脾气又上来了，想让周叔干脆调头回民政局办理离婚得了。

扭扭捏捏的宋珍被梁越拉下车，还一路拉她上了楼，最后被梁越甩到他那张洁柔洁白的大床上。

梁越反锁了主卧的房门，又按了下遥控器，厚重的窗帘缓缓地自动合上，然后他阴沉着脸，十分霸道地站在床边开始解衣扣。

宋珍显然被他的举动吓到了，然而他的白色衬衣已经敞开了一大半，露出了线条清晰坚硬有力的胸肌。她忽然喉咙发紧，梁越拉着她匆忙领证就是为了干这个事？

她忙不迭往后缩，却被梁越阴沉着脸拉着她纤细的脚踝又将她拉了回来。

那一刻宋珍屏住呼吸，脑中警铃大作，想起她向林顽夸梁越绅士正直从不勉强她，看来她真是太幼稚了。

男人这种动物，面对心爱的猎物时，很是凶猛。

梁越倾身直接压下来，捏着她的下巴让她接受他如暴风骤雨般狠狠的亲吻，亲得宋珍又羞又愧还喘不过气。

直到看到宋珍被他亲得脸颊通红，头发凌乱，梁越才眼底泛红地微撑起来，他喘着气，声音压得很低，像是竭力压抑着自己的怒气："舍得扔下我？没有我也能过得很开心，是吗？这五十多天对你来说，就是一晃而过是吗？"

他从江原野那里得知她在船厂工作，大体还算过得开心的。

可他呢？

当他归心似箭地一下飞机，就听到周叔磕磕巴巴向他报备说，少夫人可能遇到了点什么事，下午两点回来了一趟说是和林顽有约便很快走了。之后少夫人的电话就打不通，他打过去问林小姐，结果林小姐说这两天她也找不到少夫人。

就像三年前他从纽约开完会回来，发觉她人不见了一样。

她再一次的突然消失了。

梁越这次受到的打击显然比三年前严重许多，他拼命让自己冷静下来让周姨仔细查一下，她回来到底带走了什么，结果发现带走的是她的各种证件。他被拢在阴影里，情绪完全失控了，他一蹶不振又无比愤怒地在想，她还真是舍得扔下他，他对她而言就是可有可无的东西是吗？她到底把他当作什么了？

好在现在他和她是合法夫妻了，他有得是时间将她捆在身边。

梁越慢条斯理地用指腹擦了擦下唇，而后撑坐起来整理领口，再次恢复谦谦君子的斯文模样，他不再搭理宋珍，只在离开房间时才冷淡开口："公司还有个会，会很晚回来。"

从狂风暴雨般的亲吻，再到他无情的起身不过几分钟，而且他怎么还能在彼此缠绵之后如此冷静地去开会呢？

难道他想和女同事出轨？为了惩罚她的不告而别？

宋珍慢慢地从床上撑坐起来，心还在狂跳。她觉得十分羞耻又不可思议，她心不在焉地扣了扣子，像是忽然想起什么，她拿出手机将梁越从黑名单里拉了出来，然后给他打电话，响了好几声后梁越倒是接了，只不过没说话。

宋珍弱弱地说："你……你不要出轨哦。"

对面一阵沉默，她立马崩溃地解释："就……就电视剧那么演的，一般对方说有事都是出去和漂亮小姐姐玩了，我刚成为你的妻子，还没有安全感。"

梁越原本是真佩服她神奇的脑回路，但从她口中听到一声软糯娇甜的"妻子"，后，他还是绷不住了，不可遏制地心软了下来："知道了。"

3.

有了梁越暴躁地把她亲得差点呜呜咽咽这事之后，宋珍意识到了做妻子之后的第一个任务。

梁越因为她的出走心情很不好，她得好好安抚，得好好哄他，必要的时候好像过个夫妻生活很正常吧？

宋珍到现在才激动不已地缓过神来，梁越和她不顾一切地结婚了哦！

她心满意足地拉开窗帘，深秋的下午，卷成软软一团的灰白云朵慢慢悠悠地移动着。静谧的别墅外，黑衣保镖正在远远地四处巡视，看到宋珍了，还友好地和她打了个招呼。宋珍也挥手回了过去，又瞥了一眼别墅四周竟然安排了四个保镖，这些不都是之前暗中跟着梁越的随行保镖吗？

他这是又担心她逃出去，所以特地请来监视她的？梁越这么霸道的吗？

宋珍愣了下，又呆呆地傻笑着，看来梁越真的很在意她。

再次回来，宋珍第一时间打电话给林顽报平安。

林顽听到她的声音又哭又骂，哽咽着问她到底发生什么事，让他们动用了全城的力量去找她。

听到这里，宋珍将将她和小予差点被绑架的事一五一十地告诉了文慧。她觉得十有八九是身边的熟人作案，宋珍想拜托林顽帮忙，她再三嘱咐林顽，让她一定要先保密。

林顽听得心惊胆战，当即就联系人调查，整个过程高度警惕高度保密，她连郑书原也瞒着。导致郑书原看到林顽一脸提防他听到她接听电话的神秘模样感到十分伤心，于是决定去找同样被女人伤了心的梁越喝酒消愁。

之前宋珍不告而别后，他心不甘情不愿地陪梁越喝了一个月的威士忌，还抽了梁越好多的二手烟。

郑书原现在还记得梁越在酒吧里一根接着一根抽烟的样子，很是消沉，不说话的样子映得他十分冷戾。他将白色衬衣的衣袖向上挽了两圈，手臂青筋暴露，夹烟的手指也微微泛青，这是整个人极度用力才会造成的紧绷状态。

当时梁越那一点就炸的样子，郑书原特别害怕他们会遇上林梦时。

梁越怎么都找不到宋珍，正憋着一身火，万一他又想起之前林梦时和宋珍的种种暧昧，很有可能林梦时就成为梁越不分青红皂白便被迁怒挨揍的对象了。

而现在，两个伤心的人终于可以一起吞云吐雾了。

郑书原端端正正地坐在梁越公司的休息室里等他下班，他都快被自己感动了，他觉得他和梁越的感情简直情比金坚不可动摇！

他饥肠辘辘地等到晚上十点，看见梁越大步走出会议室，还用狭长的眼眸扫了他一眼，又无动于衷地继续快步走进电梯时，郑书原忽然心态失衡地赶紧跟着一同钻进电梯："你干吗不等我？你没我，晚上谁扛着烂醉如泥的你回家？怎么？难道你还想破罐子破摔地便宜酒吧里那些莺莺燕燕啊？"

"我回家。"

郑书原看他一脸不耐烦的样子，就好像家里有人真的再等他似的。

郑书原双手环抱看了一眼梁越手里提着的奢侈品的珠宝小礼袋："买钻戒了？什么时候定制的？是用来纪念你们已经逝去的青春和爱情吗？"

梁越垂眸看了眼自己手里的小礼袋："这个是临时定的，先买来给她戴着玩玩。"

说完，梁越这才平淡地看了他一眼，修长眉眼却是意气风发："你和林顽准备一下份子钱吧，正好补一下良跃最近的财政缺口，哦，说一下，我和宋珍今天领证结婚了。"

"什么？！"

这时什么超级大瓜？郑书原震惊得都不会表情管理了。不是，他想和梁越当一对在爱情里面苦苦受难的难兄难弟就这么难吗？

郑书原现在已经被梁越和宋珍如火箭发射般的发展速度嫉妒得面目全非了，他现在就是一颗柠檬树。

超级酸的柠檬树。

梁越再急着赶回去，到家也十一点半了。

他走上阶梯，楼上一片寂静，他缓缓推开主卧的房门，看见宋珍正缩在被子里安稳睡着，整个心是说不出的满满当当的温暖。好像之前她离开他时的愤怒和憋屈都无所谓了，只要她回来了就好了。

从领事馆得知文慧在给宋予办理南非签证，他立马找关系压下了宋予的签证，再从文慧最近的通话记录查到了沪新船厂。

等他确定宋珍就在沪新船厂之后，他反而不急着去质问她，而是毫不犹豫地去定制婚戒，还特意等到这一个月内最好的一天去见她。

宋珍必须要成为他的妻子，他不会让她再有机会离开。

屋内没开灯，清冷的月色幽静地洒下细碎的银光，梁越坐在床边为她戴上戒指，他的动作郑重且温柔，然后他躺在床上将她揽入怀里。

宋珍依然呼吸缓慢而清浅，像在生动地向他诠释，她是多么相信他不会在外面乱搞以至于睡得如此香甜。

偷偷亲她没反应，梁越的手掌不由自主地在她丝滑的睡裙外流连摩挲。最后没忍住，他轻轻撩起了她的裙摆，宋珍一点危机意识都没有，还将纤细的手臂挂在他脖子上，最后梁越只是有些郁闷地轻轻掐了下她的细腰，便压下燥火抱着她入睡。

清晨，深秋的阳光从透亮的落地窗里照进来，宋珍醒来的时候，发觉身旁没人。

她裹着被子，头发凌乱，可怜巴巴地坐在床上叫了好几声梁越，无人应答。这才八点啊，她在船厂已经习惯这个点醒了，而且今天还要去一趟，她在床上委屈难过地缓冲了好一会才终于心灰意冷地认清了梁越是真的彻夜未归。

她勾起滑落的吊带，郁闷地冲进浴室。她一边用电动牙刷刷牙，一边酸酸涩涩地在微信里重新申请添加“梁越”为好友。准备先声情并茂地狠骂他一通“渣男”再说，又觉得有什么东西在明亮的化妆镜前闪耀，最后发现竟然是戴在自己左手无名指上的无瑕璀璨粉钻。

她手指上什么时候多了一个这么晶莹剔透的戒指？

是梁越给她戴上的吗？趁她半夜睡着的时候？

宋珍忽然呆住了，突然充满一股破涕而笑的喜悦，她好像被满满的、甜蜜蜜的幸福包围了。

这是……婚戒诶，好好看，她好喜欢啊！

女孩子就是喜欢这么惊艳夺目的钻石，不得不说，梁越虽然是个宇宙直男，但每次送她的珠宝都美到她心里去了！宋珍从小过得金贵骄奢，一看这精致完美的抛光和切割，第一反应便觉得她手上戴的绝对是稀世珍宝。

等梁越同意和她成为好友后，无比幸福的宋珍就去卖萌撒娇了。

珍：嘻嘻嘻，你戴了吗？

珍：[暗中观察.gpj]

梁越：戴了。

珍：啊啊啊！爱老公，么么哒，给你小心心！

原本应该是普普通通的决策会议在今日显得格外的非同寻常。原本冷面低调的梁总竟然戴着婚戒来上班了！

这枚婚戒仿若一声霹雳惊雷，在一众人心里瞬间炸开了，她们纷纷趁梁总低头编辑手机信息时，小声讨论着梁家和书家是不是好事将近了。

现在看到一向沉稳冷静的梁总竟然抱着手机忍不住温柔低笑，他修长的手指一直迟迟不愿摁灭屏幕，肯定是在反复回味着什么。

那一刻，众人心里强颜欢笑，她们天真地以为在会议上向来认真专注从不分神的梁总一定是在回复各种工作邮件，没想到是在谈恋爱！而且冷酷的梁总谈起恋爱来竟如此腻腻歪歪！

干脆给老板放假，让他约会得了！

当大家都在羡慕梁总有多么宠书若玫的时候，只有姜媛面如死灰，有一种她做了这么多却仍然于事无补的挫败感。

一开始和蠢到没边的书若玫合作，没想到她竟然转头就找梁越解除婚约了！之后她再去找单恋梁越的书若轻合作，这人就更蠢了，她竟然不和她商量一声就傻兮兮找人绑架小予，借机威胁宋珍？

还好书若轻事后处理不错，直到现在都还没被人发现。

姜媛双手攥紧成拳，手指尖掐得都快泛白，她心里慌慌张张又难过不已，她不知道接下来该怎么办，她甚至还主动讨好过文慧，然而一点用都没有。难道梁越的心意就真的不能挽回了吗？

他下午还要和一个创业公司的负责人见面，决策会议到中午就结束了。

姜媛不死心地叫住了梁越，她心里皱皱巴巴，觉得他手上的戒指无比刺眼。

姜媛努力挤出一抹得当的笑容："是……是宋珍吗？"

梁越扯了下嘴角，看起来心情不错："不是她还有谁？"

说完这句话，他便头也不回地大步离开了。

不是她还有谁。

除了宋珍，他谁都不要。

姜媛忽然泄气了。

她知道她什么都得不到了，心情沉入谷底，又很快像是抓住了救命稻草一般疯狂喘息，姜媛欣喜地想起，她还能和梁越一起工作啊，就这样默默待在他身边，她也满足了。

4.

知道梁越戴了戒指去上班，宋珍开开心心地去船厂晃悠了。

到船厂后，江原野见她手上的钻戒不禁轻笑了下，想起梁越得知他和宋珍见面时只是礼貌握了个手，梁越满脸就写上了"很好，我已经记仇了"的浓浓醋意。

江原野觉得他即将告诉宋珍的这个好消息，会让梁越对他更加记仇："富洋决定收购清卡，抽空我带你去和峰珠的负责人见一面吧。"

宋珍原本是来船厂做最后收尾工作的，得知这个消息后，她又欣慰又激动，哭了出来。

呜呜呜！爸爸我终于可以把你最宝贵的公司交到最值得托付的人手里啦，清卡在江原野手里一定会发光发亮，重回行业巅峰！

此刻好想和梁越分享她这份喜悦啊，这份令她血液沸腾的喜悦。

宋珍在路上极其兴奋地和周叔说了一遍，回到家又不耐其烦地和周姨说了一遍，现在就等梁越回来夸她聪明机智，居然能找到富洋集团这个大买家！

梁越西装革履略显疲累地出现在卧室门口的时候，宋珍像个小白兔一样朝他跳了过去。

一阵甜美沁人的香风扑面而来，梁越下意识松开手里的电脑包伸手接住她，还抱着她的大腿根部往上送了送，方便她更好地搂住他的脖子。

“梁越你知道吗？江原野要收购清卡哦，是个合作完全靠我优秀的个人能力换来的，我是不是超棒呀！”

宋珍雪亮的眼眸好似缀着万千星光，她迫不及待地说完，又有点懊恼地微皱了下眉，觉得没发挥好，她怎么就王婆卖瓜自卖自夸了起来呢？

原来她之前找富丽酒店大堂经理是在曲线救国，而且还成功了。

梁越漫不经心地单手抱着她，宋珍则像只软萌的树袋熊一样挂在他身上，本来待会还有一个视频会议要开，梁越微微俯身提起电脑包没半点留念地就往书房放：“嗯，是很棒，怎么不找我收购？”

宋珍骄傲地玩着他后脑勺的头发，他的头发偏硬，还有点扎手：“不哦，只有别的公司，像富洋这样和航运有关的集团认可清卡，清卡才是真的优秀。”

梁越不置可否，只是淡淡地微皱了下眉，虽然和江原野的关系不错，彼此也还有项目合作，但是江原野在宋珍口中出现的次数是不是也太多了点。

宋珍看他一边抱着她往书房走去，一边低头编辑手机短信，好像浑身上下都散发着“我很忙，现在配合不了你的表演”的意思。

她有点失落，但还是表现得懂事乖巧，她放软声音说道：“晚上还要忙吗？那我先回房间好啦。”

梁越发送短信让何之行延后会议，他已经连轴转了一个月。良跃在三个月前投了一个名为“风口”的推荐引擎项目，没想到最近又冒出了一个极牛的对手且还拉了一大笔资金，和他们投资的“风口”创业公司对打。良跃一向看中早期的发展窗口，想要让项目在早期足够的时间和安宁的环境下好好发展。但对方宣传方面砸得十分用力，宣传广告使产品看起来前途无量，导致另外一个一起投了“风口”的风投公司产生危机感，中途退出了对“风口”的投资。

若是平时，这个不可控的风险对良跃不值一提，但正好赶上他准备用良跃分部收购良跃总部的关键时期，他还是需要好好留意一下。

今晚能这么早回来也是想在她睡觉前看她一眼，梁越稍一忍耐，关掉了手机聊天对话框，将宋珍小心翼翼地放了下来，他轻吻了下她的额头：“好，那我开个会。”

他完全不知道无论他多么温柔不舍地将她放下来，这都是在踩雷边缘疯狂试探。

宋珍是在两天后的早晨，终于受不了了，她头发毛躁，睡衣凌乱，气鼓鼓地坐在床上给林顽打电话：“元元你来接我走吧，我真的受够梁越了。我觉得他根本不爱我！我们结婚这么多天，他大部分的时候都在我睡着了才回来，睡醒了他人早已不在了，我都严重怀疑他半夜就没有回来过！见面后对我也好冷淡，亲我时也特别敷衍，还不怎么样我……这是新婚夫妇过的日子吗？呜呜呜！我再也不要当深闺怨妇了……”

“哈哈哈！原来梁越这么不行的吗？”

宋珍："书原你闭嘴！"

宋珍正在自怨自艾地伤心，然后听见了电话对面郑书原的无情嘲笑，她忽然红了脸，觉得好羞耻："元元你怎么开了免提！"

郑书原也是个厚脸皮的家伙，很会给自己找台阶下，他屁颠屁颠地边给林顽做飞吻动作边退出卧室，嘴甜甜地说："宝贝儿我给你做早餐去啦。"

这边宋珍被他们的"狗粮"压得喘不过气来，她觉得她就是这个富丽堂皇的别墅里受尽冷落的小金丝雀，她哭诉："我承受了我这个年纪本不该有的伤害。"

郑书原刚走出卧室便幸灾乐祸地给梁越发微信。

书元：你煮熟的鸭子即将飞走了，你信不？

看来梁越最近的确很忙，隔了好半会才回了个问号。

梁越：啊？

这仅仅半小时的间隔，早已发生了翻天覆地的变化。

林顽收拾好就出门了，算算时间这会应该都在卖力地帮宋珍忙忙碌碌地搬运行李，郑书原十分同情对此还一无所知的梁越。

书元：我跟你讲，你老婆今早上打电话来抱怨说要和你离婚，她说她再也不想见到你了！我女朋友已经去接你的老婆了，你就等着回去独守空房吧！！

梁越：不可能。

梁越：明天我们还要去参加小予的运动会。

瞧瞧，多有自知之明，就算他在她心里没有分量，只要为了小予，她也不会在这个时候离家出走。

梁越：她打电话到底说了什么？

一想到原话，郑书原都觉得自己不好意思说出口，梁越这不在自找没趣吗？

书元：你确定要听原话？我怕你会受到打击哦。

梁越当即便回了郑书原一个翻白眼的微笑表情，好吧，梁越居然还不相信他在自己老婆眼里有多差劲有多不行，他要让他认清这个残酷的现实！

书元：珍珍原话——梁越见面对我好冷淡哦，亲我时也特别敷衍，还不怎么样我……这是新婚夫妇过的日子吗？呜呜呜，我再也不要当深闺怨妇了……

书元：百分之百无添加的原话，骗你我就娶不到元元，越哥，你好好反省一下你最近这些天的表现吧！尤其是晚上，嘿嘿嘿！

梁越正在为TOB公司和垂直行业大客户牵线搭桥的推介交流会现场，在这么一个严肃专业的现场看到这几条消息时，他忍不住轻笑了下，冷峻的五官也不由自主地柔和下来，他的眼底不知不觉簇起点点星火，像是夜里跳跃着的一尾红鱼。

他没对她做什么？是她每晚都睡得太沉了吧。

现在青天白日的，梁越脑海里却浮现出了昨晚吻她柔软腰身的画面，让他心痒痒起来，像是被一只慵懒娇贵想要求关注求抚摸的猫眯轻轻柔柔地挠着。他不禁咽了一下，又无奈地懊恼，不论是读书还是工作，他都习惯了忙碌，好像不自主地又回到了“认为宋珍永远都是他的了，就忙着工作赚钱养她”的心态了。

梁越刚把何之行叫来便收到了来自宋珍的一长串的微信小作文，那叫一个字字诛心。

珍：梁越，我已经过腻了和你一起生活的日子。为了能让我们夫妻关系更融洽，同时维持得更长久一些，我决定和林顽去美达琳温泉酒店散心，明早我们直接在小予的学校见面吧。对了，后天正好周六，我还准备报团带小予到周边景区玩一玩，顺便趁这段时间看清我们之间的关系，最后祝你一切顺利。

梁越看完，躁郁地摸了摸鼻子，让何之行将最近需要出差的行程和决策会议都让公司别的高层暂时代替，只安排他出面少许必须得应酬的大会。

宋珍前半段内容平铺直叙，但梁越仍然能看明白，她平静的语气下隐藏了想扑过来揍他的浓浓委屈。再看看后半段的内容，他这个新婚丈夫都失职到什么地步了，居然让自己的小娇妻带着小舅子跟团出去旅游，他还是人吗？

他对他的小娇妻，表示十分郑重的道歉。

第九章：亲亲老公

1.

宋珍也觉得这时候才闹脾气实在太蠢了。

明天就要参加小予学校举办的运动会，晚上她还想着怎么在文慧的生日宴上和她正面交锋，然后理直气壮地带走小予，所以明天肯定会和梁越见面。但就算和林顽只去温泉酒店玩一天也好，她才不要在家里当痴痴傻傻的望夫石！

看着宋珍和林顽有说有笑地拎着包出门，周姨不敢拦，周叔也太阳穴突突直跳，二话不说便钻进驾驶座。虽然少夫人不坐他的车，但他这回警惕性特高，还是决定一路跟着。就连别墅前后的四个保镖也立马集结，先后挤进了迈巴赫里一路跟随。

见状，宋珍连忙按下车窗，无边的秋风温柔地拂过她的面庞："周叔，我已经和梁越说过我要出去玩了，我真的会回来的。"

"好的，少夫人。"

周叔虽然答应得好好的，但还是立马踩下油门跟在后面，宋珍一张秀气的脸因为郁闷而皱皱巴巴：“你知道吗？我感觉周姨和周叔比梁越更爱我了，我给梁越发了一条超长的微信，他到现在连一个标点符号都不回我！你说，我和他的婚姻是不是已经走到了尽头？”

林顽开着车，窗外的繁华飞快掠过眼前，她稍微斟酌了一下用词：“你们这才领证一周，珍珍你也别急，不如我们再看看梁越之后的表现吧？”

“我急什么了我。”

为了铺垫之后的话题，林顽决定直白地拆穿她。她脸上带着意味深长的笑意：“你急着让他表现出很喜欢你呗。其实我觉得最近可能赶上梁越最忙的时候了，他之前白天高负荷工作，晚上还要全城找你也是不容易。而且你看看你脖子上都被他啃成什么样了？看这一颗颗小草莓种的，你确定晚上梁越没怎么你吗？”

听林顽这么一说，宋珍尴尬地忙翻开车内的挡光板照了照镜子，发觉细白的脖子上还真有两个淡淡的草莓印，她小脸一红有些不好意思。

“你要是觉得还不够，晚上泡温泉的时候，我再帮你仔细看看身上别的地方还有没有留下梁越的草莓印好不好呀？”

“林顽，你闭嘴。”

宋珍面子薄，刚发觉了梁越对她的身体其实挺感兴趣的这个事实，她还在缓慢接受的阶段，有点震惊又有点不好意思。

她也不再炸毛了，软软地靠回副驾驶座上默默翻起风衣衣领遮住草莓印。心里还在想，梁越怎么能这样，趁她睡着了乘虚而入，而且怪不得昨天醒来她发觉扣子扣错了，前天的吊带更是松松垮垮地滑到下面去了。

啊啊啊，原来他半夜还脱过她的衣服！

啊啊啊，流氓！宋珍羞得冒泡泡。

此时，一直跟随她们多时，在侧边行驶的黑色宾利迅速钻到她们前面利落停下。

当宋珍看清车牌号后，她的心开始怦怦乱跳，刚才居然是梁越的车在迫使她们停下？

宾利的后座门已被人推开，衣冠楚楚的梁越迈出了一条大长腿，十分冷静地走下车，然后理了理衣襟才向她走来。

林顽呆愣了下，然后特别懂事地为他按下了车窗。男人弯下腰，看着宋珍的眸光深情而宠溺，他手肘搭在车窗边，晚风将他的温柔情话送了过来：“珍珍，我带你去泡温泉吧。”

可副驾驶座上的女生却不耐烦地别过了头，雪白的小脸蛋上毫无半点喜色，相当矜持和高冷：“不要，都说了和你过腻了。”

林顽：女人都是这么作的吗？

林顽无语地抬头和梁越对视了一眼，发觉彼此眼神里写满的都是“请问这话在座的有谁会信”之后，又默契地决定陪她继续表演。

此刻林顽强颜欢笑，我是造了什么孽，要看你们在我面前秀恩爱。

宋珍知道自己在硬撑，可她在微信上说出去的话就像泼出去的水，如果随意的一句话就被梁越哄好了，那她以后说的话还有什么可信性啦？

“是吗？”

梁越面对宋珍的冷淡和不在乎依然表现得耐心十足，他轻挑了下眉，狭长锐利的眼眸里缀满了令人沉醉的笑意：“可我们是新婚夫妇，应该还没那么容易过腻。”

宋珍没说话，双手环抱的姿势依旧很高冷，可心里却在止不住的雀跃。

梁越还在温柔地攻城略地，他直直地看着她，略微压低了声音："我觉得可能是我之前表现得不太明显，让你误以为我对你太冷淡了，亲你也不够用力，是吗？"

"嗯？"

这个"冷淡"和"亲得不够用力"也太熟悉了吧？她早上还这样向林顽抱怨过。

宋珍一惊，当即红了脸又红了耳根，她又羞又窘地看向林顽，脸红得都想钻地洞了。

"你……你在说什么呢？我听不懂，你还是回去继续做你高高在上的梁总吧，我现在不想见到你！"

宋珍绝对不会承认那些在梁越看来是"新婚娇妻欲求不满"的抱怨……

她干脆红着脸将梁越推出车窗，边说边按上了车窗："快走吧，明天见。"

说完，宋珍立马紧张兮兮地看向林顽，都不敢回头看车外的梁越是什么眼神："元元快走吧，我要尴尬死了。"

"你干吗真赶他走啊？"

林顽看了眼窗外梁越修长的身影略显孤寂和无奈，一时之间不知到底该不该开走。直到梁越用眼神示意林顽可以走了，林顽才放心踩下了油门。

见小跑车终于欢腾地又开了起来，宋珍才觉得心跳没那么快了，她口是心非地说道："说了是和你一起玩呀，为什么还要带上他啊？我本来也只是想出来散散心，没想让他扔下工作来找我啊！我又没和他提离婚，他这么紧张跟过来干什么……”

林顽对这对新婚夫妇服气了，一个乐意哄，一个稍微没得到关注就各种作天作地哼哼唧唧，再看看女生现在说的“我又没和他提离婚，他这么紧张跟过来做什么”，这说的是给人听的话吗？

这明明就是肆意投放的“狗粮”！还是掰开你的嘴硬往里塞粮的那种！

然而这“狗粮”还在继续投喂，到了美达琳温泉酒店，她们准备舒舒服服地去泡私人汤池。私人汤池位于山顶，窗内放置着沉静典雅的浮世绘屏风，窗外便是清幽的山间景致，蜿蜒的木板道路两旁是一簇簇闪烁的橘黄小灯，一路点亮通向半山腰的一汪汪药池，白色水雾缥缥缈缈。

她们还没泡多久，梁越的宠妻指令已经下达到酒店，侍应生恭敬地托着托盘走进来：“您好，宋小姐，这是梁先生为您做的云南汽锅鸡和响螺汤，刚刚送到，希望您趁热吃。还有这一套运动服，是为宋小姐明天参加亲子校运会准备的，梁先生说司机明早七点来接您，希望您玩得愉快。”

看着用红木饭盒送来的爱心餐，林顽愣了下，她兴奋地靠近一旁的宋珍，汤池轻缓地漾开一层涟漪：“梁越做得好吃吗？”

等侍应生退出房间，宋珍立马露出一脸“迷妹”相：“好吃啊，他做的怎么会不好吃。”

闻言，林顽有点羡慕梁越对宋珍长情的同时也瞬间好同情小予：“好吧，前两年小予天天给我抱怨梁越做了一大桌菜让他吃，说这些都是你珍珍姐姐爱吃的。小予听了特别不高兴，说又不是我爱吃的，而且既然是珍珍姐姐爱吃的，哥哥你怎么做得这么难吃，你做得好敷衍哦，你是真心爱珍珍姐姐吗？哈哈哈，你知道吗？梁越气得差点暴揍小予一顿。”

宋珍在温暖的水池里听得一愣，心逐渐柔软，原来梁越的厨艺由不好吃到现在超好吃也是逐渐过渡而来的，是真的为了她在学习做饭。她之前只知道梁越是喜欢她的，但完全没想到他对她爱意如此之重。怎么办，开始想念对自己百依百顺的梁越了。好想扑进梁越的怀里，心满意足地用脑袋蹭他的胸膛。

她微微垂眸，又看向另一个托盘，长而浓密的睫毛如蝴蝶扇动着翅膀，梁越送来的是三件灰色运动服，一看便知是家庭亲子的三人套装，宋珍觉得内心开心得仿佛在拉奏欢乐悠扬的乐曲，明天她会和梁越一起穿情侣装哦。

一想到梁越穿情侣运动装，宋珍就有点想法，她的老公全宇宙最帅！

宋珍开开心心地和林顽分享了梁越的爱心餐，晚上又一同去看了电影、最后做完按摩便抱着林顽沉沉睡去。

林顽还要和郑书原微信视频腻歪一会儿，凌晨一点，宋珍像是做噩梦了，满头是汗地反复在床上翻滚，林顽见宋珍好像很难受的样子，她轻轻推醒她问她怎么了，宋珍这才像是从不安与恐慌里解脱了一般，她呆呆地望着天花板，又好像是要问林顽什么，最后欲言又止地笑着说了句“没事”，继续抱着林顽的小细腰闭上了眼。

但这一次，林顽能明显感觉到宋珍一直翻来覆去迟迟没睡着，林顽也不管梁越睡了没，酸溜溜地给他发微信。

元元：珍珍平时睡眠质量好吗？

梁越竟然秒回：很好。

梁越：她怎么了？

元元：我猜她平时肯定睡得好，不然怎么可能被你啃成那个样子还一点都不知情。

大约是对面的梁越觉得这话不好回复，隔了半分钟，对面也只是显示“对方正在输入”。

元元：好吧，那我知道了。果然姐妹是不能和老公比的，她和我住一起就做噩梦，还失眠，难道我的温暖怀抱就不能给她安全感吗？这个样子明天怎么能成为学校里最靓的仔呢！

梁越：我马上过来。

见状，林顽惊了下，马上过来再哄宋珍睡觉吗？至于吗？他当宋珍是一岁小孩呀，半夜在亲戚家认床哭闹就立马赶过来？

元元：几点啦？这都凌晨两点了，你赶过来就三点啦，请问明天你们是要做一对熊猫眼夫妇去陪小予参加运动会吗？我就单纯嫉妒一下，珍珍更喜欢你抱着她睡而已……

梁越：珍珍有和你提过她为什么忽然要带小予离开我吗？

梁越这话倒是瞬间点醒了林顽，她或许知道宋珍在烦恼什么了。

之前宋珍拜托她查绑架案，但是事情过去太久了，当时那栋郊区的老教学楼因为烧毁的确有上过新闻，只因为废弃太久，烧了也就烧了，并未引起附近居民多大反应。最后新闻只报道事件仍在调查中，并没有人主动报警说因此受到了伤害，也没牵扯到任何人的利益，这也导致这条新闻没了水花，不再有后续报道。

时隔两个月，林顽什么都没查到，但她有怀疑过某个人，可是没证据，也就没办法和宋珍说。

想了想，元元回复：这个需要你自己好好反省了！[微笑.jpg]

2.

早晨七点半梁越便驱车回梁宅接小予再到学校。

宋予就读A市最好的私立小学，二年级三班，小班制，一个班总共三十名学生。之前报名入学还需要面试家长，似乎家长的修养和素质会很大程度上影响孩子是否能入学。

结果班主任见到梁越来了，红着脸提问的神情就像是来参加相亲的，特别是得知对方只是学生的哥哥后，眼神一和他对视上了就害羞地四处躲闪，反倒让梁越占了这场面试的主导权。梁越顶级投资人的身份一上来，直接谨慎地反问了对方好几个处理突发情况的问题后，才略微放下心送小予来就读。

运动会九点开始，梁越八点三十分就到了，班主任正挥着小彩旗让爸爸妈妈们带着小朋友到操场集合，准备开幕式。

宋珍还在赶来的路上，有点堵，一群成年人牵着叽叽喳喳，兴奋不已的“萝卜头”缓慢向操场移动着。虽然也有其他家长以哥哥身份陪伴，但梁越的外貌优势摆在那儿，一米八七的身高更是突出，让他在一众家长中颇有种鹤立鸡群的感觉。

看到他独身一人前来，不少姐姐们含羞待放地忍不住多次向梁越投来仰慕的目光，有几位还欢喜地拽着自家弟弟挤到梁越的身边排队。

梁越丝毫未注意到这些动静，他走到三班指定集合位置后，体贴地俯下身帮小予拉上外套拉链：“待会儿表现得乖点，必要时帮我在珍珍面前说点好话。”

小予觉得这话特别熟悉，很多年前的珍珍姐姐也这样交代过他，要他在梁越哥哥面前表现得乖巧点，必要时帮她在梁越哥哥面前说点好话。所以现在这是风水轮流转了吗？

“梁越哥哥你又惹珍珍姐姐不高兴啦？你能不能让我省点心呀？”

梁越淡淡地睨他一眼，小予却浑然不知，一双大眼睛好奇地停留在哥哥的左手上：“咦，这是戒指吗？珍珍也有……”

不待小予话说完，梁越直起身，视线落在远处某个方向感不好，正在乱转圈的女人身上，他揉了下小予的脑袋:“记住我刚才说的话了吗？”

刚才一直往梁越身边挤的女生，在听到两人对话和看到男人手上的戒指之后就像淋了场瓢泼大雨。

看到这位男人眼角含笑地将被诸多小朋友紧紧包围的女人温柔地牵过来时，大家都呆愣住了。

穿着情侣套装的这对夫妇，他们颜值和身材也太般配了吧。在白云卷成棉花糖的蓝色天空下，他们手牵手穿过操场就像自带某种柔光滤镜，十分惹眼。

“小予！你的姐姐和哥哥都好好看，而且好恩爱哦！”

“当然恩爱啦，”听到丽丽发自真心的赞叹，小予又骄傲又无奈，“你没看到我哥哥牵上我姐姐小手手的时候，他都不想往我这边带了，他就只想牵着我姐姐然后去逛操场！我在哥哥眼里就是多余的！”

梁越心情不错地微扬了下嘴角：“美达琳好玩吗？”

“当然好玩啦，一天都不够玩。”

“那之后我们再去。”

“再说吧。”

发觉宋珍回他时仍然冷冷淡淡，梁越微侧了下头，垂眼看着她薄薄细嫩的耳郭，他低沉的声线像绝美的琴弦：“还在不开心？你只是说在家和我过腻了，不如我们出去试试帮你找点感觉？”

她没和他过腻，他们甚至还没开始过二人世界呢，那只是她在乱说！而且不知为何，宋珍总觉得他那句“我们出去试试”好像别有深意，再联想到之前她脖颈上的草莓红印，她感觉自己被深深地调戏了。

所以梁越现在是找到当老公的感觉？她期待已久的夫妻生活就要来了吗？表面一直佯装淡定的宋珍心跳加快，不争气地红了脸。

但她依然一脸无辜地说：“我都无所谓啊，你看着安排吧。”

宋珍暗搓搓地靠近梁越一些，她好喜欢梁越牵着她一起散步，两人穿着同款的灰色运动服，被风吹动的衣摆也时不时触碰在一起，就好像在高调地对外宣示他们是天生一对。

宋珍一直沉浸在这种微妙的愉悦中，但她毕竟是小予的死忠粉。看到小予穿着灰色运动童装，正在欢乐地做着准备运动的时候，她毫无眷念地松开了梁越，立马扑上去抱住小予：“我的小予宝贝，你怎么做个准备运动都这么可爱啊！呜呜呜，珍珍姐姐想你想得不得了！”

小予有点不好意思，他觉得他也老大不小了，总和珍珍姐姐搂搂抱抱，不像个样子。他特别高冷地推开自家姐姐，丝毫没注意这在梁越哥哥的眼里是多么奢侈的动作。

“珍珍姐姐，我还有同学在，你不要老夸我可爱，这不符合我的人设。”

“好的，小予大佬。”宋珍特别听小予的话，立马笑眯了眼。

小予对这个称呼相当满意，看被冷落在一旁的哥哥神色黯淡，于是，小予决定分一点点珍珍的爱给哥哥：“珍珍姐姐，你这个粉色戒指很好看哦，是谁送给你的？”

“啊，”宋珍看了一眼无名指上的粉钻，“你梁越哥哥啊！”

然后小予去捏梁越的手指，他还特意晃了晃，好让梁越注意到他：“梁越哥哥你眼光真好，珍珍姐姐戴上就像迪士尼公主！”

梁越第一反应是小予这小子嘴真甜，一夸就夸两人。

他又去看宋珍，两人目光对视上，男人勾了下嘴角，宋珍被他们两人哄得飘上天了，欢喜之情难以抑制。

之后的开幕式，小予作为体育委员举着牌雄赳赳气昂昂走在最前面，宋珍骄傲地用手机拍了他一路。

上午都是小朋友的比赛，家长们在看台观赛，小予报名了田径三项，宋珍让梁越全程跟拍小予，她自己则在给小予写加油稿。不过她送上去了三条，广播台的负责人一条也没念到，她不死心，又将新写的加油稿交给梁越：“你去送，我来拍就好。”

梁越做惯了总裁，他一动不动，薄唇微启：“育儿分工要明确。”

梁越站着，宋珍轻晃了晃他的裤脚：“你去送嘛，你长得这么好看，小到播音员大到广播站的老师看见你都会走不动路，都被你拿捏得死死的。”

“那你呢？”

梁越看向她，无边的秋风拂过，将梁越特有的雪松味道吹过来，沉沉地包裹住了她。

男人在用眼神问她，她有没有被他拿捏得死死的。

宋珍抬起头，周边的喧嚣热闹仿佛和她无关，感觉自己已经沦陷到他柔情似水的双眸里。啊啊啊，她不行了，她承受他受不了这么深情款款的梁越……

宋珍忍不住咬着唇笑了，她的声音轻轻细细，好像一个不留神，风便会将她的撒娇吹散：“亲亲老公，去送吗？”

“送。”男人便毫不犹豫地接了话。

梁越因为这声“老公”心情太好，嘴角往上扬了又扬，眉角眼梢都是浓浓笑意，和她领证果然是他做过的最明智的决定。

梁越拿着加油稿离开后，宋珍轻轻拍了拍发烫的脸颊，心跳得好快呀，好像还是第一次当着梁越的面叫他老公，希望他们能一直这样甜腻下去吧！

梁越去刷脸果然最有效，他都还没走回她身边，广播站便已声情并茂地朗诵起了：“二年三班，猛虎出山，锐不可当！”“风在吼，马在叫，二年三班在咆哮，宋予在奔跑！”

宋珍笑嘻嘻地去挽他的手臂：“之前用心写的几条，广播站不是没念吗？没想到你一出手就念了。”

梁越静静垂眸看了她一会儿，就像在看一个美丽动人的私藏品。他心想：他终于把自己的小娇妻哄开心了。现阶段需要做的是，他想让她彻彻底底离不开他。

小予报名的田径三项，除了拿到了跳高第一名的好名次，还分别拿到了长跑第三名、铅球第四名。年级积分最高的班级将获得一架无人机，宋珍想在下午的亲子活动上好好表现帮他们争取奖品，梁越则主张重在参与，学会团结合作才更为重要。

下午的亲子项目是小朋友趴在家长背上，然后家长做俯卧撑，哪位家长在一分钟之内做得越多哪位就赢了。

结果梁越一分钟竟然做了五十三个俯卧撑！甩开第二名十一个。

宋珍蹲在他们身边数得可欢快了，等比赛一结束，她激动得凑过去亲了他们一人一下，梁越用手一抹，笑着抹掉脸颊上的口红印。

之后的亲子接力比赛靠全班的力量拿了第二名，亲子三人跳最终也拿了第二名。一轮比赛下楼，二年三班的积分暂时排名第二。

但之后的压轴赛，对二年三班而言，简直就是一个严峻的考验。

去年的压轴赛是亲子水上投篮，今年是亲子射箭。

敞亮空旷的射箭馆里，很多家长自己都搞不明白，还在琢磨阶段就看到梁越已经弯下腰熟练地带着小予“嗖嗖嗖”地射出好几支箭。

只有一个九环，其余全是十环，这波精彩的操作在一群家长之间顿时炸开了，引来全场一阵惊喜的欢呼。他们不停地感叹和拍手，眼里是止不住的佩服，感觉胜利要属于二年三班了。

连小予都被这超高的精准度吓到了，他的梁越哥哥果然是无所不能，所向披靡的啊。他迫不及待地挣脱开哥哥：“我来，我来！”

小予费力地拉开弓，摆好正确姿势，半眯的眼神很是唬人，然而射出去的箭却软绵绵地连固定靶都没碰到……

好吧，小予瞬间泄气，想了想又不甘心，他招招手，将一旁对自己冒着星星眼的珍珍叫过来，他觉得这也是梁越哥哥可以好好表现的机会啊：“珍珍姐姐，你也来试试吧，我让梁越哥哥教你。”

然而小予没想到，他一片真心打算撮合两人，让他们可以在大庭广众之下借着学射箭的名义搂搂抱抱卿卿我我。但他们在听了他的话后，都不由自主地笑出了声。

小予觉得很迷茫啊，在一旁双手环抱的梁越哥哥低头失笑很正常吧，毕竟在座的家长没有一个人的射箭技术比他好，但是珍珍姐姐在笑什么呀？

宋珍没说话，只是俯身去握小予的手："小予你知道吗？你姐姐在南非是靠这个吃饭的。来，我教你。"

女生拿起箭摆好射击姿态，当着全场老师和家长的面飞速而有力地射出了五支箭，不可思议，全部十环！

全场几乎沸腾了！这完美的精准度简直令人汗毛直立啊。

"珍珍姐姐！你好强啊！你比……你比梁越哥哥还强！"

小予震惊得手舞足蹈，果然他姐姐还是最牛的！

最后正式比赛的时候，虽然梁越的技术也很强，但为了保险起见，所有三班的家长还是推选宋珍做代表。她没有丝毫胆怯地轻松上场，在一片欢呼呐喊声中得心应手地带着小予拿到十箭十环的逆天成绩。

这技术，虐得其他班一点斗志都没有。

别问，问就是遇上了一对厉害的"神仙夫妇"，大家除了陪跑还能咋的？

3.

傍晚的落日被玫瑰色的晚霞烫红了，宋珍陪小予上台领完奖，或许是为了安慰梁越的自尊心，她还特别善解人意地跑到他身边，夕阳和晚风将她的身影点缀得越发柔美："刚才故意让着我吗？"

毕竟最早玩射击射箭，是梁越带她入行的。

"没有。"梁越笑了下。

之前，他静静倚靠在看台栏杆边，看他的女孩牵着一个小孩儿奔向他，颇有种一家三口的温馨幸福感。

等清纯白皙的小娇妻走近了，男人一双墨黑的眼直直地看着她，帮她将碎发别在耳后，漫不经心地说着："昨晚你不在，没睡好而已。"

他怎么老爱提晚上的事呀，宋珍被他逗得脸红，一旁的小予已经露出一副牲畜无害的笑容，他仰起头说："哥哥姐姐，请问我在这儿还合适吗？"

此话才落音，宋珍更想钻地洞了："我还约了人，先走啦。"怎么小予小小年纪就懂这么多啊？！宋珍飞快说完便逃离了现场。

刚刚坐上车，昏黄的路灯纷纷亮起，照亮了幽静的街道，她却在这时收到了梁越发来的一条微信。

梁越：送了小予我就回来。

宋珍愣了下，有些迟疑。

今晚不是还有文慧的生日宴吗？

她正准备和江原野一起赶过去，梁其诚叔叔还在国外无法赶回来，他作为梁家的独子不需要应酬吗？但是不管怎样，她和梁越在宴会上不打照面对彼此反倒更好。她不想让梁越看到她和文慧闹得太难看，最后让他为难，毕竟文慧是他的生母，血浓于水。

珍：亲亲老公！那我忙完很快就回来，乖乖在家等我噢。

梁越：忙什么？

珍：和清卡有一点点关系，嘻嘻。

晚上八点半，生日宴会已开始一个多小时，宋珍和江原野乘坐的黑色辉腾才不疾不徐地停在了梁宅大门口。

从门口到梁宅大厅有长达两百米长的山茶花大道，现在正是茶花盛开的季节，夜里暗香浮动香气馥郁，一路点亮的玉兰花灯一簇簇蔓延至很远的宴会大楼。

宋珍还记得她第一次抱着小予满怀期待地想要跑到大门去迎接梁越时的情形。同样在这条大道上，二十岁的梁越从黑色宾利里走下来，一脸漠然地责问她怎么连个小孩都抱不好，然后从她手上将只有两个月大的小予温柔地抱了过去。

宋珍觉得恍惚，嘴角忍不住往上扬了下，她和梁越最后还是结婚了。

文慧的生日宴会比想象中来得更奢华。

富丽堂皇的大厅中央，来自法国的著名交响乐团正在施华洛世奇的水晶灯下深情演奏。庭外的双层喷泉旁摆放着长而精致的白色宴会桌，桌上的鲜花美艳盛放，半空中吊坠的橘黄色小灯就像在外裹上了一层细微的金箔，晚风吹拂灯光摇曳，仿佛连夜空中都隐隐飘浮着星星点点的奢靡碎金。

宋珍和江原野一同入场。

两人刚进大厅，便吸引了周遭所有人的目光。

两人拥有碾压全场的英俊和美丽，男方身穿深蓝色西装神色冷硬锐利，全身上下都散发着谈完业务就走，还有下一场行程要赶的意味。女方长相清丽却不苟言笑，她身着一套白色 OL 风格的连衣裙，一看就不像是来祝贺的，反而是来谈公事的。

或许敌人见面分外眼红吧，书若轻身旁的小跟班看到了宋珍，就跟看到了瘟神一样，立马炸毛进入作战状态。

她急得直拉书若轻的衣袖："轻轻！你看谁来了，她到底是谁啊？为什么也有峰珠的邀请函？而且她身边的那个男人又是谁？好帅啊！和梁越有得一拼吧？这是什么时候冒出来的新权贵我怎么都不认识呢？"

书若轻看到宋珍也震惊了，远处的宋珍轻描淡写地四处巡视了一下，似乎在找谁，而她身边高大俊朗的男人则静静站在一侧，时不时垂下眼与她紧密交谈。

书若轻姣好的面容因嫉妒而变得狰狞，忽然有点控制不住情绪地向宋珍走去。

她找人绑架宋珍，宋珍能逃出生天，一个梁家不承认的旧未婚妻现在竟然还有脸出现在梁宅，还带着小白脸一起出现？对她死心塌地的梁越呢，她也不要了？还是想继续一拉一松地勾着？

而她的妹妹书若玫呢？却因为解除了婚约，没脸再出现在梁家宴会上。

看见宋珍身旁的男人的确卓尔不凡后，书若轻又忍了忍，玩起了她最擅长的挑拨离间，她拽住宋珍："宋小姐，梁越因为你的勾引不顾一切和我妹妹解除婚约，请问是否需要给我们书家一个交代呢？"

书若轻质问的声音不大不小，只有周围的一小圈人能听见。围观的听众仔细打量着宋珍，心想着原来这就是让梁越昏了头的女人啊！热爱看好戏的名媛传播八卦的速度多快啊，不到一分钟这个八卦便已悄悄传遍了整个晚宴。

大家之前看靓男俊女的艳羡眼神也立马变了，变成了看纯情男和坏女人的有色目光。

那轻蔑的眼神好像在说：看啊，这女人又勾引了一个什么都不知情的英俊男人，准备为她上演两男争一女的戏码吗？

就连身旁的江原野听了书若轻的话后也略微皱了下眉。

虽然从林顽那里听来的版本是书若玫主动找梁越和平解除了婚约，但是，这很明显不是重点，重点是这氛围让江原野很不爽。

这次出席宴会，是因为江原野正好从意大利回来，他刚好有空。而且峰珠那边得知富洋要计划收购清卡，早早便送了邀请函过来。

江原野觉得反正自己有空就顺便带她一起见一下乙方，反正两家财团势均力敌，投缘的话交个朋友也不错。但是显然此刻江原野已经没了交谈的兴趣。

此时正好江原野的手机进来一通电话，他和宋珍说了声便直接转身走出焦点圈接电话去了。而周围的名媛看到英俊的男人大步离开了坏女人，以为他脑子终于清醒了忙不迭地为他让出了一条道，然后越发用着冷嘲热讽的目光看向宋珍。

宋珍不理会书若轻的尖酸刻薄，只想速战速决："书小姐，文慧阿姨在哪里？"

书若轻轻笑了一下："文慧阿姨见了你可能就过不好这生日了。"

宋珍也笑了下，淡淡地说："那可不一定，我是来为她解决清卡这个麻烦的。"

"你还知道清卡是个大麻烦。"清冷威严的中年女性声音从远处传来，雍容华贵的文慧从酥心亭走来，她的目光高高在上，"那你知不知道你也是个大麻烦？谁邀请你来的？不是答应过我再也不会出现了吗？宋珍？"

宋珍愣怔了一下，没料到文慧说话这么咄咄逼人，丝毫不顾及旧情。

她难过了一下，心皱皱巴巴地难受，好歹她们曾在一个屋檐下同住那么久，在外一定要撕得这么难看吗？

书若轻看到撑腰的老大来了，立马亲昵地挽上文慧的手臂，娇嗔道：“文慧阿姨，以前的事我们书家都可以不追究。但是宋小姐既然来贺寿，两手空空连个礼物都没带，听玫玫说宋小姐武力值爆表，是打算来舞个狮、玩个剑让您开心一下吗？”

闻言，文慧还真被她逗笑了：“这么厉害？那来都来了，也算欢迎你，表演一个吗？”

豪门盛宴哪有舞枪弄刀的杂耍啊，周遭众人听了也觉得不可思议。珠光宝气的名媛们纷纷聚拢，传来不屑的轻笑和议论声。

他们是在把她当猴耍吗？

宋珍的身体如落叶般微微颤抖着，气得血液直往上涌，愤怒灼烧了喉咙口，她们也太过分了点，她到场不过才五分钟，她们便迫不及待地疯狂排挤她了。

宋珍强打起精神，微微笑了下：“文慧阿姨，我来是准备告诉你，我会带走小予，顺便收购清卡。”

这下，文慧轻蔑的笑意更浓了：“你是在做白日梦吗？清卡马上就要被富……”

“是的，我和宋小姐正准备收购清卡。”

江原野本来还在和对方通话，但实在看不下去了。谈话还未结束他便直接挂掉电话走了过来。

这位气场全开的男人让文慧惊了一下。谁都知道富洋有位极年轻的太子爷，在此之前谁也没见过，对方行事做派极为低调，但在国内航运这一块他们却是极强的存在。

文慧瞬间反应过来这位年轻男人可能就是富洋的太子爷，她甚至都不愿意承认，她完全没想到宋珍不动声色就傍上了富洋的太子爷。

看到年轻男人走近，文慧对他礼貌地笑了下。

江原野则走回宋珍的身边："今日过来也是为表富洋对峰珠的尊敬，我也见到您了，祝愉快。珍珍，走吗？"

"嗯，"宋珍仰头对他笑了下，然后目光坚定地看向文慧。她的心快要激动地跳了出来，之前隐忍着一直无法说出口的话，这次终于可以大声说出来了："文慧阿姨，谢谢你照顾小予多年，但宋家的永远都是宋家的，包括梁越，他也只能是我的。"

宋珍鼓起勇气颤抖着说完，她觉得她的人生此刻已经圆满了。长这么大，曾经懦弱的她终于有勇气和文慧正面交锋，可以理直气壮地去争夺她想要的以及本该属于她的一切。

文慧正要开口反驳她，一声稚嫩的童声出现在众人身后："珍珍姐姐！你白天不说有事吗？结果不还是来给慧姨祝寿啦！"

宋珍惊讶地回过头，看见梁越正牵着小予从大厅走来。她怔了下，诧异梁越怎么还在这里，突然有一点点心虚……

梁越看到她和江原野在一块会吃醋吗？

4.

宋珍今晚身着一身白色包臀连衣裙，还低低地挽了个马尾，气质清丽优雅，十分出众。她看见梁越神色冷淡地向她走来，她下意识地就想躲在江原野身后，反应过来又觉得这动作简直是在踩雷，她还想不想活过今晚啦？

宋珍立马乖巧了，还对他软软糯糯地笑了笑。

俊朗的男人迎着众人倾慕的目光走来，梁越毫不犹豫地上前牵住宋珍的手，然后看向江原野，点头示意了下："谢谢，珍珍多亏你照顾。"

"客气。"

江原野轻挑了下眉，笑了下，而后转身离开了。

所以这是一出两位精英男士为一位女人保驾护航的绝美爱情故事？围观的一众人已经酸成了柠檬树。

这边的梁越道完谢，目光直白地看向文慧。

文慧愣了下，有些紧张和不知所措。她很少有机会这样和梁越平静地对视，在他很小的时候，她就知道她管不住儿子。但她的确看到过自己的儿子因为一个女人情绪多次失控，原来他也会这样在意一个人，也会为了爱人而颓废消沉，不知所措。对他而言，好像一旦牵连上宋珍，他就变得不可控。

文慧提着一颗心，不知道他将会对她说什么，在她五十岁的生日宴上。

这个夜晚好像格外漫长。

男人神色冷淡，他微微张嘴，声音平淡如水："我们去取为您准备的礼物，先失陪了。"

"慧姨，那我们先走啦！"小予也跟着梁越的话头向她兴奋告，他蹦蹦跳跳很是高兴，三人离去的样子就像恩爱的一家三口。

文慧的眼神黯淡下来，梁越这次的回答滴水不漏，客气又疏离。看着他们逐渐远去，文慧顿时生出了一股这五十年来她其实什么都没得到的悲伤。

在亲情方面非常失败，她既没和下一代建立好关系，也没收获到儿子真心的依靠。而现在，她又要看着唯一会对她展露笑颜的小予离开吗？

文慧急得跟着他们走了好几步，张着嘴却不知该怎么挽留。她想要面子，也想膝下承欢，想要梁越与小予留下。

文慧这一次感受到这种失去，她慌乱得不知该怎么办。

文慧无力应付，她身边的书若轻宛如这场盛宴里苍白可笑的背景板，毕竟她连配角都算不上，因为从头到尾都没有人把她放在眼里。

另一边，天真的小予好奇地说道："珍珍姐姐，你怎么没戴梁越哥哥送你的戒指啊？"

"啊……在……在手包里。"宋珍不敢看梁越的眼神，只能在自己的珍珠手包里一通乱找。

好不容易找出来了，小予又开始夺命连环问了："你看，多么光彩夺目，我白天还跟丽丽说等我攒够钱买来送她呢，所以你为什么要取下来呀？"

"哦，我知道了，"小予迫不及待地转头看向一言不发的梁越，"梁越哥哥，珍珍不喜欢这个款式呢，你重新买个送给她吧，把这个给我可以吗？"

"我没有，我很喜欢呀。"宋珍都快欲哭无泪了，她忽然之间明白了为什么有时候梁越会被小予问得想打他了。这小家伙脑袋瓜子转得太快了，都想私吞她的婚戒了！她没戴，还不是因为怕太招摇了吗？

梁越面无表情地将她刚刚找出来的粉钻收走，呜呜呜，宋珍忽然极度心痛，她璀璨夺目的粉钻就这么没有了，她才戴了几天呀！快还给她，不然就离婚，离婚！

梁越看了小予一眼："想送丽丽，自己赚钱给她买。"说完，男人才看向一脸写满"我好可怜好委屈"的宋珍。

梁越抬起她的手，重新将粉钻缓缓地为她戴上，动作看似温柔，声音却有些不高兴："和江原野过来就取下戒指是吗？那你之前去船厂工作也不戴戒指了？我们的关系就这么见不得人吗？"

闻言，宋珍心悸了一下，这个男人，他刚才明明在江原野面前表现得很大度，结果还是吃醋了诶……

宋珍的心又软又疼，她露出甜甜的笑颜，讨好地去晃梁越的手，还软声软语地叫他"老公"。

梁越用一种得意的"现在知道我是谁了"的目光看了她一眼，但此刻说出来的话却依然无动于衷："叫老公也没用。"

现在有小予在身旁，她也不好对梁越太过殷勤，只能轻轻软软地在他的手心挠了又挠，可梁越也没搭理她，而是拉着她继续往外走。

此刻他只想回家，回他和宋珍的爱巢——理光公馆。

宋珍瞬间瘪嘴，哼，她的老公好冷漠哦，脾气也很大，一点都不像之前那个"二十四孝"的好老公！

小予第一次来理光公馆，虽然比梁宅小了一半，但仍然兴奋得不得了，就跑上跑下，一直高呼："哇，这就是哥哥姐姐的住处！怪不得梁越哥哥有了珍珍都不回家住了！这里住起来也很舒服嘛！"

"咦，这个浴缸好大哦，都够睡下两个人了！"

"诶，这是哥哥姐姐的房间吗？哇，床头柜上还有留声机！我们放点乡村音乐来听吧！"说着小予就要蹲下身准备拉开抽屉翻找碟片，却被梁越飞快按住了，他不自在地摸了下鼻子：“碟片在书房。”

“哦。”

“那我们去书房！”

小予一溜烟地往外跑，梁越有点伤神地跟在他身后，路过宋珍的时候，他轻揉了下她的脑袋，似乎没在生她的气了：“小予精力好，我陪他，你去洗澡吧或者待会等我一起。”

共浴吗？

一想到这个词，宋珍有些脸红地连忙钻进浴室。

不用了，不用了，她还没有做好坦诚相见的心理准备。

宋珍洗完澡从浴室出来，发现小予的房门敞开着，就见梁越已经换上了休闲睡衣，正在教小予怎么操作无人机。

宋珍从主卧浴室走向衣帽间的时候，心虚地向次卧瞟了一眼，梁越正好抬头看了她一眼，宋珍被他这一眼像是欣赏私有物品的霸道眼神吓得心怦怦直跳，她立马别过头去，直接走进衣帽间去整理这个月品牌方送来的冬季新品。

过了一会，她清晰地听到次卧那边传来梁越嘱咐小予早点休息的声音，然后便是男人轻轻带上了次卧房门的声音，感觉他又走近了一点。

一分钟后，她听见梁越关上了主卧的房门，她还听到清脆的旋转声，他将房门反锁了。

宋珍透过穿衣镜看到梁越温柔地从身后抱住她，一双墨黑的眼直直地看着她，他亲吻了一下她的肩：“你今晚在梁宅很美，我和小予都看呆了。”

“真的吗？可那只是一般的职业装唉。”

也许是因为白色显得她温婉端庄？

没想到梁越会用“看呆了”这样的词汇，宋珍有点暗自欣喜。

梁越直接握着她的小细腰，让她转过身和他面对面，男人的眼眸漆黑深邃，目光炽热得让人一秒沉沦，他开口道：“嗯，你穿职业装，很显身材。”

原来是夸她身材好，宋珍微微低了下头，有点害羞。

让她转过身来还不是他的目的，梁越握着她的腰缓缓将她向后推，宋珍被推得只能下意识坐到身后的衣柜台上，衣架上挂着的吊带衫在她耳旁晃了又晃，她突然觉得这个场面好像似曾相识？

是她之前“勾引”过他的场地？

难道要在这里再来一次衣柜之吻吗？

宋珍有点难为情地仰头看他，梁越已经俯下身，呼吸粗重地咬住了她的唇。一只手还轻轻缓缓地将她的睡衣往上撩，宋珍被他吻得酥酥麻麻直往后仰，整个人都快软成一摊水了，红着脸的她屏住着呼吸想再确认一下：“在……在这里吗？”

梁越抬起她的下巴，他眼神迷乱地看着她，为了给她点喘气的机会，他在有一搭没一搭地细细轻咬着她的唇。

令人脸红心跳的亲吻声在这静谧狭窄的空间里很是清晰，男人眼底微微猩红：“嗯，上一次就很想了。”

好吧，他喜欢的话那就任他发挥了。

忘了关灯，梁越轻柔地细细吻她，咬着她的耳郭说情话，橘黄温暖的光线因为梁越的动作晃动着，橘色的光斑落在她微微发红的面容上。情到深处，梁越有点难以把控力度，总会忍不住握着她的腰让她更靠近他一些。宋珍开始意乱情迷，她紧紧抱住梁越，对方像感受到了邀约，眼眸中的星火越发灼人，他加快冲刺。女生清秀的五官皱在了一起，她终于受不了了，睁开了眼，梁越的额发被汗濡湿，看向她的眼眸也微微潮湿。

宋珍推了他一下，她真的又困又累，埋怨都带着点细细的哭腔："梁越……你节制一点行不行？"

梁越箭在弦上，也不好停下来，他低低地闷笑，声音像裹了滚烫的沙："你不是说我是你的吗？就想让你感受一下我的存在感。"

梁越顿了一下，然后忍耐地缓了一会准备离开，却被宋珍细嫩的手臂勾住了脖颈，声音娇软地挽留了："快点哦，老公。"

梁越轻抽了一口气。

这一声邀约，让梁越的理智轰然倒塌，他眼里情意翻涌，带着对她的渴望，越发恣意不加收敛。

第十章：新婚夫妇过的日子

1.

美好的周末，但宋珍却不能享受到和梁越、小予一同进餐的温馨时光了。

上午十点半，梁越已经带小予晨跑回来一会儿。他洗了澡出来，估摸着宋珍应该睡够了，便端上早餐哄她醒来。

宋珍整像树懒一样坐在沙发上伤春悲秋地吃着吐司。

太魔幻了，宋珍直到昨晚才弄清楚梁越是个什么样的人。

一个不知餍足的人。

他这么狂热，对得起他这张冰山脸吗？

他怎么就能在狂热宠妻系和理智禁欲系之间随意切换且毫无违和感呢？

再过几日就立冬了，窗外景色开始灰蒙蒙地衰败，一旁的梁越一边看财经报纸一边陪她。无意中他抬头一看，他被宋珍焉巴巴的模样逗笑了，他将她嘴边的吐司屑轻轻抹掉，认真地为早上的事道歉：“珍珍抱歉，今早我醒来发觉你抱我那么紧，我作为正常男人很难不会有反应。”

宋珍眨巴着眼睛：“哦，那怪我抱你了是吗？”

梁越笑了下，真诚地看向她：“怪我太喜欢你了。”

哼，宋珍咬着土司鼓着嘴，还是不太想和他说话。

梁越靠在沙发上静静地看她，神色温柔，他从未像现在这样满足过，他笑着说：“还没睡好？”

“当然啦，也就断断续续睡了四个小时，真不知道你怎么还有精力还带小予晨跑，待会不是还要去野生动物园吗？”

“小予周末晨跑已经养成了习惯，他第一次住这边，趁着晨跑还可以带他熟悉一下周边环境。待会我来开车，你路上再睡会儿吧。”

也许是看到梁越靠在沙发上一副神采奕奕的样子，她自己却焉儿吧唧的被他折腾得够呛，宋珍忽然将细白的小脚搭在他腿上，语气很是不满：“不行，都怪你，还是你带小予去野生动物园玩吧，我要好好休息两天。”

宋珍原本只想撒个娇，但她抬起双脚后，丝滑的睡裙不自主地滑了几分，露出女生细长嫩白的大腿以及大腿根部微微发红的唇印。

见状，宋珍觉得有点难为情，她红着耳便想要收回脚，却被他急匆匆地抓住脚踝。

梁越舔了下唇，紧张地看着她：“疼吗？需不需要叫家庭医生？”

“不用，你离开我两天就好了。”

梁越还是觉得不放心：“我去拿药给你擦一擦。”

宋珍将起身的男人拉了回来，想着他也是快二十七岁的老男人了，才刚刚开荤，应该体谅。万一他还以为是他不知轻重才把她搞成这个样子，自尊心受挫了怎么办？而且梁越对她的那些温温柔柔细细碎碎的亲吻，她其实也很喜欢，能从这些细而轻的亲吻中感受到他是真的很爱她。

她安慰道："没关系啦，真的不痛，我很容易留下疤痕的，你忘记啦？之前在纽约的时候我明明一点感觉都没有，脖子上还是留下了草莓印，你别瞎想哦，你已经够温柔了……"

宋珍声音越说越低，嫩白的脸颊也微微泛起了红晕。

梁越被她这么羞涩的神情撩到了，他情不自禁地偏头亲吻了下她的脸颊，声音低哑："我的妻子，怎么这么好呢？"

宋珍被他亲得往后仰，他一边说话，一边将手撑在沙发上，用着温柔而深情的目光看着她，好像他的眼里就只看得见她一人，他还伸手揉了下她的脑袋："好好休息，乖乖等我回来。"

"嗯。"

宋珍甜甜地应了，完全沉浸在他的幸福宠溺里。

理光公馆的任何一个人见到梁越，第一反应都是少爷今天心情不错。

小予是最能从心情不错的梁越那受到恩惠的，在去野生动物园的一路上就不知道趁机问梁越要了多少玩具，梁越都毫不犹豫地答应从动物园回来就带他去商场买，还说正好去商场买食材给珍珍做银花鲈鱼。

小予还很疑惑地问，为什么珍珍不和我们一起去玩啊，梁越咳了下，说她累了想休息一下，便转移了话题。

林顽的电话便是他们刚到野生动物园不久后打来的。

梁越接通电话时，他和小予正一路驶向大象表演场，电话那头的林顽也不管梁越正在做什么，暴脾气收也收不住地便开始机关枪似的扫射了。

她整个人气得发抖："梁越我不稀罕来不来参加文慧的生日晚宴，但是你们怎么能趁我不在的时候，让书若轻那样欺负珍珍呢？！珍珍因为书若轻受的气还不够多吗？为什么书若轻做了那么多对不起梁家的事，她居然还敢在宴会上胡作非为？她就不心虚吗？"

"林顽，你慢慢说。"梁越静静听着，但是他不想让小予听到太多，放了乡村音乐给他听。

小予很喜欢"西部牛仔"，他在副驾驶座听得摇头晃脑，丝毫没注意梁越那越逐渐阴沉的脸色。

"我不管，我查不到证据，但我就是要你把书若轻抓起来！你知道宋珍当时为什么急着要带着小予出国吗？因为书若轻暗中找人绑架了小予以此为要挟，趁珍珍在花园餐厅时，被迫让她上了那辆银色面包车，你知道书若轻有多狠吗？她都考虑过两种情况，要么宋珍同意上面包车和小予一块从这个世界消失，要么宋珍害怕了没有上那辆车，她就会直接带着文慧到花园餐厅来找宋珍兴师问罪！"

一路畅行的宾利突然被梁越一脚刹住，很快停了下来。

男人在听到"宋珍被迫上了一辆银色面包车"后便沉默地垂下眼，整个人异常安静，连周遭气压都瞬间低了下来。

梁越冷戾的目光平视前方，努力按捺住冲动听她继续说完，但一想到宋珍竟然在他毫不知情的情况下受到了这样的伤害，梁越握着方向盘的手指指骨因为愤怒都微微凸了起来。

他捧在手心视若珍宝的宋珍，居然有人敢这样对她。

林顽越说越激动，甚至还因为太急太憋屈，声音都在往上飘："那栋房子都被烧了两个多月，我怎么都找不到证据，但是我知道就是书若轻！她找人纵火、还绑架小予和宋珍，还好宋珍拼了命把小予救出来……小予还那么小，她也是看着小予长大的，怎么一点同情心都没有，梁越你快想办法找人把她抓起来！她好可怕……”

“我会的，林顽。”

梁越脸色黑沉地挂了电话，除了愤怒以外，更多的是一种无力的懊恼。

一想到他最亲爱的小予和宋珍曾经历过这样恐怖的事，梁越感觉心都快碎了。

他甚至不敢面对小予，他压低声音开口：“抱歉小予，我没有保护好你们。”

“梁越哥哥你怎么啦？我很好啊，倒是你，你没事吧哥哥？”小予眨巴着大眼睛茫然地看着他，根本不知道梁越哥哥在说什么。

自从林顽姐姐这通电话一打来，之后的几个小时梁越都在打电话中度过。

梁越觉得自己没办法好好陪小予玩了，让何之行赶来陪小予看马戏看狮子。何之行一路上兴致高昂，连看个树懒爬树都激动得不得了，小予觉得他在带着何之行这个“小破孩儿”在逛动物园。

小予以为哥哥在忙工作上的事，他竖着耳朵偷听了一两句对话。

梁越今天一袭深蓝风衣，衣领被无边的秋风吹得立起，将他冷硬的下颌轮廓微微遮住。虽然看起来淡然沉静，但哥哥对着电话那头说出去的话却愤怒无比：“我的妻子受到了伤害，也给你最爱的小予造成了心理阴影，我不认为我这么做有什么错。”

这把小予听得一愣一愣的，让他认真思考了一下自己这顺风顺水的七年人生里到底经历什么心理阴影？难道是六一儿童节在幼儿园被迫上台表演舞蹈，结果哭到冒鼻涕泡泡的事情吗？啊，一想到这件事，小予还真有点尴尬。

风势渐起，拂过绿林沙沙作响，吹起细细草叶扬在半空，梁越哥哥喂完骆驼，漫不经心地轻拍了下衣襟上的碎屑："依法处置而已，你担心书家撕破脸皮，可他们能不能自保还难说。"

2.

作为顶级名媛的林顽一天天除了满世界飞着玩，或是受邀参加各大时装周看秀以外，终于有空落座好姐妹开的花园餐厅享受美食，顺便有空刷一下名媛圈的各种八卦。

文慧生日她不稀罕去，她跑C市吃了个火锅，今天白天准备登机回A市时，她才看到群里正热火朝天地说着文慧生日宴上发生的事，林顽的肺都快被不要脸的书若轻气炸了，所以当即打电话给梁越。

没想到啊，仅仅时隔五小时，八卦群里又炸了。

书家对门某音乐世家的小女儿，在下午三点四十五分看到一闪一闪的警车停在了书宅的门口，三名警察在三十分钟后将吓得一脸惨白的书若轻带上了警车。

而且书家长辈的劳斯莱斯也跟着警车一同离开了，但现在已经是晚上七点二十一分，已经三个小时了，书家都还没将书若轻从局子里捞出来。

看到这里林顽惊得下巴都快掉下来了！

难以置信，梁越这办事的效率不愧是顶级总裁。

她奔波数天遍地撒网都一无所获的悬案，他怎么就在短短三个小时内轻松搞定，还真把人给抓了呢？大家都是第一次做人，怎么梁越就这么成功，真是令人羡慕。

这时，一位看热闹不嫌事大的名媛在群里高调透露，说她爸爸是台长，她诚邀各位有空的在今晚七点三十分收看A市新闻焦点，因为书若轻被抓的重磅新闻会以专访形式分上下两集播出。

眼看着就快到点了，林顽赶紧让服务员将电视调到新闻频道，她后背都挺直了，手攥紧成拳，心怦怦直跳。

在一段冗长的大叔救猫以及广场舞大妈为争夺地盘大打出手的日常新闻结束后，令人血脉上涌的专访新闻终于出现了！

新闻上集梳理了书家大女儿两个月前因一己私欲，找人绑架好友，欲在郊外一栋已弃用的教学楼纵火伤人一事。某位知情者透露嫌犯于今日抓捕成功，但其作案手段及动机将在下周同一时间播出。

下周播出什么内容林顽已经不关心了。

但是，知情者？

为什么她找人疯狂跟踪了书若轻这么久都没找到这个所谓的知情者？

林顽看完新闻后，激动得泪流满面，她忍不住向珍珍极力赞美梁越这个绝世好男人！

元元：啊啊啊，我的珍珍小宝贝！妈妈举二十双手赞同你和梁越赶紧“生猴子”！

元元：这样无所不能、为你赴汤蹈火的梁越值得过上有夜生活的日子！

珍：嗯？

珍：没时间，我很忙的。[翻白眼微笑]

梁越一走，宋珍也忙了起来。

早前，宋珍在船厂负责邮轮园艺指导的时候，富洋便有意以签约园艺师的身份聘请宋珍入驻。富洋宣传部考虑到宋珍之前参与设计装修的云际花园餐厅早已成为网红打卡的景点圣地，这次为了给财团旗下的富丽酒店造势，他们还计划于十一月二十三日为宋珍举办一场签约园艺师的发布会。

宋珍对发布会不太感兴趣，但对成为富洋签约园艺师这个身份却是激情满满。毕竟富洋财团旗下仅仅房地产和邮轮建造这两大类就足够她大展身手！

可梁越就像风筝，宋珍只要稍微一松手，他就能飞老远。原本答应她只带小予从野生动物园玩了就回来，结果这人又无声无息地跑去纽约开了两天的会。不过她对梁越足够放心，反正她知道梁越有多么喜欢她，如果真的想她了肯定半夜也会乘红眼航班回来看她的。

宋珍约林顽和郑书原小俩口一块来花园餐厅吃夜宵，郑书原发觉宋珍总会走神。宋珍的确在走神，她想念梁越在家给她做饭的日子，对她简直呵护备至，感觉他们只有彼此，感觉她是世界的中心。

郑书原轻敲了下桌面，让她回神："好吧，就让我大发慈悲地告诉你越哥最近在忙什么吧！"

闻言，宋珍配合地仰起了小脑袋。

"他在忙着把你三十克拉的婚戒换成六十克拉婚戒。"

郑书原的视线突然往上抬高，笑意渐浓地看向宋珍的身后："不信你问他。"

来人一身笔挺的黑色格子西装，一入场便惹眼万分。

宋珍都还没反应过来，身后的男人便已伸手搭在她肩上，漫不经心地玩着她的头发，还俯下身，旁若无人地轻吻了下她的头顶，低声哄她：“珍珍，我们回家。”

宋珍原本有点害羞，他怎么一回来就当着好友们的面亲吻她，而且她还闻到了他身上的酒味，估计是喝醉了才会这样毫无顾忌。

哼，书原上一秒还在为他说话呢，结果这么快就翻车了，忙什么呀明明就是去外面花天酒地了。

亏她还这么温柔体贴地想着不能打扰他工作呢。

宋珍有点不满地往红色沙发里坐着，也不回头看他：“喝酒了？我们才刚刚开始，还没尽兴呢。”

虽然很想她，想多点二人空间，但见她暂时还不愿意跟他回去，梁越干脆扯了下衣领，懒懒散散地靠在沙发上。得不到亲爱老婆的照顾，他只好自己拿过她的玻璃杯，喝着她杯里的柠檬水独自醒酒：“嗯，我和江原野在应酬，喝了点酒，没多少，以后不会了。”

宋珍仍然不愿搭理他，心不在焉地吃着水果。

梁越抬了下眼眸，不冷不热地看向对面正一边傻笑，一边吃着糖醋花生米看好戏的二位：“吃好了吧，要不要我让周叔先送你们回去？”

郑书原真是服气了，气得怒摔花生米。梁越以为他想在这里当电灯泡，他还老早就想拉着林顽回家过丰富浪漫的夜生活了呢。

郑书原牵着林顽离开的时候像是想到了什么，他决定火上浇油，让宋珍看清楚醉酒的梁越到底是个什么样的人！

于是他点开手机，无比兴奋和谄媚地将聊天记录滑到很久之前的某个夜晚，郑书原诚诚恳恳地递给宋珍："珍珍你看看你男人！这什么酒品！就是你失踪的那段时间，有天晚上哦，他喝了一瓶不加冰的威士忌就把我当成你了，你看看他发的这都是些什么话！"

梁越：宋珍，我喝醉了，想你了。

梁越：你来接我。

梁越：你到哪里了？

梁越：我很生气。

梁越：我找了你好久，我现在在数羊。

梁越：我数着数着，居然还有一只羊忽然跑过来对我说，请你认真一点，你刚才已经数过我了。

梁越：好吧，我不数羊了，但是没有你我真的睡不着，我好想你。

这样劲爆的证据，郑书原幸灾乐祸地私藏了很久，林顽好奇地凑近看了看，然后发出了无比猖狂的嘲笑声："我的天！这是梁越？他是吃可爱多长大的吗？怎么这么搞笑？怎么喝酒还数羊呢，哈哈哈，数羊就数羊吧，居然还被羊嫌弃了，哈哈哈……"

宋珍的心被梁越大胆直白的表白感动得稀里哗啦，柔软得不像话了。

这么深情温柔的梁越，谁顶得住啊，那段时间她还删掉了梁越的微信，简直不要太任性。

3.

宋珍拉着梁越起身时，他其实已经醉了，但面上看不出来。

宋珍将他拉起身，望向他的那双清澈如琉璃的眼睛里就像缀了条银河，闪闪发光，明媚动人。她对他清甜地笑着，还用她细嫩温暖的手包裹住他的大手，很可爱地替他暖手："你的手好凉啊，外面很冷吧，我们回家吧。"

男人静静垂眸看着她的手，粉白色的指甲盖晶莹剔透，这个陶瓷娃娃似的女人正在向他散发好意。

梁越忍不住笑了起来，在肃杀的冬天来临之际，他感受到了来自宋珍的呵护与温暖。他好幸福。

深夜回家的路上，宋珍安安静静地缩在梁越怀里看窗外夜景，窗外飞速掠过的玻璃幕墙流光溢彩，映衬得车窗上薄薄的一层霜花也闪着亮光。

到家已近凌晨，宋珍挽着梁越上楼，让他在床上坐着，她打开了新风系统，然后点亮一盏朦朦胧胧的床头灯，二话不说钻进了浴室。

梁越以为她去洗澡了，他一身酒味不愿在床上坐着，便懒洋洋地躺到一旁的沙发上。他揉了揉眉骨，又觉得西装马甲太束缚了，他正准备单手解着衣扣时，突然一块温热的湿毛巾覆在他的脸上。

宋珍坐到他身边，很是温柔细致地为他擦脸。见他的马甲纽扣才解到一半，宋珍开始为他效劳，还特别贴心地替他解开了白色衬衣的几颗扣子。

直到她把他上半身扒得差不多，衬衣胡乱敞开的时候，周姨轻敲了敲门，送了杯蜂蜜水进来。

周姨见她估计也是第一次照顾喝醉的人，脱衣动作像是按着说明书拆分开来，很是机械僵硬，周姨忍不住笑着提醒她："还可以顺便给少爷擦擦身子。"

"噢，我知道了。"

宋珍接收到教学指令，特别听话地倾过身轻轻地替他擦了下脖颈，周姨识趣地转身离开了。

此刻梁越喉结微动，下颌到颈部的线条格外利落锋利，宋珍不禁有些心猿意马，这样的梁越好性感啊！偏偏他还趁此握住了她的手腕。

宋珍抬头看他，在这寂静的夜里，男人看向她的目光十分炽热，一点点地烫热了他的身体。

梁越很轻很轻地吻了下她的手背，狭长的眼中笑意沉沉："今天怎么了珍珍？怎么对我这么好。"

这话可把宋珍问得有点不好意思了，她有点恼羞成怒，她将毛巾扔到一边，娇嗔道："你果然就是觉得我之前对你不好。"

闻言，梁越嘴角的笑意更深了，他喝了点蜂蜜水，将她扭过去的身子扯回来，哄着道："你对我一直很好，只是我想知道你今天对我为什么格外温柔？"

宋珍喜笑颜开地回过头，梁越还是很会哄人的嘛。

她轻轻俯身趴在他的胸膛上，仰着小脑袋看他英俊的五官，她用手指轻点了下他高挺的鼻梁，觉得他有点坏："让我白忙活这么久，你到底有没有喝醉啊？"

梁越仰靠在沙发上轻笑了下，他轻抚着她的背，心里越发的痒："我不知道，你吻吻我试试看？"

"吻还是闻啊？"

他眼神炽热："你觉得我更喜欢哪个？"

宋珍的眼神欣喜地闪了起来："那你没醉，快多夸夸我，我跟你说，我即将成为富洋的签约园艺师哦，我好开心啊，好像大家都很肯定我在园艺设计上的天赋呢。你不知道我以前还住在梁宅的时候，梁宅网球场的那块草皮一直都是我在维护呢，我更换过草皮，还改进过排水设施！厉不厉害？！”

“我知道，很厉害。”

梁越静静地看着她长长的睫毛如蝴蝶般扇动，回忆道：“还记得你上大学时，期末作业不都是拿家里的园林植物练手吗？今天修剪茶花大道，过两天又可以在另一个院子里剪出一只巨型大象来，因为你艺术天分太高，请来的园艺师都说要被你抢饭碗了！”

听他娓娓道来，宋珍忍不住捂脸偷笑，梁越见她高兴得冒泡泡，不禁愉悦地扬了下嘴角，因为喜欢那段有她在梁宅生活的时光，所以他记得很清楚。

宋珍一开始的确在兴致勃勃在修剪茶花大道，后来觉得要修建的实在太多了，第二天便直接当了撒手掌柜。然后又跑到酥心亭那边修剪大象模型植物了，等模型弄到一半，小予便来找她玩了，宋珍又立马放下工具，抱起小予开心地在草坪转圈。他原本一直跟在小予身后护着他，看见宋珍抱着小予旋转，他拿起手机拍了一张他一直放在钱包里的照片，在那个玫瑰色晚霞烧满天的浪漫黄昏下。

她美得惊心动魄却浑然不自知，那年他二十三岁，天之骄子顺风顺水，伸手便可摘星获月的人生已然习惯并麻木了，却在那一个玫瑰色的瞬间怦然心动了。

回过神来，梁越呼吸渐重，只觉身体烧得越来越旺，男人舔了下唇，神色迷离地抱着她翻身，将她压在沙发上落下细细密密的亲吻：“我把姜媛辞了。”

嗯？

宋珍被他亲得发蒙，他为什么要在亲她的时候提起别的女人呢？等等，这不是重点，重点是："你之前不是说姜媛很厉害，对公司有用吗？怎么忽然辞退她？是她最近的工作不令你满意吗？"

"嗯，很不满意。"

书若轻为人小心谨慎，他原本也一无所获，但还是被他找到了突破口。查书若轻的通话记录时，他发觉之前几个月她一直和姜媛保持极其密切的联系，再一查姜媛的通话记录，可能是因为她没参与作案，因此并没设防，反而从姜媛的通话记录里找到了纵火人员。

他辞退她是通过何之行传达的，结果姜媛似乎不甘心地想来办公室找他，然后他一脸冷淡地从公司监控里看到何之行当即便找安保将她请出了大楼。

不论姜媛有多么能干，为良跃做了多少贡献，只要对宋珍有了异心，他就绝不能容忍。

暧昧的房间内有衣物被轻轻脱落的细微声响，梁越稍微调整了下姿势，俯身轻咬了下她的耳郭，湿热的呼吸落在她薄薄的耳朵上："不提她了。"

不提就不提吧，宋珍被他亲得微微喘气，整个人酥软得不像话。

"想我了没。"男人声音低低地诱哄着她。

宋珍当然想他啦。

正要准备轻轻地答一声，可宋珍却忍不住羞耻地呻吟了几声。她娇软的声音，让他完全脱离了温文尔雅的外壳，动作越发狂野起来。

这样亲密的日子持续了很长一段时间，宋珍有时候根本招架不住，常常赌气地念叨他怎么还不去出差，即使去纽约的良跃总部晃悠一圈也好啊！

梁越却笑着在她耳边说：“怎么办，我还没有过够新婚夫妇的日子。至于良跃总部吗，你想去，十二月收购他们的时候，我带你一起。”

这话一说，宋珍惊呆了。

之后参加富洋集团签约园艺师发布会的时候，宋珍才知道梁越和江原野的关系有多好。

发布会在富丽酒店最富丽堂皇的翡翠厅举办。

两个让人难以忽视，颜值爆表气场全开的英俊男人双腿交叠坐在第一排时不时低语交谈。

当音乐响起，发布会正式开始时，两位总裁同时噤声了，还纷纷坐直了身子，神色锐利地看向台前。

两位举足轻重的太子爷都到场了，即将上台的那位身份也不低。一个是江总的合作伙伴及好友，另一个便是梁总的妻子——宋珍。

宋珍在漫天礼花和隆重的交响乐声中完成签约，她下意识抬头兴奋地看向台下的梁越。

男人在台下轻挑了下眉，对她微勾了下唇角，眼中满含爱意和宠溺。

梁越对江原野说：“看上珍珍的设计，你眼光不错。”

闻言，江原野有些好笑地看了他一眼：“愿意和富洋合作，你眼光也不错。”

梁越点点头：“我眼光是不错。”

江原野忍不住轻笑一声：“幼稚。”

在收购良跃总部这件事上，其实良跃分部并不是最近才和富洋财团携手合作的。梁越从成立良跃分部之后便已逐步计划收购良跃总部，但分部收购总部需要庞大的资金，他没想过从峰珠拿钱，虽然峰珠早在去年年初听说他在接触富洋的时候，就递来想送钱过来的口风。

此时，富洋集团对收购收购良跃总部也充满极大的兴趣。梁越选择和富洋建立深厚友谊。良跃分部拥有几乎全覆盖的科技投资布局，富洋金融行业市值也已达两百亿美元，双方一见如故、强强联手、互利共赢，何乐而不为？

良跃分部联合富洋财团收购良跃总部后，他们即将于十二月二十六日完成对良跃总部的交割，即良跃总部由良跃分部、富洋财团联合收购，良跃分部将成为投资业务和传统业务的控股股东。

4.

冬至那天，在理光公馆住了快两个月的小予终于有了回梁宅的契机。

傍晚五点半，北风呜咽，梁越搂着瑟瑟发抖还非要站在车外等小予放学的宋珍一起站着。男人身着翻领黑色羊绒大衣靠着车门，他其实不太高兴她这么一直等着，特别是一等还等了十几分钟，宋珍鼻尖冻得微红，可她开心地说:“可是今天周五诶，又是过节，来接学生放学的家长那么多，这不是为了小予一出校门就能看到我们吗？”

“所以我一个人等在这儿就可以了。”

梁越虽然面色不悦，但还是将她的手往他大衣里塞了又塞。

宋珍趁机双手环抱住他，还在他胸膛蹭了又蹭，仰起瓷白的一张小脸望着他，笑嘻嘻道：“可是我老公这么帅，我想陪在他身边啊。”

梁越得意地挑了挑眉。

此时，小予已经不知不觉地走到了两人的身边，还吸了吸鼻子，轻扯了下珍珍的衣摆："我不行了，我太冷了，快让我坐进车里，你们再腻歪好不好？"

"哇，小予你什么时候过来的？诶？你书包怎么鼓鼓的？难道是丽丽送你冬至礼物吗？是什么？是什么？"

宋珍毫不留恋地从梁越怀里离开，兴奋地拉着小予说这说那，上车之后，又是给小予搓脸又是给他搓手，心疼得不得了。

宋珍完全没反应过来，她对小予做的这些嘘寒问暖的动作，几分钟前梁越也是这么细心呵护地对待她的。

被区别对待的梁越好像已经习惯了，他轻叹了下气，独自钻进驾驶座，享受前排的寂寞，然后驾驶车钻入熙攘的车流。

深冬的天色暗得快，街灯已经渐次亮起，小予的声音清清亮亮："梁越哥哥，今天下午烘焙课我们学了包饺子，所以放学晚了点，我做了四份，有我的、你的，还有珍珍姐姐和慧慧的，可是慧慧的该怎么给她啊？"

闻言，车内两位成年人都怔了下。

其实小予在理光公馆居住的日子，文慧不止一次释放过好意。她派人一股脑地送过童装、玩具、乡村音乐碟片以及钻石，把卡宴当货车似的一车一车地往理光公馆运送礼物。但她自己就是不来，不过会学着之前的宋珍一样暗搓搓地给小予开视频通话。

宋珍从没见过这样低声下气，没架子没脾气的文慧。

还有一次更搞笑，梁越抱着宋珍正在共浴的时候，文慧电话直接打到宋珍这来了。宋珍还吓一跳，红着脸地从梁越怀里离开后，才心怦怦跳地接起电话。

结果对面的文慧惊讶地“哎呀”一声，然后说打错了。不过既然打到她这里了，她就顺便解释一下之前她真的有好好查过宋珍和小予的绑架案，但确实什么线索都没找到。说完这些后，她又自顾自地狠骂了一顿书若轻就撂了电话。

这个电话听得宋珍一愣一愣的，她都严重怀疑文慧最后之所以骂得声情并茂，是因为她已经完全把她当成了书若轻，所以才气得挂了电话……

马上就到分岔口了，梁越从车内镜看了宋珍一眼，见她没发话，他准备径直往理光公馆开，宋珍却忽然平静地开了口：“去梁宅吧？”

“行。”

男人摸了下鼻子，立即换左转车道：“小予，给慧慧打电话说我们回来吃饭。”

“噢，好的！终于可以见到慧慧了！”

小予接受指令后立即照做，梁越则无声地弯了弯唇角。

其实梁越真的无所谓，他从小和文慧关系淡薄。在他很小的时候，文慧也只顾着参加各种社交宴会名媛酒会，很少会和孩子沟通，更别提会照顾孩子了。

但小予和他不同，小予对文慧的感情是极其真挚的。小予想文慧的时候，周叔会送小予回梁宅玩一会，然后再接回来。

看见宋珍松口之后，他也松了口气。因为他下班回家想要和宋珍腻歪的时候，宋珍不是在陪小予做作业，就是在陪小予玩电动，或者在教小予一些防身术，总之将他这个丈夫完全忽略掉了。半夜还会惊醒从他怀里抽离，蹑手蹑脚地去看小予在这么冷的夜晚有没有盖好被子一类的……

这让他严重产生了近三年都不想要小孩的想法。

至少小予回梁宅住后，他也能和宋珍好好感受一下亲密的新婚夫妇生活。

晚上到梁宅的时候，文慧已经准备好一大桌丰盛的饭菜了。宋珍和文慧彼此还是不太会主动找话说，但这样也避免了尴尬。

今晚小予想留在梁宅，宋珍也答应了。

她本来还想和小予一起在休闲厅看完动画电影再回去，但想了想看完就得半夜了，梁越开车也会很累吧，但梁越却搂着她让她继续陪小予看完。

半夜，两人呵欠连天地离开梁宅时，宋珍和他聊着聊着便靠在副驾座上沉沉睡去了。

当宋珍被梁越亲醒时还以为到家了，她微微睁开眼，怎么还在车上呢？

梁越一边呼吸紊乱地吻她，一边解开了她的安全带，梁越的手从她的腰间探入，力道时轻时重："还记得你在这儿勾引过我吗？"

宋珍呼吸渐促，脸颊发红，目光却很是迷茫："不可能呀？不记得啊，我有这么奔放的时候吗？"

"想不起来算了。"

梁越不动声色地将她的座位缓缓向下调，还将她的双手压在了高处。

他漆黑深邃的眼眸簇起星火，男人俯下身痴痴地咬住她的唇，有欲望，有忍耐，也有呵护。

车外有大雪落下的声音，纷纷扬扬地掩盖了车内的缠绵。

"良跃收购良跃"的交割仪式已在十二月二十六日完成，虽然梁越之前提过想带她一同去，但宋珍没兴趣，一堆男人的应酬有什么好看的。

收购良跃总部之后，梁越还计划进一步完善良跃资本在投资领域的全球化布局。除了目前已经在香港、广州、波士顿、纽约等地设有办公室外，良跃资本的业务范围将拓展至美国旧金山、印度班加罗尔、德里、越南胡志明等地。

交割仪式完成，梁越还需要在国外多待两天，处理后续事宜，让助理定了十二月三十一日的航班回 A 市。

十二月三十一日当天又下起了大雪，宋珍带着小予在理光公馆的庭院里兴奋地堆雪人。堆完后小予还上楼找出了梁越的一条灰色围巾围在雪人身上，小予说这是因为梁越哥哥守在了庭院外，所以晚上他和珍珍在屋子里才不会被雪怪叼走。

晚上，宋珍本来想和小予一起去机场接梁越的，结果雪下得太大。宋珍在微信上跟梁越说她和小予在楼下大厅等他回来。半夜，梁越风尘仆仆赶回家的时候，两人正盖着小被子在沙发上睡得香甜。壁炉的柴火明明灭灭，映在女生精致清秀的面庞上，梁越坐在地毯上静静地看着她。

他将手中买的红色小礼袋轻轻放在她身边，而后低头轻吻了下她的额头。

宋珍迷迷糊糊地醒了过来，下意识地去抱着梁越的手臂，她轻声呢喃："元旦快乐，梁越。"

梁越看她的目光深情而温柔："元旦快乐，宋珍。"

从他年少轻狂喜欢上她开始，他的快乐，都归功于她。

全文完

番外一 梁越的秘密

从纽约开完大会赶回来的时候，我失魂落魄地发觉怎么也找不到宋珍了，整个人一蹶不振，如坠深渊。以至于那段时间，我根本不愿意回到四处都充满宋珍气息的梁宅，也不愿意看到三岁的小予。小予一直哭闹着、敲着我的房门，我无动于衷，他在外面哭得撕心裂肺，文慧一开始还来帮小予一起敲门，问我怎么这么狠心不管小予。

文慧对我很失望，想抱着小予离开，可小予哭得更大声了，还在刺耳尖叫，在外挣扎着不走，一直在喊着我和珍珍的名字。

我烦不胜烦开门抱过小予又飞快关上了房门，他的哭喊声瞬间停了下来。

小予就像抓住救命稻草一样，紧紧搂着我的脖子不放，整个人像八爪鱼似的缠住我，生怕我也会像宋珍那样抛弃他，他沙哑的声音断断续续：“哥哥……小……小予乖，你不能不要小予……”

小予说话时很伤心，好像一只没了我就活不下去的小奶猫。

看到小予那双和宋珍相似的眉眼，我就不能再冷静下来。明明宋珍最初也是一副离不开我的样子，但最后还不是果断离开了吗？

宋珍非常喜欢我，从她第一天来梁宅，所有人都看得明明白白。她会在我面前表现得特别乖巧温顺，即使我对她冷言冷语，她仍然用毫不掩饰的星星眼看着我，但我知道她本质上是个什么样的人。

她和文慧就是同一类型的千金小姐。

是一个十指不沾阳春水，不会做饭也没什么耐心的女人。对小予也是想起来就抱来玩一玩，觉得烦了就抱给阿姨照顾。和文慧一样喜欢闪闪发亮的物品，是那种戴一副普通的钻石项链都会连连感叹自己是全世界最漂亮女人的自恋鬼，简直让人无语。

我参加私人聚会，原本带上她是想让她觉得无力应付知难而退，可没想到聚会上的所有人都喜欢她，林梦时更是愿意弯下腰和她说话，还夸的飞镖玩得很棒，夸得她的脸都红了起来。

我不禁冷笑了一下，原来她对谁都温柔，谁都可以把她的脸撩红。

更神奇的是，她竟然还愿意和第一次见面的一群人去游泳。他和她在梁宅共住了一整个冬夏，怎么一次都没见过她在梁宅的恒温泳池游过泳呢？

我当时便有些不满地拉她回家了，有点气愤她对人怎么一点防范意识都没有。

第二次私人聚会我没再带她，没想到那帮富家子弟还颇为失望，认为场子里没有活跃气氛的人了。我觉得他们特别可笑，之后也不再参加此类聚会，他们也太把自己当回事了，我的未婚妻是用来活跃气氛的吗？

想起宋珍之前收到的那一沓五颜六色的情书，我才意识到，可能她真的还挺逗人喜爱的吧。

但是他们喜欢宋珍哪里呢？

一个女孩子，成绩差到匪夷所思，差到文慧给她开过一次家长会后便再也没脸去第二次。后来开家长会还是我去的，班上总共四十三个人，她连班级前三十名都进不去，真让我没面子。

知道是我为她开的家长会之后，宋珍尴尬地一连躲了我好几天。最后我忍不住，直接堵在她的房门口问她为什么躲我，如果觉得家里请的家教不够好，我为她补习都可以。

闻言，宋珍更加崩溃，她抓狂地说："本来我就学不进，你再教我的话，是想我的脑子也围着你团团转吗？"

她不管不顾地一股脑说完，我们两个人都愣了下，我看她瓷白的小脸以肉眼可见的速度红了起来，我的心怦怦直跳，她对我永远都是这样的简单。

之后家教老师依然陪着她学习，我看她愁眉苦脸地抱怨说："怎么题目这么难，我这一生也一定是道非常难的数学题吧！"

我觉得她很好笑，就这样，可爱的她开始慢慢走入我的心里。

后来，我好像就习惯了有她的日子。

等她上大学学了园艺后，我站在阁楼一眼望去，整个梁宅都成了宋珍随心所欲练习园艺的乐园。她在梁宅种满她喜欢的鲜花，还打造出了酥心亭和一片玫瑰园，梁宅大厅内也随处可见充满她个人特色的艺术插花。

还有梁宅最负盛名的茶花大道，宋珍心情好的时候会叫上关系好的同学们一起来修剪，她当时还不知道我已经喜欢上了她。

他们忙完后宋珍领着同学们回大厅喝茶，刚好我在一边在打电话，一边往楼下走，与他们擦肩而过时，我听见宋珍的女同学们小声而兴奋地问宋珍，这么帅的吗？就是他吗？是他吗？

我记得宋珍特别害羞又小声地跟她们说：“就是他啊，以后要和我谈恋爱、然后一起结婚、生孩子……”

是的，会和宋珍谈恋爱，然后结婚生小孩，最后一起变老的人，就是我。

番外二 婚礼

元旦当天，梁越虽然带回了一颗完美无瑕的六十克拉粉钻，但他想了想，暂时没送出去。

宋珍继续跟进酒店花园的重建，最近她和梁越过着腻腻歪歪如蜜一般的生活，每天都如沐春风。梁越对她是真的好，特别是开春后，每天都会派人送上新鲜的花束到理光公馆。他会在一旁静静地看她插花，还会询问她对今天的这批花束是否满意。

宋珍在富丽酒店忙前忙后的时候，梁越更是每天派人送上不重样的花式甜点，还为她精心安排法式下午餐。

宋珍对这些爱意照单全收，丝毫没察觉有什么奇怪。

“六一”儿童节那天，家长和孩子们一起参加共度六一。

表演正式开始后，宋珍又兴奋又期待，她在台下拿着荧光棒兴致勃勃地为台上的表演者应援。不明白梁越这次为什么这么有童心，竟然愿意和一群小萝卜头表演节目。

等他们上台时，宋珍才知道是合唱，小萝卜头们和台上唯一的一位大人都身穿正装，俨然一支专业成熟的儿童合唱团。

梁越一身黑色西装站在台中央，他英俊不凡的面孔比璀璨的灯光还要耀眼，合唱曲目是《吻女孩》。

这是一首充满浪漫的歌曲，曲调十分梦幻你，他们还修改了部分歌词，将原歌词“你想吻的女孩，你会吻的女孩，你会错过的女孩。”改成了——“我想吻的女孩，我会吻的女孩，我会娶的女孩。”

开始表演后，台上稚嫩的童声和梁越深情的歌声混合在一起，特别是梁越垂眸看她的那种直白而热烈的眼神，宋珍要被电晕了，感觉全身酥酥麻麻。

话说，唱情歌的梁越这谁顶得住啊！

悠扬的歌声刚刚作罢，一群小孩还咧嘴对台下的宋珍嘻嘻哈哈地笑着，牙都还没长齐呢，但是清脆的声音却相当整齐，一看就是练过很多遍的：“珍珍，答应梁越哥哥的求婚吗？”

宋珍心跳加速，只觉得恍如梦境，梁越这是在向她求婚吗？

可是她已经嫁给他了呀。

梁越终于拿起话筒，他的声音飘入宋珍的耳里：“珍珍，我们举行婚礼好吗？”

“好啊。”

宋珍笑了，满满的幸福感。

梁越计划九月举行婚礼，宋珍原以为她会为这场婚礼准备得手忙脚乱，结果梁越已经默默准备了半年。他当时因为生气强拽着宋珍去领证而没能向宋珍求婚，他其实还是挺愧疚的，所以才策划了六一节的这一出浪漫求婚。

领证前原本就定制了六十克拉粉钻，但工艺复杂耗时稍久，他才先选了个三十克拉的粉钻给她戴着玩一玩。因为宋珍从小就喜欢闪闪发亮的物品，梁越为她定制的婚纱上镶嵌了六千颗施华洛世奇的水晶。

婚礼当天的鲜花也是从伦敦考文特花园空运过来，婚礼上的甜点则是拜托知名的茶点师专门制作而成。

婚礼前一周，梁越便包机邀请狩猎场的所有人来中国。由于在婚礼上能将梁越灌醉的长辈也就只有纳冯等人了，因此郑书原早早便向纳冯介绍了中国婚礼的敬酒礼仪。

婚礼当天，梁越以一敌十，喝到宋珍都有点心疼他了，但梁越却特别开心，非常感谢在座的各位对妻子的照顾。

宋珍和梁越于九月十三日完婚。

后记

这一本是我第一次尝试写婚宠文，整个写作过程卡过两次，最折磨人的便是宋珍从大火中救出小予后，我不知道宋珍和梁越见面后应该是怎样的关系。

所以大概能猜出来了吗？其实一开始，我还真没想过让他们两人在正文中领证诶，但在这个阶段，他们的确需要一个更深的关系来突破情感困局。于是，我尝试着写了一个让梁越带着愤怒，用非常果断非常坚定的手段拽着宋珍去领证的情节，写完这个桥段后，整个故事的后半段就都顺畅了。

可以开始写正儿八经的婚宠文了，我觉得特别开心，毕竟不论两人做什么都是持证上岗，对吧。

这是我的第四本小说，和第三本江原野作为主角的书是同一个系列，所以江原野在文里出现的次数也相对较多，还是比较重要的配角哦。说真的，让我从梁越和江原野里面选一个，说实话我觉得好难啊，他们都很有魅力！

在这里说个比较好玩的事，可能是想着今天要写番外，我昨晚竟然梦见了梁越和宋珍的婚后生活，这个梦境比较短，所以在后记里面稍微提一下吧。

我梦见的时间点应该是两人婚后六七年了，毕竟他们孩子都有了，还是个可爱乖巧的小男孩。

晚上，小男孩问梁宅的阿姨他的爸妈在哪里，阿姨指了下卧室，然后小男孩决定爬窗偷听，结果听见两人在激烈地吵架，双方矛盾的起因好像因为梁越和某个女人一起吃了个饭（应该是公事，我觉得我的梁越不可能那么渣）。

两人吵着吵着还走了出来，宋珍拿了一个婚前协议，非常愤怒又伤心地控诉着你看看你之前对我多么好，还买下一个小星球命名为我的名字！

梁越张口想解释，小男孩跳下窗来护着妈妈，用“爸爸你变了”的强烈眼神看着梁越，还乖乖地抱着宋珍的腿，撒娇说：“妈妈，不要再理他了，我带你去用天文望远镜去看那颗小星球消消气！”

面对好不冷静转身离开的母子俩，梁越只能压下憋屈叫住他们，然后特别没脾气地走上前，乖乖示好道：“带上我吧，毕竟还缺个给你们拍照上传朋友圈的人。”

梦到这里，我就被闹钟闹醒了。

不管怎么说，我都觉得这个梦特别神奇。

好像梁越和宋珍是我们身边真实存在的两个人，梦里的他们特别鲜活，并且在这个世界的某个角落里认真地生活着。

希望你们会喜欢梁越和宋珍。

下一本将会是一个校园故事，许让和连真心。

我们下次再见啦。

巫念顾

二〇一九年八月一日

《国民系可爱先生》

小北 / 著

内容简介：

校舞蹈队队花宋秒秒，甜美可爱，奈何“失恋魔咒”缠身。

第五次失恋后，宋秒秒决定向有“恋爱锦鲤”之名的网球队男神许愿求转运，却发现对方竟是自己高中时期的冤家。

可惜，曾经温柔可欺的小少年不知为何性情大变，化身睚眦必报的“小恶魔”。

一报还一报，她认栽。

——“靳云琛，现在满意了？”

——“嘘，不要叫我‘靳云琛’，显得生分，叫我……‘琛琛’吧。”

宋秒秒：怎么感觉自己好像掉到了什么坑里？

第一章　他以前是我的冤家

这是宋秒秒第五次失恋，准确地说是第五次被劈腿。

前四次她没什么意见，分手就分手，被劈腿她也认了。虽然那几个前男友都很帅，但她对他们的感情并没有那么深，她也就没太难过。可是这次不一样，沈倦不但是她爱慕的男生，他还选在C市高校舞蹈大赛她最丢人的时刻向她摊牌。

宋秒秒怎么想怎么郁闷。

看着宋秒秒难过的样子，言妍递给她一个冰激凌，对她神秘一笑：“秒秒，你是不是真的舍不得沈倦？”

“你说呢？”对着平时最爱的冰激凌，宋秒秒毫无食欲，“你说我是不是真的中邪了？怎么每个男朋友都会劈腿？”

言妍将两个冰激凌都塞进自己嘴巴里舔了一口，说：“你是不是中邪，那要问算命的才知道，我只问你是不是想追回沈倦。”

宋秒秒重重地点头：“想。”

“想就好。”言妍对着宋秒秒笑笑，“那我就告诉你一个秘方。”

“你快说，别卖关子了。”一听言妍有办法，宋秒秒立马来了精神。

“咱们学校最近在流传一个‘恋爱锦鲤’的传说，他好像是从美国新来的交换生，经济系的，是校网球队的新晋男神。据说只要在他打赢比赛的时候默默许下恋爱的愿望，就会美梦成真，迅速找到真爱！”

“恋爱锦鲤？什么玩意儿？”听了言妍的话，宋秒秒皱了皱眉，“我说言妍，我拜托你，就算想逗我开心也编个像样的好不好？”

“真的真的，我不骗你。刚开始我也不信，可是你知道陆培培吧？就是你们系那个爱撒娇的女孩。她最近正和一个学弟打得火热，我前天还看到两人在食堂你一口我一口地喂饭。还有我们隔壁寝室的胡可，也天天抱着电话和她男朋友煲电话粥，一打就是两个小时，那个亲热甜蜜劲啊……我要不是心理素质好，都听吐了。”

“那又怎么样？人家恋爱不是很正常？”

“正常？才不正常呢。”言妍低头对宋秒秒降低声音说，“我都打听过了，她们全是在那个‘恋爱锦鲤’赢比赛的时候许过愿，之后才迅速恋爱的。而且她们还偷偷告诉我好几个实现了愿望的人，我观察之后发现她们确实都是最近刚恋爱的。”

看着言妍一本正经的样子，宋秒秒皱了皱眉，问：“真这么神奇？”

“反正也就是许个愿，既不费钱也不费事，你就死马当活马医。万一是真的呢？你不就又抱得沈倦这个校草重新在怀里了？”言妍说着，对她扯了扯嘴角，“不过如果你不在乎沈倦呢，那就随他去吧……”

“我在乎。”宋秒秒打断言妍。说完这三个字，她心里却像被刀扎了一般。

宋秒秒这样是有原因的。

刚进大学那会儿，宋秒秒一度觉得自己是走了桃花运，接连不断有帅哥向她明送情书暗送秋波。年轻的小女孩哪见过这阵势，完全被冲昏了头脑，迅速坠入了爱河。可惜好景不长，她的恋爱来得快去得也快，四段恋情没有一段超过一个月的，而且连结果都一样：以男方劈腿告终。

三天前，宋秒秒的第五次恋情依旧没逃脱被劈腿分手的结果。

而且，沈倦对她说分手的时候，正是宋秒秒最狼狈的时候。

当时，宋秒秒看着眼前丝毫不像开玩笑的沈倦，一边捂着肚子一边皱眉看他：“你说什么？”

“宋秒秒，你刚刚已经听清了，我没必要再重复一遍。我们还是好聚好散吧。”沈倦说着，朝一脸温柔的穆涵走去。

“沈倦，你给我……”宋秒秒很想拉住沈倦，但她的话还没说完，肚子便再次猛然一痛。她再也说不出半句话来，直奔前方的洗手间。

几分钟以后，宋秒秒几乎虚脱在马桶上。她揉着肚子，有些无助。更加让她无助的是，她发现洗手间里根本没有手纸。环顾四周，宋秒秒有点不知所措。

可是她再不知所措，也不会像五分钟前在舞台上时那么狼狈了。

C市高校舞蹈大赛是C市各个大学舞蹈队准备了将近一年的重要比赛，为了这次比赛，宋秒秒更是在脚腕受伤的情况下毅然参加。

宋秒秒是C大校舞蹈队最有天赋的王牌选手，校舞蹈队的严教练很看好她，认为她能在此次大赛单人舞项目上夺冠。事实上，在看了其他选手的表现后，宋秒秒确实很有信心，以

她的水平，几乎可以说胜券在握。

宋秒秒之所以很看重这次的比赛，是因为这次比赛的奖金有五万块。在比赛之前宋秒秒就打算好了，她要用这笔奖金和沈倦去日本，来一趟甜蜜之旅。

刚开始的时候，宋秒秒的确发挥得很好，毕竟是严教练嘴里的天才队员，宋秒秒独舞的《黑天鹅》，舞姿又稳又美。不论是观众还是评委，都用欣赏的眼光注视着她的每一个动作。

可是谁也没有想到，跳到一半的时候，宋秒秒猛然感到肚子一痛。这一痛来得突然且猛烈，宋秒秒脚下一个不稳，舞步直接错了。好在有过不少比赛经验，肚子虽痛，但宋秒秒咬着牙坚持。可惜肚子实在不争气，脸色苍白的宋秒秒在跳跃的时候终于重重地摔倒在舞台上。

甚至因为痛得实在厉害，她从舞台上艰难地爬起来后，连话都没办法说，就不得不终止比赛，捂着肚子狼狈地离开舞台……

宋秒秒这辈子都无法忘记台下所有人那不可思议的眼神，她恨不得找个洞跳进去。而在后台被沈倦拦住，听了他的分手宣言后，她连找洞的勇气都没有了。

她像被抽空了一般。

其实，因为有前四次的被劈腿经历，宋秒秒并不恨沈倦，她只是很纳闷。这种纳闷甚至让她顾不得想，比赛当中肚子为什么会突然莫名地疼痛。这三天里，她只是一直在思考一个问题：她到底中了什么邪？她的爱情都以这么狗血而统一的方式结束。

可惜她百思不得其解，唯一想明白的是：沈倦和前四个男生不一样。

如果以分数来评价她对他们五人的感情，前四个男生的分数加起来也没有沈倦高。

所以，在听了言妍的话以后，宋秒秒深吸了一口气。

“那个什么‘恋爱锦鲤’在哪儿？带我去瞅瞅。”

C 大的网球队素有“C 市未来之星”的称号，学校不仅给了网球队特定的训练场地，还聘请了退休的专业网球教练出任网球队教练。在按照正规运动员的标准训练的情况下，校网球队多次和市内有名的网球俱乐部合作出战，而且战绩一直很显赫。也因此，C 大的校网球队在学校里一直地位很高。

但跟在言妍身后左拐右拐地走向网球馆的宋秒秒，是第一次来这里。

因为从小就有一个成为舞蹈演员的梦想，所以，宋秒秒的大部分业余时间都贡献给了舞蹈训练。人人都说她有超高的舞蹈天赋，却不知道她比别人多花了多少时间在训练中。

两人刚到网球馆，还未走近，便远远地听到欢呼声。

“真是好运呀，好像他们正在比赛！”看到不远处围观的人群，言妍有些激动。

“不对呀，要是这个‘恋爱锦鲤’真这么灵，怎么没人在许愿啊？”走近一些，宋秒秒观察了一下，发现围观的人没有太多，大部分还是男生。

可能刚刚有人赢了球，所以才有人欢呼，但更多的时候大家都只是安静地看着场内的比赛。

“这你就不知道了吧？你以为随便许许就能灵的啊？”言妍对宋秒秒说，“据培培说呀，一定要在那个‘恋爱锦鲤’赢球的那一瞬间许愿，而且一定不能招摇，最好偷偷进行，别让人看出你在许愿，在心里一直默念喜欢的人的名字就好了。这个秘密目前也只在极小范围内

流传，所以还没那么轰动。”

“真有那么邪门？他是月老啊？”宋秒秒还是有点怀疑。

“你试试不就知道了？记住啊，一定要在他赢球的那一瞬间在心里许愿，不然不灵了可别怪我——呐，就是那个戴帽子高个子的男生。”言妍说着，伸手指向了赛场上左边的男生。

顺着言妍指的方向，宋秒秒看到穿着纯白色网球运动T恤的男生，他的帽檐压得很低，但手中的网球拍握得很稳。宋秒秒不是第一次看网球比赛，她发现那个男生的打法很强势，速度也很快。

因为距离有点远，宋秒秒害怕错过男生赢球的瞬间，所以目光一直没有离开他。但是越看那个男生，宋秒秒越有一种熟悉感。

当男生抬头接球时，宋秒秒终于彻底怔住了。

“不会这么巧吧？”看到男生的脸时，宋秒秒有些恍惚，她不敢置信地咽了咽口水，碰了碰身边的言妍，“言妍，这个‘恋爱锦鲤’叫什么？”

言妍也正目不转睛地看着男生，听了宋秒秒的话，她头也不回地说：“他叫什么来着？培培说过一次，我忘了，反正大家都叫他‘恋爱锦鲤’，叫什么随便啦。”

“是不是叫……靳云琛？”

“对对对，好像就是这个名字。”言妍恍然想了起来，但下一秒她就疑惑地看向宋秒秒，“不对，你怎么知道啊？”

宋秒秒没有回答她，但从宋秒秒震惊的眼神中，言妍立马察觉到了猫腻：“怎么？你们认识？”

宋秒秒看着网球场上一个猛挥将球拍向对手的靳云琛，咽了咽口水：“何止是认识啊，准确地说，他以前是我的冤家……”

“5 ：3！靳云琛赢了！”

“看来裴之枫的队长位置要拱手相让了！”

“支持！靳云琛太厉害了！”

……

宋秒秒的话还没说完，观众们突然兴奋地尖叫了起来，将她的声音完全盖了过去。

“你刚刚说什么？什么冤家？”言妍看了看宋秒秒。

宋秒秒正心虚的时候，言妍突然扭过头拉了拉刚刚说话的男生，问：“这是什么情况？什么‘裴之枫的队长位置要拱手相让’？”

男生愣了愣，反问：“你不知道这场比赛是靳云琛和裴之枫为了争夺校网球队队长职位而举办的吗？”

还没等言妍反应过来，男生已经给了她一记“你不知道的话来凑什么热闹”的眼神，又继续和身边的人兴奋地为靳云琛欢呼起来。

看得出来，靳云琛很受欢迎，至少有一大半的观众为他赢得比赛而欢呼。

当然，也有为裴之枫输了比赛而感到难过的。

宋秒秒身边就有一个。

原本宋秒秒还在思考怎么和言妍讲述她和靳云琛的冤家路窄，但现在完全没有这个必要

了，因为言妍的心思已经完全转移到裴之枫身上去了。

言妍好不容易找了一个脾气好的人打听了一下，才弄清楚今天的比赛具体是怎么回事。

原来三天前，靳云琛约定和裴之枫比赛，比赛的赌注是校网球队队长的身份。至于他们之间为什么会有这样一场比赛，还要从靳云琛说起。

靳云琛是作为美国斯坦福大学的交换生来到C大的，进入学校的当月他就申请加入校网校队。

C大的校网球队不是普通学校的校队组织，因为赢得了不少比赛，不但在C市，甚至在全省都是数一数二的网球战队，所以校网球队的教练当然不会随意让人进来。因此，校网球队苏教练设下了不少考验。

然而，让所有人都没有想到的是，靳云琛不但以最高标准通过了这些考验，战胜了苏教练安排的队员，还都以碾压式的分数胜出。这让苏教练简直如获至宝，他当然是张开双手热烈欢迎这位网球天才。

靳云琛技术了得，加上长相帅气，身材高挑，他在正式加入校网球队的第二天就被封为网球队的新晋男神。

队员们对他心悦诚服，女生看到他两眼放光。

然而，所有人都发现，这位新晋男神对谁都和和气气的，唯独对校网球队队长裴之枫不太友善。

在靳云琛没有出现之前，裴之枫一直是校网球队的风云人物，在他的率领下，球队也确实打出了不少好成绩。按理说，原本应该是裴之枫对这位抢了他风头的新晋男神有敌意，但大家发现事情恰恰相反，靳云琛处处挑衅着裴之枫，连训练的时候两人间都擦着火花。

终于，在三天前，他向裴之枫下了挑战书。

言妍不知道这些也是情有可原，因为三天前她们正在参加C市高校舞蹈大赛。

“这只‘臭锦鲤’，仗着自己打得好，欺人太甚！”了解到事情经过的言妍气愤地替裴之枫打抱不平。

“怎么，你的裴学长输了，你这么心疼啊？”看着言妍愤愤不平的样子，宋秒秒打趣她。

“抢了裴学长的风头就算了，连队长的身份也要抢去，你不觉得有点过分吗？”如果是在平时，听到宋秒秒提裴学长，言妍一定面红耳赤。但今天看着裴之枫站在赛场上被打败的样子，她除了满眼的心疼，再也顾不得其他了。

宋秒秒也顺着言妍的目光望去，就见靳云琛已经走到了裴之枫面前。

二人身高相仿，这样针锋相对，赛场上立马多了一丝紧张的气氛。观众席上的人停止了欢呼，全都静静地看着他们。

“你的技术很好，可惜体力差了点，身体也不太灵活。”靳云琛看着裴之枫，眼神里满是不屑。

裴之枫握了握球拍，倒显得平静：“我输了，以后你是队长。”

“这是理所当然。”靳云琛说着，剜了裴之枫一眼。

虽然离得有点远，可是在看到靳云琛那个眼神的时候，宋秒秒心里还是一紧。

不知道为什么，宋秒秒总觉得这个人和她认识的那个靳云琛很不一样。

她认识的靳云琛虽不至于温柔如白月光，但在她的记忆中，哪怕他再生气，也从来没有对谁发过火，更不可能有这么阴鸷的眼神。不过她又转念想了想，已经三年不见，靳云琛又去了国外，有些改变也许也是正常的……

“都怪我，要是我早点来给裴学长加油助威，他肯定就不会输的。每次我在的时候，裴学长都会赢的！”

言妍是裴之枫的头号迷妹，只要没有舞蹈训练，她一定会在网球馆观看裴之枫的训练，要是裴之枫有什么比赛，她更是第一个到场支持，摇旗呐喊。

言妍的话打断了宋秒秒的回忆，她抬头才发现靳云琛已经拿着球拍转身离开了。

随后裴之枫也离开了。

“裴之枫，不要气馁，你是最棒的！”一声高呼让转身离开的裴之枫突然回头，他望向声音的来源——宋秒秒旁边的言妍。

不知道是不是言妍的声音太响了，不但裴之枫回头了，连快走出赛场的靳云琛也朝这边看了看。

宋秒秒立马扭过头去，生怕被靳云琛看到。

不过还是晚了，她明显感觉到一道目光落到了自己身上。

“靳云琛不会看到我了吧？”宋秒秒也说不上为什么害怕被靳云琛看到，但她还是情不自禁在心里嘀咕，“都三年没见了，也许他早就把我忘了吧？”

裴之枫给了言妍一个微笑之后转身继续走了，见两位男神都离开了，围观的人也朝网球馆门口挤去。

一路上，大家有的在为裴之枫感到惋惜，有的在为靳云琛高超的技术惊叹。

“对了，你刚刚许愿了没有？”刚走出网球馆门口，言妍像是想起了什么，突然看了看宋秒秒。

“啊？我……忘了。”宋秒秒这才想起，她们来这里是为了许愿的。

向靳云琛许愿……宋秒秒想了想她以前对他做的事，心道：就算他真如传说一般灵验，他也不可能保佑我吧！

这个想法，显然不止她一个人有。因为她刚说完，言妍就气鼓鼓地说：“不过没许也好，赢裴学长的比赛，就算许了愿也肯定也不灵，哼！”

宋秒秒：你在逗我？

因为宋秒秒的意外退赛，C大校舞蹈队队长穆涵以高分获得了C市高校舞蹈大赛单人舞冠军。同时，她还收获了爱情。

校内网上，有人传出一张穆涵获得冠军后在后台被沈倦抱起来的照片，与之明显对比的是另一张照片：宋秒秒捂着肚子在舞台上瘫倒、表情抽搐的样子……

大家的一致评价是：校草沈倦抛弃宋秒秒，爱上穆涵，无疑做出了一个正常男人的正确选择。

这种“大猪蹄子”的言论被一个ID名叫“大言不惭”的网友破口大骂，可惜支持宋秒

秒的人还是少。

言妍故意不让宋秒秒看到那张照片，但宋秒秒不用看，也可以想象出当时沈倦抱着穆涵是怎样的表情——他会挑着眉头，嘴角勾起一个温柔的微笑，用充满柔情的眼神深情地望着……穆涵。

宋秒秒之所以知道，是因为她当初就是被沈倦这个笑容迷倒的。

宋秒秒永远都记得自己第一次单独遇到沈倦那天。

那还是一个月前，那天，因为独自练习舞蹈到很晚，所以她是最后一个离开舞蹈室的。初秋的夜已经有些凉，舞蹈室离生活区有段距离，这个时间点路上几乎没有什么人影，路灯昏黄，四周安静得有些可怕。

没走多久她就被一只突然出现的黑猫吓了一跳。

看着那只眼睛发亮的黑猫，宋秒秒还没来得及反应，下一刻，一道人影出现了。

“不好意思，吓你一跳吧？”

说话的是一个穿着白衬衫的高挑男生。

他的嘴角挂着一抹淡淡的微笑，声音很轻，说话的时候满眼温柔地望着宋秒秒。

他就是沈倦。

C 大的校草沈倦，宋秒秒当然知道。只不过宋秒秒从进大学后每天努力练习舞蹈，无暇顾及其他，加上她那接连不断的桃花运，她和沈倦也不在一个系，所以她和沈倦几乎没什么交集。

那晚可以算是他们第一次的正式相识。

宋秒秒当时也谈过四段不长的恋爱了，虽然她连接吻都还没来得及经历就分手了，但她也多少懂得了爱情的味道。

宋秒秒当然不是那种贪恋男色的肤浅女生，但当时看到沈倦的眼神，她的内心突然生出一种从未有过的悸动。

在那四段恋爱中，她都从未体验过这种悸动。

同样感受到悸动的还有沈倦，说完那句话后，他就看着宋秒秒，渐渐怔住了。

两人凝望着对方，目光缱绻，直到那只黑猫再次叫了几声，两人才有点不好意思地从对方的身上移开视线。

后来宋秒秒才知道，那只黑猫是只流浪猫，腿还受了些伤，沈倦正打算抓住它带它去看兽医。

之后，他们二人合力将那只黑猫抓住，并送到了兽医那里。

让宋秒秒没想到的是，第二天当她从舞蹈室练习完回宿舍时，她再次在昏黄的路灯下看到了沈倦。

“我是怕再有野猫吓到你。”沈倦温柔地对她笑笑。

第三天，沈倦在同样的位置等着宋秒秒，但他没像前一天一样直接将她送回宿舍，而是先请她吃了一家很有特色的消夜。

第四天，沈倦出现在宋秒秒面前时，怀里抱着那只治好了脚伤的黑猫，身后还藏着一束

玫瑰花。

……

一个星期之后，宋秒秒就沦陷在沈倦温柔的眸中。

宋秒秒答应沈倦的追求时，心里只有一个声音：我想和他在一起。

在一起的半个多月里，他们没有吵过一次架，每天甜蜜地在一起，做着正常情侣做的事，看最热门的电影，一起去食堂吃饭，还一起养那只黑猫。

宋秒秒相信，一定是哪里出了问题，才导致沈倦和她分手。如果真是邪门，那么用许愿这种办法来解决，未尝不可。

可是她怎么也没有想到，好不容易有个人可以让她和沈倦重归于好，结果对方居然是被她欺负了三年的高中同桌，想一想当初靳云琛对她的态度……只有八个字可以总结她的命运冤家路窄，天要亡我。

如果用一个成语来形容宋秒秒之后那几天的状态，“萎靡不振”最合适不过了。

她蓬头垢面地窝在宿舍的床上，舞蹈也不练了，心里唯一的想法就是命运对她实在太残忍。

言妍也没有顾得上安慰宋秒秒。

裴之枫那天战败后，她觉得有必要献出自己的一份爱心，所以她天天上课很积极，有事没事地找机会和裴之枫上同一堂课，方便对他嘘寒问暖。

舞蹈队的严教练原本是打算对宋秒秒那天比赛落败的原因和她认真谈个话的，但因为亲眼看到了宋秒秒在后台被甩的过程，为了照顾她的感受，这个谈话也一拖再拖。

宋秒秒在寝室里窝到第三天的时候，严教练的谈话时间也终于拖到极限了。

被同学传话说严教练让她去舞蹈室时，宋秒秒心下一紧。

其实这几天她也是有意不去舞蹈队的，原本她被严教练寄予厚望，希望能在本次的大赛中拿下冠军，结果却出了这样的岔子。

一想到严教练，还有自己在舞台上狼狈摔倒的样子，宋秒秒就于心有愧。

不过她也知道，出了这样的事，队里肯定会过问的。所以收拾了一下后，她还是来到了以前几乎每天都会来的舞蹈室。

校舞蹈室在艺术楼的一楼，严教练特意挑了一个大家都在上课没来训练的时间喊她，所以宋秒秒赶过去的时候，舞蹈室里只有严教练一个人在。

严教练当初也是国家级舞蹈队备选苗子，只是听说她也在一次重要的比赛中出现了重大失误，左腿受伤，之后的水平便慢慢下降，她也慢慢不再抱着成为舞蹈家的梦想，最终选择了做校舞蹈队的教练。

也正因如此，在看到这么有舞蹈天赋的宋秒秒时，她才格外惜才。

“严教练……”宋秒秒来到严教练面前，满脸愧疚地看着她。宋秒秒很想对严教练说声“对不起”，但不知道是不是最近发生的事让她太难过，她张了张嘴，终于还是没有说出来。

“你的失误很让人意外，”严教练伸手捋了捋宋秒秒耳边的头发，声音很轻，却开门见山，“我后来想了想，这有失常理。这几天你冷静下来，有没有想过到底是怎么回事？”

“当时肚子突然一痛，”宋秒秒像是陷入了难堪的回忆当中，咬了咬嘴唇说，“但那天不是我的生理期，比赛那些天我也严格注意着自己的饮食，所以……我也不知道到底是怎么回事。”

“本来打算第一时间给你的身体做一个检查的，但是……”严教练想到那天在后台沈倦对宋秒秒说的话，终于还是避开了这个话题，“你仔细想想，赛前你有喝过什么东西吗？”

为了保持最佳状态，宋秒秒将一切意外因素都考虑了进去，每次比赛前她都会十分注意，那天也一样。

宋秒秒想了想，没想出什么特别的地方，于是摇了摇头。

“严教练，为什么会这么问？你是怀疑有人……”

“我也只是例行问一问，你不要想多了。”严教练说着，拍了拍她的肩膀，“这样吧，这几天你好好休息一下，调整一下状态，趁着最近没有什么比赛，先休息一段时间。”

作为严教练的心头肉，宋秒秒早已经被严教练当作自己的亲生女儿一般疼爱了。宋秒秒也和她很亲近，所以她知道宋秒秒把这次的比赛看得很重。她还记得当初宋秒秒跑来对她说，等自己赢了比赛拿了奖金就和沈倦去日本旅行的。

宋秒秒感激地看了看严教练，这几天她也确实没有心思练舞。

只是宋秒秒没想到，她刚离开舞蹈室，就看到了两个让她心思更乱的人。

不远处的花坛边，沈倦紧紧地拉着穆涵的手，满眼柔情。穆涵站在他面前，垂着眼帘，满脸的幸福。

因为离得远，她听不清沈倦和穆涵在说着什么。事实上，不用听到他们说什么，他们现在这般模样，就让宋秒秒觉得呼吸困难了。

沈倦身高一米八一，身材修长，穿着白衬衫，戴着黑框眼镜，斯文又温柔。穆涵也从小学习舞蹈，虽然天赋不及宋秒秒，但身材高挑，一副温婉模样。

两个人此时看上去是那么登对。

其实，前四任男友劈腿之后，宋秒秒也看到过他们和新欢恩爱的模样，但大概是在一起的时候很不正式的缘故，所以她并没有什么特别的感受。但这一次她明显觉得有点崩溃。

更加让她崩溃的是，下一秒，她看到沈倦忽然撩起穆涵的头发，吻住了穆涵的唇……

要知道，宋秒秒和沈倦谈了大半个月的恋爱，也才牵牵手，她几次想把自己的初吻献出去都未遂。可是穆涵和他才在一起一个星期，就……

以前宋秒秒总听人说“整个世界都塌了下来”，当时她还不知道那是什么意思，但在这一刻，她懂了。

“这也太过分了！秒秒，那可是你的沈倦啊，他怎么能这样！”

宋秒秒被这突如其来的声音吓了一跳，转头就看到言妍也正目不转睛地盯着沈倦他们。

“你什么时候来的？”宋秒秒可好几天没在白天看到过言妍了。

“我这不是想着，好几天没来舞蹈队训练了，怕教练找我吗？没想到我刚到，就看到这对奸夫淫妇光天化日之下做出这种苟且之事。”言妍头也不回地说，“秒秒，虽然我对靳云琛抢占我们家裴之枫网球队队长职位的行为很不耻，但是为了你的终身幸福，我觉得你必须要把沈倦抢回来了！”

说着，言妍一本正经地转过头，认真地看着宋秒秒：“必须要抓紧了，否则他们再这样发展下去，生米就要煮成熟饭了。”

宋秒秒哑口无言。

“我打听过了，今晚靳云琛和D大校网球队有一场比赛，你赶紧趁机向‘恋爱锦鲤’许愿吧！”

看着沈倦温柔的样子，宋秒秒咬了咬嘴唇，她确实不想失去他。

见宋秒秒还在犹豫，言妍像是想到了什么，对她认真地说：“我知道，你是担心我在忽悠你是吧？这样吧，我好人做到底，今晚我先许愿，让你亲眼看看到底灵不灵。要是明天我和裴之枫在一起了，我看你还有什么话说。”

提到裴之枫，言妍的眼睛里仿佛冒出了爱心……

宋秒秒没想到言妍会说这样的话，当场给了她一个大大的拥抱。

“言妍，你也太够意思了！”

有姐妹如此，夫复何求啊？

第二章　喜欢他？除非她瞎了

宋秒秒去网球馆的第一天，靳云琛没有比赛。

宋秒秒去网球馆的第二天，靳云琛没有比赛。

宋秒秒去网球馆的第五天，网球队放假……

宋秒秒看着大门紧闭的网球馆，心情十分郁闷。

“有没有搞错？怎么会没比赛了呢？”

这是言妍向靳云琛许愿后的第六天，也是宋秒秒雷打不动前来网球馆的第五天，如你所见，结果很不理想……

宋秒秒很着急啊。

她不能不着急，因为她亲眼看到这个“恋爱锦鲤”有多灵验！

就在言妍向“恋爱锦鲤”靳云琛许愿的第二天，她向裴之枫告白的时候，真的被接受了！

当时情况是这样的——

许完愿的第二天，言妍像前几天一样，害怕裴之枫被靳云琛打败后心里不好受，便特意在上课的时候坐到裴之枫身边，有意无意地问他一些问题，并趁机把特意买给他的他喜欢喝的奶茶递给他，以温暖他受伤的小心脏。

往常，裴之枫只是示意她将奶茶放到面前的桌子上。然而这次的情况不一样，在言妍递给裴之枫奶茶的时候，裴之枫将言妍手里的奶茶直接拿了过来，然后在言妍惊喜的目光下，将奶茶插好吸管，又将吸管递到言妍的嘴边，接着柔声说：“送了这么多次奶茶，你不打算尝尝它的味道？”

“呃……”言妍愣了一下，然后激动地含住吸管，吸了一口奶茶，才说，“其实尝过。我也很喜欢这款奶茶。”

“是吗？”裴之枫微笑地看着她，“是喜欢这款奶茶，还是喜欢我？”

言妍没想到裴之枫会这么问。

她想到了自己昨天许下的那个愿望，觉得这是许愿的力量，于是她笑着说："都喜欢，不过更喜欢，你喂的这杯。"

言妍说完，却不知道自己的脸已经红成了苹果。

看到言妍认真的眼神，裴之枫突然又将吸管放进了自己的嘴里，吸了一口奶茶，他才说："我也觉得这杯奶茶味道特别好，也许是因为……它有恋爱的味道吧。"

听懂了裴之枫话里的意思，言妍激动地看着他："裴学长，我喜欢你很久了，我可以……做你的女朋友……"

"不可以。"言妍的话还没说完，裴之枫就打断了她，她整个人就像被泼了一盆冷水，心情瞬间降到了冰点，但她还没来得及感受这份悲伤，裴之枫突然拉起她的手接着说，"不可以……我也不允许我喜欢的女生先向我表白，因为我觉得，表白这种事，一定要男生主动开口，这份爱情，才会更浪漫。"

裴之枫说完，在言妍还没有反应过来的时候，深情地看着她，说："言妍，其实我已经注意你很久了，你真的，是一个特别可爱的女孩，我是否有幸……用我的余生，来呵护你呢？"

听完裴之枫的话，言妍感觉自己心里已经炸开了烟花……

"嗯嗯，裴学长，我愿意。"言妍用力地点头，仿佛在答应裴之枫的求婚一样。

不，她比被求婚还要激动。

当天，言妍是一个人走进教室的，但在走出教室的时候，她已经亲昵地挽着裴之枫的胳膊了……

看到这一幕的宋秒秒完全傻了眼，晚上在宿舍听言妍讲述了她告白的过程后，更是瞪大了眼睛："真这么灵？也太邪门了吧？"

对于这个疑问，言妍没有回答，因为她急着打扮，要和裴之枫去看电影了。

第二天宋秒秒就坐不住了，她一大早就直奔网球馆。

可是一天过去了……一个星期过去了，靳云琛再也没有打过任何比赛。

宋秒秒只有一个感觉——她和靳云琛，真的是冤家。

但宋秒秒觉得这样坐以待毙下去也不是办法，如果她再不抢回沈倦，沈倦和穆涵可能真的就生米煮成熟饭了。

为了自己的终身幸福，宋秒秒决定主动出击。

宋秒秒是那种长相甜美、眼神单纯无害的姑娘，这也是她被封为校舞蹈队队花的原因。

这样一个人见人爱的队花，在独自一人前往校网球馆的时候，心里却在打鼓。

这是她和靳云琛分开的第三年，她清楚地记得，高考完她拦住靳云琛，问他打算报考哪个大学时，靳云琛对她说的话——

"我不会告诉你的，我再也不想见到你了。"

其实当时靳云琛说这句话也是在情理之中的，毕竟，高中同桌三年，他就被宋秒秒欺负了三年，使唤了三年，他要是还想被她欺负……那就真的不正常了。

因为这句话，宋秒秒难过了好几天。她曾经也问过自己："我真的那么讨厌吗？"

但她没有得到答案，因为能给她答案的那个人，已经不知道去哪里了。

然而她没想到，三年后的今天，她不但要见他，还有事求他。

想到三年前两个人最后一次见面时靳云琛对她的态度，宋秒秒便越来越没底气了。

宋秒秒走进网球馆时，才发现和昨天网球队集体放假休息的情况不一样，每个队员都在进行训练。

但是她在人群中搜索一遍，独不见靳云琛。最后，她在网球队教练办公室发现了她想找的身影。

“云琛，裴之枫要辞去校网球队队长的职位，还推荐由你来做队长，你的意思呢？”

“推荐？呵……”

“按你的水平和成绩来说，当然是早该由你来做这个队长的。就这么定了，也希望你不要推辞哈。”

“我当然不会推辞。”

“那就好、那就好……还有一个事，和D大的比赛，你打得很好，这是这次比赛赢得的奖金，你……”

“留给队里作公用资金吧。”

“每回都留给队里，这不太好吧，这是你的个人奖金啊。”

“我不需要。”

……

宋秒秒刚来到办公室外，就听到里面传来的对话，她不禁愣了：见钱这么不亲，还是个正常人吗？

“教练，没什么事我先出去了。”

“好好好。”

教练一连三个“好”，宋秒秒感觉他的声音里竟带了几分敬畏……

她还没来得及思考这敬畏是从哪来的，眼前就出现了一双大长腿。

三年不见，靳云琛的腿倒是长了不少啊。

“嗨，靳云琛。”看到靳云琛，挡在门前的宋秒秒马上挤出一个笑。

靳云琛却看着她皱了皱眉。

看到靳云琛难看的脸色，宋秒秒就知道自己来之前心里打鼓是真的打对了。

靳云琛确实不想看到她……

可是为了沈倦，她豁出去了。宋秒秒一脸谄媚地对靳云琛笑笑：“你不认识我了？我是宋秒秒啊。我知道你是在怪我以前对你太不温柔，以前我的确不该欺负你。看在老同学一场的份上，你能不能帮帮我啊？我就是想问问，你什么时候有比赛啊？最近有吗？”

宋秒秒着急地一连问了几个问题，生怕靳云琛不理她，但对方依旧满脸写着“你是谁”。

靳云琛还没有来得及问出这个问题，苏教练就从办公室走了出来。

“你是谁？”苏教练看着宋秒秒。

宋秒秒立马甜甜一笑：“教练你好，我和靳云琛是高中同学，我来看看他。”

“哦，高中同学啊？我听说靳云琛以前是Z城人，三年前才移居美国，正好奇怎么没看到他在学校有熟人。同学好，同学好，那你们聊……”苏教练说着，走出办公室。

“我知道你很不想回忆那段过往，我发誓，和你高中同桌的那三年也是我时常忏悔的时光。”苏教练一离开，宋秒秒立马继续恳求地看着靳云琛。

听到这句话，靳云琛像是想起了什么一样，他松了松眉头：“高中同桌？”

“嗯嗯。”

靳云琛眼里有什么一闪而过，问：“你叫宋秒秒？”

“嗯嗯，靳云琛，是我是我，嘿嘿。”

靳云琛盯着宋秒秒看了半晌，看着她兴奋的样子，他幽幽地将嘴角一扯：“你想请我帮什么忙？”

“靳云琛，我就说你最好了，不会忘了咱们俩高中同桌三年的同窗之情。”见靳云琛松了口，宋秒秒眉飞色舞，“你就来一场比赛，让我许个愿，好不好啊？”

关于“恋爱锦鲤”的名声，靳云琛不是没有听说过一些流言蜚语，不过他无所谓，特别是也没人因此打扰他的生活，他就更加不在乎了。

没想到，宋秒秒会因为这个事公开找他打比赛……

靳云琛看着一脸认真的宋秒秒，眉眼含笑：“你真的想让我帮你实现愿望？”

“嗯嗯，非常想。”宋秒秒点头如捣蒜，生怕靳云琛看不出她的诚心。

“既然你找我帮忙，那我也刚好找你帮个忙。我们网球队刚好缺一个助理，教练正托我找，要不，你来？”

“好啊好啊，不过，助理是干什么的？”

“我什么时候要你找助理了？”教练不知道什么时候走了过来。他凑到靳云琛耳边小声说完，又对一脸期待的宋秒秒笑笑：“呃，通俗点讲，就是打杂干粗活的。”

宋秒秒心里苦。

她就知道靳云琛不会那么轻易放过她……

校网球队教练姓“苏”名“正”，大家都亲切地称呼他为“老苏”。

在他的带领下，C大校网球队原本就是本市排名第二的网球队。但他没有想到，靳云琛加入校队之后，网球队更是如虎添翼。最近的几场比赛他们都赢了，特别是前不久和D大网球队的比赛，他们以绝对领先的比分赢得了比赛，战胜了一直领先于他们的D大网球队，这让苏教练直接把靳云琛供了起来。

上一个被苏教练供起来的是裴之枫。

这也是让苏教练感到遗憾的地方。

两员大将在手，按理说应当是好事，可是苏教练发现，靳云琛沉默寡言，球技了得，哪哪都好，就是和裴之枫相处得不是很愉快，准确地说，是处处针对着他。这让苏教练有一种只得舍弃一人的遗憾。

现在这件事还没有处理好，靳云琛又擅自招来一个助理。虽然苏教练对靳云琛这种行为不是特别满意，但他完全默许了这种行为。

谁让他还打算靠靳云琛为他多赢几场比赛，成为他手上的头号天才球员呢？这可是网球教练最值得骄傲和最有成就感的一件事了。

球员好找，天才难寻。在苏教练的眼里，靳云琛更是百年难遇的天才网球运动员。

所以，苏教练按靳云琛的意思，拟定了一份助理合同交给了宋秒秒。

宋秒秒当然不懂合同，但懂不懂对她而言不太重要。

她看着眼前的合同，只是觉得有点蒙。

虽然在来的路上她有想过，靳云琛会趁机报复高中三年她对他的欺负，但当这一切真的发生时，她还是有点心酸。

她还以为靳云琛没那么小心眼呢。

现在看来，他不但小心眼，还很记仇。

她宋秒秒也是从小到大被家里人宠着的小公主，亲爱的老爸连地都不让她扫，她现在要到网球队来当个打杂的？

宋秒秒想想就觉得后悔，她怎么就主动跑过来找靳云琛了？

靳云琛也看出了宋秒秒的犹豫，他不疾不徐地站了起来，对宋秒秒笑了笑："签不签合同随你，我这个人从来不喜欢强迫人的。"

靳云琛说着，就朝办公室外面走去。

"别、别，我签、我签，不过，这总要有个期限吧？我做多久的助理你才比赛啊？"

看到宋秒秒紧张的样子，靳云琛勾了勾嘴角："一个月吧。"

宋秒秒愣了，问："一个月？"

一个月以后沈倦和穆涵都发展到哪一步了，她不敢想象……

靳云琛像是看出她的想法一样，继续往外面走："你要是不愿意，我保证我两个月都不会参加比赛。"

这是赤裸裸的要挟啊。

宋秒秒没发现，听到靳云琛说这句话的时候，老苏比她还紧张。

不过老苏还没来得及说话，宋秒秒就咬了咬嘴唇，像是下定了什么决心似的，说："那你要说话算话呀，一个月以后可千万要信守诺言。"

靳云琛这才停下脚步，转过身，像是吃定她一样，嘴角一扯："白纸黑字，签字画押，你怕什么？"

为了沈倦，宋秒秒深吸了一口气，拿起笔，唰唰签上了自己的大名。

"好了，是从今天开始吧？"宋秒秒迫不及待地把合同递给靳云琛，心里算盘着，今天已经过了半天，这打杂的日子能提前一天结束也是好的。

"当然。"靳云琛接过合同，满意地看了看，"恭喜你，现在正式成为校网球队的助理。"

还没等宋秒秒吐槽这声"恭喜"从何而来，靳云琛就戏谑地看着她，说："宋助理，去星巴克买杯拿铁吧，我有点渴了。二十分钟的时间够不够？"

"现在？"宋秒秒愣了一下，"从网球馆到学校门外最近的星巴克，可最少两公里呢。"

"怎么，第一天上班就有意见？"靳云琛挑了挑眉。

宋秒秒无奈，一边翻着白眼一边跑出网球馆，她跑得很急，所以没有注意到身后有一道

意味深长的目光。

饶是经常跑步喜欢运动的人，跑完四公里，加上排队买咖啡的时间，也至少要半个小时，更何况是宋秒秒这种弱女子。所以，当宋秒秒喘着粗气提着咖啡回到校网球队的办公室时，时间已经过去了四十分钟。

“你太慢了。”看着喘着粗气的宋秒秒，靳云琛没有半分同情，“等着你的咖啡，我早就渴死了。”

“你知道有多远吗？”宋秒秒可怜巴巴地望着靳云琛，“我已经用了最快的速度了。”

“看在你的态度还算诚恳的份上，你这助理的第一件工作，就算完成了。”靳云琛接过咖啡，朝苏教练举了举，“不过这咖啡，还是苏教练喝吧。”

“你不喝？你刚刚不是说你快渴死了？”宋秒秒皱了皱眉。

“我是有点渴，不过更重要的是，我想试试你这个助理听不听话。”靳云琛慢条斯理地说。

宋秒秒心里想打人。

“好了，现在第一件工作完成了，开始第二件吧。”靳云琛说完就转身朝外面走去。

“第二件？第二件是什么啊？”宋秒秒喘着粗气追上去。

三分钟以后，宋秒秒站在网球场上，旁边是保洁阿姨帮忙拿过来的拖把和水桶。

宋秒秒看着身旁这些东西，顿时有一股不好的预感。

果然，下一刻她就听到靳云琛的声音：“把球场拖干净，先用沾了水的湿拖把拖一遍，再用干拖把拖一遍。记住，拖完以后，球场上一定不能有水渍。”

“等等，这不是清洁阿姨的工作吗？怎么也要我来做？”宋秒秒傻了眼。

“以前是，但现在有助理了，就不需要麻烦阿姨了。”

宋秒秒蒙了，有没有人帮她分析分析，她是不是掉到什么坑里了？

“怎么，有意见？”见宋秒秒一动不动，靳云琛扭头问她。

宋秒秒也迎着他的目光看过去。

在宋秒秒的印象中，靳云琛一直是一个长相俊美的男生，而且他性格温柔，高中的时候就有不少女同学向他暗送秋波。

不知道为什么，她总觉得靳云琛完全不像三年前的样子，他的变化太大了。

她甚至怀疑，眼前的人真的是三年前她常常欺负的那个大男孩吗？

他的目光深邃，她完全看不懂他在想什么，他的眼神丝毫不像三年前那样的温柔单纯。

但想到自己以前欺负他的样子，宋秒秒又觉得现在靳云琛对她做的一切似乎都是合理的，只是有点……

“靳云琛，你这不是明目张胆地公报私仇吗？”宋秒秒说出了心里的话。

听到这句话，靳云琛皱了皱眉，反问：“公报私仇？”

“我知道我以前不该处处欺负你，但是……我那是觉得和你是好朋友，开玩笑的嘛，你为什么还耿耿于怀啊？”

“可是我要是就这么耿耿于怀呢？”

宋秒秒没想到靳云琛会这样说，她有点无奈地撇了撇嘴：“我总感觉你和以前完全不一

样了，就像……就像是两个人。”

靳云琛眉眼轻挑，问：“是吗？那你是喜欢以前的靳云琛，还是喜欢现在的靳云琛呢？”

当晚，宋秒秒是拖着一身快要散架的骨头回到宿舍的。

而宿舍里的言妍，刚和裴之枫一起吃完晚饭回来，正在幸福地哼着小曲儿。

“姑奶奶，你这是盗墓去了吗？怎么搞得灰头土脸的呢？”言妍将宋秒秒扶到床上，后者沾床就四仰八叉地倒下了。

“你要是拖八个网球场那么大的地，还要拖两遍，还要没有一点水渍，你肯定比我还要灰头土脸……”宋秒秒有气无力地说。

听完宋秒秒的话，言妍愣了一下，问：“拖八个网球场的地？什么情况？宋秒秒，你不会是去干什么兼职了吧？”

原本宋秒秒打算说“不是”的，但一想想，也确实是兼职，只不过别人兼职有工资，她是白干。

当她把今天的事从头到尾地说了一遍后，言妍直接用崇拜的眼神痴痴地望着她。

“秒秒，以前我真是小看你了，你真是太伟大了！为了爱情，你这样付出……我要是沈倦，一定一边哭着将你抱住，一边诉说对你的爱！”

宋秒秒一把推开真的扑上身来的言妍：“感谢上天，你不爱我……”

言妍嘿嘿一笑：“那你还没吃饭吧？刚好，我这里有打包的寿司。”

等言妍将打包盒打开，宋秒秒几乎是狼吞虎咽地将那包寿司塞到嘴巴里的。

“你慢点吃、慢点吃，没人和你抢。怎么样，味道不错吧？这可是裴学长特意为我买的。”提到裴之枫，言妍满脸的幸福。

看着言妍的样子，宋秒秒心里更加苦，她懊恼道：“真后悔那天没有和你一起许愿，你说我作什么死啊……”

宋秒秒真是肠子都悔青了，如果那天她也一起许了愿，现在她肯定正和沈倦幸福地在一起，哪还用得着干苦力啊？

“对了，你上次不是说你和靳云琛是什么冤家，到底是怎么回事啊？”

没想到言妍会突然提到这个，想到今天靳云琛的所作所为，宋秒秒咽下嘴里最后一口寿司，也有点怀念以前的靳云琛了。

宋秒秒就读的高中是Z城第一中学，也是Z城最有名的高中，几乎所有的Z城顶尖学生都汇集在这里。

她算不得顶尖，也就算个中等，顶尖的是她的同桌——全校第一名的靳云琛。

十六岁的靳云琛是个性格温柔不太爱说话的男生，平时安静得像一棵树。

他喜欢穿干净的白衬衫，身上常常有很好闻的味道。宋秒秒说不上来那是一种什么味道，但她很喜欢闻。

宋秒秒从一开始就对她的这个同桌抱有极大的兴趣。

靳云琛不但成绩一流，长相也很像当红偶像明星，很多小女生看到他都会脸红。然而宋

秒秒发现，这样一个条件如此优越的男生，居然连烤红薯是什么都不知道。

有一天中午，宋秒秒没吃饱，特意溜出校园买回来一个烤红薯。她原本准备在上课前解决掉它，结果拿到教室里，还没吃两口，她就看到旁边的靳云琛正好奇地盯着她手里的红薯。

“你吃的这是什么？怎么这么香？”

看着靳云琛好奇的小眼神，宋秒秒笑了半天。

“烤红薯啊，你没吃过啊？”宋秒秒觉得靳云琛是在逗她。更逗的是，靳云琛居然认真地摇了摇头。

宋秒秒永远也忘不了靳云琛那天捧着半块烤红薯啃的样子，她以为靳云琛也和她一样只是饿了，所以才这样骗她，直到放学时她看到一辆劳斯莱斯来接靳云琛回家。

也是那天，宋秒秒才知道，靳云琛打小出行就是坐这种豪车。而且据说他家里超级有钱，全世界都有他家的生意。靳云琛就是那种含着金汤匙出生的孩子，他的衣食住行都有专人照顾，所以烤红薯这种普通老百姓的食物，他根本没有机会也根本不需要知道是什么。

听了这个传言以后，宋秒秒对她的同桌只有一个印象：土豪！

宋秒秒对她的“土豪”同桌更加好奇了，她特意找了个时间和她的“土豪”同桌闲聊。

宋秒秒心潮澎湃地问：“你家真的很有钱？”

靳云琛诚实回答：“不知道。”

“那你真的从小到大都是被豪车接送？”

“嗯。”

“那你家是不是很大？”

“嗯。”

“是不是有好多玩具还有好多人陪你玩？”

“我早就不玩玩具了。”

靳云琛说到这里，宋秒秒发现他的眼神有些许的孤独。

从小就会察言观色的宋秒秒意识到什么，她皱了皱眉：“我看平时也没有什么人找你玩，你也不爱找别人玩，你是不是一直这么一个人，没什么朋友？”

靳云琛没有说话，但宋秒秒从他的眼神中找到了答案。

“那你天天多无聊啊。你平时都干吗呢？”

“看书。”

“你还真是一个爱学习的好学生，怪不得你次次考第一。”说到这里，宋秒秒的眼睛转了转，“既然你这么喜欢学习，以后我的作业你都帮我写，怎么样？我每天给你带个烤红薯。”

靳云琛原本是不愿意的，直到宋秒秒一边拿着香喷喷的烤红薯凑到他的鼻尖，一边瞪着一双无辜的大眼睛。不知道为什么，看着宋秒秒可怜兮兮的眼神，他想起了他家的小猫咪。

那样可怜又无助的小眼神，一模一样。

于是，从那天起，富家少爷、天才学霸靳云琛就成了宋秒秒的专属作业代笔，代笔条件是一个烤红薯。

但是，一个星期以后，靳云琛才发现自己被宋秒秒那无辜的小眼神给骗了。

有时候因为零花钱被宋秒秒提前挥霍光了，他连烤红薯的影子都没有看到。

不光如此，轮到宋秒秒值日的时候，她还找借口说自己肚子痛，让他替她打扫卫生。

靳云琛才发现，自己这是上了宋秒秒的当了。

他很想罢工，想把她的作业丢到垃圾桶里。

可惜每每这个时候，宋秒秒的演技就爆发了，她再次瞪着一双无辜的大眼睛，化身小猫咪。那可怜的小眼神还是没让靳云琛狠下心来。

特别是宋秒秒又带了一种新的食物去教室后。

当时宋秒秒一边大口地吃着香喷喷的肉夹馍，一边把香味往靳云琛那边扇。

靳云琛原本是想置之不理的，但宋秒秒吃得实在太香了，他终于情不自禁地咽了咽口水……

宋秒秒嘴角勾了勾，心里很是得意。

然后她装作很不经意地又掏出一个肉夹馍来递给了他，大方地说："不小心买多了一个，你要帮忙吃掉吗？"

靳云琛咬了一口肉汁醇香的肉夹馍后，就完全忘记他还在生宋秒秒的气了。

"这个在哪儿买的啊？"

"好吃吗？以后我还给你买。"

"好吃。"

"那你以后还帮不帮我写作业？"

"嗯嗯。"

看着靳云琛狼吞虎咽的样子，宋秒秒在心里得意地笑：哼哼，小样儿，还想逃出我的手掌心，门都没有！

想到这里，宋秒秒忽然想起白天靳云琛在网球馆问她的问题——那你是喜欢以前的靳云琛，还是喜欢现在的靳云琛呢？

她喜欢以前的靳云琛吗？

她不知道，不过她记得以前倒是有同学这样说过。

"宋秒秒，你是不是老早就贪图靳云琛的美色，想据为己有啊？"

"我贪图他的美色？你眼瞎了啊。"

"那你干吗老欺负他啊？"

"我就是觉得他太闷了，逗他玩。"

"喊，我才不相信呢。你就是喜欢他，只有喜欢他的人，才愿意花时间逗他。"

现在想想，如果是以前的靳云琛，她也许可以考虑一下。但是想到三年后的靳云琛对她的态度，她连忙摇了摇头——

喜欢他？除非她瞎了。

宋秒秒的眼睛没瞎，她自己清楚。

靳云琛是不是在报以前她欺负他的仇，她也很明了。

但这种明了让她很心痛。

她不知道这三年里究竟发生了什么事，让他变成这样——

变成了一个一大早就打电话喊她起来给他买早餐的恶魔！

当时宋秒秒还在睡梦中，她迷迷糊糊接通电话又挂掉电话，反应过来之后看了看时间，手机上清楚地显示，现在是早上五点！

宋秒秒想把手机砸了。

早上五点啊，她练习舞蹈的时候都没起过这么早！

等宋秒秒买好早餐送到网球馆时，她更来气了。

因为网球馆里的靳云琛啥也没干，正跷着二郎腿坐在椅子上，一心一意等着他的早餐呢，模样比大爷还要大爷。

有这个闲工夫，自己早就买回来吃完了啊！

苍天啊，是什么让一个温柔单纯的美少年变成了心如蛇蝎的恶魔啊！

宋秒秒在心里痛哭呐喊。

她很想把早餐扔在靳云琛脸上，但当她真正走到靳云琛跟前的时候，笑得却异常温柔：“云琛，你的早餐。按你的要求，三明治加牛奶，请慢慢享用。”

“很好。”靳云琛满意地接过早餐。

看着他慢慢享用的样子，宋秒秒心里只有一个念头：这都是报应啊！

“大哥，我想问一下，你天天都是起这么早的吗？”在靳云琛喝完最后一口牛奶后，宋秒秒殷切地看着他，生怕这一个月都要惨遭到这样的虐待。

靳云琛却云淡风轻地看着她：“难道你平时这个点还不起床？”

宋秒秒委屈道：“刚刚你打电话的时候，听不出来我还在睡觉？”

靳云琛很满意这个答案，他嘴角微扬：“很好，那就以后都这个时间送早餐来。”

她是不是不该问这个问题的？

“那现在早餐我也送来了，时间还早，我可以回去睡个回笼觉了吗？”宋秒秒可怜巴巴地看着靳云琛，后者却顺手拿起旁边的网球拍扔给了她一个。

“从买早餐的时间开始，你的工作时间就开始了。”

“有没有搞错呀，那我这一天要工作多久啊？肯定不止八小时，你这……你这是违反劳动法的……”

“怎么，不乐意做？”靳云琛打断宋秒秒，幽幽地说，“你可以毁约，大不了我永远不比赛而已……”

就把她吃得这么死吗？

做，做，怎么能不做呢！

她现在只有一个念头，就是穿越到高中时期，告诉自己：千万不要总是欺负靳云琛，一定要对他好一点！不，对他特别好！让他再次见到自己的时候好感恩戴德！

宋秒秒这样想着，愤愤地拿起旁边的抹布开始擦拭网球拍，然而她还没擦两下，就发现靳云琛用疑惑的眼神看着她。

“怎么了？我擦的方式不对？”

“谁让你擦网球拍的？”

“你不是让我开始一天的工作，开始干活吗？”

靳云琛没理她，径直走到网球场的一侧，这才对她示意一下，说“你的工作是陪我练球。”

“练球？助理还要做这个？”宋秒秒刚说完，不等靳云琛回答，就像想通了一样，挥了挥手里的球拍说，“好，那就来吧。”

看着对面噙着一抹微笑的靳云琛，宋秒秒心想，她以前怎么就没发现他这么小心眼呢？

她知道，她这次是彻底栽在靳云琛手里了，不把她折磨够，他是不会善罢甘休的。

既然如此，就让暴风雨来得再猛烈一点吧。

其实宋秒秒以前就知道靳云琛是网球天才，她还陪他一起打过网球。

高中时期的靳云琛，除了成绩好、长相好，网球也打得特别好。

不过他这项技能隐藏了许久，还是因为宋秒秒才显现出来的。

当时是在高二，他们全年级参加了一个夏令营活动，而其中一项活动就是打网球。全年级八个班，各自为战。同学们以自愿参加的方式比赛，一个一个跃跃欲试。

这原本只是一项娱乐活动，然而，谁也没有想到，后来越打越激烈，打到最后，牵动了所有围观者的情绪。

八个班中，七班最强，他们班一个同学打败了所有对手。

虽然宋秒秒所在的四班和七班激战到了最后，却还是败了。

七班的同学甚是得意，觉得自己天下无敌，放话有任何不服者皆可上前挑战。

大家对七班同学的嚣张都甚是不屑。

宋秒秒更是痛恨自己是个网球白痴。

“要是我会打网球，我非上去教训他不可！太嚣张了！”

愤怒归愤怒，不屑归不屑，她也只能嘴上说一说，谁叫她根本不会打网球呢？

她的话说完片刻后，她身边的靳云琛就朝赛场走去。

当时他只说了三个字：“我来吧”。

半个小时后，号称自己是网球第一的七班同学哭着败了下来。

他是真的哭了，因为他以 0 ：6 的比分惨败。

这场比赛赢得大快人心，七班同学以外的所有人都为靳云琛欢呼。

看着靳云琛帅气的模样，宋秒秒也第一次觉得，天天让他替自己写作业，实在是有点屈才。

靳云琛下了场以后，整个班的同学都热情地围了上去，有递毛巾的，有递水的……

看到漂亮的女班长第一个冲上前去将自己的水递到靳云琛面前，原本已经抱起水瓶准备冲过去的宋秒秒犹豫了一下，但她最后还是走了过去。

“靳云琛，你打得真棒！”宋秒秒一边说着，一边也将一瓶矿泉水递到了靳云琛面前。

靳云琛的目光落到宋秒秒身上，他越过面前的几个人，伸手接过宋秒秒的水。

“谢谢。”靳云琛的声音很淡，说完便仰起头大口地喝着水。

他的汗珠顺着脖子往下流，宋秒秒第一次觉得男生流着汗的样子可以这么好看。

宋秒秒心里有点高兴，不知道是因为他们班赢得了冠军，还是因为她发现靳云琛自始至终都没有看一直举着手递给他水的女班长。

第二天放学后，宋秒秒便背着网球拍拦住了正准备上劳斯莱斯回家的靳云琛。

“靳云琛，我知道你一直不想替我写作业，那你教我打网球吧？”宋秒秒勾起嘴角，一脸兴奋。

靳云琛看了一眼宋秒秒背后的粉色网球拍，声音有点冷淡：“你为什么想打网球？”

“因为我觉得打球很酷啊，特别是打败对手的时候。你不知道，昨天你打球的样子真的特别帅！”宋秒秒一边说着，一边将自己新买的网球拍递到靳云琛面前，“怎么样，我昨天去买的，是不是挑选球拍的眼光很不错？”

不知道是不是被宋秒秒夸赞的原因，靳云琛的脸有些红。但是，他没有评价宋秒秒的网球拍，直接上了车，只撂下一句：“如果只是觉得酷，那还是不要学了。”

“哎，你……”宋秒秒对靳云琛的反应一头雾水，再想问的时候，靳云琛的车子已经走了。

宋秒秒哪有那么容易死心，她开始软磨硬泡。

靳云琛被她缠得不行，终于无奈地教她打了一次。

网球场上，靳云琛给宋秒秒讲解一些基本规则，结果话还没说完，宋秒秒便兴奋起来。

“我知道我知道的，我特意看了网上的规则介绍和视频。不信你试试看。”说着，宋秒秒学着电视里网球运动员的姿势站好，还象征性地挥了挥球拍。

看着宋秒秒相当不标准的姿势，靳云琛有点不知道该说什么。

“你的网球偶像是谁？费德勒吗？我也觉得他打网球的时候好帅啊！”见靳云琛兴趣缺缺，宋秒秒开始想办法吸引他。

“你什么时候学打网球的啊？

“会打网球你怎么从来不说啊？

“你在哪学的啊？”

……

但不管宋秒秒如何问，靳云琛就是在这些问题上异常回避，似乎这触犯到了他的什么禁忌。

直到宋秒秒问了那个问题——

“靳云琛，你是不是每次都能打赢啊？”

“你说，一直赢是不是也是一种错啊？”靳云琛看着手里的网球拍，语气有些失落。

“啊？”宋秒秒以为靳云琛是在拐弯抹角说她打得烂，十分不服气，“靳云琛，你别太得意，那是你还没有遇到我，打败你的天才就站在你面前。”

不过宋秒秒的话到底说早了。正式开始后，宋秒秒摆好姿势，等着靳云琛的发球，可是，她每一次都只能眼睁睁地看靳云琛发的球从自己身边飞过。

速度太快了，她有时甚至根本看不到球……

她感觉有点小小的丢人。

之后靳云琛就没怎么教她打过球了，用他的话来说，宋秒秒实在没有任何打网球的天赋……

像是想到了以前靳云琛对她的网球技术的评价，宋秒秒拿起网球，率先对靳云琛发起一

记猛攻。

然而，下一刻，她就眼睁睁地看着靳云琛击打回来的网球从她的网球拍旁飞出去……

她的技术果然还是一如既往的……烂。

靳云琛嘴角一勾，发起新的进攻："再来。"

结果依旧是……宋秒秒跑过去捡球。

"这种水平，你怎么能胜任网球队的助理？"看着宋秒秒捡球的样子，靳云琛双手抱臂，嘴角挂笑。

但是他没有想到，他的话音刚落，宋秒秒突然发起了进攻。因为错过了最佳机会，这一次，靳云琛没有接到球。

"谁说我不能胜任的？"看着弯腰前去捡球的靳云琛，宋秒秒狡黠地笑着。

看着宋秒秒得意扬扬的样子，靳云琛勾了勾嘴角："秒秒，几年不见，你学会耍赖了。"

"是你话太多。"宋秒秒举起球拍摆好姿势认真地看向他，"来吧！"

但宋秒秒下一秒就后悔了，因为她感觉靳云琛朝她发来的球快得像火箭……

那一早上，宋秒秒不记得自己捡了几次球，摔倒了几下，网球拍被她甩出去几次……她只是在靳云琛每次重新发球的时候问一句："大哥，这是最后一个球了吗？"

靳云琛不说话，球已经飞了出去……

最后一个球是在早上七点钟结束的。

看到靳云琛终于放下网球拍时，宋秒秒这才直接瘫倒在球场上。

当时她心里只有一个想法：要让她在陪靳云琛练球和拖两遍网球场之间选择的话，她发誓自己一定会毫不犹豫地选择后者！

拖地要命，陪靳云琛打一次球，却要两次命！

不过宋秒秒通过这次陪练也发现了一些问题，于是喝完一口水回过神后，她看了看靳云琛，直接将问题问出口："靳云琛，你改打法了啊？我记得你以前都是右手握拍，怎么现在成左撇子了？"

听到宋秒秒的话，靳云琛一怔，随后慢慢地说："为了更好地进攻。"

"靳云琛，我恨你。"以为靳云琛是故意针对自己，宋秒秒气得咬牙切齿。

靳云琛却笑了笑，语气温柔："是吗？可是我怎么感觉自己那么喜欢你呢？"

"你……"宋秒秒没想到靳云琛会突然这样说，不知怎么回事，脸颊有些发烫。

"秒秒，你的脸好像红了，不会是因为……你也喜欢我吧？"靳云琛语气含笑地说着，已经拿着毛巾走到了宋秒秒面前，要给她擦擦脸上的汗。

宋秒秒一把拂开了他的毛巾，正想说点什么，就看到网球馆的门开了。

裴之枫背着网球包，缓缓地走了进来。

"裴之枫，你又迟到了。"见到裴之枫走进来，刚刚还一脸深情模样的靳云琛眉头一紧。

裴之枫看了一眼宋秒秒，对她点头示意一下才缓缓地看向靳云琛："我当队长的时候，可从来没有规定过队员要准时来。"

"现在是我在当队长……"靳云琛冷冷地看着他，"所以，作为队员，你必须要遵守我

的规矩。在我规定的这个时间段里，你必须在我的视线中。”

看着气场明显变得不一样的靳云琛，宋秒秒咽下刚刚喝的水，不敢说话。

她只感觉，在裴之枫走进网球馆时，空气中骤然升起一丝丝凉意。

第三章　我也是初吻呀

宋秒秒和裴之枫一直以来并没有什么交集，她几乎是从言妍那里了解他的。

作为C大医学系的男神，裴之枫长得确实很帅气，而且他先前还是校网球队的队长，迷妹众多。言妍就是其中一个。

不过宋秒秒也意外从男生的嘴里听到一些流言，说裴之枫十分多情，曾经交往过不下十个女朋友，而且大多数的女朋友是他通过网络撩到的。

有人背地里说他是渣男，空有一副好皮囊，却专爱勾搭少女。

但他的迷妹完全不在乎，用她们的话来说，“爱一个人，只要在爱的时候对她一心一意，就是最好的爱”。

而且她们还用事实来反驳“裴之枫是渣男”的言论——

“你们看他谈过那么多次恋爱，有一个女生在分手后说过他的坏话吗？而且你见过他脚踏两只船或者破坏别人的感情吗？”

男生们无言以对，因为这也确实是事实。

据说裴之枫之所以会被那么多女生喜欢，最主要的原因是，他不但专一，还很浪漫。

他对每个交往的女生都十分用心。

比如，别人约会都请女生去电影院看电影，裴之枫却先租一辆车，再租一套投影设备，然后载着女生，兜着风，将车开到山顶，两人迎着淡淡的月光看最浪漫的爱情电影。

再比如，别人约会，送女生玫瑰，裴之枫却在认识女生的第一天就为女生折一只千纸鹤，到固定的日期再将这些千纸鹤亲手送给对方……

总之，裴之枫的浪漫手段，不是一般男生能学来的。

也正因如此，才有人说，很多女生不是被他撩，而是主动向他示爱。

有人就曾经看到过一个美女从B城千里迢迢拖着行李箱过来，为了和裴之枫长相厮守，打算留在C市。

据说，还有一个美女和他在网上聊了一个月后，就从国外飞过来，只为见他一面。

这样的事发生得越多，他的迷妹就越是说，大家是因为嫉妒才污蔑裴之枫。

宋秒秒实在想不出为什么靳云琛会对裴之枫有那么明显的敌意。

嫉妒他长得帅？

不可能。

如果帅哥有标准衡量的话，裴之枫是四星级的，靳云琛就是五星级的。靳云琛完全没这个必要嫉妒他。

羡慕他女朋友多？

不可能。

宋秒秒看过两次靳云琛的比赛，围观的女生有一多半是为了他而来，只要他愿意，谈二十个女朋友也不在话下。

如果非要有的话……

宋秒秒心里突然冒出一个想法：难道裴之枫曾经抢过靳云琛的女朋友？

但这个想法很快就被她自己否定了。

不对呀，靳云琛去国外三年了，裴之枫的老家据说是离这很远的沿海城市，两个人先前根本没有任何交集。

宋秒秒想不通，不过她想不通也不重要。

当务之急是她要怎么离开眼前这个是非之地。

在靳云琛强势的压迫下，裴之枫也回望着他。

空气中的凉意越来越重，宋秒秒一度担心两个热血青年会动粗。到时候血溅一身，那个画面太过血腥，她不敢想象。

不过，片刻后，裴之枫便语气淡淡地松了口："下回我会注意的。"

说完，他收回视线，前去更衣室换衣服，准备开始练球了，大有一种"惹不起我躲得起"的好心态。

宋秒秒担心的战斗没发生，心里这才松了一口气。

"靳云琛，你喝点水吧，刚刚你打了那么久的球，出了这么多汗，还没有喝口水。"宋秒秒对之前靳云琛对她说的话选择性遗忘，生怕靳云琛不高兴，找她的麻烦。

但靳云琛接过她递来的水，也朝更衣室走去，还出乎意料地对她挥了挥手："今天你早点回去休息一下吧，这里没你的事了。"

宋秒秒简直要喜极而泣：真是苍天开恩啊！

宋秒秒原本是打算马上洗个脸就离开网球馆的，毕竟她一身臭汗，需要马上回去洗个澡。但是一想到靳云琛刚刚看着裴之枫的眼神，一股不妙的感觉涌上她的心头。所以，迟疑了一下后，她不但没有回去，还往更衣室走去。

校网球队清一色的男队员，所以网球馆里只有男更衣室。

宋秒秒蹑手蹑脚地趴在更衣室门口，弯着腰想从门缝里看看靳云琛有没有趁机对裴之枫做出什么越轨的事。

然而，不看不知道，一看吓了一跳。

只见更衣室里，裴之枫正在脱衣服。他的皮肤呈健康的小麦色，胳膊粗壮，肌肉发达，线条硬朗……

然而，下一秒，宋秒秒的视线就被另一具肌肉线条更加硬朗的躯体吸引了。

因为刚刚打球出了一身汗，靳云琛也脱掉了运动服。他的皮肤比较白皙，汗水从他结实的六块腹肌上往下流……

宋秒秒觉得热血沸腾，热气直往脸上涌……她正要急忙转身，却突然听到靳云琛开口说话了。

"你在躲着我。"

"我不想惹不必要的麻烦。"裴之枫换上运动服。

"不做亏心事，还怕人找麻烦？"靳云琛停下动作，冷冷地看着他。

"呵，无聊。"裴之枫不想搭理他。

就在宋秒秒对上述对话展开联想的时候，网球队队员陆陆续续地进来了。

他们都没有出声，只看到一个穿着白色运动套装的长发美女正弯着腰趴在更衣室的门口，朝门缝里张望着……

大家面面相觑，脑海里浮现出同一个问题：什么情况？新来的助理不会有偷窥癖吧？！

就在这时，众人只见新来的助理突然站起身，准备转身。

宋秒秒不能不转身，因为她发现裴之枫换好衣服准备出来了。然而，她才刚转了身还没迈开步子，就险些吓得摔倒。

只见身后十几双眼睛正好奇地打量着她……

宋秒秒脸一红，立马讪笑了几声："呃……嘿，大家好，我是新来的网球队助理，我、我……我是想看看更衣室需不需要打扫一下，那个……好像挺干净的，我就先走了哦……"

那一天，宋秒秒跑出了她百米冲刺的新纪录。

言妍发现，这天上课的时候，宋秒秒总是走神，脸蛋还会情不自禁地染上一层绯红。

其实宋秒秒自己也不知道为什么，感觉自己就像中了邪一样，靳云琛那极品身材总是不经意地窜进她的脑海里。

要说也是情有可原，谁让这身材确实是极品呢。

身材是极品，人也是"极品"。

这是宋秒秒在晚上刚下课的时候对靳云琛的印象。

因为刚出教室门，她就接到了靳云琛的电话。

"来网球馆，陪我吃晚饭。"

宋秒秒简直要吐血："你不是说今天我没什么事了吗？怎么陪吃饭也是助理的工作？"

"我是网球队队长，我说你应该做什么工作，你就要做什么工作。"

宋秒秒想摔手机，但她深吸一口气，只说了两个字："好的。"

她放了言妍的鸽子，紧赶慢赶来到网球馆时，发现馆内除了靳云琛，还有两个队员在收拾东西。

看到宋秒秒，其中一个队员喜出望外："宋助理，你来得刚好，这里有堆器材需要搬到办公室……"

然而，他的话还没说完，就看到一旁的靳云琛脸色沉了下来，他立马闭了嘴。

"哦哦，好的。"宋秒秒没有看出异常，准备过去帮忙。

结果她还没有走两步，那位队员已经对她急忙摆手："不用了、不用了，我刚刚想起来这些比较重，你一个女孩子肯定搬不动的。你还是看看队长有没有什么吩咐吧。"

"没事，我力气比较大。"

宋秒秒挽起衣袖准备帮忙，结果腰还没弯下去，就听到靳云琛幽幽的声音响了起来："你

没听到他们说‘不用了’吗？”

宋秒秒却热情劲上来了：“没事的，我不是网球队的助理吗？这本来就是我的事。”

“你是助理。可是他们配用吗？”

听到靳云琛这句话，宋秒秒才愣了。

她扭头看去，就发现队员们正加快速度搬东西，生怕宋秒秒碰到一样，他们一边搬还一边对宋秒秒嘿嘿一笑：“你们忙、你们忙，我们自己就可以的……”

她怎么感觉哪里有什么不对？

有没有人告诉她，她到底是网球队的助理，还是网球队队长的私人助理？

两人吃饭的地点是学校附近的西餐厅。

宋秒秒刚坐下就向靳云琛表达了自己的不满：“靳云琛，我觉得要说清楚，虽然以前我欺负你是我不对，但是你现在也不能太过分了。早上喊我给你买早餐我可以理解，让我拖地也是人之常情，但是现在你连晚饭也要我陪着吃？是不是你上厕所还要我给你送纸啊？”

靳云琛挑了挑眉：“你想送？我倒是不介意啊。”

宋秒秒很想问一下靳云琛，他的理解能力是不是和着牛排一起吃没了。

“你也说了，你欺负了我三年。现在这就受不了了？何况我只是让你陪着我吃饭，又不是让你做别的事情，你那么紧张干吗？”见宋秒秒情绪不对，靳云琛还是多说了几句，算作解释。

听完靳云琛的话，宋秒秒轻轻叹息：“以前我怎么没发现你这么小心眼呢？”

靳云琛淡淡一笑：“那你以前觉得我是怎么样的？”

不知道为什么，在靳云琛这种眼神的注视下，宋秒秒忽然想到了那次夏令营活动后发生的事情。

当时，宋秒秒专注地望着靳云琛喝水的样子被一个同学拍了下来，他还把照片传到了班级群里，这张照片立马引发了大家的热议。

总结起来就是一句话：宋秒秒同学看靳云琛的眼神，不一般。

宋秒秒后知后觉看到的时候，整个人都不好了。

也是那一天，所有人第一次看到一向没羞没臊的宋秒秒脸红得像苹果。

但是她没有想到的是，一向不太喜欢在群里说话的靳云琛那天破天荒地开了口：“谢谢，把我和宋秒秒同学拍得都挺好看。”

宋秒秒知道，他这是在帮她澄清流言蜚语。

想到那次的事，她的脸突然开始发烫。

“以前……以前至少不会这么睚眦必报。”宋秒秒紧张地说完，赶紧避开他投过来的眼神。

然而，当宋秒秒为了避开靳云琛的眼神而东张西望的时候，她却看到了另一个让她更加慌乱的人。

不远处靠窗的位子上，沈倦和穆涵正在吃牛排。沈倦细心地将牛排切好，又起来喂给穆涵。

看到这一幕，宋秒秒顿时觉得呼吸难受。因为半个月前，也在那个位置，她也曾这样被沈倦温柔地喂过牛排……

发现宋秒秒的眼神不对，靳云琛顺着她的视线望了过去。

不知道是目光太过强烈，还是目光停留在身上的时间太长会让人有什么感应，沈倦也抬起头朝他们看了过来。

发现这一情况，宋秒秒立马扭过了头。

靳云琛却急忙喊住了她："别动。"

宋秒秒不明所以地看着他，就听到他饶有兴味地说："如果我没猜错的话，你就是为了他，才求我赶紧打比赛，好向我许愿的吧？"

宋秒秒没有回答，只是将目光移到别处。

靳云琛却目不转睛地看向沈倦，淡淡地问宋秒秒："你很喜欢他？"

宋秒秒还是没有说话。

"嗯，长得很帅气，对待女生也很温柔。"靳云琛像是在点评一件商品，然后他突然站起了身，走到宋秒秒身边，在宋秒秒完全没有反应过来的时候，将手搭在了她的肩膀上，凑到她的耳边温柔地说，"那你更不应该躲。要让他知道，你不是没有人喜欢的，他才会懂得珍惜。"

"你要干什么？"靳云琛的话刚说完，宋秒秒就有一股不好的预感。

果然，她的话刚落音，唇上就落下一个轻如羽毛的吻，让她不敢呼吸……

宋秒秒有一瞬间觉得自己的大脑是空的，像是被直接抽空——就在靳云琛的吻落下的那个瞬间。

然后，也不知道为什么，她的脑海里闪现出高中时靳云琛挥动球拍的身影。当时她就觉得他打球的样子很帅，连他脸颊上的汗珠都洋溢着青春热血的感觉。

宋秒秒喜欢靳云琛在网球场上打球的样子，她崇拜……甚至，有点迷恋那样的他。

这个藏在心里的小秘密，却在这一刻，在她的脑海里炸裂开来，让高中时的靳云琛的脸越发清晰。

宋秒秒看着眼前吻住自己的靳云琛，他的脸却怎么都无法和脑海里的面容重合。就是这股奇怪的感觉，让她慌乱地一把推开了他。

"靳云琛，你干什么！"宋秒秒觉得自己的声音里都带着慌乱。

她甚至分不清是不是因为紧张。

靳云琛却饶有兴味地看着她："宋秒秒，你不要告诉我刚刚那个是你的初吻。"

听到靳云琛的话，宋秒秒的脸立马红了。

这一反应让靳云琛也很意外。

"不会真的是初吻吧？"靳云琛眉眼含笑，"你为他牺牲这么多，居然连吻都没接过？宋秒秒，你还真是纯情。"

"靳云琛，你、你浑蛋……"宋秒秒被靳云琛带着几分戏谑的眼神看得面红耳赤，语无伦次。

"没关系，你要是想让我负责，我也愿意考虑。"靳云琛对她的这种反应很是满意。

“想得美啊你。”宋秒秒想要站起来离开，却又害怕引起沈倦的注意。

像是看穿了宋秒秒的想法，靳云琛坐回座位，忽然朝服务员高声喊“服务员，这里加菜。”

他的声音很大，生怕沈倦听不到一样。

果然，宋秒秒发现，沈倦朝他们这边望了过来。

“他是不是望过来了？怎么样，是不是脸色有点不太好看？”靳云琛头也不回地说。

虽然宋秒秒很不想理他，但她发现，他说得很对，沈倦的脸色确实有点不太好看。

“不用谢我，助人为乐是我的做人原则。”靳云琛对宋秒秒笑笑。

宋秒秒正要说话，靳云琛却及时抓住了她的手，同时扭过头挑衅般地看向了沈倦。

“保持微笑。找了一个比他还优秀的男人，该伤心的应该是他。”靳云琛轻声对宋秒秒说。

宋秒秒也不知道为什么，在看到沈倦朝她望来时，她觉得靳云琛的掌心传来一阵能让她感到安心的感觉，也正是这种感觉让她没有从靳云琛的手掌中挣扎出来。

宋秒秒偏过头看着正在望着自己的靳云琛，忽然想到夏令营事件后，她问靳云琛的一个问题——

“靳云琛，你怎么没有接咱们班长的水呀，你没看到她的手都举酸了？”

宋秒秒永远也忘不了靳云琛的回答，他说：“我怕我喝了别人的水，你不高兴。”

“你就那么介意我高不高兴？”宋秒秒当时问。

“嗯。”靳云琛说。

虽然他只说了一个字，但宋秒秒从来没有感到那么安心过，心脏像是被一种很温暖的东西填得满满的。

宋秒秒此时就像又回了那个时候，如果不是靳云琛又补充了一句话的话。

“还有，秒秒，你的嘴唇好软。”靳云琛低声说，“就像棉花糖一样。”

“你……你……”宋秒秒从来没有想过靳云琛会说这样的话，她一时间彻底凌乱了。她支吾半天，最后都顾不得看一眼远处的沈倦是什么反应，便落荒而逃。

她跑得很急，所以不知道，身后的靳云琛摸了摸嘴唇，小声地说了一句：“跑什么？你又不吃亏，我也是初吻呀。”

宋秒秒不会想到，靳云琛这突如其来的一吻当晚就引起了一场风波。

当她回到宿舍的时候，言妍直接从床上跳了下来。

她严肃且认真地看着宋秒秒：“妈呀，秒秒，你老实告诉我，你其实根本不在乎什么沈倦，你就是想趁机接近你的冤家靳云琛是吧？闺密一场，你可不能瞒我啊。”

宋秒秒被她问得一愣一愣的：“你说什么呢？你什么意思？”

“什么意思？你们都吻上了，还问我是什么意思。”言妍将手机往宋秒秒面前一摆，“怎么样？铁证如山，你还想抵赖？”

看到手机上的照片后，宋秒秒顿时觉得整个人都不好了。

照片上，正是宋秒秒在餐厅被靳云琛低头深情吻住的那一幕。

拍照者角度很好，而且照片像素很高，画面清晰。单看这张照片，还真以为是一对热恋的情侣正在深情接吻。

“这、这……这是谁拍的呀？！还发到网上，也太没有公德心了吧！”

“别人有没有公德心我管不着，我只关心你是不是真的移情别恋了。”言妍越说越激动，“虽然靳云琛对我家裴学长很不友好，不过凭良心说，他长得可比沈校草还要好看！我看这校草的名头也是时候拱手让贤了。”

宋秒秒一巴掌拍了过去：“什么移情别恋，我是那种人吗？！”

“你是不是不重要，反正大家都是这么认为的。”言妍指了指照片下面的评论，“不信你自己看。”

宋秒秒皱起眉头翻看，发现热门的评论是这样的——

1楼：这不是前不久被沈校草甩的校舞蹈队队花吗？不久前还在舞蹈大赛上摔了个狗啃泥，这么快就有新欢了？

2楼：不是吧！我男神靳云琛昨天刚被评为四大男神之首，今天就亲了别人？好吧，今夜，我失恋了。

3楼：看这亲热程度，我严重怀疑，沈校草是发现女友给他戴绿帽子才果断放弃她的！

4楼：就是这个女人！我听说就是因为她，“恋爱锦鲤”才这么长时间刻意不打比赛。这让我上哪儿许愿去啊！浑蛋，还我“恋爱锦鲤”！

5楼：小声说一句，其实他们俩看上去还蛮搭的。

6楼：我的网球男神这么粗暴狂野？我喜欢！（可惜亲的不是我！）

7楼：我还是不能相信，靳云琛亲宋秒秒？照片不会是修的吧？

……

看完这些评论，宋秒秒心里只有两个字：造孽。

特别是看到4楼的评论，她觉得自己冤枉大了，明明她才是最想让靳云琛赶紧比赛、赶紧赢的人啊！

不过大家这么激动也是情有可原，因为除了靳云琛“恋爱锦鲤”身份的加持，他在昨天还被评为C市的“网球四大男神”之首。

C大的校网球队本来就因为历来优异的成绩深受所有C大学子的推崇，现在靳云琛的加入更让所有人为之疯狂。可以这么说，靳云琛当前正是全校的风云人物。

除了靳云琛的另外三个网球男神，分别是D大的霍远邵、S大的郑井和C大的裴之枫。

四大男神不仅网球打得好，人也长得特别帅气。还有人专门贴出了四大男神的资料。

因为裴之枫也在四大男神之列，所以在言妍的强烈安利下，宋秒秒也瞄了一眼。

四个人的照片应该都是热情的迷妹偷拍的，照片上的四个人都穿着网球服在赛场上打球，而且抓拍得确实都挺帅的。

有懂专业技术的人在四个人的打法技术和战斗力水平上做了详细的长篇分析，还贴出了他们的参赛经历和输赢状况。

论长相，靳云琛排在四大男神之首没有异议；论实力，他前不久赢了裴之枫一直没有赢过的D大超实力选手霍远邵。所以他的粉丝最多。

活动发起时，宋秒秒只以为这是粉丝们闲来无聊，也没怎么在意。何况昨天她刚被靳云琛指使拖了八个网球场的地，所以，她并没有因为对方多了一个“网球四大男神之首”的名

称，而生出“要和有这么多粉丝的男神保持距离”的意识。

没想到今天就出了这样的事。

她可以不在意，靳云琛的迷妹们可就不会不在意了。

想到这里，宋秒秒真是觉得头痛。

“你和靳云琛真没什么？那这到底怎么回事啊？”看着宋秒秒急躁又郁闷的样子，言妍更加凌乱了。

但她的这个问题，让宋秒秒的眉头皱得更紧了。

想起靳云琛在餐厅对她说的话，她都不知道该如何对言妍说起……

宋秒秒的电话响到第五遍的时候，言妍终于忍无可忍地朝她扔过来一个枕头：“大姐，这才早上五点！你知不知道我刚在梦里和裴学长接吻就被你的手机吵醒了？你赔我初吻……”

听到“初吻”这两个字，宋秒秒头皮发麻。

她看着手机上的来电显示，“靳云琛”三个字不断地跳动，她越想越来气。

以前怎么就看走眼了？要是以前知道靳云琛是这么一个小心眼的人，还会和他这么冤家路窄，她一定躲着他走，不，绕一条高速路走！

那可是她的初吻啊！

更可气的是宋秒秒昨晚和言妍说完事情的经过后，言妍的反应。她不但没有同情宋秒秒，还投向了敌人的阵营。

言妍意味深长地笑着对宋秒秒说：“按现在的情况，我怎么感觉吃亏的是靳云琛呀？他为了帮你，牺牲多大啊！他那么帅，你赚大发了……对了，靳云琛的接吻技术怎么样？是不是很赞？”

看着言妍一脸不正经的样子，宋秒秒心里当时只有一个念头：交友不慎。

交友不慎的宋秒秒虽然早上硬着头皮没接靳云琛的电话，但考虑到自己现在校网球队助理的身份，她在下午下课之后还是打算去网球馆转一圈，省得某人有借口找碴。

原本她打算在网球馆溜一圈让队员们看到就走的，这样至少不算旷工。但她没想到，她刚进网球馆，就看到网球队的二十四名队员正在苏教练的指导下两两一对做着仰卧起坐……

大概他们在之前已经做了其他运动，大家已经满头大汗、汗流浃背，有好几个男生都脱掉了上衣，露出结实的肌肉……

宋秒秒当场怔住了。

这也不能怪她，二十四个身材一流、姿色上乘、充斥着强烈荷尔蒙的美男一起锻炼的场面，对于一个初吻在昨晚才丢失的“纯情小火鸡”而言，确实有点震撼了。

特别是她还看到靳云琛和裴之枫一组，此时靳云琛正用双膝和双手盖压住裴之枫的双脚，后者正有节奏地一上一下地……做仰卧起坐。

只见裴之枫躺下、起身、瞪靳云琛。

而反观靳云琛，他用目光死死地锁住裴之枫，像是要把对方看穿一样。

裴之枫明显不想和靳云琛一组，但想也想得到，以靳云琛对他的态度，他别无选择。

画面一时太美，宋秒秒情不自禁地咽了咽口水。

可能没想到宋秒秒这个时候会出现，有些队员看到她之后还有些害羞，急忙停下动作穿上了衣服。

有队员立马笑着打趣："哈哈，沈凯，怎么，你还怕看啊？"

"就是呀，你害什么羞，人家是来找咱们靳队长的，你没看昨天网上传开的照片……"

接这句话的队员话还没说完，就发现靳云琛朝他冷冷地扫了一眼，然后他讪讪地立马闭了嘴。

"不好意思，我来得不是时候……"宋秒秒尴尬地掉头离开，但她的步子还没迈开，靳云琛已经朝她走了过来。

"我还以为你不敢来见我了……"靳云琛给了大家一个"继续训练"的眼神，大家立马移开好奇的小眼神，开始认真训练。

宋秒秒瞪大了眼睛："你的意思是，我可以不来？"

是她记错合同内容了吗？

"当然不可以。合同上写得很清楚，旷工一天，延续一个月。"

那你说什么废话！

半晌，宋秒秒才意识到靳云琛话里的意思，立马感觉脸有点发烫。

"我是来看看今天有什么要做的。"

"小宋来了啊，"苏教练在一旁察言观色了半天，这才走上前，"你来得刚好，我要找你。"

"教练您说。"宋秒秒觉得苏教练确实善于察言观色，正在她尴尬的时候出来。

"是这样的，队里今天给全体队员做了身体机能检测，发现只有靳云琛的不达标，缺乏营养。所以我打算给你安排一个工作……"苏教练说的时候满面春风，让宋秒秒以为他要说件好事。

然后，就在她兴奋地表示"保证完成任务"的时候，她听到苏教练说："从今天起，你就专门陪靳云琛吃饭，负责监督他的营养补给。"

看着靳云琛勾起的嘴角还有他强壮的身体，宋秒秒幸福的表情渐渐从脸上消失："教练，他这身体还不达标？我还要专门陪他吃饭，负责监督他的营养补给？"

确定不是让我死吗？

这句心里话宋秒秒没能说出来，因为苏教练给了她一个无比肯定的眼神，还补充了一句"要是下次身体机能检测靳云琛还是不达标，我就拿你是问"之后，就转身离开，继续监督大家训练了。

宋秒秒有苦难言。

学校食堂里，宋秒秒把靳云琛要求的菜一一打来之后，很不爽地坐到了他对面。

"靳云琛，你不就是因为高中时我天天使唤你所以报复我吗？用得着用这种下三烂的招数折磨我？就你这强壮结实的身体，肌肉那么发达……说你身体机能不达标？你当我是瞎了吗？"

"是真的。我的身体确实强壮，但部分营养机能离标准确实还有一段距离。"靳云琛很

满意地看着宋秒秒打来的食物，忽然眉头一挑，“等等，你什么时候见过我的肌肉？怎么这么清楚我的肌肉很发达？”

宋秒秒想到在更衣室门口看到的脱掉上衣的他，脸立马红了起来，支吾道：“我……我不用看也能猜得到啊……既然不达标就赶快吃吧。”

说着，宋秒秒急忙扭过脸去。

也是这个时候，她才发现，从她和靳云琛坐下之后，周围的人好像时不时向他们投来目光。

此时正值晚上六点，正是学校食堂的用餐高峰期。

偌大个食堂，虽然座位没有坐满，但一眼望去也黑压压的全是人头。

说起来这算是靳云琛被封为“网球四大男神之首”后第一次公开亮相。

网络的传播速度很快，影响也很大。

原本靳云琛只是被一众迷妹和网球爱好者知道，现在通过一次“网球四大男神”的网上评选，全校的人都知道他了。

当然，也顺便知道了被他在餐厅吻住的宋秒秒。

所以，他们从进入食堂的那一刻就引起了大家的注意。

现在大家看得清清楚楚，靳云琛和宋秒秒不但真的有猫腻，而且肯定还是宋秒秒主动的，不然她为什么上赶着给靳云琛打饭？

“原来网上那张照片不是假的啊，靳云琛真的有女朋友！”

“沈倦真是冤呀，都说是他甩了宋秒秒找了穆涵，看这情况，明显是宋秒秒先给他戴了绿帽子啊！”

“靳云琛和谁在一起我不管，我只想问他什么时候打比赛呀，我想许愿啊！”

“你们说，要是这‘恋爱锦鲤’恋爱了，会不会不灵了啊？”

“宋秒秒长得挺漂亮呀，我记得她好像是校舞蹈队的队花吧？和靳云琛在一起了的话，我祝福吧。”

……

宋秒秒听着周围传来的嘀咕声，心里彻底凌乱了——

事情怎么发展成这样了？

她不是来找靳云琛，希望他早点打比赛，她好许愿让她和沈倦复合的吗？怎么现在她反倒成了靳云琛的绯闻女友了？

靳云琛也听到了不时传进耳中的来自周围的声音，他嘴角噙着一抹淡淡的微笑，忽然觉得碗里的大白菜好像特别香……

宋秒秒那一脸写着“这是什么情况”的茫然的小表情，也让他觉得越发可爱呢。

《我宠着呢》

墨西柯 / 著

内容简介：
曾经的人气巨星秦月明“死而复生”，重返娱乐圈，发现自己与黑红小鲜肉江云开成了CP。
江云开不过是借秦月明的名头挡了下绯闻，一朝见到真人，吓得差点飞起来：“妈妈……闹鬼了……妈妈！”
与秦月明相处之后，再次被记者问及二人的关系，钢铁直男江云开耿直地道：“绯闻女友？不可能的！那是我亲（秦）哥。”
最后，他却成了“真香定律”践行者，眼巴巴地对着秦月明说：“呐，要不要跟我谈恋爱？什么都好说，你愿意就行。”

第一章 “七仙”归来

厕所单间，秦月明站起身的一瞬间觉得眼前一黑，下意识地伸手扶住了墙壁。机场内的广播还在继续播放，播音员好听的声音却突然变得尖锐起来，刺激得她头痛。

缓了缓神后，她整理好裙子，转过身冲水，模样有些狼狈。她在里头短暂地休息了一会儿，让自己调整好状态，才伸出手推门准备出去。

秦月明感觉很累，她已经连续工作了七年，整整七年无休，她不知道她是怎么坚持下来的。

她打算等下找杜毅要一袋葡萄糖，她又低血糖了，如果不补充一下，一会上了飞机恐怕会受不了。

然而，刚刚走出厕所单间，她的脚步就一顿。厕所内部似乎翻修过了，她进来时还不是这样。她记得很清楚，镜子上并没有有电子显示的东西，可现在上面显示着温度、时间，旁边还有一个小屏幕，放着某个风景区的广告。她觉得这些东西很新奇，尤其是镜面上显示的时间是二〇一九年八月三十一日。

秦月明扯着嘴角笑了，这是什么整蛊综艺吗？不是说她性格糟糕，不让她参加综艺吗？

她转过身走出去，看到机场大厅，再次愣住了。这手笔也太大了吧？

离谱到有些不可思议。杜毅不在门口等她，进门时等待她签名的几个粉丝也不见了，身边的人都不认识她似的。

她从包里取出机票来，找到所谓的登机口，屏幕上面显示的航班跟她的不符。她再去看周围，都是行色匆匆的陌生人，没有人围过来要她的签名，偶尔有人看向她，似乎也只是觉得她太漂亮了，忍不住多看几眼。

秦月明一直是个美人，娱乐圈公认的美人。有些女孩子是皮囊漂亮，她却是从骨相到皮囊都美，一副古典的模样，仿佛古代衣袂飘飘的仙子。

她的眼睛是开扇的双眼皮形状，不算很大但是绝对不小，一双刚刚好的桃花眼里好像藏了什么故事，整个人美、仙、气质脱俗且耐看。

这种女艺人只要一入境，就会让人觉得她是完全为了镜头而生的，无死角的美丽使得她像天仙一样。

秦月明环顾四周，发现大家的穿着跟记忆里的流行风格不符。她从包里取出手机，打开一看，她手机上的时间还是二〇一〇年八月三十一日。

她将手机翻盖盖上，放回包里，然后走向一个人，微笑着问："您好，我能看一眼您手机的时间吗？"

那个人看到秦月明，先是一怔，接着从口袋里取出手机，同时说道："其实大屏幕上有时间，和手机上的是一致的。"

秦月明看着他手里那个没有键盘的手机，黑色屏幕用手指一碰就亮了，上面显示着的时间的确是二〇一九年。

她努力调整自己的面部表情，让自己镇定下来，接着向那人道谢。

说起来，秦月明算是一个谨小慎微的人。她在公司被人妒忌过，在新人期被别人当成狗一样使唤过，那些经历让她有了现在的性格与习惯，到了哪里都会先不动声色地观察，了解情况后再采取行动。

此时，她心里已经非常不安了，却还在努力让自己镇定下来。不是整蛊，事情可能更荒诞。

她往外走的时候看向周围的人，许多人都在玩手机，手机都是那种黑色的小方块，跟她熟悉的推盖或者翻盖手机不同。她不由得疑惑起来，就算是直板手机，可是都没有按键的吗？

秦月明快速往外走，找到一名工作人员，将自己的机票递过去，问道："您好，请问我的航班起飞了吗？"

女性工作人员接过机票看了一眼，很快回答："二〇一〇年的航班肯定起飞了啊……"说着，工作人员的声音一顿。

"谢谢。"秦月明伸手想要取回机票，工作人员却突然失态地站起来，猛地按住那张机票仔细看。

AZ8467 航班！工作人员惊恐地抬起头看向秦月明，似乎认出了她。

"秦……"过气太久的已故艺人，工作人员一时间竟然记不清她的名字，于是又看了一眼机票，"秦月明。"她本来是恐惧的，吓得鸡皮疙瘩都起来了，却还是出于本能急切地说，"不要上这趟航班！"

为什么会说出这句话？如果当年能提前知道的话……她真的很想对这趟航班的所有乘客说这句话。

这些年，她脑袋里都在想这件事，所以下意识地说了出来。不要上这趟航班！或者……不要起飞！

秦月明被她的神情吓了一跳，赶紧取回机票，颤颤巍巍地说："哦，谢谢……"她说完赶紧跑了。

秦月明边跑边回过头，看到工作人员扶着桌子站起来，明显被吓得腿都软了，却还是撑着去找其他工作人员。

秦月明跑得更快了，跑到一个角落里，停下来靠着墙壁，取出手机给杜毅打电话。出于艺人的本能，她下意识地不想引起骚动，想先确定情况再说。机械的女声告诉她，这个号码是空号。可是，她明明早晨才跟杜毅打过电话，这个号码怎么会是空号？

秦月明看了看左右，看到有工作人员朝她这边寻来，于是赶紧朝着人流量大的地方走，混在人群里。

这群人似乎是追星的粉丝，手里拿着小灯牌和礼物，等偶像出来。她混进来后起初还担心被发现，结果发现大家都在看向机场内部，这才安下心来。

过了一会儿，她准备离开了，突然听到外围的聊天声。

“这是哪个明星要下飞机？”过来凑热闹的人问。

“没看灯牌吗？路朵颖。”

“没听说过，演过什么啊？”

“演过……”回答的人声音一顿，似乎想了一会儿才说，“《吃货的力量》的常驻嘉宾，因为长得像秦月明出名的，人送外号‘小月明’。”

“也真好意思，照着秦月明整容就好意思说自己是小月明，我们秦七仙是庸脂俗粉模仿得来的？”另外一个人愤恨地说。

秦月明人送外号“秦七仙”。她当年演过一部电影，是牛郎和织女的神话故事，她演的就是里面的织女。电影里，旁人称呼织女为七娘，因为秦月明的扮相实在太过美丽，在之后的很多年里，微博、抖音、贴吧等等平台上总结古典美人时，必有秦月明演过的织女。她的外号也成了粉丝的爱称——七仙。

秦月明听到对话，还真有点好奇这个小月明什么模样。自己被人山寨了，心情还是有些微妙。就在她纠结要不要跟着接机的时候，那几个说话的人突然注意到了她。

“对，还没有这个美女像秦月明呢……”其中一个人一指，这些人齐齐看向了秦月明。

秦月明赶紧低下头准备离开，那个说出秦七仙外号的男生突然大步跨过来，低下头仔细打量她。

秦月明净身高一米六八，此刻穿着高跟鞋，居然还比他矮一头。她低声开口：“抱歉，我现在有点……”

男生突然兴奋地问：“七仙？是你的声音，你是七仙吗？”

什么叫铁粉呢？看过秦月明所有的电影、电视剧，还会反反复复地看，甚至剪辑她的视频发布出来。就算知道那个小月明只是模仿自己的爱豆（偶像），为了“望梅止渴”，也想看小月明几眼。同时，还要监督小月明：你可是借着我爱豆名字火起来的，绝对不可以毁了我爱豆的名声。

现在，只需要秦月明说一句话，粉丝就能听出来。

这还是发生变故后第一个认出秦月明的粉丝，她顿时受宠若惊。她抬头看了看男生，一米九多的个子，看起来是个运动系男生，一身运动服，还算是个小帅哥。他身后背着一个袋子，看形状里面装的应该是球。

被秦月明看了一眼，男生赶紧道歉：“对不起，对不起……”怎么可能是他的爱豆呢？秦月明已经去世九年了。

“抱歉，我现在遇到了一点麻烦，要签名我们可以偷偷签吗？”秦月明小声对他说。

男生一怔，跟着秦月明去了一个角落，走路的时候都有点不自然。接着，秦月明从包里拿出一支签名笔，他立即扯了扯自己T恤。

秦月明点了点头，熟练地在衣摆上给他签了一个名字。

“那个小月明是什么时候火的？”秦月明问他。

“大致是两年前，我们骂过她不要脸，但他们公司就靠这个来营销的，我们越骂他们越有热度，后来我们就不配合了。”

“现在是什么时间？”

“下午四点……”

“几几年？”

“二〇一九年。”

男生一直盯着她看，突然有点鼻酸，却什么也不敢问，怕突然有了希望又绝望。就算只是假的，能看眼前的人一会儿，他也满足了。

他回过神来，朝来时的方向看，他们刚才的举动似乎引起了其他人的注意，他赶紧说：“你先走，这边引起骚乱了，我来挡住。”

最开始大家的注意力都在出机口，没人注意到秦月明，但是现在有人看到她了，就会猜测秦月明会不会是小月明，毕竟两个人还是有点像的。

“哦，谢谢你。”秦月明立即在男生的掩护下离开了。

走出机场后，秦月明将电话打给了自己的好友蔡思予。

铃声响了很久，电话才接通，对方颤颤巍巍地说道：“喂，你好……”

“是我啦，我这边好像出现了点问题……”

秦月明话还没说完，就被对方打断了：“秦月明吗？”

蔡思予叫她全名？秦月明真的被叫得一怔。

“对啊，除了我还会是谁？你在搞什么？”

“你……寂寞了吗？”蔡思予的声音都在发抖。

“寂寞？”

“嗯，你要是缺什么，我烧给你。”

秦月明掐着腰，忍不住蹙眉说道：“我没心情跟你开玩笑，我现在在机场，周围非常不对劲。我问你，现在是什么时间？”

电话那头的人抓住了重点：“你在机场？”

秦月明突然蹙眉，听出了蔡思予声音的不对劲：“对，你怎么了？姓池的那个浑蛋又让你演不喜欢的戏了吗？”

“没有，我就是想你了，月明……月明你在机场吗？你不要上飞机。”

“我没有上，我的航班已经起飞了，我现在联系不上杜毅，就想到打电话给你问问情况。”

“好，我去机场接你。”

秦月明咬了咬嘴唇，思考了一会儿，最后叹气道：“算了……我就是非常不安，想要问你几个问题。”

蔡思予因为外貌不算特别出色，只有身材十分火辣，所以被公司逼着演那些下三烂的电影，她不愿意，被公司封杀了一阵子，在秦月明的认知里，蔡思予目前的经济条件很差，还要帮家里还债，恐怕连订机票的钱都没有，所以秦月明不会让她过来。

蔡思予的声音终于没那么抖了：“好，你问。”

“为什么我看到的时间都是二〇一九年了？”

“现在的确是二〇一九年，你这个臭丫头已经消失九年了。”

秦月明整个人都呆住了，机场四周的景象好像在旋转，让她觉得头晕。她觉得自己似乎被遗弃了，她仿佛是个……被时间遗弃的人。

低血糖后遗症？这情况很糟糕，糟糕得她的心狂跳不止。她忍不住问：“怎么会这样？”

“月明，我现在很慌，我根本不知道怎么回事，到底发生了什么，但是……既然你打来电话了，我就想为你疯一次。你待在那儿不要动，我正在用电脑订机票，你要是敢再消失一次，我就跟你拼了！”最后那句话，蔡思予的声音突然拔高了，几乎是吼出来的，把秦月明吓了一跳。

“好，我等你。”秦月明乖乖同意了。

秦月明从包里取出墨镜跟帽子戴上，找了一个偏僻的位置坐下，等待蔡思予过来。她拿着手机思考要不要联系自己的男朋友，想了想还是放弃了。

在确定究竟是怎么回事之前，她不想联系任何人，对这个刚刚交往的男朋友，她还没有彻底的信任感。

她的正对面有一块屏幕，上面不停地播放着各种广告。她看着广告牌许久，甚至能够根据这个人在广告里出现的频率分析出这个人红不红。

又看了一遍广告里熟悉的面孔，她起身去买了几份娱乐期刊。买期刊之前她还发现了一件事，大家都在用新的货币。二〇一〇年，第五套货币刚刚发行，还在和旧货币混用，现在她的口袋里也大多是第四套货币，第五套的只有一张一百元的。她不确定第四套还能不能用，也就是说，在蔡思予来接她之前，她暂时只有一百元可以花。

时间一点一点流逝，秦月明在机场附近等待了五个小时，终于再次接到了蔡思予的电话："月明，我落地了，你还在吗？"

电话里蔡思予的声音有点喘，似乎在一边快速行走一边打电话。

“嗯，我在，我们找一个地方会和。”

“好。”

见到蔡思予的时候，秦月明有些诧异。眼前的人跟记忆里那个二十四岁的蔡思予差太多了，好像一下子成长了很多，看起来似乎是三十岁左右的样子，而且她身上的打扮比之前好了很多。

蔡思予看到秦月明更加激动，她的眼睛仿佛钉在了秦月明的身上，直直地看着她，恨不得用目光将她捆住，看着看着眼圈就红了。

“我的老天爷……”蔡思予伸出手想碰秦月明一下，却又快速收了回去。她怕一切只是一场梦，伸手碰到后，眼前这个幻影就会散了。蔡思予在秦月明身前捂住脸蹲下身，竟然开始呜咽。

秦月明真的有点措手不及，跟着蹲下去拍了拍她的肩膀：“喂，你在搞什么啊？怎么一下子成熟这么多？你哭得这么认真，我都没办法感同身受。”此刻的秦月明还迷茫着，心中更多的是不安和慌张，根本无法理解蔡思予的悲伤。

蔡思予快速摸了一把脸，然后伸手拉住了秦月明的手。

感受到秦月明掌心的温度，看着好友依旧是二十五岁的样子，她终于觉得真实了一些，拽着秦月明往外走：“我们换一个地方说话。”

因为出门太急，蔡思予根本没有带行李箱。她只拿了一个手拎包，包里放了证件，还有应急的现金，不过多是台币。

此时的秦月明身份尴尬，蔡思予只能用手机租房软件订了一家民宿。民宿只需要提供一个人的信息，跟房主用微信联系后得到房门密码就可以进入，无须两个人都登记。

两个人进入民宿后，秦月明还在跟蔡思予抱怨：“为什么我联系不上杜毅？航班怎么办？我还要去巴黎拍摄电视剧和写真，而且我的行李也在航空公司，现在都没办法取出来。”

“工作无所谓了，这么多年过去了，早就吹了，至于行李……”蔡思予不知道该怎么说，难道告诉秦月明，你已经死了九年了吗？

秦月明意识到了什么，于是说了自己的情况。

她拍完戏后来到机场，打算乘坐飞机去巴黎拍摄写真和电视剧，去了一趟洗手间，出来之后就发现周围的事物全部不对劲了。

蔡思予听完点了点头，出神地看着秦月明。这种事任谁遇到都会觉得神奇，距离秦月明给她打电话已经过去将近六个小时了，蔡思予还没缓过神来。面前的秦月明是人是鬼？为什么会发生这么荒谬的事？

蔡思予深呼吸一下，最后说出了她知道的事：“九年前，你上的这趟航班出了事故，飞机上的人无一生还，所以杜毅还有……你，在我们的认知里已经去世九年了。我一直留着你的手机号码，时不时还会给你发消息，没想到今天会突然接到你的电话，还看到了你。”

秦月明整个人僵在原地，虽然她心里早就有所猜测了，但真的听到这些话还是会觉得难受，自己得知自己的死讯……

“夜停他也出道了是吗？”秦月明问。

“对，他现在很红。”

“你能联系到他吗？”

秦夜停，秦月明的亲弟弟。在她的记忆里，对方还是一个孩子，一个连手机都没有的少年，仔细算一算，他今年也有二十六岁了。之前在机场，秦月明在广告上看到了熟悉的面孔，还不敢相信。紧接着，她去买了一堆杂志来看，越发确定那个年轻人是自己的弟弟。

秦夜停不喜欢娱乐圈，对于她进入娱乐圈也一直是反对的态度，秦月明登机之前还在跟秦夜停冷战。

这些年究竟发生了什么，才会让这个孩子也进入了娱乐圈呢？他不再是冷漠得有些凉薄的少年，而是对着镜头温柔微笑的男人。

蔡思予打电话给了秦夜停，是对方助理接听的，蔡思予说自己有急事，助理才表示等剧组休息的时候再回个电话给她。

一等就是一个多小时，她们坐在床上聊天时，秦夜停回电话了，蔡思予打开了免提，听到对方说："喂，思予姐。"

"嗯，我有件事要跟你说，虽然听起来会很荒谬，但是……你淡定地听我说好吗？"

"嗯，好。"

"我接到了秦月明的电话，她现在就坐在我身边。"

秦夜停沉默了一会儿才开口，声音微微发颤："是真的吗？"

秦月明接过手机说道："是我。"

"嗯，你终于回来了。"

这一句话让秦月明一愣，秦夜停为什么这么说？

秦夜停接着说："我在拍戏，如果突然离开会被媒体盯上，产生没必要的麻烦。我在那个城市准备了一栋别墅，门是密码锁，你让思予姐陪你过去。大门口门卫登记就可以进去，地址跟门牌号我会发给思予姐。"

"哦……"秦月明下意识回答。

"别墅车库里有三辆车，车钥匙挂在墙壁上，你选喜欢的开。别墅里日用品齐全，如果缺什么你就去买，卧室床头柜上有银行卡，密码是你的生日。"

"好。"

"抱歉，我现在不能立即去找你。"秦夜停道歉。

"你为什么这么淡定？"

"等我见到你了再跟你解释。"

"好。"

"这段时间，你休息一下，我养得起你了，还有……姐，我很想你。"

秦月明突然红了眼眶，秦夜停始终都是她的软肋，一句话就能让她的心软下来。

"嗯，好，我知道了。"秦月明回答。

"别怕，没事的。"秦夜停似乎猜到了秦月明此刻的心情。

"嗯。"

"我离婚都有两年了，对方出轨。"蔡思予带着秦月明来到别墅时说道，语气波澜不惊，似乎已经放下了。

九年过去了，很多人都发生了变化。秦月明刚刚去世时，蔡思予跟秦夜停都是落魄得不行的小人物，连去出事地点的机票都买不起，只能待在家里等消息。那个时候的难过和无力，估计是他们最不想回忆的。

当年秦月明爆红，却没存下来多少钱，多数用来还债了，还有些钱也在秦月明去世后不知所踪。蔡思予带着秦夜停去秦月明的公司要秦月明的收入，也被人打发走，说那些钱都是

对秦月明早期培养的费用，他们什么钱也没拿到。至于赔偿款，在保险公司跟航空公司那边，审核了一年多才到秦夜停手里。

后来，蔡思予参加了选美比赛，因为身材好得了第三名。她渐渐有了工作，演了几部戏的反派。她还做过综艺节目的常驻嘉宾，靠那种很“婊”的人设才能留下。节目播出之后，她多半是被人骂的，但是蔡思予也都忍耐下来了。什么重口味的游戏她都会配合，因为她知道，如果连这点特色都没有，她就会被节目淘汰。

再后来，她抓住机会嫁给了一个富商，就立即退出了娱乐圈，从此低调地相夫教子。她的孩子今年五岁，留在了富商那里。她现在有复出的打算，不过一直没有行动，现在的收入全靠自己开的店面维持。

“我离婚的时候全靠夜停帮忙，不然我真的要垮了。”蔡思予说完看向秦月明，“他现在很靠得住，你不用担心他。”

“我就怕他为了我做什么傻事，尤其是他之前的语气……他明明是一个非常不喜欢娱乐圈的孩子，这些年他是怎么过的？”

“你突然从九年前过来，这种伪科学的事肯定需要解释，他这么淡定就是解释得出来，我也好奇得紧。”

“他会不会做什么极端的事？”

“杀人放火能让你从九年前回来吗？”

“应该不会。”

“所以你在担心什么？”

“我……”

“你就趁这个时间休息一下吧，你之前真的是太累了。”

秦月明点了点头，环顾一下别墅，觉得非常舒服。

这个小区远离市区，里面的房子都是独栋别墅，院子很大，园林设计得很有艺术感。别墅与别墅之间都隔了很远，她站在院子里都看不到邻居的别墅。别墅的设计也很有格调，是秦月明喜欢的风格，很适合度假。

秦明月在十八岁那年正式出道，出道前，她已经被培训了六年。那六年里她既要学习文化课程，还要练习舞蹈、武术、表演等等，她甚至记得形体课老师训她时严厉的样子，巴掌拍在她背上的疼痛感。

出道后，公司似乎想在短时间内将他们投资的钱赚回来，让她演戏，甚至轧戏（艺人在同一时间接拍很多戏），不停地轧戏。

初期，她演的角色中龙套、配角居多，一年拍摄了二十余部戏，被主角踩过手指，做过恶毒女配被主角扇巴掌。后期她有了名气，可以做主角却依旧轧戏。

她一年拍十三部戏，到处飞，就算在途中也不能休息，要看剧本、背台词。她不是过目不忘，是被逼得能够快速记住台词，或许这也是她的本事。

可是现在，她突然没了名气，周围的人不再认识她，也没有经纪人催着她去工作。秦月明坐在沙发上，长长地呼出一口气，心想，趁机休息一阵子吧。

蔡思予坐在她身边，伸手将她揽到自己怀里，说道：“这阵子我都陪着你。”

“你不需要去忙店里的事？”

“不用，反正我也不懂，全交给别人去办了。我要看着你，绝对不会再让你消失了。”管他科学不科学，闺密回来了，她就算怕鬼也要陪着。

剧组杀青宴上，主角、导演跟几个投资商在一个包间里吃饭，其他工作人员跟没有名气的角色则在外间聚餐。

此时，导演带着投资商出去，把不错的新人介绍给投资商，导致房间里只有男主角江云开跟女主角潘言翡两个人。

江云开正在吃东西，突然听到潘言翡对他说道：“云开……”

“客气了，叫我江哥就行。”

“江哥，电视剧都拍完了，我们还没加微信好友呢。”

“其实加了跟没加没什么区别。”江云开一只手拿着手机，另一只手用筷子吃饭，眼睛盯着手机，看都不看她一眼。

这种状态已经持续几个月了，从拍戏开始就是这样，江云开很少跟其他人接触，大多数时间都在玩手机游戏、看剧本。其他时间也是一个人坐在保姆车里看相声和综艺，笑得跟犯病了似的。他就是不跟其他人沟通，尤其是女性工作人员。

“怎么？你不用微信吗？”潘言翡不死心地问。

“不是，我这个人懒，打字都嫌累，从来不用微信聊天。”江云开说着，继续盯着手机。

“哦……”潘言翡说完，放下筷子叹了口气，“我胃小，吃得少，现在都吃不下了，一会儿如果有人来敬酒可怎么办啊？”

江云开扭头看了看她，接着将她面前的菜转到自己面前：“没事，我吃得多。”说完，他继续大口吃饭。

“那一会儿喝酒的时候……”

“我开车来的。”

潘言翡盯了江云开半晌，真的不知道该怎么聊下去了。这家伙是真的百毒不侵？还是靠实力单身？

吃完饭后，潘言翡喝得有点多，想要找人扶着，刚伸出手就看到江云开后退了两步，嫌弃得不行：“你可别吐我身上啊。”

“我没有想吐，就是走不稳。”她委屈巴巴地回答。

“给你助理打电话。”江云开说完又后退了一步。

潘言翡拿出手机联系助理，接着对江云开说道：“外面怎么这么冷啊，我都没有外套，冷死了。”说着，她看向了江云开。

江云开侧头看了看她，居然还批评教育上了：“你说你都挺大岁数了，怎么这种事心里都没点……没点数呢？能不能给你妈妈省点心？你看看我，穿得多，多暖和。”

说完，江云开就大步流星地下了楼。

潘言翡看着江云开离开，忍不住小声骂道：“这家伙是傻子吗？”她怎么就挺大岁数了？不就比他大三岁？还没到三十好吗？会不会说话！

江云开坐在车上玩手机，没多久助理鸭宝就跑上了车：“江哥，有好事。”

“假期给我申请下来了？”江云开无精打采地问。

“不是，我们收到消息，有漂亮女孩去了秦夜停偷偷买的别墅，好像是金屋藏娇！这个料要是爆出去，秦夜停不脱一波粉才怪呢！”

江云开一听，眼睛都亮了。

秦夜停，江云开的头号对家。本来吧，两个人是真的没什么联系，但就是掐上了，还掐了三年多，还掐得不可开交、远近闻名。

江云开今年二十四岁，主攻歌手，是一个男子组合的C位（核心位置）。他因为有一张无论做错了什么事都会被人原谅的帅脸，所以就算风评一直不太好，也是当红的流量小生。

至于秦夜停呢，今年二十六岁，主攻演戏，电视剧、电影真演了不少，听说最近接的戏都在冲击大奖呢。

江云开还在演偶像剧时，秦夜停就已经转型演大制作影视剧了，两人应该是八竿子打不着的关系。然而，他们就是对付上了。

在旁人看来，他们是因为年龄差不多，又是现如今的两大墙头，所以人气方面有竞争，特别是广告代言方面有争夺。

但是江云开自己知道究竟是怎么一回事。一档节目里，主持人采访他喜欢的女生是什么类型的，他想了想后回答是秦月明那种类型的。结果好巧不巧，节目播出那天是秦月明的生日。

秦夜停就是一个疯子，一提他姐姐就炸，别说还碰上他最悲伤的时候。自那以后，他就盯上江云开了，黑了江云开一波。

江云开也不是个能受气的，自然回击了，加上当时他们在抢同一个代言，梁子就此结下了。

江云录节目的时候真的没多想，就是单纯觉得秦月明长得好看，以后要找对象就找这么漂亮的。再加上秦月明都去世几年了，说她总比说别人好，不会出现绯闻。

秦夜停的恨意来得令江云开郁闷不已，最可气的是，只要深挖，江云开的过往处处有“黑料”。

据说，他读书的时候是校霸，进入娱乐圈之后因为脾气不好，就被黑“耍大牌”。

他从小被娇生惯养，一次拍摄，因为条件艰苦、水土不服，他上吐下泻，又被黑“太金贵、搞特殊”。

他的黑料一波接一波，公司都公关不过来，让他不得不谨言慎行。

最近两年，他说话都不敢放肆，要控制微表情，防止被拍到不妥的表情做文章，也不敢吸烟、喝酒、泡吧。碰上女孩主动搭讪，他都躲得远远的，生怕是秦夜停安排的，真靠近了说不定就又是一个大新闻。

他从小被家里保护得很好，没经历过什么大挫折，秦夜停就是他人生之中最大的一个砍，让他把生活过得仿佛在历劫。

可秦夜停就像一个机器人，江云开使劲挖了这么久，竟然挖不出来什么黑料来。他像是一个工作怪物，没有朋友、没有亲人，无牵无挂，见人就微笑，没工作了就躲起来，跟没有三情六欲似的。

江云开被秦夜停接连黑了几次都没法反击，气得跳脚，这回总算抓到秦夜停的把柄了。

“回国！立即给我订机票，我要亲自去办这件事！”江云开大手一挥。

“别了江哥，您要是不亲自办或许还能好点。”

“瞧不起谁呢？”江云开没好气地问，扭头嘟囔，“秦夜停都有女朋友了，我还没有呢，我长得不比他好看啊？我怎么就找不到女朋友呢？”

“实在不行就跟秦夜停握手言和吧，这样下去您不得疯了？”鸭宝小声问。

“最起码得让秦夜停吃一次亏，不然我心里不舒坦，提起他我就气，弄得我连他姐姐生日、祭日、哪天得过大奖都倒背如流！”

“唉，简直就是飞来横祸。”

“我长这么大还没谈过恋爱呢，说出去谁信啊。”江云开越发暴躁了。

他上学的时候家里管着，刚出道的时候，舅舅是他的老板兼经纪人，管他也管得严，现在秦夜停又管着他，他招谁惹谁了？他好想谈甜甜的恋爱啊！

蔡思予指着电脑屏幕上江云开的照片，叮嘱秦月明：“这个人你绝对要绕着走。”

“怎么了？”秦月明不解。

“他是你弟弟的对家，他们的粉丝动不动就掐，两家粉丝在饭圈（粉丝圈）战斗力都是极强的，每次一对掐就能上热搜，好多艺人都没他们的粉丝有热度。况且，这个江云开就是标准的蝴蝶男。”

“你说凤凰男什么的我能理解，但是蝴蝶男是什么意思？”

“就是每天打扮得花枝招展的，跟花蝴蝶似的，飞翔在花花世界之中，就是个花花公子，花心得不行。你看他这张脸，一看就是一年都能交个十多个女朋友的类型，看这身材，啧啧……”

秦月明听着觉得好笑，忍不住笑出声。

“你笑什么？”蔡思予问她。

“你怎么能说别人呢？看你的身材不也是……但是事实上，你是个贤妻良母。”秦月明说着，还戳了戳蔡思予的胳膊。

“也是。”蔡思予点了点头，不过还是补充道，“不过这个江云开真的是遍地黑料，你在他微博里发一条评论骂他，都能被点赞成热门评论。”

秦月明拿着平板电脑继续看：“夜停的对家啊……长得还挺好看的。”

“也就只是长得不错，还有家庭背景不错。他舅舅是国内一家大娱乐集团的总裁，他父母也是经商的，是不少人想要巴结的投资大佬。”

“哦，还有身材不错。”

两个女人对视一眼，同时开始坏笑。

秦月明看着平板电脑，又忍不住感叹：“真的有挺多变化。”

蔡思予不得不感叹秦月明的接受速度，短短几天时间，她就会用智能手机了，扫码付款或者绑定账号都不在话下。还有就是，她每天看看微博，就能分析出娱乐圈内的一些趋势了。

“你……都不问问钟嵘的事情吗？”蔡思予欲言又止。

钟嵘是秦月明的男朋友，在秦月明的认知里，他们俩还只交往了一个月。

“其实你一直不提他，我就已经猜到了。”秦月明扯着嘴角苦笑。

说起来，钟嵘是她第一个男朋友，在她状态不好时陪伴过她，她被他的执着和温柔感动了，因此真的走心了。

跟他交往后，她也没什么时间，两人只约会过一次，连牵手都只在桌底下偷偷牵了几分钟，纯情得不像话。

“他要订婚了，就在两个月后，已经发了请帖，我有收到。”蔡思予低声回答。

“他的未婚妻是什么样子的女孩？”秦月明问。

“二十二岁，挺漂亮的，这么年轻就订婚也不知道怎么想的。”

秦月明叹了一口气，一瞬间心揪紧了，立马闭上眼睛调整心情，他要订婚了啊……

第二天，秦月明早晨起来，听到家里有人谈话。她兴奋地下楼，以为是秦夜停回来了，结果居然是有人过来送货。

她的脚步慢了下来，蔡思予转过身对她解释：“夜停怕你觉得闷，所以把自己养的狗送来陪你了。”

“哦。”

送货的人都没进门，是蔡思予将狗牵了进来，一条毛茸茸的阿拉斯加犬。

这条狗是真的毛茸茸的，身上的毛特别茂盛，走的时候浑身毛都在抖动。秦月明伸手摸了摸它的毛，手感不错。

“你的主人一定非常喜欢你吧，把你打理得这么漂亮呢！”秦月明看着狗感叹。

“猜猜它叫什么。”

“旺财？”

“叫奔月。”

秦月明“扑哧”一声笑了。

“你主人怎么回事啊，连个电话都不打给我，微信消息也不回，视频电话也不接……”秦月明叹了一口气，就看到奔月过来拱了她一下，接着依偎在她身上，还挺亲近她的。

“夜停也很忙的好吗？他会亲自来跟你解释的，你继续休息，我去给你做好吃的。”蔡思予说着朝车库走，“我要开你的法拉利去买菜，嚣张一下，你陪奔月玩吧。”

“好的，路上小心。”

蔡思予出门了，秦月明看了看奔月带来的玩具，又看看奔月：“我带你出去玩吧？”

奔月立即“汪”了一声。

秦月明牵着奔月去别墅园区，起初遛得好好的，后期奔月突然加速，力气极大，秦月明试图用狗绳拽住它：“奔月，不许跑。”

然而奔月不听她的，玩命狂奔。秦月明瞬间没有了仙气，被它带着狂奔，模样狼狈至极。

江云开看着蔡思予开车出了别墅区，白了鸭宝一眼：“这就你说的金屋藏娇？”

他跟在这里有房子的好友打了招呼，在门口登记了，门卫才让他进来，结果进来后就看

到了蔡思予。

蔡思予，秦夜停姐姐级别的人物。跟秦夜停有交集的人极少，难得的几个都是共过患难的，他红了之后就没有什么社交了。整个娱乐圈都知道秦夜停对自己姐姐生前的好友非常照顾，也非常尊敬。

江云开心想：如果是蔡思予的话，来秦夜停这里暂住一点毛病都没有，这值得他专程从国外回来？

“不对啊，我们的人说是非常漂亮的年轻女孩……”鸭宝忍不住嘟囔。

江云开撇了撇嘴，想要骂人，又忍住了，气冲冲地朝好友的别墅走。走到半路，他突然听到女孩子的尖叫声，回过头就看到一条阿拉斯加犬“牵”着一个人冲了过来。

女孩看到旁边有人，急切地说：“狗！狗！”

江云开觉得莫名其妙，废话，他还看不出来是狗啊？他正纳闷呢，然后就看到女孩在他面前踉跄了一下，眼看就要摔倒，他连忙伸出手去。

秦月明被奔月带得真的要“上天”了，终究追不上它，摔在了柏油路上。与此同时，她看到路边的那个男生一把抓住了狗绳，控制住了奔月。

鸭宝看江云开气不顺，离江云开有点远，怕这位爷不爽了揍他，结果就看到这位爷动作潇洒地牵住了狗，根本不管摔倒的女孩。

那个女孩一看就摔得很厉害，头发盖住了脸，半天没爬起来。啧啧，就这样还纳闷自己为什么找不到女朋友呢？人家英雄救美，他心里只有狗。

江云开一直没理趴在地上的秦月明，反而看着奔月，逗弄道：“这狗不错啊。”

秦月明摔得很疼，没心情回答。

“我没时间，你自己遛吧。”江云开说完，俯下身将狗绳递给秦月明。

江云开和鸭宝往回走，鸭宝回头看了看，看到奔月好似无情的杀手，拖着趴在地面上的秦月明往前蹭，愣是将秦月明拖动了一下。

鸭宝忍不住问：“这人不会摔出什么问题了吧？”

“手还有劲拽狗绳呢，能有什么问题。”江云开头也不回地走了。

等江云开走远了，秦月明才狼狈地爬起来，奔月终于老实了，坐在一边一脸无辜地看着她。她看着江云开离开的方向，忍不住嘟囔：“江云开？巧合？”

她刚才从头发的缝隙中注意到是江云开，所以才没立即起来。眼下的疼痛让她没心情想别的，只能一瘸一拐地牵着奔月回去。

江云开坐在别墅里跷着二郎腿喝着茶，突然就站了起来：“鸭宝！刚才那条狗像不像秦夜停的奔月？”

鸭宝从厨房里出来，立即拿出手机打开秦夜停的微博，翻出了奔月的照片：“确实像。”

“刚才那个女的……是谁？你看出来了吗？”江云开紧张兮兮地问。

“没，头发遮着脸，就看出来皮肤挺白的。”

“你没多看几眼吗？”

“都摔成那样了，真没眼看，我全程关注您徒手抓狗的英姿了。”

江云开在客厅里走来走去，忍不住暴躁起来，这秦夜停的女朋友都出现在他面前了，他却走了，这叫什么事呢？

那人都帮秦夜停遛狗了，关系还用说吗？秦夜停真的有对象了！

“是时候展现真正的技术了！”江云开一拍巴掌。

“您要杀进去？”

“你能不能稍微动动你的脑子？保持它全新你还能高价回收咋的？”江云开恨铁不成钢地道。

江云开打开了自己的行李箱，从里面取出一个盒子。盒子里是一个巴掌大小的无人机，飞起来的时候声音不大，上面还有一个摄像头。别看摄像头个头不大，像素却极高，是江云开花了大价钱买来的。

他捧着无人机出了门，鸭宝赶紧跟着。

江云开在秦夜停别墅附近找了一个隐蔽的地方，拿出无人机开始操作，然后他就注意到自己的头顶多了一把遮阳伞。

江云开看向鸭宝，压低声音骂道：“你生怕我不被发现是吧？”

“您被发现问题大不大我不知道，您要是被晒黑了，我的问题就大了。”

“滚开。”江云开骂道。

鸭宝收起了遮阳伞，江云开终于操作无人机去了秦夜停别墅的院子。

“江哥，转头。”鸭宝再次说道。

江云开刚刚转过头，就被鸭宝喷了一脸的防晒喷雾。

他烦躁地继续操作无人机，鸭宝还凑过来拍了拍他的脸，让防晒喷雾均匀一点。

之后，鸭宝还敬业地给江云开喷了脖子跟手臂，江云开只能认命地忍了。

秦月明换好泳衣，涂好防晒霜，然后走到泳池边。奔月还在泳池里来回游泳，柔顺的毛在水面上漂浮着，整个身体看上去像一个飘逸的毛球。

秦月明游了一圈之后上了岸，拿来浴巾披在肩膀上，脚还在泳池里荡来荡去。

是奔月先注意到的无人机，看着天空直叫。秦月明跟着看过去，也注意到了那个小型无人机，然后，她站起身走进了别墅里。

没一会儿，她再次走了出来，手里拿着一个弹弓，瞄准无人机。

无人机操控者似乎知道被发现了，操纵机器上升，然而秦月明瞄准它打了出去。

一击即中，无人机瞬间掉落下来。

秦月明走过去，俯下身拿起无人机走回了别墅。奔月也跟着走了进去，边走边甩毛上的水，甩了一地板。

“这是什么？”蔡思予问。

“无人机，现在都这么小了啊？”

“无人机？有狗仔发现你了？”蔡思予吓了一跳，赶紧给秦夜停发消息，她退出娱乐圈五年了，这些事情还真不知道该怎么应对。

“应该是江云开，我在院子里遇到他了，夜停的对家还真挺有意思的。”秦月明将无人

机丢在了茶几上。

“这小子还真是阴魂不散……真人帅吗？”蔡思予的重点居然是这个。

“我没看清，就看出了腿超长。”

“腿肯定长啊，身高一米八八呢！”

秦月明坐在沙发上帮奔月擦毛发，问蔡思予：“能看到这里面都拍到了什么吗？”

“被你打成这样了，真不知道能不能修好，我找人问一下吧。”蔡思予拿着无人机走了。

秦月明笑了笑，没在意。

看到设备屏幕瞬间花了，江云开“啊”了一声，心疼得要命。不过意识到被对方发现了，他没多留，带着鸭宝赶紧逃了。

回到别墅里，江云开捧着设备上楼，同时告诉鸭宝：“联系我舅舅，给我盯紧秦夜停！”

“好的好的！”鸭宝连连应声。

“顺便给我买点东西回来，我快饿死了。”

“开车到市区得四十分钟，您得等我一会儿。”

“去吧。”江云开的注意力全在设备上，想要导出影像来，之后发给他舅舅，让舅舅去操作。

到了楼上，他把设备连上电脑，开始播放视频。他们回到别墅时天已经开始黑了，等江云开将视频整理好，天已经完全黑了。他想看看秦夜停的“金屋”藏的“娇”漂不漂亮，于是放大画面去看视频里的女孩。

“啧啧，这身材……”江云开看了个轮廓就忍不住感叹了。

视频里，秦月明正在游泳，就算是用无人机随意拍摄的，都能看出秦月明身材极好，这胳膊这长腿这美背，也难怪秦夜停能看上。

然而，游泳的时候总是看不到脸，视频播放到秦月明坐在岸边抬头看向无人机时，才终于能看到脸了。

江云开点了暂停，放大画面想要看看脸。他凑近屏幕看了看，先是觉得眼熟，紧接着就跳了起来。

真的是跳，他弹跳起来，整个人跳起老高。与此同时，他还号叫了一声，撞翻了椅子，坐在房间的地板上，又狼狈地往后退。

电脑屏幕上还是秦月明美丽的模样，江云开已经吓得魂都要飞了。这不是金屋藏娇，这是荒郊野外藏了个鬼！

视频什么的江云开都不管了，他在屋子里狂奔，想要找到自己的车钥匙，却发现鸭宝开着他的车去市中心给他买东西了。

他只能拿出手机打电话给鸭宝，让他赶紧回来。紧接着，他冲出别墅大门朝小区门口狂奔，想要找到保安，这样也比一个人待着安心。

狂奔途中，他遇到了一个正在夜跑的女孩，女孩朝他看了过来。

“啊啊啊！我的天！”江云开又一次跳开了，一下子蹦得老远。

秦月明也被江云开吓得一哆嗦，第一次见到一个人能够吓得几乎飞起来，身轻如燕，腿都跳起老高，然后人又摔在了她面前。当然，这人比白天的她摔得还惨，简直就是高空坠落。

江云开吓得腿都软了，竟然站不起来，越看秦月明越觉得害怕，只能爬着远离秦月明，一边爬还一边哽咽着叫道：“妈妈……闹鬼了……妈妈……”

秦月明看着江云开在她面前狼狈地爬进了草坪里，忍不住跟过去问：“你没事吧？”

“你别过来……你不过来我就没事。”

“哦，我不动。”秦月明立即回答。

“我现在道歉还来得及吗？”江云开问的时候都哭了，是真的哭了。

他从小就胆小，最怕妖魔鬼怪之类的事。他家里的房间很大，他晚上睡觉就会觉得害怕，于是经常哭着去找爸爸妈妈一起睡，爸爸妈妈就给他买许多娃娃。看着一堆娃娃围着他，他就觉得更恐怖了，经常被吓哭。

长大之后，他要面子，没提过这些事，但胆小的毛病还是没变。

这一次他是真的被吓到了，去世了九年的人就站在他面前，还跟他说话，他没被吓得尿裤子已经非常不错了。

“你怎么道歉？”秦月明问。

“我不该对您不敬，被采访的时候，我是真的觉得您漂亮才说您是我理想型的，没有冒犯的意思……”江云开怕的时候说话还挺利索的，要是不哭就更好了。

秦月明一听就乐了，站在江云开不远处，看着他浑身发抖往外爬，还觉得挺有意思的：“你觉得我漂亮啊？”

“对，漂亮，就算您变成了鬼也挺漂亮的。”江云开继续道歉，就跟口述忏悔书似的，“我不该心存恶念，想要报复你弟弟。虽然你弟弟真的挺不是东西的，但是我不该惹他，我以后都离他远远的，我公开跟他道歉，我忏悔。”

江云开不敢看秦月明，只想逃走。但是他太害怕了，腿软得不行，半天都没爬出多远。

“无人机是你的吧？”秦月明问他。

“对，我错了，我不该干这么不道德的事，视频我绝对不会公布的。我就当什么都没发生过，您别缠着我了行吗？”江云开哭得一把鼻涕一把泪的。

“这样啊……不过你不用害怕，我不是鬼，我是人。”

“您别幽默了行吗？死了九年了还这么健谈，您做鬼的心态也挺好啊。您要是缺什么了就跟我说，我给您烧一栋别墅，顺便给您烧俩帅哥行吧？您应该找钟嵘啊，动不动就拿你炒热度的是他，不是我啊，我不惹秦夜停了。”

秦月明脸上的笑瞬间淡了。不过，看到江云开被吓成这样，她还是先把那件事放下，走到江云开的身边取出手机，打开手电筒：“你看，我有影子，我是人。”

江云开没力气爬了，壮着胆子侧过头去看秦月明。他先是看了看秦月明身边清晰的影子，又看了看秦月明。

两个人四目相对，江云开狼狈不堪，秦月明眼里全是无辜的意味，还故意摆出一副友善的样子来。

江云开趴在草坪上，秦月明蹲在他的身边，伸出手用手心盖住江云开的额头：“你看，我有体温，真的是活人。”

江云开不哭了，看了秦月明半晌，似乎终于信了。

他一想起自己刚才的样子就气得不行，想要发泄又顾及她是女生，最后只能气呼呼地拍了一下秦月明的鞋面，力道也不算重。

接着，他坐起身来揉了揉自己的腿，刚才吓得腿都抽筋了。

秦月明蹲在他旁边一个劲地笑，引得江云开没好气地看了她好几眼。

夜里清凉的风吹拂着草地，吹来一阵草木清香。秦月明的头发被风吹了起来，她随手挽到耳后，继续看着江云开，夜色里，她美得像个仙子。

“你是秦夜停找来做他姐姐替身的？他觉得你跟他姐姐很像，所以找你做女朋友？这家伙有恋姐情结？”江云开语气不善地问她，都不称呼“您”了，变脸之快让秦月明大开眼界。

秦月明不知道该怎么说，怕说自己是秦月明会再次吓到他，想了想后回答：“我不是他女朋友啊。”

“啧……”江云开臭着一张脸，想要骂人，又觉得丢人，半晌还是什么都没说。

秦月明从口袋里取出纸巾，帮江云开擦了擦脸上的眼泪。刚才他趴在草坪上蹭脏了脸，成了花猫脸。

江云开立马躲开了，指着她警告道：“刚才的事不许说出去。”

“你是练过轻功吗？一下子就飞起来了，超厉害的。”

“你、你……”江云开居然不知道该说什么了。

秦月明又笑了，笑得前仰后合的，半天停不下来。

江云开气急败坏地站起身来，拍了拍身上的尘土，对秦月明凶道：“你大晚上出来干什么？吓人啊！”他终于不怂了，但是奶凶奶凶的。

“我夜跑啊。”秦月明无辜地跟着站起来说道。

“夜跑披头散发的？”

“房子里没有发绳。”

江云开觉得自己今天太丢人了，耳朵羞得通红，气急败坏地往外走，走了两步又回头瞪了秦月明一眼。

秦月明依旧是一脸无辜的样子，被瞪得委屈巴巴的。

江云开又走了回去，走到秦月明身前说道：“伸手。”

秦月明伸出手来，江云开从自己的手腕上拽下一个发绳给了秦月明，颜色是简单的黑色，没什么花样。他的头发也有点长，练习的时候会扎起来，比较凉快。

给了发绳之后，他就气鼓鼓地走了。

秦月明看了发绳半晌才抬手将头发扎起来继续跑步，跑了一段，又忍不住“扑哧”一声笑了。总听说江云开是弟弟的对家，怎么看起来不太聪明的样子？

秦月明在短短的几天内承受了太多。

先是突然发现自己到了九年后，接着又得知自己和杜毅的死亡消息。

杜毅陪她的时间不算长，他只是出国时被公司派来的临时助理。但是他人突然没了，要说秦月明心里不难受，一定是假的。

接着，她又得知自己的男朋友要订婚了，听到这个消息她还能保持良好的心态，真的是

因为早期心彻底凉过，才能冷静地承受这种大风大浪。

现在回到家里，她终于下定决心去查前男友这九年的动态。她看着前男友的综艺节目，越看越觉得心寒，她终于知道钟嵘是个渣男了。

钟嵘在她去世后就单方面公开了恋情，是的，那时她已经没办法回应这段恋情。

在她出事后，钟嵘或许是真的很难过，在媒体采访她的故友时，他哭着公开了他和她的关系，还发布了合影作为证据。

后期，他的举动就有些变味了，他似乎发现只要提起她就能获得一些关注，所以上综艺节目时总会提起她，说说两个人的交往细节。

其实他们两个人在一起才一个月，约会也只有一次，钟嵘居然编造出了那么多虚假的事，还到处说，话里话外的重点都是他们两个人的感情有多好、他有多专情。

钟嵘成功地立了一个专一的人设，事业因此一下子飞上云霄，说出来的事却越来越离谱。他总是不经意地在节目里提起她，说她是如何倒追他的，他当时是因为感动才答应跟她交往的。

他们交往的事其实挺隐蔽的，公司的人不知道，就连蔡思予也是突然知道的，不清楚具体情况。

秦月明是那种有人追求她也会保守秘密的人，她不觉得被人追求值得炫耀，也不会去问闺密该怎么应对。

她自己很有主意，不需要别人参谋，即便别人来劝说她也不会轻易动摇。

所以，她去世之后，钟嵘说什么是什么，没有第二个人知道具体的真相。

钟嵘的人气是在秦夜停红了之后渐渐衰退的，他出现了负面新闻，接着消沉了一阵。他不死心地再次参加一档回忆类节目，依旧是回忆秦月明。

那档节目让他有了点热度，但那次之后跌得更惨了，因为他前脚说永远都不会忘记秦月明、永远爱她，后脚就曝光了恋情。

秦月明合理怀疑，是秦夜停那小子看不下去了。她是秦夜停的姐姐，知道秦夜停是什么性格——看似沉稳却脾气很刚烈，睚眦必报。

她合上笔记本电脑深呼一口气，突然没有失恋的难过感觉了，原来放弃一个人只是一瞬间的事。或许她根本就没有那么爱钟嵘，只是因为初恋突兀地结束有些难过罢了。

这时候，房间的门突然被敲响，秦月明还当是蔡思予，走过去打开门就看到门口站着成熟了的秦夜停，她的身体僵硬了一瞬间。

秦夜停乌黑的头发松松软软地搭在头顶，他长着一张娃娃脸，明明二十六岁了却还可以去演学生。

他的五官是无可挑剔的，稍微打造之后也可以完美地驾驭古装剧，是一个标准的翩翩公子，唇红齿白，温润如玉。

秦月明感觉自己依旧在跟秦夜停冷战的氛围里，并没有九年未见的思念，所以此时有点尴尬。她抬手拢了拢头发，说道："你拍完戏了？"

秦夜停点了点头，然后突然伸手将秦月明拽到自己怀里，紧紧地抱着她。

她靠在秦夜停的胸口，拍了拍他的后背："又长高了。"

“我好想你。”秦夜停哽咽着说。

“抱歉，让你担心了。”

“之前是我太任性了，我怕你进入娱乐圈遇到坏人，你那么漂亮，他们会图谋不轨。而且我不想让你为我牺牲太多，我当时不懂那么多，只是一味地怪罪你，是我的错……”秦夜停吸了吸鼻子，开始跟秦月明道歉。

这些话在他心里存放了九年，却无处去说，这些懊恼与悔恨便折磨了秦夜停整整九年。

“我都明白。”秦月明低声回答。

“真的进了这个圈子，经历过你经历的，我就知道你有多不容易了，是我太天真了……”

“我有好多话想要问你，我们先坐下说吧。”

“我不，我要抱着姐姐。”

秦夜停很少撒娇，他是一个有些冷漠的人，很少跟秦月明很亲近。秦月明还有过些许美好的童年时光，秦夜停则从未有过，他从记事起就是家里最糟糕的时期，所以秦月明也理解他的性格。

奔月这时突然扑了过来，扑到了秦夜停身上，兴奋得摇尾巴，致使秦夜停不得不松开了秦月明。

秦夜停带着秦月明去客厅聊天，这样奔月也能有地方玩。

“这阵子我的经纪人居然跑到剧组去看着我，生怕我谈恋爱。”秦夜停坐在沙发上，歪着身子靠着椅背，似乎十分疲惫。

他的身材纤细修长，偏瘦。艺人在镜头里看起来体型正常，其实在现实中都很瘦，秦夜停跟秦月明都是天生就很瘦的体型，还是头小、脸小的那种。

秦月明这段时间还看了秦夜停的影视作品，发现这小子演技还不错。采访她也看了，他都是笑呵呵，一副暖男的模样，好像生了一双天生的笑眼，一看就性格非常好。

然而，他现在坐在这里，眼中没有半点笑意，薄薄的嘴唇抿着，只在看向秦月明时眼中才会有点温度。

“合同规定了不许恋爱？”秦月明问他。

“不许，而且我合约还有一年到期，没有续约的意向，所以……”秦夜停说着耸了耸肩。

“你签了几年？”

“十年，今年第九年。”

“你不是不喜欢娱乐圈吗？”

“我不是不喜欢娱乐圈，我是不喜欢你在娱乐圈待着。”

“为什么你对于我突然出现在这个时间的事很淡定？你知道些什么？”秦月明认真地看着秦夜停。

“哦……”秦夜停似乎才想起来，随口回道，“我找了一群疯狂的科学家，研究时间裂缝的事，让他们在你死亡前把你拽到现在这个时间来。”

秦月明蹙眉：“这怎么可能？”

“最开始我也觉得很扯，觉得他们是在骗钱，但是挺多富商都在尝试，还投资了这个研究项目，我就也跟着投资了，没想到真的成功了。”

“成功的情况多吗？”

“你是第一个。”

秦月明走到秦夜停的身前，伸手钳住了秦夜停的下巴：“你知道吗？你撒谎的时候不敢看我的眼睛，就像刚才那样。”

秦夜停终于看向了秦月明，然后露出一个极其不自然的笑容：“你能不问这些，只是继续好好活下去吗？”

“不能！”

秦夜停调整了一个坐姿，用手揉了揉自己的头发，叹了口气：“好吧，我承认情况确实挺糟糕的，你估计不会高兴。”

“说吧。”秦月明已经做好心理准备了。

“在你回来的一瞬间，我就已经负债累累了。”

秦月明一愣。

秦夜停从自己的行李箱里拿出一份合同，翻开给秦月明看。

这份合同上的数字真的是天文数字，秦夜停前期的投资不算多，但是有条款写明，如果真的将人带了回来，就要支付巨额的研究费用。

这个费用……简直可以要了一个普通人的命。

秦夜停随便算了算，说：“我要保持如今的人气，不停地工作十几年才能还清。”

还有就是，那个研究所不是本国的，不接外国人的单子。所以秦夜停特意移民到了那个国家，如今户籍已经不在本市了，这也是秦夜停最怕秦月明不高兴的一点。

研究所坚持的原则还有一点，就是必须是已故之人才可以实验，不可以找来年轻的自己，不然会造成两个本质一样的人存在于同一时空的伪自然现象。想带回来的人还必须是亲人，签合同时必须出示亲属证明。万一有商人投机取巧，将著名画家带回来了，让他们继续画画，岂不是很糟糕？

这个研究所曾经将时间裂缝的研究公开过一阵子，很多人都当成天方夜谭，毫不理会。还有人觉得这种发明会扰乱自然秩序，反对过一阵子，却也无用。只有秦夜停这种疯子才会去入股，还付出了这么多。

“这段时间你为什么回避我？”秦月明问他。

“因为我的经纪人在，我在你老东家呢，如果我们没有找好后路被他们发现了，你又要被找回去、被他们吸血了。还有就是……我不想让你看到我疲惫的样子，因为我以前看到你那副样子时真的很心疼。”

“就这样啊……”秦月明突然如释重负。

秦夜停有些不解，拿起合同指着上面的数字说：“就这样？你好好数数小数点，是英镑啊！”

“我们是穷过来的，还怕这个？我一直担心你是做了什么极端的事情，比如出卖灵魂之类的。”秦月明低头摆弄着自己的手指。

“不会，我都不许你做这些，怎么会自己去做。”秦夜停说着，凑过来拉住了秦月明的手，“最开始我真的没有想过会成功，但是这成了我最大的信仰，为了赚钱让你回来，我就

会更加拼命、更加努力地工作，也终于有坚持下去的理由了。这个世界上，我只有你一个亲人了，这些年……我过得不好。”

这些年我过得不好，我很想你，努力之后也许能让你回来，这是让我坚持下去的信仰。

秦月明坐在沙发前捧着合同，光着的脚叠在一起，因为精神紧绷，大脚趾不自觉地翘着。

她又重新数了一遍数字，接着拿着手机计算汇率。连续计算了三次之后，秦月明陷入了长久的沉默。

“这种打击真的很大。”蔡思予给秦夜停倒了一杯饮料。

秦月明刚刚还完债还没轻松一年，就突然到了九年后，要偿还更多的债务了。

“最近你好好安慰她，我怕她想不开。”秦夜停叹了一口气。

两个人一起担忧地看着秦月明。

许久后，秦月明才说道：“还不如死了算了呢……”

秦月明考虑再三，还是决定回到娱乐圈。

“出道前我做了那么多努力，怎么甘心就此放弃？”秦月明抱着膝盖说道。

最开始，秦月明进入娱乐圈是为了还债，真正出道后，她发现自己也是有野心的，想要演出更多、更好的作品。在娱乐圈奋斗的这个过程就好像是在玩一个游戏，她的账号一点一点累积经验，终于成满级大神了，却突然被封号了。曾经的天王、天后级别的巨星卷土重来，需要顶住巨大的舆论压力，需要足够的勇气。

秦月明不想辜负那些等待她的粉丝，在机场遇到的那个男粉丝，她至今记得他看自己时的眼神。他明明想哭，却在努力对她微笑，能拥有这种粉丝何其荣幸？

秦夜停抿着嘴唇，最后点了点头：“我支持你的决定。”这一回他不会再任性了，他会尊重姐姐的决定。

“谢谢你。”秦月明对他微笑。

蔡思予还是很担忧她的未来：“你有没有想过你已经过气这么久了，突然回到娱乐圈能不能跟上他们的人气？单说在京市，艺人、网红、模特之类的人就是以万为单位计算的，不是几万，可能是十几万、几十万！”

“我知道，你不觉得我‘重生’这种事非常离奇吗？就算只靠这个，也足够我上一阵热搜，甚至有可能是热搜头条。这波热度利用好了，我就有可能东山再起。”

“如果你真的复出，你的老东家可不会轻易放过你，你如果不签他们，他们说不定会要什么花招。现在夜停要解约，他们也疯了一样地盯着夜停，恐怕不仅仅是盯着恋情吧，主要是盯着夜停有没有跟哪家公司联系。”

“我要找到一家新公司做我的靠山，怕就怕我在找到靠山之前，我回来的消息就被曝光了，就算夜停会努力保护我，也会出现一些漏洞。”

秦月明说了有可能曝光的原因：第一，她在不明情况的前提下，惊动了机场的地勤人员；第二，她遇到了一位粉丝，没有否认身份；第三，江云开也遇到了她。

“机场那方是最不想上热搜的，尤其是你身份敏感，他们更不希望曾经的事再次被曝光，所以就算发现了不对劲也不会主动提起，更别提查监控视频了。”秦夜停托着下巴跟她分析，“至于你的粉丝，这是一个不确定因素，但是我刚才上网查了一下，近期并没有出现这方面

的微博，说明你的那个粉丝也守口如瓶，说不定在等你自己出现。”

“那就只有江云开了。”蔡思予喝了一口水。

“对，不过他嘛……”秦夜停提起江云开就忍不住扯着嘴角笑。

“怎么？”秦月明忍不住问，她对这个男人可真是印象深刻。

“跟他对阵都觉得没意思……”秦夜停说完就开始摇头，语气不屑。

“但是如果他真的曝光了，我们也需要做好充分的准备。”秦月明觉得还是需要谨慎一些。

秦夜停拿出手机来，直接给江云打了语音电话。

秦月明震惊地看着弟弟，他居然还有对家的微信号，也是厉害。

江云开很快接通了，骂骂咧咧道：“秦夜停！你别太得意了！”

“我没得意。”

“这次我就先放过你，你让那丫头嘴巴严一点。”

“嗯？”

“她没跟你说？”

秦夜停看向秦月明，秦月明摇了摇头，表示自己确实有事情没说。

“哦……那谢谢你了。”

“滚滚滚！听见你的声音就烦！”江云开说完就挂断了电话。

秦夜停将手机放在一边，看向秦月明说道：“他这么说了就不会做什么了，虽然他是对家，但我承认，他不是说一套做一套的人。不过，你们怎么了？”

秦月明想起江云开就忍不住笑，摇了摇头：“没什么。”

江云开挂断电话，伸手拿来酒杯又喝了一整杯啤酒。

“江哥不开心吗？”南云庭坐在一边跷着二郎腿，问得特别不走心。

江云开没好气地白了南云庭一眼：“说请我吃饭，怎么还带了一个人？”

“帮我打掩护！这要是单独出来吃饭，不得被狗仔队偷拍？有你在还可以说是朋友聚会。”南云庭说完就扯着嘴角笑，又看向正在点菜的女孩。

南云庭是江云开组合里的成员之一，别看他们的名字里都有个云字，其实真的只是巧合。这小子平时跟江云开关系最好了，知道江云开的偶像剧杀青了，就招呼他过来请他吃饭。

江云开一进来，就看到里面还坐着一个女生。这个女生江云开看着也眼熟，想了一会儿就想起来她是最近回国发展的一个女团的成员。

她叫杜拾瑶，从练习生摸爬滚打出来的，形象也是流行女团的风格，长得挺漂亮，二十岁出头。杜拾瑶为人挑不出什么毛病来，性格也不错，最近人气挺高的。江云开都不知道这两个人是怎么认识的，怎么就一起吃饭了？

南云庭凑到了江云开身边小声问：“是不是很漂亮？”

“嗯，金发大波浪，真招你这种渣男喜欢。”

“对对对，你就喜欢秦夜停姐姐那种类型，然后被秦夜停疯狗似的咬了这么久。”

“别提了……”江云开又喝了一口酒。

秦月明好看是好看，但是他都不敢看了。最憋气的是，熟悉江云开的人就没有一个不知

道他喜欢秦月明。

谁让江云开跟秦夜停掐得太厉害，江云开的这个喜好被传播得异常广。

杜拾瑶跟秦月明完全是两种风格。杜拾瑶年轻有朝气，是如今最受欢迎的长相。

秦月明则是精致脱俗的长相，跟个仙女似的。一个是烈焰般的玫瑰，一个是寒冰般的昙花，各有各的美。

“啧啧，自己花里胡哨的，结果就喜欢清新脱俗的……”南云庭嘟囔。

“好看好看！”江云开最受不了别人拿这个跟他开玩笑，让他没想起来秦月明有多好看，就想起秦夜停有多可恶了。

“云开哥哥，你喜欢吃什么啊？”杜拾瑶拿着菜单看了一会儿，问江云开。

“客气了，叫江哥。”

“江哥！”

“他们家的鱼好吃……”

南云庭轻咳一声：“你给我收敛一点。”这里的鱼是按两卖的，一两的价钱就上了四位数。

“我能轻易给人打掩护吗？”江云开扬眉问道。

南云庭又咳了一声，小声骂骂咧咧，却还是看着江云开跟杜拾瑶一起点菜，点得他肉疼。

吃完饭后，几个人坐在一起聊天。江云开拿着手机玩游戏，旁边的两个人聊得热火朝天。

“江哥还在呢！”杜拾瑶小声提醒南云庭。

“不用管他，没看他戴着耳机吗？”

然后，两个人一起看向江云开。

江云开只得当成什么都没听到，继续玩游戏，单排游戏玩得肆无忌惮。屏幕里有人叫他大神，让他打开好友审核，他不理，也不开语音。

这时，他听到南云庭对杜拾瑶说：“你的眼睛真漂亮，就像深夜里的星星。”

江云开差点吐了，杜拾瑶却笑得挺开心的。

走的时候，江云开在南云庭身边小声说：“还像天上的星星，你恶心不恶心？”

“你懂个头！电视剧里这么夸完就‘一夜荒唐’了。”

“你别太过啊……”江云开小声提醒，接着回头看向杜拾瑶，“我送你回家啊？”

江云开一般不提这种事，只要提了，就是为了坏南云庭好事，气得南云庭偷偷拧江云开手臂。

“可你喝酒了啊！”杜拾瑶回答。

“这你就不懂了吧？一瓶酒对我来说就是饮料，我喝十瓶酒都不会醉。”

“酒量这么好？”

“那是，我新提的法拉利，坐一下试试？”

“好啊。”

南云庭一看就急了，压低声音说：“江哥，你别闹了行吗？”

“哥们一生一起走，谁先脱单谁是狗！”

“汪！”

江云开忍不住笑了，掏出钥匙给南云庭“半路给我扔下去，我这车新提的，没记者认识。”

"行。"南云庭这才笑了。

江云开的车是四座的法拉利 GTC4，江云开上车后就猫在了后座，半路下了车。

南云庭助理的车就跟在后面，鸭宝就在那辆车上。他拉开车门上车，刚坐稳就听到鸭宝说："江哥，头儿叫你去公司。"

"我一年的假期就这么三天，还让我去公司？"

"你去看看？"

江云开无奈地靠着椅背，算是妥协了。鸭宝赶紧让南云庭的助理开车去公司，生怕江云开半路反悔。

江云开的经纪公司是他亲舅舅开的，别看两人辈分差得多，其实年龄就差三岁。他都不知道该说姥姥老当益壮，还是自己妈妈晚婚晚育。

他当初一意孤行，拒绝接手家里的百亿资产，想要进入娱乐圈，家里作出的唯一让步就是让江云开进入舅舅的公司，因为舅舅会管着他。他舅舅也拿着鸡毛当令箭，把他管得特别严，总把江云开搞得特别烦躁。

他走进办公室，刘创就将合同摔在他面前："又吹了一个！你能不能让我省省心？"

江云开翻了一个白眼，坐在椅子上不愿意说话。

"你说你徒有人气，却没有公司敢用你，生怕哪天你又闹一个大新闻就被封杀了，到时候他们就只能干瞪眼。"

"那我也没看我假期变多啊，行程还不是一点都没少？"

"还不是我努力争取来的！"

"啧。"

"最近我在给你谈一个真人秀，争取来了两个名额，你想跟谁一起去参加？"刘创终于开始说正事了。所谓的两个名额，就是他们公司可以去两个艺人。

江云开回答："南云庭。"

"不行，和他的档期撞了，而且我想安排一个女的去。"

"那没了。"

"你看唐栖咋样？也是一个挺有意思的小姑娘。"刘创不死心地问。

"不行。"

"她算是合适的艺人里最努力的一个了。"

"对，她确实是一个很努力的小姑娘，很早就目的明确，专门去房价高的小区附近看大爷、大妈跳广场舞，还特意打扮成大爷、大妈喜欢的那种类型。还有，她去还不是空手去的，带一个电蚊拍。人家跳广场舞，她就在旁边帮忙电蚊子，孝顺得跟她是那一群人的亲孙女似的。结果她对象没拍着，被一个热心肠的大妈介绍做了模特，之后才来我们公司的。"

刘创听完都愣了，他是真不知道这件事。江云开则是碰到了来探班的大妈，听大妈自己说的。

"可这也不影响你和她一起参加真人秀啊？"刘创说。

"她是秦夜停的粉丝，秦夜停因为我跟我们公司闹得水火不容，她丢了一个能跟秦夜停

合作的角色后，就不理我了。”

“呃……”

“那你想带谁去？”

“没有候选人。”

“我要来两个名额就是为了让其中一个人照顾你，怕你在真人秀里出了什么事没人帮你圆场，你怎么就不懂我的良苦用心呢？”

“那你随便安排一个吧。”

刘创也有点头疼，想了想后对江云开说：“实在不行你在实习生里挑一个，也不着急，这几个月敲定就行。最近公司也要招新艺人，目前只有你们组合人气够，其他艺人不是在走下坡路，就是不准备续约，要自己开工作室，公司急缺一个能跟你们组合媲美的艺人。”

“你把秦夜停签过来，然后雪藏他。”江云开突然想起了这个。

“秦夜停有的是公司想联系，最不会考虑的就是有你在的公司。”

“想超过我有点难，哥是无敌的。”江云开干脆坐在刘创的办公桌前，打开电脑搜索秦月明生前的照片。

他仔细看了看，又回忆了一下他遇到的那个女孩子，真的很像啊……

“跟谁自称哥呢？”刘创也走过来看电脑，看到秦月明的照片，惋惜道，“她演技是真的好，演什么像什么，长得也真的是漂亮，很有辨识度，可惜了……”

江云开又看了一会儿，最后还是没说关于秦月明的事，而是说道：“我要回家了，我怕我们家的猫想我。”

“它不挠你就不错了，还想你？”

“瞧不起谁啊？”江云开刚走出门就遇到了唐栖，顺口问了一句，“一起去参加一档真人秀，当固定嘉宾，来吗？”

唐栖见到江云开就后退了一步，接着气急败坏地吼了一句：“我是你永远都得不到的爸爸！”

唐栖气鼓鼓地扭头就走，都不去刘创办公室了，江云开忍不住回头问刘创：“刘创，你公司里的艺人是不是都有病？”

“叫舅舅！”刘创不爽地道，“人家要是真有病要进医院，你也是他们的邻床！不管病情严不严重你都得把氧气罩戴上，不然我怕你们对骂，在病房里说起群口相声！”

第二章 她是真漂亮

秦夜停在助理的陪同下走进了饭店的包间，助理站在门口询问服务员是否已经点餐，得知没有后又跟经纪人联系，最后自己来点餐。做生活助理就是这样，既要知道秦夜停的口味，又要知道经纪人的喜好。

秦夜停换过好几个助理，并不是因为他太难相处，而是因为他红得太快了。

最开始他还是新人，团队的宣传等人也都是新手，全程都以秦夜停是秦月明的弟弟为噱头，努力宣传秦夜停。

结果秦夜停演第一部剧就小火了一把，团队一下子就跟不上速度了，有点新闻就措手不及。之后，团队便换了一批人。

再后来，秦夜停的一部剧、一部电影都口碑爆棚，还凭借电影拿了最佳男配角的奖项。他一夜爆红，团队又换了一批人，现在的助理就是那次换过来的。

经纪人倒是没换，只是对秦夜停越来越重视。最开始，大家都觉得他只能借着姐姐的名声小红一把，没想到他会成为大地娱乐的一哥。整个娱乐圈在人气方面能跟他媲美的明星，怕是只有江云开这个黑红的流量小生了。

秦夜停的经纪人叫田泽，正是秦月明之前的经纪人。秦月明去世后，他就看中了秦夜停，毕竟秦夜停长相出色，还有秦月明这个姐姐作为噱头。

当时的秦夜停还是一个学生，没有经济来源，赔偿金也迟迟未到手，生活成了问题，面临辍学，田泽软磨硬泡之后便将他签了过来。

十年的合同在娱乐圈算是一个长约了，现在过去了九年，秦夜停的人气已达顶级，公司自然不愿意放手。

经纪人今天和秦夜停见面，就是为了挽留他。现在的秦夜停不是愣头青了，他们便准备走“动之以情”的路线。

田泽走进来时，秦夜停正在看书，田泽顺口问：“在看什么书？今天怎么戴眼镜了？”

“趁着没工作想重新考研。”秦夜停随口回答。

田泽有点尴尬，轻咳了一声。

当初因为进入娱乐圈，秦夜停放弃了考研，甚至连毕业也因为缺课太多而不太顺利。

最近秦夜停没有续约的想法，公司干脆就扣下了秦夜停的很多资源，甚至有些剧本明明是奔着秦夜停来的，他们却努力推给公司其他的艺人。对方实在不同意，他们才会给秦夜停。

秦夜停也不在意，反正他铁了心不会续约了。

田泽坐下之后，想跟秦夜停打感情牌：“你姐姐去世后，我们公司做的事的确让人寒心，你对公司最初的印象不好我也能理解，但是我扪心自问，我对你跟秦月明都算不错了。在你们姐弟最落魄的时候，公司救了你们两次。”

第一次，是秦月明姐弟快要生存不下去的时候，大地娱乐签了秦月明。第二次，是秦夜停无依无靠的时候，大地娱乐签了秦夜停。

“其实当时有其他公司也要签我，你知道我为什么没去吗？”秦夜停头都没抬，只是随口问他。

“为什么？”

“欺负过我姐跟思予姐的人现在过得如何，你要不要仔细回忆一下？”秦夜停露出一个温和的笑容，却让田泽背脊一寒。

田泽对于秦夜停的为人自然是了解的，如果不是看到秦夜停如今的人气很高，秦夜停离开后他很难再带顶级的艺人了，他也不想继续带秦夜停了。这人养不熟、心肠狠，但是旁人都觉得他好得不得了。

田泽不自觉地抬手擦汗，从包里拿出一份合同，继续打感情牌：“你姐姐的合同我带来了，你自己看一看，并不是我们压榨她，合同真的是这么写的。当初合同不是我签的，你姐

姐准备出道了才被分到我手里，签合同的人……你比我更清楚他现在的处境。”

秦夜停伸手接过合同，低头去看。

田泽还要继续说，手机却突然响了，他立马起身走到窗边接电话。已故艺人已经到期的合同，他并不会看得太小心。

秦夜停扶着眼镜框，眼镜里隐藏着一个微型摄像头，一按即可启动。

他对着每一页合同拍照，在最后几项条款那里看了许久。

合同上写着：“如果没有主动提出解约，合同会自动续约一年。如果连续三年没有给公司带来任何收益，自动解约，还要赔偿培养金，带来影响的还要加倍赔偿。合同到期之后，优先与公司续约。”

将所有页面都拍完照，他将合同丢在桌面上，对田泽说：“我会自己开工作室。”

田泽挂断电话后又坐了过来：“你让我把合同带来，说要看过合同后再决定，就是这样的决定？”

“你要跟我走吗？”秦夜停问。

这个问题其实田泽也不是没考虑过，但最后还是摇了摇头：“算了。”他知道秦夜停对他的印象很差，毕竟他是压榨过他们姐弟的经纪人。

秦夜停又说：“把提前解约的协议签了吧，再给我一份我姐姐的，我不想她已经去世这么久了还挂在公司名下。”

秦月明的解约合同田泽不在意，他只是觉得秦夜停对于秦月明的事真的太在意了。他不想再招惹这个疯子了，但秦夜停想解约他还是要劝一劝的。

一顿饭吃完，秦夜停还是没有续约的意思，田泽也就不劝了，答应第二天去公司签合同。

第二天一大早，秦夜停就到了公司，还召集了自己团队所有人。

协议签署完毕，他坐在办公室里看着其他人，沉声道：“我已经确定不会续约了，你们现在就可以联系公司的其他艺人，合适的就转过去，我都理解。”

如果不主动提前联系艺人，他们就容易被分给新人，或者不好相处但身边缺人的艺人。秦夜停也知道他们不容易，所以提前告诉他们。

秦夜停说完，这些人就沉默了，似乎在等他继续说。

“我会成立一个工作室，花一年的时间去准备，目前雏形都没有，所以……不太有底气邀请你们，你们……”

他话还没说完，就有人说道：“秦老板，我跟你走！”

接着很快有人跟着应声，他的小团队里最后有四个人决定跟着他离开。

秦夜停对着他们微笑道：“感谢。”他的笑容暖暖的。

秦月明跟老东家大地娱乐的合同不是秦月明亲自签的，当时秦月明和秦夜停的监护人是小叔，小叔将秦月明送去大地娱乐做练习生，签合同时秦月明没有看过条款。她的小叔也不懂，所以出道后才发现合同里有很多霸王条款。

秦月明至今都不知道自己合同里的详细条款，看着秦夜停打印出来的合同，不爽地道：

“真够恶劣的。”

“我作为你的代理人，替你签署了解约协议，这样也算是解决了一部分后患。合同我也交给律师了，他们会提前做好一切应对。”

他们只是怕老公司胡搅蛮缠，说秦月明合同没到期就去世了，现在回来了，要继续回老公司做满缺的那几年。那么不合理的条款，继续工作下去心态都会炸裂。

“我太了解大地了……”蔡思予坐在沙发上吃草莓，厌恶地道，“他们之前完全是靠无耻赚钱的。”

“我知道，我解约后会有一堆黑料出现，复出也会被黑。”秦夜停抓着奔月的毛，给它挠痒痒，随口回答，“不过，他们最好老实，不然……”

“我觉得你的‘不然’最好写在备忘录里，一定会用到的。”蔡思予十分笃定。

秦月明坐在电脑前继续浏览网页，秦夜停凑过去问：“在看什么？”

“我在观察你给我推荐的那些经纪公司，顺便浏览一下他们旗下的艺人，再分析这些艺人的作品跟本人风格，分析哪家公司是定位最准确的。”

上一次的签约太草率了，这次她想谨慎一些。

“如果你觉得有合适的，我们可以试着联系一下。”秦夜停干脆坐在桌面上，摆弄着手机。

奔月绕着他们两个人转圈圈，兴奋得不行。

“不，我要等他们来联系我，这样我们更有底气谈条件。而且，他们敢来就证明他们分析过利弊，敢跟大地这种无赖公司斗一斗。”秦月明充满自信地回答。

秦夜停听完就笑了：“好，那就按你说的做。”

微博热搜榜突然空降了一条热搜——秦夜停关注，点进去就能看到娱乐博主的截图，说秦夜停新关注了一个微博账号，那个账号还叫“秦月明”。

秦月明去世时微博刚刚兴起，所以她并没有开通。而现在微博已经成了一个很大的娱乐平台，她的名字也被同名的人注册了。

秦夜停派助理买下了这个微博名，改掉原名后立即用秦月明的名字注册了新账号。

秦月明的微博里没有一条动态，头像是一个咧嘴大笑的卡通图像，只关注了秦夜停和蔡思予两个人的账号。

娱乐博主这条微博下的评论褒贬不一。

妄北：“钟嵘翻车后我就特别厌烦这些人拿秦月明营销，不想让秦月明安宁吗？秦夜停当初不就是借着他姐姐的名头火起来的？真没看出来他有多在意他姐姐。”

距离：“据说秦夜停跟秦月明关系不好，很久不来往了？秦夜停这回又来搞情怀了？真是洗不白了。”

顶你的肺：“秦夜停有新剧要上映了？”

妖瞳百魅：“把自己姐姐名字的微博号买下来，并且关注一下，这又怎么了？这么点事情也要嘲讽一下，看来黑粉真的很闲。”

柠栀：“秦夜停本来就是无污点的正能量艺人，专注于慈善事业。”

过期关系：“谢谢这个热搜，一个新账号一天涨了七万粉了。”

小丫子："哥哥真的是一个非常努力的艺人，并且有拿得出手的作品，演技也是大家都认可的，大导演都愿意跟他合作。而且哥哥很在意粉丝的心情，不炒 CP，不搞人设，没有不良习惯，这么多年被人狠命地扒也没扒出黑料来，这还不够吗？"

这条热搜并没有引起太大的关注，热度最高时也才在热搜榜中游的位置，没过多久就被挤掉了。秦夜停的粉丝是后发现的热搜，赶紧赶来控场，局面也稳住了。

跟着关注秦月明微博号的大多是秦夜停的粉丝，还有一部分是秦月明曾经的粉丝，他们关注这个空号也算是为了保留一个念想。

然而，第二天中午，秦月明这个微博号居然更新了一条微博，四个字："分享视频。[视频]"

点开视频就能看到秦月明漂亮的面孔，就算没有开滤镜，肌肤也是无可挑剔的牛奶肌。她对着镜头微笑，接着说："大家好，我是秦月明，或许听起来十分离奇，但是我回来了。"

秦月明发布视频的当天上午，正好是江云开新剧的开机仪式。

在圈内，江云开人送外号"炮楼"，因为他就像一个行走的嘴炮（讲的道理让人无言以对）达人，看谁不爽就喷谁。近几年总被秦夜停攻击，他才消停了一点。

结果，到新的剧组第一天他就不爽了，因为剧组没经过他允许就安排了他和女主角的一些暧昧场景。

上香结束，江云开看向女主角，问："你同意了？"

"我也不知情。"女主角摇了摇头，一脸无辜地看着他。

他都没说什么事女主角就回答了，让他哭笑不得："哦，你不知情，那你在开机仪式的时候还一个劲往我身上靠？你知不知道我粉丝战斗力多强？"

"你绯闻那么多，还差这一次？都是宣传手段罢了，我对你真人又不感兴趣。"女主角还不高兴了，任谁被江云开这么嫌弃心里也受不了。

她最开始的确想过跟江云开炒 CP，江云开给人的印象就是一个不太安分的人，之前也传过几次绯闻，算是个专业户了吧？

只要是跟江云开传过绯闻的人，就没有一个没引来关注的。虽然最开始女方会被江云开攻击，但那种关注度是有目共睹的。

还有就是……江云开长得帅，人气也高，家庭背景更是惊人。如果真的能跟这样的人在一起，也挺好的。

结果第一天，江云开就臭着一张脸，让女主角心里难受了。

"我告诉你，想跟我传绯闻可以，但最后的结局必须是女方出轨，我还可以对着镜头哭，让你最后热度满满，热搜头条我给你买，连买一星期。"江云开嫌弃地说了一大段话，接着就去了自己的化妆间。

女主角看着他离开，心情气得半天没平复下来，这人一点绅士风度都没有！

之后的记者采访，江云开也特别不配合。

记者问："您的绯闻女友众多，请问哪一个才是真的？"

江云开歪嘴一笑，样子有点痞："的确挺多的，每次一传绯闻我都得去百度查一下是谁，才能把脸和名字对上号。之后就要努力回想很久，或者问我助理，我才能想起我哪天遇到过她。"

江云开没说，他最生气的其实是一个名字都跟很多人的脸都能对上号，都长一个样，有时候他还会认错人。

记者又问："本剧的女主角呢？"

江云开回道："哦，她啊，毕竟今天见过面了，还是记得她是谁的。"

女主角的表情登时不好看了。

刚开机就闹得非常不愉快这还是头一遭，采访结束后，江云开坐在休息室里气得吹胡子瞪眼的，看谁都不爽。

鸭宝走进来问他："江哥喝点什么？"

"随便！"

鸭宝边走边想该买什么，又取出手机给刘创发消息："江哥生气了该怎么办？"

刘创："他脾气来得快去得也快，让他怎么开心怎么来。"

鸭宝："好的。"

没一会儿，鸭宝就拎着两瓶啤酒回来了。

江云开看着墨绿色的啤酒瓶，脸都绿了："开机第一天我就喝酒？"

"你不是最喜欢喝酒了吗？喝了酒之后好去吵架。"

江云开咬着牙，站起身来敲鸭宝的额头："干得漂亮，加工资！"

"真的？"鸭宝一喜。

"呸！趁我没动手赶紧滚。"

"好嘞。"鸭宝立马准备跑。

"等会儿，要杯咖啡，加冰加糖。"

"好的好的。"

鸭宝出去没一会儿门就又开了，江云开还当鸭宝有什么东西忘记拿了，结果一回头看到周若山，他就乐了。

周若山是他组合的成员之一，但是特别脱线（想法不切实际）。

他们组合成立初期是五个人，都是十八、十九岁的少年，各个颜值都不错，身材也都是纤细修长的。

那时候大家都中二，就用英文名字做宣传，好像多高大上似的。后来周若山接了一部硬汉类的电影，为了好好拍摄就拼命健身，成了肌肉男。

这部电影宣传时用的是周若山的中文名。前几年他们组合是歌红人不红，发型也杀马特，很多人都不知道组合里的成员分别叫什么名字。

周若山在组合里的形象又跟那个圆寸头的硬汉完全不同，大家愣是不知道是一个人。周若山之后还爱上了健身，肌肉型男的模样一直没变，后期接的戏也都是打斗类的。

结果有一次，他们组合举办演唱会就闹了一个大笑话。

演唱会当天，有条关于现场动态的微博火了："周若山成为朝九晚五组合演唱会的特邀嘉宾，唱满全场。"

这条微博还让他们组合火了一把，为此，江云开他们笑了几年还没停下来，主要笑的是微博下面的评论。

经典评论 1：“那个手持双枪救走兄弟的硬汉居然是混男团的？”

经典评论 2：“我总怕周若山跳舞跳到一半突然开始举铁，或者在中国风的歌曲里突然耍起双节棍。”

周若山进来看到啤酒就乐了：“知道我要来特意准备的？花给你的。”

“对对对，你喝吧。”江云开连连点头，接过花束，看着被精心包裹的西蓝花，也说不出是个什么心情，他今天是跟绿色干上了？

周若山也不客气，拿起一瓶啤酒，在桌角一按瓶盖就开了，接着干脆对瓶吹。

“你刚才的采访我看了，又一个热搜预定，你就等着之前跟你传绯闻的那几个小花的粉丝掐你吧。”周若山喝了一口酒，接着开始在江云开的化妆间翻零食，还真在江云开包里翻出了一袋薯片。

“我最烦那些跟我瞎传绯闻的，尤其是跟我公司都没商量过就直接传的，把我当跳板也跟我客气客气啊？她们火了，我成渣男了，真当我没脑子？”

“谁让你人气高人还不太聪明？”周若山拿出手机，说道，“我来看看你上热搜没。”

江云开懒得理，看着啤酒有点馋，最后也只是抓了一把薯片。

结果周若山突然吼了一嗓子：“我的天！”

江云开被吓得身体一颤，薯片撒了一地，惊恐地问：“你别吓人行不行？”

周若山没搭理江云开，只是点开一个视频，接着立刻响起一个声音：“大家好，我是秦月明，或许听起来十分离奇，但是我回来了。”

江云开听到这句话立马凑过去看手机，结果看到画面里秦月明的脸，他眼睛都直了。不是因为她漂亮，而是已故之人突然发了视频，还说自己回来了，这算是怎么回事？

秦月明在视频里讲述了她的事情。

她先是说明了自己突兀地发现了来到了九年后，接着联系到了自己的弟弟，才知道弟弟投资了研究所，让她能够从时间夹缝里走出来。事情的确离奇，她自己也觉得很荒唐，然而事实就是如此。

她甚至在视频里坦言，她跟弟弟因为她的归来，瞬间负债累累，同时调侃道：“我第一次知道我的命这么值钱。”

视频播放结束，两个人都捧着手机没有回神。这个时间化妆师应该来给江云开化妆的，居然也没来，一切都仿佛静止了。

门外突然传来惊呼声：“不是吧！”

“天啊！”

“有点吓人，看得我起了一身鸡皮疙瘩！”

“这是诈尸吗？”周若山问江云开。

“我……我见过她……”江云开咽了一口口水，想起秦月明看着他的样子，突然心惊胆战的，话都说得不利索了。

“你见过？”

“对，前几天见过她，我以为是……”江云开瞬间怀疑人生了。

周若山赶紧问：“是人吗？”

“有影子，有温度……还有……她是真漂亮。”

真人不作假，没有修图、化妆，真的漂亮。漂亮得他分不清当时疯狂的心跳是因为害怕，还是因为她。